戲非戲259

雪中悍刀行

第三部

（四）

落子太安城

烽火戲諸侯　作

高寶書版集團

道門真人飛天入地，千里取人首級；佛家菩薩低眉怒目，抬手可撼崑崙。

誰又言書生無意氣，一怒敢叫天子露戚容。

踏江踏湖踏歌，我有一劍仙人跪；提刀提劍提酒，三十萬鐵騎征天。

目錄

第一章　下馬嵬脂粉氤氳　徐鳳年離京北還

下馬嵬驛館外，出現一位相貌清逸的中年男子。

已然被前些日子的大動靜害得風聲鶴唳的驛丞看著這個讓自己感覺古怪的傢伙，聽他自稱吳起，還說只要跟北涼王通報一聲就能入內。

驛丞觀其卓爾不群的氣度，不敢怠慢，不過驛丞還沒有見著王爺，就被那名充當馬夫的徐姓男子在小院門口攔下，然後兩人一同走回驛館大門。

徐偃兵和吳起分別站在門內門外，後者笑道：「好久不見。」

徐偃兵沒有讓路的意思，眼神冷漠道：「既然在北莽沒有露面，這個時候來認親，是不是來晚了？怎麼，嫌棄在西蜀做將軍不過癮？」

吳起哈哈笑道：「劉偃兵……哦、不對，聽說你被我姐夫賜姓徐了，如今該喊你徐偃兵才對。不管我是在北莽還是西蜀，一個親舅舅登門拜訪外甥，你也要攔著？」

徐偃兵冷笑道：「你想死的話，我不攔著。」

吳起抽了抽鼻子：「好大的氣性，不愧是跟蜀王不分勝負的武道大宗師，不用打死我，我嚇都快嚇死了。」

突然，這個自稱北涼王親舅舅的傢伙扯開嗓子喊道：「外甥……」

砰然一聲巨響，吳起從下馬嵬驛館門口倒滑出去十幾丈。

徐偃兵緩緩收回腳不說，還在門檻上蹭了蹭腳底板，好像嫌髒了靴子。

身體後仰卻沒有倒地的吳起站直後，擦了擦嘴角血跡，沒有惱羞成怒，繼續走到大門口前，這個時候，換了一身潔淨衣衫的徐鳳年已經來到門口，徐偃兵讓開了位置。

吳起收斂起那副玩世不恭的神色，也沒了硬闖驛館的想法，就站在門檻外：「我吳起這輩子沒想到四件事：我姐嫁給徐驍，徐驍不反了離陽，你守住了北涼，最後還活著從欽天監離開。」

徐鳳年神情複雜：「不進來坐坐，喝杯茶？」

吳起搖頭道：「不了，我做事無論對錯，都不後悔，既然當年在北莽沒有現身見你這個外甥，那今天就沒了進門的資格，一報還一報。」

徐鳳年問道：「那就是有事？」

吳起還是搖頭：「就是來跟你說一聲，你那趟北莽沒有白走，李義山的有些布置，已經開始聞風而動了，不過提醒你一句，即便如此，你也別奢望他們能如何雪中送炭，甚至最好連錦上添花的想法都省了，北莽太平令未必不會警覺此事，小心黃雀在後。」

徐鳳年點頭道：「知道了。」

吳起咧嘴笑道：「以後如果真有在戰場上刀劍相向的一天，陳芝豹不會手下留情，我也是如此，希望你也能如此。」

徐鳳年道：「沒有問題。」

吳起才要說話，就聽見這個親外甥很「善解人意」地提醒道：「想吐血就先吐會兒。」

吳起頓時臉色發黑，冷哼一聲，摀著胸口轉身離去。

徐偃兵瞥了眼那個背影，忍住笑意，輕聲道：「我那一腳可不重。」

徐鳳年「嗯」了一聲：「所以我才這麼說的。」

徐偃兵無言以對。

那句話，好像比自己那一腳要重得多啊。

徐偃兵突然轉頭望去，徐鳳年無奈道：「算了。」

原本不遠處已經躍躍欲試的朱袍女子和某位少女這才作罷。

徐偃兵笑道：「那我找酒喝去了，驛館裡竟然連一壺綠蟻酒都沒有，也太不像話了。」

說完徐偃兵就走向街上的一棟酒樓。

不同於昨日下馬嵬驛館擠滿了男子居多的達官顯貴和江湖豪傑，今天酒樓客棧茶肆的座位，幾乎清一色全是女子！

有妙齡女子，有豐腴婦人，甚至還有許多身子正值抽條的少女！

當徐鳳年出現在門口見吳起的時候，所有窗戶幾乎同時都探出那一顆顆簪花別釵飽含心機的腦袋，全部兩眼放光。有含蓄的含情脈脈，有大膽的目送秋波，有怯生生的欲語還休且羞，更有不知羞臊的豪放女子，大聲喊著北涼王的名字。

徐偃兵這還沒有走入酒樓，頭頂就飄起了不計其數的帕巾、團扇、香囊……好大一陣香雨。

那些鶯鶯燕燕都說著類似「勞煩這位北涼壯士將小扇交給王爺」的言語，更有多個女子跑出屋子，也不敢接近徐偃兵，反正將手中信箋往後者身上一丟就轉身逃跑，半步武聖的徐偃兵都扛不住這種恐怖陣仗。

街道兩側的樓上、樓下都是軟糯言語的竊竊私語。

「看吧、看吧，早就跟你說了，我的徐公子是天底下最英俊的男子，你還不信！這下發癡了吧！」

「啊呀，要是王爺能夠走出驛館大門再走近些，聽他說幾句話，便是死也值了。」

「咱們太安城那些俊公子，加在一起都比我的徐哥哥差多了，不行了、不行了，實在太玉樹臨風了，遠遠看著便醉了！」

「可惜昨天沒能溜出來，要不然就能見著這位王爺的英姿了，哎、肩膀借我靠一下，我要哭一會兒……」

「我決定了，這輩子非徐公子不嫁，嗯、實在不行，做通房丫鬟也行啊。」

徐偃兵拍掉肩膀上的一只香囊，果斷轉身走回下馬嵬驛館，想著是不是讓王爺早點離開太安城……這京城的娘兒們，是不是太厲害了點？

◆

徐鳳年已經帶著賈家嘉和徐嬰返回院子。

一襲紫衣不請自來地躺在簷下的籐椅上，閉目養神。

徐鳳年也搬來一把籐椅，摘掉帷帽的朱袍女子蹲在徐鳳年身邊，呵呵姑娘坐在臺階上，不知道從哪裡又變出一張蔥油餅，一口一口啃著。

徐鳳年躺在椅子上，輕聲問道：「怎麼還沒回徽山？」

軒轅青鋒沒有說話。

徐鳳年睜著眼睛，望著屋簷。

那年進京，也是在下馬嵬驛館，在這個院子的籐椅上，徐鳳年跟這個瘋娘兒們聊了有關雪人和理想的題外話。也是那一次，那個挎木劍的笨蛋離開了江湖。

軒轅青鋒沒有睜眼，冷淡問道：「這麼多年來，你是可憐我，還是可憐你自己？」

徐鳳年笑道：「都有吧。」

軒轅青鋒陷入沉默。

徐鳳年說道：「昨天妳幫我壓下祁嘉節的劍氣，謝了。」

軒轅青鋒冷冰冰道：「你欠我一個天下第一。」

徐鳳年沒好氣地笑道：「知道啦、知道啦，只要是做生意，我保管童叟無欺。」

軒轅青鋒坐起身，自言自語道：「生意嗎？」

下一刻，簷下僅有清風拂面。

徐鳳年轉頭看了眼已經無紫衣的籐椅，站起身，坐在呵呵姑娘的身邊，她又掏出一張蔥油餅，沒有轉頭，抬手放在徐鳳年面前。

徐鳳年接過有些生硬的冷餅，大口大口吃著。

大紅袍子的徐嬰站在院中，徐鳳年含混不清道：「轉一個！」

那一團鮮紅旋轉不停，賞心悅目。

徐鳳年笑臉燦爛。

◆

身穿布衣的中書令齊陽龍離開欽天監後，在司禮監掌印太監宋堂祿的親自引領下，老人走向位於離陽內外廷過渡位置的一座小殿養神殿。

新近啟用的養神殿地處內廷，卻與外朝緊密銜接，加上殿閣和館閣總計十二位大學士都在養神殿附近處理政務，這就讓原本荒廢多年的養神殿一躍成為名副其實的中樞重地。

養神殿占地並不多，呈工字形，典型的前殿後寢，殿中懸掛先帝趙惇御筆的「中正平和」四字大匾，最近年輕皇帝親自主持的小朝會都遷移此地，對於重要臣僚的引見召對也在此進行。

新近入京任職的數撥封疆大吏，如顧黨舊部田綜、董工黃、韋棟三人，前朝舊青黨領袖洪靈樞以及接替盧白頡成為兵部尚書的南疆大將吳重軒，繼韓林之後的刑部侍郎遼東彭氏家主，都曾先後到此覲見天子。

等齊陽龍跨入養神殿明間，門下省主官桓溫和左散騎常侍陳望都已在場，輔佐老人執掌中書省的趙右齡和吏部天官殷茂春，這對政見不合卻聯姻的親家也在行列，只不過兩位大人站位頗遠，非但沒有和睦氛圍，反而透露出幾分井水不犯河水的疏離模樣。

六位殿閣大學士中，僅有武英殿大學士溫守仁和洞淵閣大學士嚴杰溪進入此間，新設的館閣大學士則一位都沒有出現。除此之外，還有常山郡王趙陽、燕國公高適之、淮陽侯宋道寧，這三位離陽勳貴大佬對一般離陽官員而言，都屬於久聞大名未見其面的低調人物。

相較這些要麼手握朝柄要麼如雷貫耳的大人物，兵部左侍郎唐鐵霜就算實權極大，但仍是後進之輩，所以位置靠後，與青黨在太安城的話事人溫太乙緊挨著並肩站立。後者是太安城官場傳奇人物，一屁股坐在吏部侍郎的座位上，然後就十多年沒有挪過窩了，先後給三位吏部尚書打過下手，故而吏部一直有「流水的尚書，鐵打的侍郎」的諧趣說法，便是坦坦翁也經常以「溫老侍郎」來打趣溫太乙，所以幾乎所有人都忘了，這位老侍郎，如今尚未滿五十歲！

齊陽龍其實剛才有意無意在屋外廊道停留了片刻，換成別人，掌印太監宋堂祿當然都會趕緊催促，但是中書令的話，那就另當別論了。

宋堂祿陪著老人安靜地站在外面，屋內傳來老學士溫守仁那副中氣十足的招牌大嗓門，很難相信這是一個古稀老人的嗓音，只聽這位領銜殿閣的清貴老人悲憤交加道：「陛下，那北涼蠻子當真是無禮至極，讓禮部斯文掃地不說，如今還大鬧欽天監，成何體統！朝廷絕不可再姑息縱容此子了，否則朝廷顏面何在？

陛下，老臣雖是一介書生，但好歹還有一把老骨頭，更有一大把雖老不衰的骨氣，老臣這就孤身前往下馬嵬驛館，將那蠻子緝拿下獄，他若是敢殺人，那就連老臣一併打殺了，只求陛下事後以此問罪於他，老臣便是死，也死得其所了！」

宋堂祿視線低斂，但是側面的中書令大人翻白眼實在太過明顯，掌印太監依舊能夠看得一清二楚。

屋內，與溫守仁年紀相當的常山郡王趙陽望向身邊的晚輩高國公和宋侯爺，後兩者顯然也是有些咋舌，他們三位閉門謝客不問朝政太多年，活動圈子僅限於天潢貴胄和皇親國戚之間，與外臣幾乎沒有聯繫，以前只聽說朝堂上的溫大學士鐵骨錚錚，今日親眼看見，仍是有些刮目相看。

趙老郡王緩緩收回視線，皺著眉頭。作為離陽宗室裡的老人，常山郡王趙陽親歷了春秋戰事的首尾，戰功顯著，高祖封賞天下的時候，本該可以在功勞簿上排前十的趙陽因為一樁祕事，到頭來只撈到一個近乎羞辱意味的郡王的虛名，接下來就開始安心逗弄花鳥魚蟲，優哉游哉頤養天年了。

常山郡王府男丁稀少，久而久之，這位老郡王就澈底被人遺忘了，如果說勉強能稱為青壯的高適之、宋道寧這次重返廟堂，是要有一番大動作的，那麼這個歲數的老郡王好似撐死了就是發揮餘熱而已。

當年以抬棺死諫而名動天下的溫大學士，開始細數那年輕藩王在世襲罔替以後的各大罪狀，慷慨激昂，滿屋子的浩然正氣。這位武英殿大學士，明擺著是跟徐家父子死扛到底了。

太安城這麼多年來一直有傳聞，溫大學士已經偏執到了只要是姓徐的京城官員，一概都沒好臉色的地步。先前半年太安城最大的兩筆談資，其中一件就跟溫家有關。據說被大學士寵溺到天上去的孫女，不但揚言要去西北見那位新涼王，差點還真就離家出走私奔成功了，把咱們溫大人給氣得大病了一場，臥榻不起足足小半年，這期間僅是禮部晉蘭亭就去探望了不下三次，不過看眼下溫守仁的龍精虎猛，又不太像。

吏部侍郎溫太乙在這間屋子裡，雖說品秩其實與陳望和唐鐵霜相同，但是就算他自己，也清楚這裡頭的差距。作為青黨三駕馬車之一，其餘兩個，上柱國陸費墀已經去世，陸家更是與北涼結親，舉族遷往北涼。青州將軍洪靈樞則從地方進入京城，青黨總體勢力是漲是降，目前來看還不清楚。不過當今天子要重新起用青黨官員，是毋庸置疑的大勢所趨，加上同出青州的韋棟，剛剛成為廣陵水師和青州水師的第一號人物，更是坐實了這份揣測。

殷茂春入主吏部時日不多，吏部左侍郎溫太乙想要成為離陽天官不太可能，只是輾轉別部擔任一把手並不是沒有可能，執掌刑部、工部、戶部都有一定機會。今天溫太乙稍顯「突兀」地出現在這裡，趙右齡、殷茂春都多看了他幾眼。

年輕皇帝沒有打斷溫大學士盡顯一位文臣剛正不阿的激昂言語，但是齊陽龍跨過門檻，一干權臣整齊轉頭，讓溫守仁自己就停下了，跟著其他人一起畢恭畢敬對中書令大人致禮。

齊陽龍站在當朝首輔應該站的位置，對皇帝作揖後，簡明扼要說道：「剛剛見過了北涼王，他答應後天離京，就漕運開禁一事，北涼王提出希望在明年入秋之前，朝廷能夠為北涼道輸送五十萬石糧草。」

桓溫眼神中流露出一絲疑惑，忍不住轉頭看了眼站在身邊的中書令，發現齊陽龍在說到「五十萬石」這個數字的時候，袖中手掌，在身前悄悄做了個翻覆的小動作。

常山郡王耷拉著眼皮，有些失望，至於緣由，恐怕就只有老郡王自己知曉了。

位置最後的兵部的唐鐵霜嘴角泛起冷笑，你徐鳳年在太安城掀起如此巨大的風浪，就只敢開口跟朝廷索要五十萬石漕運？難道說進了太安城，不是你的地盤了，就連獅子大開口的膽量都沒有了？

坐在榻上的年輕天子輕輕呼吸了一下，笑意一閃而逝，掃視了前方這些離陽重臣勳貴，語氣平淡地問道：「眾位愛卿，意下如何？」

溫守仁正要跳出來大罵新涼王，就聽到與自己和嚴杰溪站在一排的陳望已經率先開口說道：「臣以為北涼王是北涼王，北涼百姓是北涼百姓，五十萬石漕運，可以答應開禁送給北涼道。」

溫守仁立即閉上嘴巴，把已經到嘴邊的宏篇大論一個字、一個字吞回肚子。老學士尚且能夠在晉三郎面前稍稍擺擺三朝老臣的架子，可是對於這個從來沒有和自己打過交道的陳少保，溫守仁不知為何十分犯怵，偶爾路上遇到，他也主動表現得極為和氣，可惜陳大人從未流露出絲毫刮目相看的意思，這讓溫守仁內心深處有些遺憾，還有幾分不為人知的忐忑。

已經有太多年沒有在廟堂上出聲的常山郡王趙陽，語不驚人死不休，冷聲道：「陛下，北涼將士死戰關外，當得起五十萬石糧草的犒勞，甚至說開禁漕運一百萬石也不過分，可這徐鳳年作為藩王，在京城目無王法，此例不可開，不可助長其囂張氣焰，因此老臣以為，一石糧草都不可給他徐鳳年！」

洞淵閣大學士嚴杰溪也附和道：「陛下，常山郡王的意見，臣附議。北涼百姓將士有功，北涼王卻有大過，那就功過相抵，賞罰分明，才符合朝廷法度。」

唐鐵霜沉聲道：「陛下，臣願親自護送北涼王在今日離開京城和京畿！」

年輕皇帝不置可否，挑了挑視線，好不容易才看到那個站在最後且比唐侍郎矮上大半個腦袋的溫太乙，和煦問道：「溫侍郎，你可有話說？」

溫太乙不假思索道：「微臣以為，對北涼道漕運開禁一事，可給，但可少不可多，可緩不可急。」

養神殿前殿後寢，殿寢之間右首邊有一間密室，密室西門牆壁上，懸掛著一張以密密麻麻小楷寫就官職名字的大圖，占據了大半牆壁，一個年輕人站在牆下，仰著頭，但是雙眼緊閉，是個以白衣之身置身於離陽首要中樞要地的瞎子。

年輕瞎子雖然看不見圖上的內容，但是可以感受到那股無言的「氣勢」。

離陽一朝，幾乎所有的要員，不論文武，只要官職到了四品這個門檻，那就都會在這幅圖上占據一席之地，從京城到地方各道、各州、各郡，從三省六部到刺史、太守，從征平鎮大將軍到一州將軍，都在這上頭寫著，其中又有極少數名字和他們的官職後頭，以黑紅兩色小楷分別寫有兩份言簡意賅的評語，一份出自先前殷茂春之手的考評，一份來自趙勾的祕密評定。

年輕瞎子「看」著這幅圖，就像在看著整個離陽。

當他聽到溫太乙的「可少不可多，可緩不可急」的十字方略後，會心一笑，既有謀略上的認同也有些玩味的譏諷。

年輕皇帝開口道：「漕運數目一事，明日再議。朕今天想跟諸位商量一下靖安道經略使的人選。」

幾乎所有人都心中了然，原來如此，怪不得溫侍郎今天會破格露面，這就沒什麼好商量的了。

如今在官員升遷一事上，年輕天子幾乎擁有了堪稱一言九鼎的威勢，中書令齊陽龍和門下省的桓溫從未有過異議，加上從不缺席小朝會的陳望，以及吏部殷茂春的次次心領神會，各項任命，暢通無阻。

所以哪怕青州當地出身的溫太乙外放出任靖安道文官執牛耳者，稍稍有違離陽禮制，也沒有人拿這點雞毛蒜皮的小事去跟皇帝陛下較勁。何況溫太乙做了十多年負責分發官帽子的吏部二把手，有誰願意得罪這位根深蒂固的未來「年輕」經略使？不到五十歲，由六部侍郎跳級轉任地方經略使，顯而易見是要重返朝堂的，前程可期！說不定最多十年，京城就要多出一位正二品大佬了。

溫守仁很快就大義凜然地提出溫侍郎是最佳人選，誰不知道太安城「大小溫」是出了名地如膠似漆？

在皇帝陛下一錘定音後，溫太乙自然是跪地謝恩，感激涕零。

在馬上就要衣錦還鄉擔任靖安道經略使的溫太乙起身後，身穿正二品武臣官袍的高大老將虎虎生風地走入屋子，行禮請罪後一言不發站在唐鐵霜附近。

高適之和宋道寧悄然相視一笑，兵部尚書大人竟然忍得住沒有當場告狀，恐怕在場各位除了兩位殿閣大學士和剛剛升官的溫太乙，大都已經獲悉京畿南軍大營的風波——征南大將軍的嫡系人馬死傷慘重，只知道兩個用槍的武道宗師大打出手，至於是誰，反正連人家的臉都沒看到。

接下來，便是一場不溫不火的君臣問答，年輕皇帝著重詢問了吳重軒有關廣陵道戰事的近況。

◆

半個時辰後，這場意義深遠的小朝會結束，僅有齊陽龍、桓溫和陳望、吳重軒四人留下。

皇帝趙篆帶著四名重臣步入密室，兩位老人看到那個年輕人後都愣了一下，趙篆笑著介紹道：「這位便是陸詡，青州人氏，學識淵博，朕的本意是希望陸先生能夠擔任勤勉房總師傅之一，但是陸先生推辭不就，朕只好讓陸先生暫時沒有官身地在勤勉房教書了。」

瞎子陸詡站在皇帝身邊，坦然道：「見過各位大人。」

桓溫點了點頭，笑而不語，齊陽龍面無表情，低低「嗯」了一聲。

勤勉房，龍子龍孫的讀書之地。這是要為白衣入相做鋪墊了？

桓溫突然看著齊陽龍問道：「中書令大人，既然到了這裡，咱們就打開天窗說亮話吧？」

先前齊陽龍當著一大幫人，說北涼跟朝廷「祈求」五十萬石漕運，當然是有心幫年輕天子長面子，溫守仁這種愚蠢書生會當真，其他不少人也是將信將疑，坦坦翁卻是絕對不會當真的。

齊陽龍故作滿頭霧水，環視四周：「這兒哪兒來的天窗？」

桓溫吹鬍子瞪眼，就要跟中書令大人算帳。

趙篆已經微笑出聲道：「朕打算給北涼開禁百萬石漕運，以後交由坐鎮青州的溫太乙全權處置此事，齊先生、坦坦翁，是否妥當？」

齊陽龍點點頭。

桓溫思索片刻：「只好如此了。」

趙篆轉頭望向滿身煞氣的兵部尚書：「讓吳將軍受委屈了，京畿南軍大營一事，朕會讓人徹查，吳將軍返回廣陵道之前，一定給將軍交代。」

吳重軒抱拳道：「陛下能有這份心，末將便已經無話可說，也請陛下放心，末將不是那種不識大體的臣子。」

趙篆神色滿意。

桓溫猶豫了一下，終於還是忍不住開口問道：「陛下，溫太乙也好，靖安王也罷，與北涼徐家都有舊怨，若是因私廢公，耽誤了朝廷大事，到時候……」

趙篆笑咪咪道：「靖安王趙珣忠心無疑，溫太乙的學問事功皆有美譽，擔此大任後，相信不敢在漕運一事上馬虎。」

桓溫不依不饒不客氣地說道：「我離陽漕運分南北，南運以廣陵江為主，北運以數段運河為主，也衍生出兩派頑固勢力，溫太乙早年與南運主官結怨甚深，怕就怕溫太乙能夠誠心做事，南系漕運從上到下卻百般刁難，而原本可以制衡漕運十多萬大軍的青州將軍洪靈樞，此時又已經身在京城，恐怕百萬石漕糧入涼一事，少不了摩擦。

依老臣之見，若是讓溫太乙出任靖安道經略使，還需派遣一位威望不弱的副節度使，除了震懾中原腹地的蛇蟲，正好還能順便理清南系漕運淤積多年的淤泥！」

雖說桓溫有些咄咄逼人，但是趙篆還是笑容不變地點了點頭：「既然如此，不知坦坦翁覺得安東將軍馬忠賢，出京擔任副節度使一職，如何？」

桓溫有些驚訝。

馬忠賢無論領兵打仗的本事還是在軍中的口碑，或者是家世背景，以正三品的實權安西將軍升任藩王轄境的從二品副節度使，又是武官系統內部的升遷，其實挑不出大毛病。但是作為馬祿琅之子，馬忠賢這一去，彈壓尾大不掉的漕運官員是夠用了，說不定果真能夠將漕運大權從各方勳貴手中收攏回朝廷，可是與保證漕運順利入涼的初衷，難免背道而馳。溫太乙跟北涼徐家不對付，馬家不更是如此？

聞聽年輕皇帝如此安排，陳望有話要說，就在陳望已經醞釀好措辭的時候，突然發現自己被人扯住了袖子，轉頭看去，陸詡「望向」前方，好像根本沒有伸手阻攔陳望。

陳望何其謹慎，很快就打消了諫言的念頭。同時陳望心中有些震驚，身邊的陸詡是如何知曉自己要開口說話的？

又小半個時辰後，幾名臣子退出密室，吳重軒笑著跟其餘四人告辭一聲，率先大步離去。齊陽龍和桓溫並肩而行，作為勤勉房「老人」的陳望則領著新人陸詡。

兩個老人與兩個新人，恰好是不同的方向，相背而行。

陳望輕聲道：「謝了。」

陸詡神情淡然，置若罔聞。

那邊，無須宮中太監帶路的桓溫沒來由地感慨道：「不同了。」

齊陽龍說了句大不敬的言語：「怎麼，陛下不做那點頭皇帝，坦坦翁就不樂意了？」

桓溫怒道：「放你的屁！」

中書令大人裝模作樣聞了聞：「秋高氣爽桂花香，沁人心脾啊，哪兒來的臭屁？」

桓溫冷哼一聲，加快步伐，顯然是不願意繼續跟中書令並肩而行了。

齊陽龍也不阻攔，不過也跟著加快步伐，輕聲笑道：「在欽天監，那北涼王親口稱讚我的學問冠絕天下，坦坦翁，做何感想啊？」

桓溫扭頭看著這個滿臉得意的中書令，不屑道：「唬誰呢？」

這回換成齊陽龍大踏步前行。

桓溫看著這個背影，喃喃道：「那小子瞎了狗眼不成？還是說這老傢伙家裡有貌美如花的孫女被那小子惦記上了？」

九九館老闆娘在徐偃兵的親自帶領下進入小院，結果看到讓她啼笑皆非的一幅場景——堂堂北涼王坐在一條小板凳上，搓洗著那件華貴至極的藩王蟒袍。

問題在於年輕人的動作很嫻熟！

徐鳳年剛剛洗好衣服，擰乾後，快步晾曬在院內早已架起的竹竿上，擦了擦手笑著道：「洪姨來了啊？隨便坐，反正就兩把椅子。」

然後徐鳳年對婦人身邊的年輕女子也笑道：「這麼快又見著陳姑娘了。」

蹲在走廊中的賈家嘉和徐嬰正在下棋，看到婦人和陳漁後都沒上心，低頭繼續落子，賈家嘉的棋子都放在那頂倒著放的貂帽裡，徐嬰的棋子就兜在大袍子裡。

老闆娘坐在籐椅上，陳漁本意是站在洪姨身邊就可以，沒想到那個年輕的藩王就挑了個靠近兩個奇怪女子身邊的位置，懶洋洋蹲靠著廊柱，揮手笑道：「陳姑娘也坐。」

老闆娘開門見山道：「鳳年，聽說你只跟朝廷要了五十萬石糧草？」

徐鳳年樂了，笑道：「沒有的事，是齊陽龍那老狐狸為老不尊，厚著臉皮要我別下刀子太狠，他答應在明年入秋前會有保底的一百萬石漕糧入涼，至於五十萬石的說法，估計是中書令大人想著好歹給朝廷留點顏面吧。反正我到時候肯定會帶著幾萬北涼騎軍殺入廣陵道的，想了想，當下就別太過分，所以就隨口答應了。現在想想，其實挺對不住他老人家的。以後如果有機會，一定要當面道個歉。」

老闆娘目瞪口呆，沉默了半天，終於笑罵道：「真夠不要臉的……不過洪姨喜歡！」

陳漁心頭一震。數萬北涼鐵騎直撲廣陵道？這是什麼意思？

徐鳳年瞥了眼賈家嘉和徐嬰那天馬行空的棋路，嚷著「下這裡、下這裡」，就從賈家嘉貂帽裡掏出一枚棋子幫著落子，發現徐嬰的幽怨眼神，又趕緊念叨著「下這裡、下這裡」，也給幫著落子了。

陳漁瞪大眼睛看了看，有些呆滯。

分明是兩條「你別管我，我也不理你」的一字長蛇陣，那也算圍棋手談？

徐鳳年在下棋的時候，抽空嬉皮笑臉說道：「欽天監的事，洪姨別生氣啊，生氣不好，容易長皺紋。洪姨還年輕呢，這要跟我一起出門，我喊姐姐，路人都覺得喊老了，保不准就要義憤填膺地出拳揍我。」

洪姨笑著揉著那眼角的魚尾紋，使勁點頭道：「嗯嗯嗯，這倒是事實。」

陳漁悄悄深呼吸。

洪姨突然柔聲笑道：「鳳年啊，我是不是你的洪姨啊？」

徐鳳年如臨大敵，立即起身跑到婦人身後，小心翼翼揉捏著她的肩膀：「洪姨，有事啊？實不相瞞，別看我現在活蹦亂跳的，其實是假裝沒事給朝廷看的，畢竟身在京城，四面環敵，一旦露餡，那就危險了啊！我現在是走路都很困難，只不過為了不讓洪姨擔心……」

洪姨對站在院門口的那個男人喊道：「徐偃兵，你家王爺說他走不動路了，我想請他去趟九九館，不然你背著你家王爺上馬車？」

徐偃兵笑道：「這個……」

徐鳳年趕緊使眼色，但是徐偃兵還是豪爽地道：「完全沒問題。」

先前在欽天監門口是誰說「好快的槍」來著？

徐鳳年哭喪著臉道：「洪姨，妳真不怕惹麻煩啊？我後天就要離開京城了，到時候妳還想不想繼續開九九館啦？」

洪姨猛然起身，拉著徐鳳年就向院門口走去，這位無可奈何的北涼王轉頭對下棋的兩人說道：「回來幫妳們帶好吃的。」

等一行人走出下馬嵬驛館，走向那輛小馬車，就連洪姨和陳漁都能聽到遠處大街上的無數尖叫聲。有一些喊聲，很是撕心裂肺啊。

本是想和徐偃兵一起前往九九館的徐鳳年頓時沒了想法，然後聽到洪姨笑咪咪道：「你瞅瞅，以後九九館生意能不火？到時候你坐過的座位，洪姨要收一百兩銀子起步，誰出價高誰坐，而且只能坐半個時辰！咋樣？」

徐鳳年笑臉尷尬，「洪姨，突然有點身體不適，明天！我明天一定去九九館找洪姨！」

洪姨狠狠瞪了一眼，不由分說拉著他坐入馬車，徐偃兵騎馬護送，看著那些擁擠在視窗門口、一個個近乎癲狂的女子，不少人甚至已經衝到大街上，徐偃兵第一次覺得是如此地前路坎坷。

洪姨和陳漁並肩而坐，徐鳳年縮手縮腳坐在對面角落。

洪姨打趣道：「鳳年，就沒想著挑幾個水靈的姑娘帶回北涼？」

陳漁撇過頭，望向窗簾子。

徐鳳年頭痛道：「洪姨妳就饒了我吧。」

一條驛館的大街，馬車行駛得跟烏龜爬差不多，窗外是此起彼伏的一聲聲「徐哥哥」。

徐鳳年摸了摸額頭，這次是真有冷汗了。

洪姨突然問道：「欽天監兩座大陣都毀掉了？」

徐鳳年也不知道洪姨如何得知的祕聞，點頭道：「毀掉大半了，因為衍聖公給了我一樣東西，反而保存了離陽的元氣，沒有讓謝觀應得逞。不過姓謝的也不好受，那個破碗被我打爛，又被鄧太阿盯上，估計那一劍，得讓謝觀應一口氣跑到廣陵江以南。

總的來說，離陽氣數尚在，但是有了變數。如果不出意外，那位北地鍊氣士領袖已經告知那個年輕天子。我最奇怪的地方也在這裡，他竟然沒有為此興師問罪，說不定又是謝觀應在其中搗鬼。我當時沒料到那個……騎牛的會來太安城，打算藉著龍虎山初代祖師自以為可以返回天門的機會，順勢闖過天門，斬一斬更多仙人，所以就沒有追謝觀應，早知道是這樣的話，怎麼也該追上幾百里的。」

洪姨嘆息道：「心真大，像你爹。」

徐鳳年咧嘴一笑。

察覺到陳漁目不轉睛盯著自己，徐鳳年玩笑道：「怎麼，陳姑娘不認識幾年前的那個牽馬乞丐了？」

陳漁坦然道：「是有些認不出了。」

到了九九館，發現破天荒地門庭冷落，洪姨笑道：「中午就歇業了，不樂意伺候那幫大爺。今兒洪姨也破個例，親自下廚，給你做頓好吃的。」

開鎖入門，洪姨迅速關門的時候，徐鳳年猛然看到一個站在不遠處的帷帽女子。

徐鳳年愣了愣，快步來到她面前，輕聲道：「姑姑，妳怎麼來了，雖然現在趙勾焦頭爛額，顧不過來很多地方，可是九九館難免還有人盯梢。」

女子摘下帷帽，面猶覆甲。她正是吳素當年的劍侍，趙玉台。

徐鳳年第二次遊歷江湖，與她在青城山青羊宮相遇，藏有大涼龍雀劍的紫檀劍匣，也是她親手交給徐鳳年的。

她嗓音沙啞道：「本不該讓你來的，但是姑姑就是想見你。」

徐鳳年一臉孩子氣地道：「那欽天監，我想去就去，想走就走，那麼姑姑就算進皇宮要見我，一樣去得！」

洪姨笑道：「行了，你們不嫌累啊，坐下說話吧。我去灶房，等半個時辰，你倆先慢慢聊。」

陳漁想要幫忙，被洪姨從掛簾那邊推回來，陳漁只好挑了條長凳安靜地坐下。

趙玉台剛想要說她手中的牽線傀儡吳靈素的事情，徐鳳年就已經無比開心地說道：「姑姑，啥時候回北涼？現在黃蠻兒也長大了，個子躥得賊快！姑姑，告訴妳一個祕密，有個北莽女子真有眼光，一眼就看上黃蠻兒了，死皮賴臉要給黃蠻兒當媳婦，攔都攔不住，打都打不跑。

嘿，她身分也不簡單，我當然沒啥門戶之見，不過就是替黃蠻兒高興，我作為黃蠻兒的哥哥，當然一見面不能對她太過客氣，要不然以後萬一黃蠻兒管不住她咋辦，是吧？所以就故意板起臉挑三揀四，把那個女子給唬得一愣一愣的，哈哈，那感覺，真是好，把我給樂得不行……二姐也想姑姑妳，我這次要是能帶姑姑回去，她肯定高興壞了……」

聽著他絮絮叨叨，趙玉台摘下已經覆面二十多年的黃銅面具，露出那張猙獰恐怖的醜陋面容，但是她毫不在意，他也是。

當簾子後頭洪姨喊著「上菜嘍」的時候，趙玉台輕聲道：「姑姑還要盯著吳家父子，那對父子是三天不打、上房揭瓦的德行，不能功虧一簣。」

徐鳳年搖了搖頭，眼神堅毅：「姑姑，跟我回家，不管他們了。如今我們北涼不需要這點陰謀詭計了。」

趙玉台也搖頭道：「這麼多年的謀劃，現在放棄，太可惜了。」

徐鳳年燦爛地笑道：「姑姑，等我正式成親的時候，家裡沒有一個長輩怎麼辦？」

正一手端盤子、一手掀簾的洪姨聽到這句話，淚如雨下。

◆

徐鳳年離開九九館的時候，天邊正掛著火燒雲，抬頭望去，就像一幅幅疊放在一起壯麗燃燒的蜀錦。

良辰美景、名將佳人、梟雄豪傑、公卿功臣，俱往矣。

馬車是老闆娘那輛，徐偃兵棄了馬匹，充當車夫。

車廂裡除了徐鳳年，還有一位帷帽遮面的婀娜女子，原本徐鳳年是不想接手這塊燙手山芋的，但是洪姨一句話就說服了他。

『世間總有一些女子，想要為自己而活，但她們往往很難做到，別的男人我洪姨不去求，但跟鳳年你，我是不見外的，帶她去北涼吧，之後她想去哪裡，你不用管。』

一路上兩人沒有任何言語，陳漁在發著呆，徐鳳年則忙著調理體內氣機，大概比離陽工部官員治理廣陵江的洪澇災害還吃力。

回到了下馬嵬驛館，徐鳳年給她安排了一棟僻靜別院，離他的院子不近不遠，分別的時候，陳漁在徐鳳年轉身離開之前，那雙秋水長眸凝望著他。

徐鳳年壞笑道：「那個遼王趙武不是要娶妳做王妃嗎，我跟他有過節，他不痛快，我就痛快。」

她眨了眨眼睛：「你要給他戴綠帽子？」

徐鳳年一本正經道：「只要妳打得過我，那就是了。」

陳漁嘴角翹起：「可惜了。」

徐鳳年很欠揍地點頭附和道：「是啊、是啊，可惜我武道修為還湊合，尋常人物，很難近身。」

陳漁佯怒，抬手握拳。

徐鳳年似乎記起了當年遊歷江湖的一些慘痛往事：「女俠，別打臉，要靠這個吃飯的！」

陳漁冷哼一聲，輕靈轉身，不輕不重撂下一句：「以前是沒賊膽，如今連賊心都沒了，看來什麼藝高人膽大這樣的話，都是騙人的啊。」

等到陳漁遠去，徐偃兵調侃道：「這也能忍住不下嘴，是當年修練武當山的大黃庭，給落下病根了？」

徐鳳年嗤笑道：「怎麼可能！你是不知道在幽州胭脂郡……」

徐偃兵點頭道：「知道，扶牆出門嘛，余地龍那小子說過了，估計褚祿山、袁左宗、燕文鸞這一大幫子，說不定連白煜、宋洞明在內，七七八八的，差不多都已經知道了。」

徐鳳年終於明白為何途經霞光城那會兒，燕文鸞、陳雲垂等人會有那種古怪的眼神了。

他咬牙道：「余地龍，你這個欺師滅祖的小兔崽子，給老子等著！」

徐偃兵彷彿自言自語道：「忠言逆耳啊。」

徐鳳年無可奈何道：「徐叔叔，這就是你不厚道了，趁著我現在的境界江河日下，你有失宗師風範啊。」

徐偃兵伸手拍了拍徐鳳年的肩膀，神情嚴肅。

就在徐鳳年誤以為這位離陽王朝最籍籍無名的武聖要說什麼心裡話的時候，徐偃兵語重心長道：「王爺，你有宗師風範就夠了。對了，能不能把驛館外頭那些瘋了的姑奶奶請走，我就想安安靜靜買壺綠蟻酒。」

徐鳳年斬釘截鐵道：「這個，真不能！」

徐偃兵大笑著離開。

徐鳳年想了想，掠至小院屋頂，躺著看那絢爛的火燒雲。

賈家嘉和徐嬰一左一右坐在旁邊，隔著徐鳳年，她們伸出雙手樂此不疲地玩著十五二十的遊戲。

徐鳳年剛想忙裡偷閒閉眼休息一下，就發現下馬嵬驛丞忐忑不安地站在小院門口，縮頭縮腦往院子裡探望，雙手捧著一只小布囊。

徐鳳年來到他跟前，笑問道：「怎麼了？」

驛丞如喪考妣，哭腔淒慘道：「王爺，小的這不是才發現驛館沒有綠蟻酒嘛，就想著去街上酒樓買幾罈子回來，不承想這還沒進門，小的就立馬被一幫女子堵住了，一個個不是侯爺的女兒就是侍郎大人的外甥女，要不然就是哪位將軍的親戚，小的是真招惹不起啊，她們一股腦就把好些閨閣用物塞到小的手裡了，一大疊信箋不說，還有扇子、梳子、釵子、繡球、玉佩、香囊，甚至還有的說是她們生平第一次用的胭脂盒、第一次看的禁書，還有繡金小刀連同用刀割下的青絲，啥都有啊！

小的不是不想拒絕，可是這幫女子除了金枝玉葉，還有好幾位女俠仙子，看她們那架勢，要是不收就要打斷小的手腳，小的差點就沒能活著返回下馬嵬啊！有個忘了是哪位世族豪閥裡頭的小姐，差點要把一架古琴讓小的捎給王爺，小的真真正正是死裡逃生……」

徐鳳年嘆了口氣，從驛丞手中接過沉甸甸的布囊，這「布囊」原來還是一位女子的華貴披帛。

驛丞在這位年輕藩王轉身的時候，小心翼翼說道：「王爺，好像當時小的百忙之中，還收了幾個用石榴裙或是縵衫包裹起來的玩意兒，裡頭……大概會是女子的繡花鞋……以及貼身的訶子[1]……」

不等北涼王回過神，驛丞就顧不得尊卑禮儀，一溜煙跑了。

徐鳳年下意識轉頭，屋頂上坐著的呵呵姑娘，呵呵呵個不停。

徐鳳年不動聲色地把那只情意深重的「布囊」丟在地上，拍了拍手，滿手餘香地走入院子，心想下馬嵬這邊可別傻乎乎真的全銷毀了，其實有些信箋情書當消遣看也是不錯的嘛。

下一刻，賈家嘉就離開屋頂站在那只布囊附近，抬起腳作勢要踩下去。

徐鳳年轉頭又轉頭，不去看。

等到徐鳳年回到籐椅上躺著，眼角餘光發現那閨女蹲在門口，徐嬰也蹲在一旁，兩個女子在那裡好像找到了一座寶庫，翻來覆去，七零八落……

而陳漁竟然不知為何也來到了門口，煽風點火，指點江山，傳道授業……

徐鳳年齜牙咧嘴地閉上眼睛，其實嘴角滿滿的溫暖笑意。

◆

一起吃晚飯的時候，徐偃兵喝著驛丞歷經千辛萬苦才買來的綠蟻酒，強忍住笑意，使出了九牛二虎之力才忍住沒有落井下石。

因為除了陳漁還算正兒八經的裝飾，賈家嘉和徐嬰頭頂插滿了釵子，那份珠光寶氣，能晃瞎人眼，臉上也沒少抹脂粉，比今天黃昏的天邊火燒雲，猶有過之而無不及。

陳漁丟了個既嫵媚又挑釁的眼神給嘴角抽搐的年輕藩王。

後者點了點頭，昧著良心稱讚道：「美！」

好不容易熬過這頓晚飯，夜色中的小院，恬靜而安逸。

陳漁躺在籐椅上，徐鳳年和徐偃兵坐在臺階頂部的小板凳上，一人拎著一壺酒。

徐嬰在旋轉飛舞，賈家嘉就繞著她一起轉圈。

徐偃兵輕聲感慨道：「如果我們北涼人有一天，也能夠像太安城的百姓活得這麼心安理得，就好了。」

徐鳳年喝了口遠沒有北涼酒那般地道燒腸的綠蟻酒：「很不容易，但既然今年我們打贏了，總歸有個念想了。」

很少說那些肺腑之言的徐偃兵狠狠灌了一大口酒：「我是個一心在武道登高的匹夫，就算當年因為宗門的關係給大將軍當扈從，但心底其實從來沒有什麼家國天下，總覺得有一雙拳頭一身武藝，要麼有天覺得無聊了，就破開天門做飛升人，要麼有一天死在誰的手上，死在哪裡都是死，這副皮囊即便無人埋，也根本不打緊。

後來有次在清涼山後山散步，當時石碑上的名字還不多，我看著那些不高的石碑，突然覺得要不然自個兒以後在這裡，也留下個名字？我讀書不多，但也知道無論正史野史，不管留給後人幾百萬、幾千萬字，也不管文人雅士寫了多少詩篇，那都沒有老百姓的份，想留個名字，難如登天，比尋常江湖武人成為大宗師還難。可我們北涼不一樣，有三十萬石碑，有那部《英靈錄》……」

徐偃兵重重吐出一口氣：「我們北涼，不一樣！」

徐鳳年不知不覺已經喝完了酒，把酒壺擱在膝蓋上，雙手攏袖，輕聲道：「徐叔叔，戰死，哪怕再壯烈，也比不上好好活著。」

徐偃兵笑道：「誰沒有個死，當然了，能不死當然誰都不想死，但我也說過，咱們北涼不一樣，跟這座太安城更不一樣！」

徐鳳年默不作聲。

徐偃兵轉頭問道：「怎麼，以為那十多萬邊關將士，都是為你徐鳳年戰死的？」

徐偃兵狠狠「呸」了一聲，「你小子別臭屁了！真以為下馬嵬外邊有百來號娘兒們為你要死要活的，咱們北涼三十萬鐵騎就也愛慕你徐鳳年的風采了？他娘的，三十萬邊軍兒郎，那可是大冬天都能赤條條在雪地裡跑十幾里路的漢子！」

徐鳳年啞然失笑。

陳漁忍俊不禁，但是很快眼中浮現出一些細碎的傷感。大概這就是北涼男人獨有的對話吧。就像北涼刀，不重，但割得走北莽三十多萬大軍的大好頭顱。北涼鐵騎，不多，但在葫蘆口築得起史無前例的巨大京觀。

徐偃兵仰頭喝了口酒：「離陽唯獨我北涼，不死戰如何能活！你徐鳳年只要不讓他們白死，不曾獨自怯戰而退，那就對得起三十萬鐵騎了！」

徐鳳年笑道：「徐叔叔，這話可就說得傷感情了啊。別的不說，跟拓跋菩薩那場仗，我自己覺得就挺驚天地、泣鬼神的，要不是拓跋菩薩那王八蛋有人幫忙，他的腦袋可就要在楊元贊之前丟掉了。」

還在陪著徐嬰打旋兒的賈家嘉「呵」了一聲。

徐鳳年趕緊笑道：「以後打架肯定喊上妳，讓妳收尾。」

徐偃兵使勁倒了倒酒壺，竟然沒酒了。

他將酒壺隨手高高拋出牆外，緩緩起身，說道：「徐偃兵有個不情之請。」

徐鳳年說道：「徐叔叔你說。」

徐偃兵平靜道：「不要因為是大將軍徐驍的兒子，才當北涼王；不要因為是北涼王，才站在關外。」說完這句話，徐偃兵大步走下臺階。

當徐偃兵走到院門口時，徐鳳年拿起酒壺輕輕向他拋去，徐偃兵頭也不抬地接住酒壺。

徐鳳年笑道：「沒問題！不過就當欠我一壺酒，咋樣？」

徐偃兵笑道：「欠著！」

徐偃兵離開很久了，徐鳳年笑咪咪托著腮幫，看著院子裡那兩個女子的旋轉打圈。

陳漁打破沉默道：「我跟著你離開九九館，只是因為洪姨希望我去北涼，對我來說，去哪裡都差不多，這件事，真的不騙你。」

徐鳳年「嗯」了一聲：「我相信。」

陳漁嫣然一笑，笑靨禍國殃民，可惜徐鳳年沒有轉頭。

她笑道：「聽說北涼冬天的風雪很大，都能刮走人，是嗎？」

徐鳳年搖頭道：「沒那麼誇張，但北涼的大雪，真的很大。」

陳漁繼續笑問道：「那我就真的下定決心去北涼了哦？」

徐鳳年點頭：「北涼不大，很窮，但肯定容得下一個想看大雪的女子。」

陳漁歪著腦袋，問道：「僅此而已。」

徐鳳年還是點頭：「僅此而已。」

陳漁笑臉不變：「你真的跟以前不太一樣了。」

徐鳳年依然點頭，添了一句：「忘了提醒妳，北涼是真的窮，妳要是有私房錢啊、嫁妝啊什麼的，千萬別嫌重就不帶，到時候我幫妳扛，我不怕累。實在不行，我還有八百白馬義從。剛好這次來太安城，沒怎麼打著秋風，這不是咱們北涼鐵騎的風格啊！」

陳漁胸脯微微顫動，咬牙切齒道：「沒變！」

徐鳳年轉過頭，哈哈笑著抱了一拳。

又是一陣沉默。

又是陳漁主動開口道：「你心裡頭的那個人，很漂亮吧？」

徐鳳年這一次沒有點頭，好像有些怔怔出神，過了很久才輕聲道：「當然好看啊，很小的時候第一眼就喜歡上了，不過那時候不知道怎麼才算喜歡，只知道欺負她，但可能也是生怕她記不住自己吧。」

陳漁輕輕嘆息。

突然，這個年輕男人轉過頭，笑臉溫柔：「還有，她有酒窩，妳沒有。」

陳漁第一次有痛痛快快出手揍人的衝動。

徐鳳年重新轉頭，好像視線越過了院牆，越過了太安城的城牆，越過了大山大水，望向那遙遠的南方。

陳漁「哦」了一聲：「原來是她啊，難怪你要帶著北涼鐵騎去廣陵道。」

徐鳳年柔聲道：「我跟她說過，她，我欺負得，誰都欺負不得。她可能不信，那我就證明給她看。」

陳漁有些沒來由地黯然。原來有些男女之間，有些不用太多力氣便說出口的平淡言語，是如此有斤兩。

其實有句話，徐鳳年沒有說出口。

以後，他也不再欺負她了。

我的小泥人。

◆

齊陽龍還真就去了下馬嵬驛館親自催促年輕藩王帶兵離京，只不過等到老人才下馬車，驛丞就跑到跟前，雙手捧著一個小布兜，因為不敢確認老人的身分，小心翼翼問道：「敢問老先生是不是中書省……」

驛丞的問話點到即止，沒有直接問是不是中書令大人，而是折中提到了衙門而不提官職，即便出錯，也能補救。

老人點頭「嗯」了一聲，問道：「北涼王難道已經離京了不成？」

驛丞膝蓋一軟，好在這個時候老人已經一把拿過了布兜，掂量了一下，納悶道：「印章？」

差點跪倒在地的驛丞硬生生挺直腰杆，手足無措，漲紅了臉。

下馬嵬驛館一直是個尋常官吏避之不及的瘟疫之地，他也是去年不小心惹惱了兵部一位職方清吏司的主事大人，才被丟進這裡自生自滅，哪能想到會有跟中書令大人面對面說話的一天？驛丞當時聽王爺說中書省的齊陽龍今早會來下馬嵬，也沒當真，覺得撐死了來個三、四品官員就算自己祖墳冒青煙了。

他一咬牙，也顧不得唐突，滿腦子都想著跟齊首輔多說一個字，就可能多為家族增添一分榮光，顫聲問道：「中書令大人，要不要進驛館小憩一會兒？」

齊陽龍笑了笑，正要婉言拒絕，突然想起一事，問道：「這下馬嵬有沒有綠蟻酒？」

驛丞小雞啄米道：「有有有！」

驛丞領著中書令大人進入驛館內院的時候，故意興師動眾地讓驛館諸多小吏忙這忙那，齊陽龍也沒有揭穿他這份淺顯心思，任由驛丞帶路跨入那棟僻靜小院。

驛丞連忙給老人搬出一把籐椅，解釋說王爺有事沒事都喜歡躺在籐椅上養神，聽上任驛丞說過王爺上次進京也是這般，對這籐椅可謂情有獨鍾。

齊陽龍在籐椅上躺著，看著像是在閉目養神。

驛丞從下屬手中拎過了兩壺酒，也不敢打攪，就弓著腰站在簷下安安靜靜候著。

齊陽龍休息了一炷香工夫左右，睜眼後輕聲問道：「把東西交給你的時候，那位年輕王爺說了什麼？」

驛丞一拍腦袋，趕忙說道：「小人差點給忘了，王爺的確叮囑了句，如果是中書令大人大駕光臨，那就讓小的跟大人說，『這小玩意兒是一個姓張的讀書人暫借給他的，如今就當還給天下的讀書人了。』如果不是中書令大人親自來下馬嵬，那就什麼都別說。」

齊陽龍愣了一下：「姓張的讀書人？」

碧眼兒？肯定不是，張巨鹿絕對不會跟北涼有任何私交。即便果真有這遺物留下，那也是交給桓溫才對。哦，那應該就是張家聖人衍聖公了。

齊陽龍緩緩站起身，收起小布兜後，從驛丞手中接過那兩壺綠蟻酒，笑問道：「喝過這酒？」

驛丞汗顏道：「昨兒才喝過幾口，有些難入口，太烈了，火燒喉嚨似的。」

驛丞說到這裡，溜鬚拍馬道：「中書令大人，便是要喝，也慢些才是。」

齊陽龍一笑置之，拎著酒徑直離去。

給銀子？老人沒有這個念頭。真要給了銀子，這名不知姓名的官吏，如何敢拿自己中書令的名號去與同僚吹噓，如何心安理得地憑此謀取前程？

太安城太安城，是很太平的一座城，可這兒沒有幾個真正心安的人啊。

◆

今日朝會，昨天那個到了門口卻反身的年輕藩王，終於沒有再次露面，這讓那支聲勢比昨天更為浩大的胭脂軍，大失所望。

禮部侍郎晉蘭亭已經接連兩日沒有參與早朝，跟禮部老尚書司馬樸華告了假，近期連衙門也不會去了，閉門謝客，據說連高亭樹、吳從先這些人也不接見。

在吏部侍郎溫太乙和安東將軍馬忠賢分別出任靖安道經略使和副節度使後，彭家當代家主火速接任吏部左侍郎，禁軍高層將領李長安頂替馬忠賢成為新任安東將軍。

就在京城早朝散會的熙熙攘攘之際，有八百輕騎在京畿西營主力騎軍小心「護送」下，已經在奔赴薊東邊境的路途上。

京畿西騎軍中上下眼瞅著不太像會有風波了，有些如釋重負，都說請神容易送神難，這位西北藩王和八百白馬義從，真是請神送神都不容易啊。聽說征北大將軍馬祿琅都已經活生生嚇死了，麾下某支兵馬也在前天遭受一場大劫，欽天監門外那條大街到現在都還沒有擦乾血跡；兵部尚書吳重軒帶到京畿南大營的私軍更是無緣無故受到重創，起因好像是在兵部衙門那邊跟那位年輕藩王起了衝突，當場就有一位南疆悍將被打得半死不活。

出身天潢貴胄的安西將軍趙桂好像身患重病，別說披甲騎馬，就連起床下地都困難，所以就只剩下一個胡騎校尉尉遲長恭擔任西軍主心骨。

過了京畿西營百餘里路程，北涼騎軍中數騎撥轉馬頭，停在原地。

只敢遠遠跟在八百北涼輕騎後頭的西營騎軍見狀，尉遲長恭親自一騎出陣率先靠近，見到其中那位北涼王的身影，頓時提心吊膽，緩緩前行。

身穿素雅便服、腰繫一根白玉帶的徐鳳年輕輕夾了夾馬腹，單獨來到尉遲長恭身邊，沉默了片刻，望著那幅離陽大隊騎軍馳騁塵土飛揚的畫面，開口說道：「尉遲校尉，先前去往京城，讓你們為難了。」

尉遲長恭愣了愣，心一抽緊，咋的，這是要先禮後兵？這位胡騎校尉一時間不敢搭話，生怕惹惱了這尊囂張跋扈的徐家瘟神，就要連累他的兩營騎軍。

徐鳳年微笑道：「再往西去，估計很快就會有薊州兵馬相迎，你們就送到這裡吧。」

尉遲長恭硬著頭皮說道：「王爺，不是末將不肯領情，委實是上頭有軍令，一定要讓京畿西營騎軍護送王爺到薊州邊境上。」

徐鳳年笑問道：「是吳重軒還是唐鐵霜？」

尉遲長恭臉色尷尬。

就在此時，有單獨一騎從東北方向狂奔而來。

徐鳳年嘆了口氣，緩緩前行，迎向那名不速之客。

兩騎隔著二十幾步對峙。徐鳳年面前的這個男子，比他年歲稍長，既無安西將軍趙桂那種紈褲氣，也沒有尉遲長恭這種武人的沙場氣息，如果不是他出現在這裡，在太安城大街上就是個普普通通的士子書生。

那名男子抬了抬屁股，伸手揉了幾下，嗓音沙啞道：「一直不敢相信真的是你。我回京之後，聽說之前太安城出現一個向祁嘉節挑戰的年輕劍客，就叫溫華，我也不信，那麼到底是不是當年我見到的那個傢伙？」

徐鳳年點了點頭：「就是他。不過……如今他不練劍了。」

男人臉色苦澀：「那當初在吳州那邊，你是不是就已經知道我的身分了？」

徐鳳年無奈道：「好幾次醉酒後，你自己跟溫華說，你是本朝大將軍的嫡長孫，我又不是個聾子……溫華當然不信，就像他一開始覺得我也是吹牛皮不打草稿……等我回到了清涼山，就知道你馬文厚是誰了。征平鎮這幾個字的將軍，離陽王朝屈指可數，姓馬的，更是就一家。」

男人呢喃道：「那時候買不起好酒，劣酒一喝就容易醺醉昏頭，我有什麼辦法。」

徐鳳年看著這個當年在吳州偶遇的讀書人，神情複雜。

那時候，馬文厚是個負笈遊學獨自行萬里路的士子，喜歡撰寫遊記，恰好遇到在小巷下棋賭錢的自己和溫華，輸光了銀錢，然後就賴上他們了。一起廝混過兩個多月，溫華跟馬文厚好像格外不對路，雙方看不順眼，總能為了雞毛蒜皮的小事就紅脖子瞪眼睛。

溫華總不相信這個摳門的貧寒書生出身名門望族，馬文厚則不相信挎木劍的遊俠這輩子真能練出個名堂，只不過那時候離家在外的馬文厚不願動用家族在地方上開枝散葉的人脈，一直囊中羞澀，加上又憤懣於師承離陽棋壇國手的自己，跟姓徐的下棋竟然一盤都沒有贏過，硬是跟這兩個無賴貨色糾纏不休了三個多月，後來他要渡江南下前往南疆遊歷，這才最終分別。

馬文厚看著徐鳳年，直截了當問道：「如果不認識我馬文厚，你這趟入京，是不是會登門拜訪征北大將軍府，是不是要興師問罪？」

徐鳳年點頭道：「當然。」

馬文厚神色痛苦。

徐鳳年淡然道：「老一輩的恩怨反正擺在那裡，你要是覺得愧對你爺爺馬祿琅，覺得那筆舊帳沒有結清，如今變成是我徐家欠你們馬家，大可以將來向我徐鳳年討還，你既然是馬家的嫡長孫，我不會覺得奇怪。」

馬文厚突然怒吼道：「難道你北涼王覺得我會當作什麼都沒有發生？」

徐鳳年伸手拍了拍腰間的北涼刀，身體微微後仰，面露譏諷道：「你我都是窮光蛋的時候，你馬文厚下棋贏過我一局？如今我徐鳳年已是天下四大宗師之一，更是麾下三十萬鐵騎的北涼王，想跟我掰手腕？我估計一個六部侍郎都沒那臉皮跟我橫吧？尚書還算湊合，你馬文厚有本事就當個中書省或是門下省的主官，那才勉強有資格跟我做對手！就像碧眼兒跟我爹徐驍差不多！話說回來，馬文厚啊馬文厚，需要我徐鳳年等你幾年，還是幾十年？」

馬文厚眼睛通紅。

徐鳳年笑問道：「怎麼，不服氣？一千好幾的馬家重騎軍也就那麼回事，你一介書生，要自取其辱？」

徐鳳年撥轉馬頭，抬起手揮了揮，這個動作，顯然充滿了諷刺意味。

馬文厚喊道：「徐鳳年，你就是個王八蛋！你給我等著！」

徐鳳年根本沒有理睬，揚長而去。

遠處，大致看到兩人見面不太愉快的尉遲長恭，在聽到這句話後，為那位馬家長孫捏了把汗。北涼王要殺你那可就白殺了，我手底下這兩千多騎軍最多就是幫你收屍而已，這位藩王在太安城鬧出那麼大動靜尚且沒見有誰出來主持公道，這出了京城，剛剛沒了定海神針的馬家嫡長孫，在他跟前算什麼？

尉遲長恭猶豫了一下，終於還是打消了繼續「護送」涼騎入薊的念頭，有馬家大公子這麼一攪和，他這個胡騎校尉真怕被北涼王當成出氣筒。

在尉遲長恭跑去跟馬家公子套近乎的過程中，剛好跟年輕藩王擦肩而過，後者笑著抱拳告辭，受寵若驚的尉遲長恭嚇得連忙還禮。

◆

回到隊伍中，賈家嘉坐在馬背上，望著徐鳳年，一臉不解。

徐鳳年拿起她頭頂的貂帽戴在自己頭上，輕聲笑道：「只許我是徐驍的兒子，就不許他馬文厚是馬祿琅的孫子了？天底下沒有這樣的道理。人活著，有念想比起沒有念想，肯定更好。」

徐鳳年瞥了眼那掀起的車簾，那半張絕美容顏，打趣道：「行了，不用藏藏掖掖了，跟屁蟲都走了，就算妳陳漁出了車廂，騎馬狂奔也沒人管妳。」

白馬義從，準確說來是鳳字營都尉袁猛策馬而來，這位當年一路跟隨世子殿下遊歷江湖的魁梧漢子笑道：「王爺，那幫京畿騎軍也真是忒好，太沒勁了！」

徐鳳年瞪眼道：「少在這裡陰陽怪氣的，窩裡橫就是英雄好漢了？」

袁猛滿臉幽怨道：「王爺，末將這不是捨不得鳳字營都尉的官職嘛，王爺要是准我以都尉身分去邊關參戰廝殺，末將這就直奔虎頭城去了！」

徐鳳年沒好氣道：「如今幽州騎軍缺少將領，卸任鳳字營都尉，去當個正四品的騎軍將領，幹不幹？」

袁猛嬉皮笑臉道：「幹他娘的幹，末將又不傻，不幹！打死也不幹！幽州那地兒的騎軍將軍，都比不上咱們涼州邊軍的校尉，傻子才去，跌份兒！」

徐鳳年笑咪咪道：「袁大都尉，這話說得挺硬氣啊！行，過幽州的時候，本王肯定跟燕文鸞、陳雲垂、郁鸞刀這幾位好好說一聲，也好讓幽州知道涼州有你袁猛這麼一位好漢。」

袁猛賠笑道：「王爺，燕大帥、陳副帥那邊倒是無所謂，畢竟是步軍的頭頭而已，管不著末將的官帽子，但是千萬別在郁將軍那邊說這話，萬一他以後做了咱們北涼鐵騎的副帥，末將咋辦？」

徐鳳年笑罵道：「滾蛋！」

袁猛灰溜溜離開。

接下來陳漁果然出了車廂，只不過她騎術平平，生怕因為她而耽誤行軍，所以就跟頭頂帷帽一襲紅袍的徐嬰同乘一馬，徐鳳年和呵呵姑娘以及她們並駕齊驅。

陳漁好奇問道：「我能問那位世家子是誰嗎？」

徐鳳年嘆氣道：「最早那次遊歷遇到的一個……朋友。當年，除了兩人之外，就數這傢伙跟我最投緣了，當然跟他算是善緣，跟大雪坪軒轅青鋒那就是孽緣了。

其實那三年，遇到過很多人、很多事，大多也就一笑而過了。比如我曾經遇到一個還未成名的女俠，好像是姓齊，脾氣很好的，武藝如今看來，很一般，但是她的胸脯……真的很大，每次與人比試，她都會束手束腳，因為會覺得丟人……她是我那三年遇到的唯一沒有對我們惡言相向的江湖女俠，只是很可惜，如今離陽江湖上再沒有她的傳聞，也許是嫁人了。

剛才那個傢伙，當年也拜倒在某個仙子石榴裙下，結果有一次那位白衣飄飄的仙子與另外一位仙子交手，那時候在我們眼中，打得滿是仙氣，只不過他心目中的那位仙子，打鬥時被對手長劍劃破了腋下衣衫，然後，就沒有然後啦。」

陳漁一頭霧水：「這是為何？」

徐鳳年眯起眼，笑望向遠方：「因為我們都看到了那位仙子的……腋毛。」

陳漁目瞪口呆，哭笑不得。

徐鳳年笑咪咪道：「其實有意思的事情多了去了。比如說有個傢伙比武招親去湊熱鬧，唯一一次打贏，是因為對手打擂臺的時候突然鬧肚子，然後難得風光一次攆著對手揍的他，拽著那傢伙褲腰帶死活不願撒手，結果……妳大概可以想像一下那幅畫面，不堪入目啊……又比如說有個年輕英俊的大俠路見不平、拔刀相助的時候，很是讓人佩服，也生得相貌堂堂，結果一開口說話就完蛋，糙得一塌糊塗，都不曉得是哪個地方的古怪腔調，真是讓人感到惋惜。可見出門在外行走江湖，想當個人見人愛的少俠，真心不容易啊，是吧？」

陳漁無言以對。

徐鳳年看到遠處一騎出現在一處山坡上，大笑一聲，快馬加鞭。

賈家嘉和徐嬰也跟上。

陳漁看著前方這個背影，突然有些明白這個年輕男人的心境轉變。

江湖，是一個人人不想死就很難死的地方，而沙場，是一個人人想活卻未必能活的地方。兩者沒有高下之分，但有生死之別。這個叫徐鳳年的男人，未必就是單純喜歡青衫仗劍的江湖，未必就是真的反感金戈鐵馬的沙場吧？

徐鳳年好像猜中陳漁心中所想，突然轉頭笑道：「沙場其實才是最壯闊的江湖，真的，總有一天，我會在那裡好好殺一場。萬人敵萬人敵，要是在江湖裡，妳上哪兒找一萬個人來給妳當綠葉？」

陳漁好不容易生出一點好感，頓時煙消雲散。

徐鳳年扭頭後，看到那一騎，笑喊道：「姑姑！」

然後，覆甲女子身後遠處，又突兀出現一騎兩人。

武帝城于新郎，懷裡抱著一個綠袍小女孩。

徐鳳年勒馬停在姑姑趙玉台身邊，于新郎騎馬臨近後，輕笑道：「王爺不介意的話，讓于某一同前行？」

徐鳳年皺眉道：「樓荒並不在北涼。」

于新郎動作溫柔地揉了揉小女孩的腦袋，平靜道：「與師弟無關，就是想去西北關外看一看。」

徐鳳年沉默片刻，展顏笑道：「現在看一看也好，趁這個時候北莽蠻子還沒喘過氣，邊境上還算安生，以後就不一定能夠舒舒服服看大漠風沙了。」

于新郎開門見山道：「無妨，若是真有戰事，只要你們北涼用得著，于某大可以投軍入伍。」

徐鳳年好奇問道：「不為你師父報仇？不怕你師兄妹們心生芥蒂？」

于新郎坦然道：「本就是兩回事，何況我們幾個還不至於小心眼到這個地步。話說回來，我師父王仙芝，什麼時候淪落到需要他那些不爭氣的弟子為他報仇了？」

徐鳳年笑道：「這倒是，當初那一戰……」

于新郎苦著臉趕緊擺手道：「那一戰到底如何，是你和師父的事情，輸贏生死也是你們兩人的事情……但是如果王爺你多說什麼，我恐怕就要忍不住明知是輸，也要跟你拚命，到時候我就難堪了，去北涼沒臉皮，不去北涼，這丫頭要跟我鬧彆扭。」

徐鳳年點了點頭。

趙玉台欣慰地看著徐鳳年。

能夠讓于新郎這般驕傲的武夫如此「退讓」，可不是只靠著北涼王的頭銜，甚至不是憑藉那雄甲天下的三十萬鐵騎。

上坡時三騎，下坡時已是五騎。

徐鳳年突然對于新郎問道：「聽說你比樓荒更專注於練劍？」

于新郎點了點頭。

徐鳳年猶豫了一下，問道：「那你有沒有想過一個問題，當年與人比試的時候，劍氣縱橫，意氣磅礴，然後旁觀者拍手叫好，『好劍，好劍啊』，不會覺得彆扭，有點煞風景啊？」

于新郎一頭霧水：「這有何彆扭？如果覺得無聊，置若罔聞即可。何況我若是與人切磋，多半是生死相向，自然顧不得旁人如何看待了。」

徐鳳年撇了撇嘴，嘀咕道：「練劍練傻了，算什麼少俠。」

于新郎笑問道：「何解？」

徐鳳年剛笑咪咪地想說話，陳漁已經從中作梗道：「于先生，我勸你還是別聽他的解釋為好。」

于新郎果然轉過頭，擺出要把那個話題高高掛起晾在一邊的高冷架勢。

徐鳳年只好退而求其次，轉頭面向自己娘親的劍侍，不承想這位姑姑也微笑搖頭道：

「我也不想聽。」

四處碰壁的年輕藩王，當下有些憂鬱啊。
百無聊賴的徐鳳年哼起了一支小曲兒，是當年跟某人在市井巷弄學來的。
莫說我窮得叮噹響，大袖攬清風。莫議我睏時無處眠，天地做床被。
莫笑我渴時無美酒，大江是酒壺……世上無我這般幸運人，無我這般幸運人啊……
綠袍小孩聽著那曲子，覺得挺好笑的。但是她環視四周，為什麼沒有誰笑呢？

1 訶子：婦女遮掩胸部的飾物。

第二章　兩謀士論政北涼　徐鳳年前往新城

祥符二年初冬，在那個大鬧京城的跋扈藩王離京到達北涼轄境後，據稱隋珠公主趙風雅染病而亡。這個不大不小顯得不痛不癢的噩耗，在接連傳回太安城的巨大喜訊中，迅速無人問津。

兩遼邊軍在大柱國顧劍棠的親自率領下，膠東王趙睢和世子趙翼，以及遼王趙武，三位皇親國戚聯手輔佐顧劍棠，以朵顏精騎和黑水鐵騎作為主力，總計十六萬騎軍，北征大漠，成為永徽初離陽數次北伐失利後的第一場大捷，斬首八萬北莽蠻子。

先前滯留北莽西京的主帥王遂火速趕赴前線，這才止住了東線的大潰敗跡象。王遂大肆放權給秋、冬捺鉢兩位青壯武將，重新將邊境向前推進到兩朝舊有界線，原本僅是代天巡狩邊關的兵部右侍郎許拱，領一萬輕騎突進千里，薊州將軍袁庭山、副將韓芳和楊虎臣精銳盡出，配合負責牽制北莽主力的顧劍棠，分別與坐鎮兩翼的北莽大如者室韋和王京崇鑿戰半旬，離陽皆有斬獲。若非遼王趙武擅自貪功冒進，被貶謫到東線擔任萬夫長的種檀大敗，離陽兩遼騎軍原本極有可能順勢直插北莽腹地。

廣陵道西楚在取得曇花一現的全面勝果後，兵力分散的劣勢開始顯現。東線寇江淮獨木難支，雖然挫敗了數次宋笠和藩王趙毅的反撲，但是西線在吳重軒十萬南疆大軍和數支中原兵馬不計後果的衝擊之下，防線岌岌可危。

作為本該居中調度的南征主帥盧升象，同樣是擅離職守，「貪功冒進」，但是比起遼王趙武，就要「幸運」許多，近乎孤注一擲地成功直奔東線後方，為東線拉鋸戰一錘定音。

與此同時，蜀王陳芝豹的一萬蜀兵莫名其妙出現在東線戰場北部，恰到好處地出現在西楚東線增援西線的一部兵馬附近，終於將未嘗一敗的西楚年輕兵聖謝西陲打破金身。西楚不得不全線退縮，除了曹長卿的水師暫時占據優勢兵力，西楚先前所有戰果等於悉數交還給了離陽。

在這期間，傳言北涼王徐鳳年即將迎娶一位陸氏女子為北涼正妃，更顯得悄無聲息，無波無瀾。離陽更多是揣測這一次清涼山喜慶，北涼王府到時候會出現哪些軍中大將和封疆大吏，離陽朝廷當然希望能夠清楚獲知到底哪些人，才算是新涼王真正的嫡系心腹。而更為重要的一個潛在意義，則是這些有資格進入清涼山的新一代北涼權貴，對離陽趙室是心懷敵意者居多還是保持中立的人數占優？

至於當時年輕藩王途經薊州進入河州之前，副將韓芳和楊虎臣先後帶兵示威，成為京城百姓津津樂道的一樁美談。相比之下，漢王趙雄和經略使韓林、節度使蔡楠的無聲無息，難免讓人腹誹幾句。

在大將軍去世後，連春聯都不是紅底的清涼山王府，終於有了幾分久違的歡慶氣氛，雖然沒有大張旗鼓懸掛起大紅燈籠，但是府上僕役奴婢，那都是逢人便笑的。

原本對清涼山越發疏遠的陸氏家主陸東疆也破天荒主動去了趟王府，與宋洞明、白煜很是痛飲了一番。那些原本在涼州城中病懨懨的陸氏子弟，尾巴終於重新翹起來，待人接物一個比一個昂首挺胸。

而從青州首富搖身一變成為北涼財神爺的王林泉，原本還親自操持著日漸繁忙的流州生意，突然開始深居簡出。

陸丞燕沒有被陸家那幫親戚拖累，最終成了北涼正妃，而不是背後家族為北涼做出巨大貢獻的王初冬，這的確是一件讓整個北涼道都感到意外的事情。

夜幕中，清涼山山巔，白鶴樓樓下，徐鳳年和陸丞燕以及王初冬坐在石凳上，徐鳳年在用一片樹葉吹著〈春神謠〉，王初冬在石桌上擱了一本書籍，把腦袋枕在書上，陸丞燕坐在他和她身邊。

他們三人身後，賈家嘉和徐嬰在白鶴樓飛上掠下，不亦樂乎。

半山腰的聽潮湖畔，趙玉台和徐渭熊握著手，說著女子之間的體己話。

聽潮閣臺基上，徐北枳和陳亮錫並肩而立，兩位開始名動天下的年輕謀士，並無言語。

夜色漸深人散去，徐鳳年獨自來到一棟已無人居住的簡陋小屋前。

那裡好像有個柔柔弱弱的女孩，亭亭玉立，對他惡狠狠說道：「我要跟李淳罡學劍去，一劍刺死你！」

◆

徐鳳年在清涼山稍作停歇，就帶著鳳字營輕騎，馬不停蹄趕往那座在今年初破土動工的新城。跟他同行之人，有剛剛卸任陵州刺史的徐北枳，以及在流州官職品秩始終不上不下的陳亮錫。

先前跟他這位北涼王一起入涼的女子，姑姑趙玉台陪在徐渭熊身邊。陳漁和綠袍小女孩格外投緣，也留在了清涼山，一大一小，沒事就喜歡往聽潮湖的許願蓮上丟擲許願的銅錢。

在太安城成為玩伴的賈家嘉和徐嬰，到了北涼王府也開始「分道揚鑣」：呵呵姑娘喜歡帶著兩頭虎夔從山上跑到山下，再從山前跑到山後，只有偶爾見到那個叫陸丞燕的女子時，才會停下腳步開心笑幾聲，倒是徐嬰不知怎麼喜歡上了聽離陽文壇大家王初冬講故事。

總之，清涼山彷彿一下子就熱鬧了起來。尤其是胭脂評上跟某位「南宮姑娘」爭奪榜首的陳漁，她的到來，僅是讓人幾次驚鴻一瞥，就驚為天人。

每次當她出現在聽潮湖邊散步駐足的時候，宋洞明和白煜手下的那些北涼俊彥，若是有誰眼尖發現了，很快就會一傳十、十傳百，哪怕手頭事務再忙碌繁重，也能厚著臉皮找到一些蹩腳的藉口，蜂擁跑到衙屋外頭的小廣場欄杆邊上「賞景」，宋副經略使對此睜一隻眼、閉一隻眼，也從不刁難更不阻攔這幫心思單純的年輕讀書人。

雖然成功挫敗北莽南侵，但是那座史無前例的新城營建沒有停歇，甚至堪稱夜以繼日，週邊主城牆的修築，幾乎以肉眼可見的驚人速度拔地而起，這種天下壯觀的景象，必然要以北涼耗竭無數財力、物力作為巨大代價。

許多赴涼士子引經據典，用前朝大楚都城的三次大舉徵發力役為例，皆是「與民休息」的三十日而罷，絕不會耽誤百姓農事，以此非議北涼此舉是竭澤而漁。以北涼道副經略使宋洞明領銜的清涼山一系青壯文官，對此嗤之以鼻，因此引發了一場很快蔓延整個北涼士林的爭論，然後就在這場沒有硝煙的大規模筆戰中，新城城址那邊始終熱火朝天。

除了徐鳳年僅是作為名義上的將作大匠，上至經略使李功德和墨家鉅子這兩位新城總督，到包括涼州刺史王培芳在內的六位副監，再到北涼關內將近六萬地方駐軍和十數萬三州兵籍役夫，所有人都兩耳不聞關內事，對於新城建造是否勞民傷財的辯論，不聞不問、不理不睬。

徐鳳年和徐北枳、陳亮錫並駕齊驅，身後是相談甚歡的徐偃兵和于新郎。

陳亮錫比起最早入涼的時候，好好一位白面清秀的江南書生，握轀的雙手佈滿老繭，變成了黑炭一般的消瘦村夫，只是雙眼炯炯，沉穩而堅毅，此時跟徐鳳年說道：「只要清涼山掏得出銀子，流州可以立即抽調四萬左右的青壯趕赴新城。但是下官希望除了不拖欠他們的工錢之外，王爺還能承認他們的版籍。我們流州百姓，真的太苦了！」

徐鳳年有些為難：「銀子啊……」

被使眼色的徐北枳翻了個白眼，如今他已經正式擔任北涼道私自僭越設立的轉運使，緩緩道：「打贏了北莽蠻子，除去兵餉和撫恤兩項不說，直接發下去的軍功賞銀就將近九十萬兩，這還是燕文鸞、郁鸞刀這些邊關武將帶頭請求不要任何封賞，最後清涼山以絲綢文玩這些物件折算成銀子送了出去，要不然北涼王府現存庫銀已經見底了。

陵州那邊倒是還額外能擠出百來萬的真金白銀，但購買糧草一事肯定要擺在第一位，畢竟朝廷漕運開禁尚未實施，咱們不好抱太大希望，趁著兩淮道和靖安道見風使舵，好不容易鬆了口子，陵州官員只要有門路，都在用公家的銀子、『私人』的身分買糧，不到萬不得已，陵州的錢，不能動。」

陳亮錫既沒有惱羞成怒，也沒有就此死心，問道：「若是不要工錢，我流州百姓以一年勞役，換取北涼官方承認的涼州戶籍，是否可行？」

徐北枳思考片刻，搖頭道：「擱在平時自然是可行的，但是現在大戰剛剛結束，第一撥進入涼幽邊關的流州青壯，只有參與霞光城守城和葫蘆口廝殺的那兩萬流民，才取得正式戶籍，甚至連涼州關外那些沒有進入戰場的流民，至今仍是沒有獲此待遇，如果僅是參與建城就能夠成為涼州籍百姓，定會有人心生不滿。不患寡而患不均，從來如此。」

陳亮錫突然有了一股怒氣，卻不是針對徐北枳和徐鳳年，望向遠方的大漠黃沙，嘴唇緊緊抿起。他想起了青蒼城那場死戰，在最後關頭，有多少陸續趕來的流州青壯，自己闖入了戰場，隨意撿起了不論是北涼鐵騎還是北莽蠻子的武器，就那麼戰死了？

徐鳳年輕聲問道：「陳亮錫，有沒有想過，以後有一天，不到三十萬人的流州，人人都是北涼道流州戶籍的百姓，根本不用拿性命去博取一個別州版籍？」

陳亮錫深呼吸一口氣，默不作聲，眼神恍惚，似乎在憧憬著那一天的到來。

很多次就連流州刺史楊光斗都笑稱整個流州，只有陳亮錫這個落腳沒幾年的外來戶，比流州人還要以流州人自居。

徐北枳突然笑咪咪拆臺道：「王爺，你這大餅畫得可是不花一個銅板啊，比起以往的大手大腳，現在會當家多了。」

徐鳳年開懷大笑，雙手環胸並不握韁繩，身體隨著馬背顛簸起伏，神情頗為自得。

陳亮錫也微笑附和道：「是有幾分勤儉持家的架勢了。」

徐鳳年笑過之後，轉頭打趣道：「亮錫，知道你無所謂官大官小，可是這次守住青蒼、守住流州，不說你厥功至偉，最不濟『功不可沒』是跑不掉的，你如果執意不升官，這讓本該高高興興升官加爵的同僚們如何自處？你自在了，可他們就要渾身不自在了啊。」

陳亮錫搖頭道：「從刺史府邸和龍象軍再到三鎮將士，王爺該如何賞賜軍功就怎麼賞，不用管我，流州官場不比涼州、陵州，沒有王爺想像中那麼多彎彎繞繞。」

徐鳳年看似隨意地說道：「刺史楊光斗自己心知肚明，他不會在流州待太久的，我也不忍心讓這個老人在塞外，陪著你們這些正值當打之年的年輕官員風餐露宿，到時候若是涼莽戰事結束，邊關大定了，流州註定會『改朝換代』，入涼士子嗷嗷待哺不去說，三州北涼本土官員也要眼饞，未來流州將是連通離陽和西域商貿管道的必經之地，更是一處中轉重地，現在流州的官吏不值錢，但以後說不定比塞外江南的陵州還要富饒。楊刺史拍拍屁股一走，回到涼州當個副經略使什麼的，養老了，屆時你們這撥流州官場『老人』，還有那二、三十萬流民群龍無首，你就不擔心？」

陳亮錫陷入沉默。

徐北枳轉移話題，幸災樂禍道：「咱們北涼的那位財神爺，號稱在短短兩年內便走遍了涼流兩州每一寸土地，更兼著新城副監的身分，這次突然偶染風寒在家養病，王爺你就沒去慰問？」

徐鳳年一陣頭大。

徐北枳漫不經心道：「行了、行了，解鈴還須繫鈴人這個說法，在家務事裡頭是說不通的，於是我就自作主張去王府……就是王爺你未來老丈人的那個王府，找他王林泉好好喝了次酒。

怨氣嘛，肯定有，他們王家說起來比陸家要更早入涼，前半輩子鞍前馬後給大將軍做小卒子，後半輩子又在青州積攢下那麼大一份家業，徐家一招手，整個王家就帶著一箱箱、一車車黃金白銀進入北涼了，而且王家一沒跟清涼山要官帽子，二沒跟清涼山要開後門，做的都是最辛苦的生意，圖什麼，還不是想著他女兒，能夠得個『正』字，而不是『側』？」

徐鳳年輕輕嘆息一聲，於情於理，都該如此。

徐北枳繼續笑道：「王林泉喝多了後，也說漏嘴了，即便初冬那閨女沒有正王妃的命，但只要那個姓陸的女子也是側王妃，兩人都是沒有高低分別的側王妃，也一樣不算委屈了初冬。現在這算怎麼回事？

王林泉的言下之意嘛，陸家那幫不成才的傢伙，從恃才傲物的陸東疆到恃寵而驕的陸家子弟，有幾個是誠心誠意為徐家考慮處境的好東西？不就是多讀了些書，結果一個個尾巴翹到天上去，恨不得個個占據北涼官場要津才甘休，才對得起他們的清貴身分，一幫不知天高地厚的玩意兒！」

看到徐鳳年轉頭望過來，徐北枳咧嘴笑道：「最後那幾句自然是我說的，王林泉就算灌了幾百斤綠蟻酒，肯定也不敢這麼袒露心聲。」

徐鳳年無奈道：「我知道因為漕運的事情，你對我也有怨氣，但是差不多就行了啊，真當我是泥捏的菩薩不會生氣？」

徐北枳冷哼道：「我把醜話說前頭，齊陽龍是齊陽龍，朝廷是朝廷，自張巨鹿的死開始，廟堂上就已經出現了一條不可彌補的裂縫，君臣相宜的光景，已經一去不復還。趙家天子把溫太乙和馬忠賢一文一武放到中原腹地的靖安道，加上坐鎮青州襄樊的趙珣，這三個人湊一堆能安什麼好心？

我是不知道當時京城小朝會是怎麼個氣氛，也不知道齊陽龍這位本朝首輔和桓溫這個次輔當時有無提出異議，但既然溫馬都已出京赴任，到時候漕運磕磕碰碰，天高皇帝遠，隨便找個由頭應付朝廷戶部有何難？齊陽龍是中書令，不是戶部尚書！桓溫在門下省，更是不在吏部當尚書！」

徐鳳年摀著心口，做痛苦狀：「哎呀，在太安城接連大戰，內傷極重，心口疼，頭也疼，不行，我得回車廂躺著去。」

堂堂西北藩王、武評大宗師，溜之大吉。

陳亮錫嘴角都是笑意。

徐北枳轉頭大聲冷笑道：「有本事就一路躺到關外的新城！」

◆

徐鳳年跑走後，一時無言，徐北枳瞥了眼騎馬如步行的陳亮錫，自嘲道：「騎馬一事我不如你，這會兒大腿內側火燒似的。」

陳亮錫笑道：「流州地廣人稀，兩條分別由涼州陵州通往青蒼城的驛路，才剛剛起步，因此做什麼事情都要騎乘快馬。一開始也不習慣，除了腰酸背痛，躺在床上好不容易睡著了，就跟醉酒之人天旋地轉差不多，明明躺著，卻仍是像在馬背上高低起伏，是很遭罪。只不過現在不一樣了，即便城外無事，但一天不騎馬跑上幾十里路，反而覺得不對勁。」

徐北枳神色淡然，輕聲道：「去了趟京城，那個傢伙好像解開很多心結。以前是絕對不會給人畫餅的，多半對下一場涼莽大戰的確有幾分把握，既然如此，咱們不妨也稍稍把事情往好的方向想。

比如你所在的流州，作為已經劃入北涼道版圖的第四州，世道越好，流州在北涼的地位必然越是水漲船高，說不定以後廣袤西域開闢出第五、第六州，作為北涼和離陽連接西域的橋梁，流州就是板上釘釘的香餑餑了。

軍伍方面，有徐龍象的龍象軍，估計就算是老資歷的涼州邊軍，也不太好意思跑去搶地盤，但是流州刺史府的那些座椅，就不好說了。遠的不說，就說我剛剛離開的陵州，不管聲望還是功勞，照理說都可以順勢跨上一個臺階的黃岩黃別駕，不就沒當上新任陵州刺史？從今往後，尤其是將來戰事不那麼緊張的時候，那個傢伙要顧慮的事情只會越多，不會更少。

陳亮錫你在流州好不容易打開局面，不管你是為了自己的前程還是為了流州的局面，當下都該把座位往前挪一挪了。縣官不如現管，任你做了副經略使，也比不得在流州當低半品的刺史管用。」

大概是被徐北枳的開誠佈公感染，陳亮錫也直言不諱道：「道理我懂，事實上這次來清涼山，在路上也想過不少，只要戰事落幕，流州不但能夠在北涼道跟其他三州平起平坐，甚至有可能會是離陽朝廷心目中的重中之重。」

徐北枳點頭沉聲道：「對！正是此理。一旦北莽退縮，再不敢興兵西北邊境，那麼朝廷指不定就要派遣一位文官趕赴流州，負責幫著離陽坐鎮邊陲，那可就不是楊慎杏擔任節度副使這麼安分守己了。此舉看似荒誕，但早有前例有跡可循。兵部侍郎許拱巡邊兩遼不去說，那麼多節度使經略使從太安城撒出去，有哪個是省油的燈？王雄貴、盧白頡、元虢、韓林、溫太乙、馬忠賢，如果不論敵我立場，其實都不算什麼庸人。」

陳亮錫皺眉道：「怕就怕到時候朝廷讓國子監左祭酒姚白峰前往流州。姚祭酒本是北涼人氏，即便身在廟堂，對北涼也素來親近，這位理學宗師入主流州，不管是王府還是官場上下，想來都樂見其成。」

徐北枳很快就接話道：「是啊，如同張巨鹿身在離陽，未必就肯事事為趙室一家一姓考慮，姚大家與碧眼兒性子相似，回到了北涼，難免多半就要為朝廷著想了。」

陳亮錫苦笑道：「看來我是該爭一爭流州別駕的位置了。」

徐北枳瞇眼道：「未雨綢繆，我看最好還是把刺史也一併收入囊中，想必朝廷也沒那臉皮讓姚白峰回北涼做一州別駕吧？」

陳亮錫笑了笑：「做個一道經略使，也算名正言順。」

徐北枳撇嘴道：「在清涼山上當經略使？還不被宋洞明他們幾個吃得骨頭都不剩？何況不是去流州的話，有幾個離陽官員膽敢跟著姚白峰跑到北涼王府當官？那還不是每天一大早起床都要摸著脖子，慶幸自己腦袋還在肩膀上？」

陳亮錫忍住笑，點頭道：「倒也是。」

他們身後突然有人喊道：「橘子、亮錫，我突然覺得身體好些了，要不你們坐車，我來給你倆當馬夫？」

馬車附近的白馬義從都會心一笑。

徐北枳轉頭望著身邊的同齡人，問道：「怎麼說？」

陳亮錫一本正經道：「可以有。」

兩騎同時撥轉馬頭，坐在車夫位置上的北涼王徐鳳年，看著這兩位北涼謀士緩緩而來。

他突然舉目遠眺。

有位聽潮閣枯槁文士，他死後無墳，那罈骨灰就撒在了這北涼關外。

大江南，大江北。南山南，北涼北。

南方有江南，三千里。北涼有墓碑，三十萬。

◆

在到達關外那座新城之前，八百鳳字營輕騎這邊出現一個讓人啼笑皆非的小插曲。

氣勢洶洶的都尉袁猛快馬來到馬車旁，對充當馬夫的年輕藩王稟報道：「王爺，斥候回報西北一里外，有六十餘名身帶刀劍的江湖武人分作兩撥打打殺殺，正往這邊飛奔而來，是否需要末將帶人阻攔？」

徐鳳年愣了一下，笑問道：「是幫派之間的江湖恩怨，還是醉翁之意在我？」

袁猛咧了咧那血盆大口，殺氣騰騰道：「管他娘的，反正兄弟們憋得慌，就拿他們打打牙祭當下酒菜了！」

徐鳳年擺手道：「算了，我們繼續趕路便是，只要他們不湊近就都別理會。」

看到這邊關驍將出身的壯年都尉好像有些不情不願，徐鳳年用馬鞭指了指前方不遠處的于新郎，笑道：「沒仗打皮癢是吧，這位王仙芝的大徒弟，夠不夠你出汗的？」

袁猛悻悻然道：「那還是算了，和氣生財、和氣生財嘛。」

只不過事態發展讓那位憋屈的袁都尉很是欣慰。

那兩撥江湖魚龍要死不死撞向了八百白馬義從的長蛇陣線，袁猛當然看得出是為首那幾人有心要牽引禍水，試圖把水攪渾以便脫身。

其中一位身上血跡斑斑的年輕刀客率先掠過了數騎白馬義從的頭頂，落在緩緩前行的騎軍右側，有他帶頭，稍後幾位都齊齊腳尖踩低，身形輕盈地翻過人牆。

若僅是如此也就罷了，可某些個輕功稍遜一籌的，總不能繞到這隊輕騎後頭然後再跑路，猶豫了一下，不知是誰硬著頭皮嚷了句「軍爺們讓讓，借過借過」，然後五、六個不要命的傢伙愣是想要從騎軍佇列中穿過。

本就脾氣暴躁的袁猛在先前有人「在太歲頭上動土」，其實就已經怒火中燒了，只是回頭見自家王爺不動如山也就強行忍了，結果這幫兔崽子得寸進尺地想要干擾兵馬行軍，頓時歪頭狠狠吐了口唾沫，低聲罵娘一句，扯開嗓子怒吼道：「抬弩！膽敢近身十步內，殺無赦！」

騎軍並未停馬，繼續前行，但是幾乎一瞬間，所有輕騎就抬起了輕弩。

一根根弩箭在日光照耀下，熠熠生輝，頓時讓所有江湖人感到遍體生寒。

那些衝在最前頭的江湖草莽頓時嚇得停下腳步，紋絲不動，大氣都不敢喘。除去最先憑藉不俗輕功躍過輕騎人牆的右側五人，其餘都被阻擋在這支騎軍左側，涇渭分明。

一名青衫提劍的中年男子顯然江湖經驗要更為豐富，不但示意身旁身後不要輕舉妄動，而且還第一時間扭轉手臂到身後，擺出向騎軍示好的背負劍式，望向最像將領模樣的袁猛，朗聲道：「這位將軍，在下乃南詔太白劍宗章融謙，正與江湖同道追捕十二名橫行無忌的歹人，若是衝撞了將軍車駕，還望恕罪！」

當著北涼王的面被人尊稱一聲「將軍」的鳳字營都尉，頓時就臊紅那張大黑臉，這馬屁算是澈底拍到馬蹄子上了，袁猛怒斥道：「去你娘的將軍！老子只是個從六品的都尉！嘴上抹油，一看你這姓章的就不是啥好鳥！」

自稱太白劍宗章融謙的中年儒雅劍客有些難堪，混江湖說到底就是混一張臉皮，六十幾個江湖中人都豎起耳朵聽著，結果被那個不識抬舉的騎軍都尉罵成不是好鳥，作為南詔白道武林上能坐前十把交椅的江湖大佬，修身養氣的功力再深，此時也沒熱臉貼冷屁股的定力了，只是面對近千人的大隊騎軍，而且一看就是那種精銳彪悍的北涼邊軍，章融謙作為過江龍，也沒膽子跟地頭蛇較勁，尤其是在北涼地盤上跟北涼邊軍掰手腕，章融謙就算武功再高，有三頭六臂也不夠人家砍瓜切菜的，所以章融謙就只是冷著臉，沒有還嘴回罵。

一位先前被章融謙咬住身形沒能躍過輕騎人牆的錦衣老者，雖然身負重傷，腰部更是被刺出個血流不止的窟窿，仍是滿身凶悍氣焰，此時背對那支涼騎面朝五十多名江湖仇家，陰惻惻道：「章融謙！你這道貌岸然、欺世盜名的南詔頭號偽君子，好意思說我們是歹人？咱們少主不過是揭穿了你早年殺兄弟奪祕笈以此上位的老底，真有本事，就來殺人滅口嘛！」

一名衣裳勝雪、懷抱一把鮮紅琵琶的曼妙女子柔聲道：「歪門邪道，任你巧舌如簧，人人得而誅之。」

那個低手捣住腰部傷口的老人嗤笑道：「喲，淮南道縹緲山大橫峰的柳仙子發話了，哈哈，也就是歲月不饒人，否則妳柳烘霞這樣的狗屁仙子，老夫年輕時，沒在大床上壓過五十個，那也有三十個！至於妳師父飛蟬仙子，那個靠著駐顏有術就喜歡在各地拋頭露面混臉熟的老婆娘，當年老夫那可是瞧都瞧不上眼的！不就是靠著與好些個老頭兒有露水姻緣，才在徽山大雪坪十八人裡占了個最靠後的位置嗎，她還真當自己是多牛氣的人物了？軒轅青鋒殺了我們宗主，咱們恨歸恨，但說到底還是服氣的，她那是靠真本事，能一人殺掉包括宗主在內的六大高手！但你們這幫狗男女算什麼？」

袁猛哈哈大笑，突然不想急著讓鳳字營趕人了。

懷抱琵琶的白衣仙子瞇眼沉聲道：「覆海魔君，你找死！」

五指間滲出鮮血的老人聳動了一下腰，壞笑道：「那麼妳，是找這個？」

章融謙看似一直盯著這個魔道魁首的動靜，其實眼角餘光一直在留意騎軍的動向。這位太白劍宗的外宗山主突然看到那輛馬車停下，那個年輕馬夫望向他們，但是奇怪的是那邊既無人走出車廂，也沒有人掀起窗簾，就好像只是這個不懂規矩的馬夫想要看好戲，然後自作主張地停下馬車，順帶著整支騎軍不用任何發號施令，就驟然靜止不動了。

隨著騎軍的停馬不前，一種足以令人窒息的肅殺氛圍頓時湧現。

寂靜無聲。

等了片刻，沒有等到罵戰或是廝殺，那個年輕馬夫貌似嘀嘀咕咕了一陣，然後很快就重新駕駛馬車前行。

袁猛撇撇嘴，抬起手臂握了握拳頭，開始跟隨馬車前行，八百輕騎同時收起輕弩，無聲無息。

兩撥人目瞪口呆地看著那支騎軍漸行漸遠，不知為何一時間都忘了打生打死。

徐北枳彎腰走出車廂後，坐靠著馬車外壁，笑問道：「好不容易撞到懷裡給你裝高手的機會，不露幾手？」

徐鳳年微笑道：「當我是大街上胸口碎大石的賣藝人啊？再說人家也不給銀子。」

徐北枳繼續挖苦道：「看來這次在太安城受傷真挺嚴重的，否則就你這脾性，尤其是當著那幾位仙子女俠的面，早就摻和一腿了。」

徐鳳年搖頭道：「這你還真誤會我了，走江湖最忌諱孫子充大爺，最講究大爺裝孫子。我可是個老江湖，不妨告訴你，剛才那兩撥拚命的江湖好漢，大俠和魔頭，為啥拚命？那個什麼魔教的少主曾經下意識摸了摸胸口，告訴你，十有八九是本殺人越貨僥倖得手的聽潮閣祕笈，什麼太白劍宗、什麼淮南道縹緲山，嘴上說是除魔衛道，其實都是奔著祕笈去的。事後如何分贓，都不用攤開來說，姓章的南詔高手肯定能做得滴水不漏、皆大歡喜。比如上冊歸我，下冊給你，回頭看完了，兩個幫派相互借閱，這麼一來二去，平時隔著萬水千山的兩大宗門，也就成了遙相呼應的江湖鐵杆盟友了。你在南詔說那飛蟬仙子是眾望所歸的江湖名宿，我在縹緲山說你太白劍宗其實根本不輸東越劍池，大夥兒都有面子。說不定幾個長輩坐下來一撮合，再讓各自宗派裡的兩個年輕俊彥結為神仙眷侶，又是一樁天大的美談，能讓他們吹牛吹上好幾年的。」

徐北枳伸出大拇指，嘖嘖道：「王爺可以啊，門兒清啊。」

徐鳳年沉默片刻，笑道：「他們的江湖就是這樣的，談不上好壞，可惜就是太像江湖。」

徐北枳感慨道：「按照你的說法，人生在世，何處不江湖。」

背對橘子的徐鳳年點頭道：「大概是的吧。」

◆

臨近新城的時候，成群結隊的江湖人就越來越多了。跟章融謙的來歷有些相似，都是最早跟著軒轅青鋒去西域殺魔頭的，結果那襲紫衣自己殺完了人讓別人無人可殺後，又慫恿江湖正道人士熱血上頭地跑去北涼邊關從軍，然後她自己就消失無蹤了。

大多上了年紀的江湖豪傑都沒有真的來關外，多是跟地位相仿的同道中人在涼州或是陵州境內，一邊遊歷山河一邊切磋武藝，要不然就是跟天下十大幫派之一的魚龍幫聯絡感情。行走江湖，都是不看僧面看佛面的路數，混沒混出個熟臉那是天壤之別，就連徐鳳年早年浪跡江湖底層也看過幾次街頭鬥毆，就因為各自喊來的幫手相互認識，結果架沒打成，酒倒是喝上了，刀子不動筷子動，這中間都是大學問啊。

離陽各地官府頒發的路引，不足以讓這些江湖人去往虎頭城、懷陽關那樣的軍鎮險隘，大多都在新城附近止步，只有極少數能讓魚龍幫高層骨幹帶路的人物，才能稍微靠近關外邊境，但是從軍入伍殺北莽蠻子之類的就別想了，就當是去塞外大漠飽覽風光一趟，運氣好，能夠看到十數騎、數十騎的白馬遊弩手呼嘯而過，運氣更好的話，也能遠遠看幾眼那些南北調動的大規模騎軍，塵土飛揚，氣勢雄壯。

相比先前那眼拙的兩撥人，這些廝混在新城周邊地帶的年輕豪俠，耳濡目染之下，知道更多的北涼「內幕」，再者那八百輕騎能讓駐紮在這邊的兩千精騎專門開道帶路，輕騎裡頭能沒有大人物？用屁股猜都猜得出來嘛！加上這支輕騎的一水兒白甲白馬，只要不是瞎子、傻子，那就都能想到到底是何方神聖，大駕光臨這座北涼無比重視的新城了。

當白馬義從策馬而過的時候，路旁突然有一名光頭年輕人撒腿跑向這支騎軍，大聲嚷著：「北涼王，我遼東劉按！要向你挑戰！」

只是不等這位光頭好漢靠近那輛馬車，騎軍中唯一配備長槍的袁猛就抓起槍桿，一騎稍稍出陣，手腕輕抖，長槍在手心一轉，以槍尾在那名高大青年的腹部輕輕一撞，當場擊飛了這名膽大包天的不速之客。力道拿捏恰到好處，既沒有打傷此人，也沒有讓他大搖大擺衝撞馬車。

身體在空中彎曲如弓的劉按一屁股摔在地上，好不容易緩過神，望著那輛馬車喊道：「北涼王你別走！有本事就給我劉按一件稱手武器……」

可惜那支騎軍已經奔向新城。

劉按坐在地上唉聲嘆氣，可惜了，醞釀許久的幾句豪言壯語都沒能說出口。

「我劉按生平喜好喝最烈的酒，使最鋒利的刀，騎最快的馬！」

「劉按，於及冠之年出遼東，快意恩仇，已有三年兩千里！」

真是可惜了。

年輕人摸了摸肚子，突然低頭偷偷笑了笑。好在「劉按」這兩個字，以後在中原武林中總算略有薄名了吧？

劉按沒能喊出多餘的言語，倒是其他不少站在遠處的英雄豪傑，很是見縫插針地成功喊話了。無非是某某要立志戰遍天下豪傑，或是誰誰誰此生定當一劍敗盡世間宗師，甚至還有人大吼著「我命由我不由天，天要亡我我便亡天」，能與之媲美的大概就只有那句「世人皆負心，我當遇佛殺佛、遇神殺神」了。

馬車那邊，坐在車廂內的徐北枳和陳亮錫面面相覷，難道如今的江湖少俠們都如此地志存高遠了？

不過真正可惜的是那位武評大宗師之一的年輕藩王，根本就不在這邊。

有個人，徐鳳年要主動見一面。

徐鳳年很早就和徐偃兵兩騎悄悄離開隊伍，在一名拂水房大諜子的帶路下，來到了新城西北外七、八里處的土坡。

其間，偶有一伍或一標遊弩手在遠方呼嘯而過，斥候隊伍中比起以往，多出一、兩騎身披輕甲，卻不佩涼刀不負輕弩的騎士，這些人便是經過涼州邊軍和拂水房層層篩選出來的江湖人士。

按照懷陽關都護府的軍方機要檔案顯示，目前已經有兩百餘名中原江湖高手被祕密吸納進入邊軍斥候，這對狹路相逢往往一戰即死的邊關遊弩手而言，無疑是一種如同及時雨的補充，畢竟在第一場涼莽大戰之中，北涼斥候的戰損是一個巨大數字。

當徐鳳年看到坡頂一人兩馬的身影後，就沒有再讓徐偃兵跟隨自己，他獨自翻身下馬，牽馬而行。

山坡上那席地而坐仍顯雄邁氣概的魁梧身影，也沒有因為年輕藩王的到來而起身相迎，只是抬起頭眯眼看著這個如今被北莽視為天字號大魔頭的年輕人。

徐鳳年鬆開韁繩，輕輕拍了拍戰馬背脊，那匹出自北涼纖離牧場的甲字大馬，便心有靈犀地輕踩馬蹄獨自尋覓馬草去了。

徐鳳年笑問道：「前輩這次回北涼是做什麼來了？」

被稱呼為前輩的老人身披厚重貂裘，當他起身時，一陣嘩啦作響，露出兩根粗大鐵鍊，腰間懸掛兩把氣勢驚人的無柄斬馬刀。

老人伸出蒲團大小的手掌拍了拍屁股，頓時塵土四散，咧嘴笑道：「徐小子，聽說你從北莽跑回去後，武道修為突飛猛進，連王仙芝也被你宰了？之後拓跋菩薩、鄧太阿、曹長卿，武評其餘三位大宗師，你小子也都打了一遍？風頭一時無兩啊，爺爺我偏偏不太服氣，專程從北莽河西州跑來跟你過過手，咋樣？」

徐鳳年環視四周，然後突然很狗腿諂媚地跑到高大老人身邊，幫忙揉肩道：「楚前輩，楚老神仙，楚高手……這一路跋山涉水的，累不累啊，要不要喝酒吃肉啊？」

大概是伸手不打笑臉人，姓楚的老傢伙坦然接受堂堂北涼王的溜鬚拍馬，沒有了先前登門砸場子的跋扈姿態，笑咪咪看著這個可以算是他親眼看著一點一點長大的傢伙：「看來在太安城是真的受傷不輕，否則就你小子那臭屁德行，早就翻臉不認人，二話不說跟爺爺我大戰幾百回合了。」

徐鳳年沒好氣道：「瘦死的駱駝比馬大，前輩，別給臉不要臉啊，我要是一個不小心把你老人家給打趴下，然後你賭氣，頭也不回跑回北莽，耽誤了赫連武威交代的大事，我找誰哭去。」

老人吹鬍子瞪眼，雙手按刀就要幹架，只可惜這個年輕人一副死皮賴臉任由打罵的模樣，白髮如雪的老人嘆了口氣，抖了抖肩膀，拒絕了年輕人本就沒啥誠意的揉捏：「鬼精鬼精的，沒錯，是赫連武威求我來北涼的。兩件事，一個好消息、一個壞消息，先聽哪個？」

徐鳳年笑道：「先聽壞消息，倒吃甘蔗才能甜嘛。」

曾經在聽潮湖底被困多年的老人沉聲道：「我和赫連老兒都是北莽公主墳大念頭那脈的客卿，上次就沒瞞你，不過這麼多年過去了，什麼公主墳不公主墳的，心思早就淡了，連洛陽都去了逐鹿山，據說那位半面妝的小念頭也被呼延大觀一掌拍死，所以這次我也好，赫連武威也罷，都是還帳來了，此間事了，舊帳兩清，以後大路朝天各走一邊……」

徐鳳年翻白眼道：「行了、行了，趕緊說正經事，本王現在日理萬機，操心的那可都是天下大事……」

結果徐鳳年挨了老傢伙一巴掌，他也不還手，好像根本就沒有這個想法，只是扶了扶頭，倒沒有扶出多少玉樹臨風的丰姿，反而摸著了好些細碎沙礫，身處西北大漠，騎馬迎黃沙，大抵都是這麼個慘澹光景。

老人笑罵一句後，收斂笑意，以罕見的肅穆神色、凝重語氣說道：「這個壞消息真不算小。聽說過北莽那個青鸞郡主吧？她的對外身分是馬上鼓第一手的那個樊白奴，在你還是北涼世子殿下的時候，這個娘兒們就跟陳芝豹眉來眼去很久了。

準確說來她應該叫耶律白奴，是正兒八經的北莽皇室成員，跟姓慕容的老婦人有殺父之仇，以前只能忍辱偷生，現在不一樣了，吃了這麼個大敗仗，老婦人先後重用的兩個心腹，太平令和董卓如今各自在北庭和南朝，日子都不好過。」

徐鳳年點頭道：「這是情理之中的事情。當時是先打北涼還是兩遼，本來就是想著揀軟柿子打顧劍棠的居多，要不然老婦人也不會在涼莽大戰之前，讓拓跋菩薩率領十數萬精銳騎軍在北庭草原上巡視各地，說到底，就是彈壓那些個『耶律王爺』和草原大悉剔。

如果這次順利打下北涼還好說，馬踏中原指日可待，就算肉疼，終究還能忍，可既然連北涼關內都沒進，就是兩碼事了。光死人沒收穫，沒誰樂意，尤其是數百年來那幫早已習慣了剽掠邊境大獲而歸的北莽蠻子。」

老人瞥了眼這個淡然自若的年輕人，欲言又止，撇了撇嘴，放棄了已經到嘴邊的題外話，而是繼續先前話題，說道：「野心勃勃的耶律東床回了北莽，這小子本來掀不起風浪，可是敵不過他有個好爺爺。北莽三朝顧命的耶律虹材，這個老不死當真稱得上是老不死了，聖宗耶律文殊奴嗝屁的時候，耶律虹材作為皇帝床前的六人之一，名次只是排在最後，不算什麼了不起的大人物，等到神宗死的時候，當時有五人，他排第三，北莽先帝被老婦人折騰死的那會兒，北莽又有五人作為顧命重臣，徐小子，知道都是哪些人嗎？」

徐鳳年笑道：「大將軍耶律術烈、中原遺民徐淮南、拓跋菩薩、慕容寶鼎。很顯然，耶律術烈當時便一大把年紀了，只是作為北莽軍中老一輩領袖才勉強有個席位，而徐淮南和拓跋菩薩這一文一武，都是老婦人親手提拔起來的心腹。

慕容寶鼎就更不用說了，光看姓氏就知道，那麼位列其中的耶律虹材，北莽老皇帝的唯一親信，需要以一己之力，為整個耶律姓氏遮風擋雨。只不過在十多年中，老人除了畫灰議事的時候跟董卓拌拌嘴吵吵架，幾乎就從無聲音傳出北庭，沒有了主心骨的耶律王爺們和草原大悉剔，對這個老頭子自然都是大失所望的。」

老人嘆氣道：「赫連武威私下跟我說，這次北莽姓耶律的終於抱團了，讓那個青鸞郡主悄然進入離陽中原，必定為陳芝豹畫了一張大餅，天大的大餅！」

徐鳳年皺眉道：「陳芝豹會答應？」

老人冷笑道：「我不曉得這些廟堂沙場的彎彎腸子，不過赫連老頭說了，廣陵道戰事，離陽對陳芝豹這位蜀王是用而不重用的態度，明擺著心存猜忌。打下西楚，事後論戰功，多半是吳重軒和盧升象爭第一，接下來是宋笠這撥年輕武將分攤軍功，陳芝豹撐死了排在廣陵王趙毅和燕剌王趙炳的前頭，說不定連靖安王趙珣都比不上。

你覺得陳芝豹如此心高氣傲的一個人，連離陽先帝趙惇也視為白衣兵聖的傢伙，心裡會沒有怨氣？反正連我這個門外漢，也覺得陳芝豹會憋屈。涼莽大戰沒他的事情，兩遼戰事更沒有，好不容易出了西蜀，結果只能在廣陵道吃點殘羹冷炙，所謂的兵聖頭銜，不就是個笑話嗎？」

徐鳳年自言自語道：「如果謝觀應在京城中沒有那場慘敗，這種設想是不成立的。但是現在……樊白奴、耶律白奴、耶律東床、耶律虹材……是允諾陳芝豹做北莽新朝的徐驍嗎？各自都是在與虎謀皮啊，陳芝豹會不會因為想著有朝一日有機會南北而治，做成徐驍當年沒有去做的事情，就順勢答應北莽了？」

老人沒有打攪徐鳳年的怔怔出神。

徐鳳年突然轉頭問道：「顧劍棠怎麼辦？我不覺得這位大柱國會被北莽拉攏，就算有王遂領軍東線，雙方勝負也只在五五之間而已，北莽就沒有想過如何針對這個難纏的最後一位春秋名將？」

老人嘖嘖笑道：「你們啊，不愧是老狐狸和小狐狸，這一點，赫連武威料到了，老傢伙笑咪咪說讓你小子猜猜看，因為貌似他也只是依稀得到點內幕消息，不好妄下斷論。」

徐鳳年蹲下身，伸手下意識抓起一把滾燙黃沙，思索良久：「雖說遼王趙武是個幫倒忙拖後腿的存在，但是兩遼還算是一座鐵桶江山，那麼突破口就只能往西移了。

遼東北涼之間，排得上號的人物，其實不多，節度使蔡楠、經略使韓林、河州將軍副將都是早早被我們北涼鐵騎嚇破膽的傀儡，不用多說什麼，倒是薊州……漢王趙雄，這個藩王我也看不透，我和鳳字營途經薊州的時候，這位一字並肩王竟然膽敢一人一騎來到我軍中，與我閒聊，絕不是趙武可以比的。

接下來，袁庭山、楊虎臣、韓芳，三位薊州當權武將……袁庭山有老丈人顧劍棠和李家雁堡做靠山，既是依仗，也是束縛。楊虎臣是去薊州戴罪立功的，也完全沒有必要為北莽南下做內應。韓芳，實不相瞞，他是我早年布下的棋子，不說對離陽忠心耿耿，最不濟不會為了北莽而叛出離陽。忠烈韓家跟北方遊牧民族打了三、四百年的仗，僅是姓韓的人就死了數百人，誰都可以投靠北莽，韓芳不會。」

老人站在徐鳳年身邊，望向遠方，滿眼黃沙滿目蒼涼：「壞消息說過了，接下來說個好消息，只不過我也不知道這算不算好消息。」

背風而蹲的徐鳳年攤開手掌，風吹沙飄走，輕聲道：「前輩你說。」

老人加重語氣道：「徐鳳年，你應該知道赫連武威在北莽，是堅定支持老婦人的那些持節令之一，這次我姓楚的能夠穿過佈滿朱魍眼線和烏鴉欄子的南朝邊境，無聲無息地順利來到你們北涼，當然不是我楚狂奴自己本事有多大，而是赫連武威和老婦人有過一場極為隱蔽的密談，除了太平令就再沒有第四人在場。

老婦人告訴赫連武威，北莽耶律姓氏敢豁出去跟陳芝豹合作，那麼她也有魄力與你徐鳳年結盟，而且她的付出只會更多！只要你答應叛出離陽，哪怕你不能從北涼帶走一兵一卒，她也會把你扶上一把你無法想像的座椅！」

徐鳳年搖頭笑道：「這個老娘兒們，失心瘋了。」

老人感慨道：「將死之人，都差不多。」

徐鳳年愣了一下：「這倒是個好消息。」

老人嘆了口氣：「錯啦，大錯特錯，赫連武威要我捎給你的最後一句話，是如果你最終拒絕北莽女帝的善意，那麼北莽下一場南征，不惜魚死網破！」

徐鳳年淡然道：「不說我答應與否，北涼關外二十年，戰死了那麼多人，早就給出答案了。」

老人笑了笑：「答應不答應，是你徐鳳年的事情，我就是來傳話的，從今往後，涼莽要死要活跟我沒有半個銅錢關係了。」

徐鳳年緩緩站起身，拍拍手，笑道：「要不然來打上一架？我這麼多年始終記得前輩一句話，不管打不打得過，打過了再說！」

老人一本正經道：「不打了、不打了，前輩就要有前輩的風度，何況你小子受了傷，即便打贏你，一樣有乘人之危的嫌疑。」

徐鳳年笑而不語。

老人老臉一紅，瞪眼道：「臭小子！別得寸進尺！」

徐鳳年哈哈大笑。

老人伸出手掌拍了拍這個年輕藩王的肩膀，神情有些惆悵：「從你小子當年第一次差點淹死在聽潮湖底，被我所救，到你後來隔三岔五跑下去潛水閉氣，要不然就是給我捎東西吃，真說起來，我是看著你從一個孩子，變成如今的北涼王……」

徐鳳年頓時有些難為情，尷尬道：「早年心情不好的時候，經常拎著食物到湖底去逗弄前輩，還希望前輩別放在心上。」

老人頓時滿頭黑線。徐鳳年識趣閉嘴，不再在老人的傷口上撒鹽。

老人爽朗笑道：「這次來的路上，聽說現在離陽江湖，不再怎麼提及你們這高高在上的武評十四人了，太高不可攀，說實話爺爺我也有自知之明，打過你們這幫怪物，不過那些大雪坪評出的什麼四方聖人十大高手，還有照搬春秋十三甲弄出來的祥符十四魁，我倒是很想去會一會！」

徐鳳年「嗯」了一聲，提醒道：「雖說好些都是沽名釣譽的高手宗師，不過前輩，有些榜上有名的高手，還是不要去挑釁為妙，比如就在我們北涼境內的隋斜谷、于新郎，還有武林盟主軒轅青鋒、東越劍池柴青山，以及南詔第一人韋淼、南疆那邊的刀法宗師毛舒朗、龍宮的程白霜……」

老人越聽臉色越難看，怒道：「兔崽子，你就直接說，誰是爺爺我可以揍的吧！」

徐鳳年揉了揉下巴：「這就得好好想想了。」

沒那心情聽徐鳳年瞎掰的老人大步離去，翻身上馬，一人雙騎，就要南下中原闖蕩江湖去了。

徐鳳年笑咪咪道：「可別讓我聽到前輩你才重出江湖就給人揍趴下的消息啊。」

魁梧老人高坐馬背，怒氣衝衝道：「你小子就等著爺爺我在中原江湖大殺四方吧！」

老人騎馬下山坡。

徐鳳年突然望著老人的背影，喊道：「老頭子，我這輩子能夠堅信年少時的念頭，去武當提刀習武，是因為在湖底見到了你，才讓我相信這個天下，的確是有高手的。」

江湖有高手，有神仙人物，一人真能萬人敵，才有機會真的憑藉一己之力報仇。

所以徐鳳年無比感激這個琵琶骨被釘入鐵鍊的老人，這個讓他咬牙堅持在武道上攀登的江湖前輩。

老人沒有回頭，大聲喊道：「矯情！有本事……」

老人突然發現自己竟然說不出什麼話來打擊這個臭小子，有本事當上天下第一？這傢伙沒死在王仙芝手上，與拓跋菩薩轉戰千里，太安城內更是一人戰兩人。

江湖如此，廟堂沙場，何曾輸過？

到最後，已經快到坡腳的老人吼道：「徐鳳年，有本事就死在我後頭！你小子記住了，到時候別忘了給爺爺我弄點好酒好肉！」

等到老人一人雙騎消失在視野，徐鳳年吹了一聲口哨，那匹甲字涼馬飛速狂奔而至，徐鳳年翻身上馬。

◆

一起前往新城的路上，徐偃兵看見徐鳳年憂心忡忡，忍不住問道：「有大麻煩？」

徐鳳年苦笑道：「也不算，只是有些事情出人意料，顧劍棠和陳芝豹那邊都可能會有新的變數。」

徐偃兵有些愧疚道：「當時在太安城，一來陳芝豹不願意死戰，二來我本身也不敢全心全意逼迫他死戰一場，早知如此，我應該在那裡就跟他分出勝負的。」

徐偃兵所謂的勝負，當然就是生死。

徐鳳年轉頭無奈道：「徐叔叔，你這麼說，可就真矯情了啊。」

徐偃兵默不作聲。

徐鳳年輕聲道：「我想來想去，改變兩遼局勢的變數，只有一種可能，就是薊州袁庭山的反水，如果是真的，這條瘋狗真是太走火入魔了，那可是連兩個媳婦和兩個老丈人的生死榮辱，都不管不顧了。」

徐偃兵沒有任何匪夷所思的臉色，平靜道：「這種牆頭草，做出什麼事情都不奇怪。」

徐鳳年點了點頭：「真應了大千世界無奇不有這句話，總有一些人，能做出一些讓你無法想像的事情。」

徐偃兵問道：「我去薊州宰了他？」

徐鳳年搖頭笑道：「不用，他不自己求死，韓芳和楊虎臣作為副將，反而不容易上位。等他事敗逃亡，我也許會親自送他一程。」

兩騎離新城還有幾里路的時候，數騎揚塵而至。

其中有上陰學宮的喪家犬劉文豹，這位百無一用了大半輩子的讀書人，投靠徐鳳年後先後去了太安城和清涼山，最後被安插在西域那座城，有拂水房做靠山，在盤根交錯的勢力中很快脫穎而出。

一開始劉文豹只是為曹嵬萬騎做掩護，以及方便暗中聯絡那位爛陀山六珠菩薩，誰都沒有想到青蒼城一戰，涼莽雙方壓箱底的本事都用上了，劉文豹在這中間功不可沒，如今這名老書生已經是流州新設臨謠郡的太守，滿身風塵僕僕，卻滿臉春風得意。

沒能如預期設想那般率領萬餘騎軍直插北莽南朝腹地的曹嵬，臉色就差了許多，而且這一萬精銳騎軍在青蒼城外戰損頗多，前不久跟流州將軍寇江淮以及龍象軍爭搶兵源，也鬧得很不愉快。

還有個英氣勃勃的美豔婦人，正是那位名動西域的寡婦，司馬家族的柴夫人柴冬笛。當時徐鳳年在針對司馬家族的動亂中施與援手，幫助她和家族躲過一劫，然後馳援青蒼城一役，除去作為主力增援的爛陀山僧兵，她和劉文豹一起拉攏起了不容小覷的將近三千騎軍，一半是被司馬家族緊急收攏起來的勢力，一半是被這位柴夫人以真金白銀誘惑的強悍馬賊。

這支兵馬正面作戰當然不值一提，但是在收尾戰事中，表現頗為出彩，而且這支騎軍的戰功賞銀，這位柴夫人都以家族名義包圓了，沒有讓北涼邊軍和流州方面掏出一文錢。當時在城內，徐鳳年與拓跋菩薩大戰在即，她承諾只要徐鳳年出手幫助司馬家族穩住局勢，那麼她和家族就會盡力為北涼出力死戰一次。大概徐鳳年和柴冬笛都沒有想到，需要她這麼快就兌現承諾，而徐鳳年更沒有想到，這個女子竟然真的就親自帶人出戰了。

一諾千金。這四個字，沒有半點水分。

俠，女子也做得；俠氣，女子也不少。

此時重逢，不等徐鳳年開口，曹嵬就板著臉問道：「王爺，你讓我回流州打那一仗，我曹嵬沒二話，但是我麾下現在一萬精騎，只剩下不到半數了，你給句准話，啥時候補齊！」

徐鳳年笑問道：「不到半數？要不然我去瞅瞅，少幾人，我就親自讓涼州邊軍幫你補充幾人？」

曹嵬突然笑顏逐開道：「哪能麻煩王爺啊，不能，絕對不能，現在邊軍好幾支鐵騎都零零落落的，我曹嵬也不是不識大局的那種人，給我四千騎就夠了，只要四千騎！」

徐鳳年沒好氣道：「流州三鎮裡的臨謠軍鎮以後歸你管轄，同時關外左騎軍只能抽調給你兩千騎，西域僧兵也能給你兩千，負責一同協助駐守臨謠，至於接下來能在流州拉起多少騎軍，看你自己的本事，但是我只給你一萬五千騎的兵餉糧草，更多就靠你自己解決。」

看到曹嵬還要討價還價，徐鳳年冷笑道：「兩千左騎軍還想不想要了？」

曹嵬已經笑得合不攏嘴了，趕緊伸出手掌抹嘴，竭力掩飾自己的狂喜。兩千左騎軍和兩千僧兵整整四千人不說，尤其是還有在流州境內無上限的招兵權，這個就太誘人了！

徐鳳年對劉文豹點了點頭，然後望向那位柴夫人：「這次司馬家族對青蒼城攻守戰施與援手，我北涼感激不盡。」

柴夫人嫣然一笑，伸手理了理鬢角，風韻流淌，柔聲道：「比不得王爺的北涼鐵騎，有再多銀子也買不來，我們西域人人皆是亡命之徒，只要價格公道，就都賣得出買得起。恰好司馬家族在西域紮根數代人，銀子數目還算可觀，但是這次我們出力、出銀子，算是報答過了王爺當初的仗義相助，互不相欠，這麼算，王爺有沒有意見？」

徐鳳年笑道：「當然沒有意見，其實是我占了便宜的。」

曹嵬看了眼風流倜儻的北涼王，又看了看風韻猶存的柴夫人，嘀咕道：「占啥便宜了？哪裡占的？」

劉文豹咳嗽一聲，轉頭看風景。

柴夫人俏臉微紅。

徐鳳年冷笑道：「曹嵬，兩千僧兵沒了！沒的商量！」

曹嵬滾落下馬，抱住徐鳳年的一條大腿，泫然欲泣道：「王爺，你和柴夫人的事情，我什麼都沒有看到啊，我也不會說出去半個字的啊……」

徐鳳年惱羞成怒道：「兩千左騎軍也沒有了！」

曹嵬一屁股坐在地上號啕大哭：「世道不公啊！」

徐鳳年深呼吸一口氣：「趕緊滾蛋！去跟左騎軍大帳何仲忽那邊要兩千人馬！」

曹嵬以令人嘆為觀止的驚人速度爬起身，翻身上馬，撥轉馬頭，狂奔而去，消失不見。

劉文豹小心翼翼問道：「王爺，那卑職也先回了？」

徐鳳年怒道：「一起滾吧！」

徐鳳年本意是想著身邊好歹剩下個徐偃兵，就談不上孤男寡女了。

不料徐偃兵夾了夾馬腹，緩緩擦肩而過，不輕不重撂下一句：「王爺請放心，我也什麼都沒看到，什麼也不會說出去。」

徐鳳年一臉目瞪口呆，柴夫人眉眼彎彎，笑意盈盈。

徐鳳年無奈道：「沒一個厚道人。」

不同於曹嵬等人在場時的故意看笑話，現在柴夫人已經收斂了笑意，她眼神清澈，沉聲道：「王爺，我有一事相求，就是有沒有可能讓我們司馬家族，帶兵進駐流州最西邊的鳳翔軍鎮，最好是能夠有個一鎮副將的官身。」

徐鳳年驚訝問道：「柴夫人，不後悔？這可就是跟北涼綁在一起了，以後若是北涼戰敗，司馬家族就徹底沒有迴旋餘地了。」

柴夫人點了點頭，神色堅定。

徐鳳年好奇問道：「為什麼？」

柴夫人突然笑了，反問道：「王爺覺得呢？」

徐鳳年打趣道：「總不是柴夫人貪圖本人的美貌吧？」

柴夫人愣了愣，然後眯眼嫵媚笑道：「王爺，你這是光天化日之下調戲良家婦女嗎？就不怕我喊人嗎？那位扈從可離得不算遠，相信暗處也會有死士護駕的吧？」

徐鳳年臉色如常，微笑道：「柴夫人就不要調侃我了，說正經的。」

柴夫人微微歪著腦袋，不似已為人母的少婦，反倒像個孩子氣的豆蔻少女，更厲害的是她這種姿態，非但不給人絲毫惡感，反而有種奇特的魅力誘惑。

徐鳳年率先騎馬緩行，輕聲道：「如果說柴夫人是賭我北涼大獲全勝，好讓司馬家族以功臣身分，更早在未來的北涼，或者說離陽王朝占據一席之地，那麼我可以直截了當告訴柴夫人，不用妳押注，不用拉上整個家族靠近這張殺機四伏的賭桌，如果真有戰事落幕的那天，我肯定不會虧待司馬家族。不管怎麼說，我都記得那裡有個倔強的小女孩，割破自己的手，只為了要我徐鳳年簽下名字……」

說到這裡，徐鳳年轉頭對並駕齊驅的柴夫人開心笑道：「有些得意，我不好跟那幫北涼男人說什麼，省得他們心理不平衡，就像曹寵，我長得比他英俊，武功比他好，關鍵是個子也比他高，要是再刺激他的話，就顯得太不厚道了。但是柴夫人是女子，就但說無妨了。」

柴夫人柔聲道：「王爺真不把柴冬笛當外人呀。」

徐鳳年舉起雙手，苦兮兮求饒道：「柴夫人，你就放過我吧。」

柴夫人在馬背上捧腹大笑。

徐鳳年的眼角餘光，有意無意瞥了一下那邊。

峰巒起伏啊。

徐鳳年其實心無雜念，有些追思，有些惘然。

柴夫人突然挺起腰杆，望向新城那邊，呢喃道：「我孤注一擲想要為司馬家族謀取一份官身，當然不假，誰不想著自己的家族能夠世代簪纓？我柴冬笛只是個柴米油鹽的婦人，但也讀過書，眼光比起尋常鄉野婦人總歸是稍稍長遠一些的，既然嫁入了司馬家族，就想著能夠對得起司馬家族。

王爺說過，不光是北涼，也許以後的西域，也會是世外桃源一般的地方，處處有私塾、有讀書聲，家家有安享晚年的老人，戶戶有安心相夫教子的女子。

這樣的日子，真的很好啊。就算想一想，也是能讓人開心的。」

徐鳳年「嗯」了一聲。

柴夫人突然笑了，眨了眨眼眸，轉頭俏皮道：「我是個姿色……還過得去的女子，不管對王爺怎麼想，都還是想著能讓男子喜歡的，尤其是那種不是一眼見著我就想著餓虎撲羊的男子，如果他時時刻刻正人君子，心裡頭，會失落的。就像王爺說有些得意，只能與某些女子說，我這些很不守婦道的言語，也只能跟王爺說了。」

徐鳳年無言以對。

年輕時，醉酒鞭名馬，是一心想著如何故作豪邁。

真正成熟以後，其實很多時候便是獨上層樓了。

身邊無人，獨上層樓。

柴夫人看著年輕藩王的側臉，輕輕問道：「北莽還會再次以舉國之力攻打北涼？」

徐鳳年猶豫了一下，說道：「原本是這樣，但是現在北莽有內亂跡象，慕容、耶律兩個姓氏有可能分裂，當然，我也會盡量推波助瀾。只不過這種可能性不大，我也不能對其抱以希望，只能萬事做最壞的打算。顧劍棠先前主動出擊，極有可能就是看到了這個蛛絲馬跡，唯恐耶律姓氏占據北莽朝堂，然後將兩遼視為大軍南下的突破口，否則以顧劍棠的脾性，是絕對不會出手這麼快的。柴夫人，這些話，妳聽過就聽過了，不要對外說。」

柴夫人點頭道：「這是當然，我知曉這中間的輕重利害。」

徐鳳年提起馬鞭，遙遙指了指北方，臉色沉重道：「虎頭城被董卓攻陷後，毀去大半，更重要的是北莽各路大軍撤回遠處後，這位南院大王十數萬董家私軍和拓跋菩薩的精銳騎軍聯手，依舊在邊境線上虎視眈眈，就是防止我北涼全力修繕虎頭城。

下場涼莽大戰一旦發生，以虎頭城和龍眼兒平原為中心的拉鋸戰，註定會很慘烈，甚至不輸青蒼城。然後是以懷陽關為核心的重塚柳芽、茯苓一線，接下來是何仲忽的左騎軍，會真正全軍投入戰場，死守新城北方地帶。

比起先前的三線作戰，接下來北莽不會分心幽州葫蘆口，北涼已經用那些京觀和楊元贊等人的頭，證明在那處戰場，北莽進得來、出不去。如此一來，不但涼州關外硝煙四起，整條流州防線也要承擔起很重的擔子。當然，幽州燕文鸞大將軍和新任騎軍主將郁鸞刀都會轉入涼州，一樣會讓北莽大軍處處不痛快，處處都要死很多人。」

徐鳳年握緊馬鞭：「比起我以前的憤懣，現在其實好多了，因為這次京城之行，我知道不是所有人，都把我們北涼的死戰和戰死，當成一件天經地義的事情。還是有很多人，為北涼鳴不平。」

柴夫人輕聲道：「僅是這樣，北涼就知足了嗎？」

徐鳳年搖頭道：「不是知足，而是當我們北涼人人面北而死之時，發現身後不只有冷嘲熱諷，亦是有人心懷悲憤和愧疚，就沒有那麼……」

不知為何，徐鳳年沒有繼續說下去。

徐鳳年輕聲道：「我徐鳳年是徐驍的兒子，這輩子就根本沒資格自怨自艾了，這是我心裡話，不騙人。但是我希望……」

徐鳳年停頓了一下，眼神堅毅道：「當初與拓跋菩薩死戰之前，爛陀山六珠菩薩給我送去一刀一劍，其中那把劍的劍名，真好，劍叫作『放聲』。所以我希望中原百姓，不奢望他們心懷感激，更不奢望他們入涼作戰，我只希望整個中原，都能聽到我北涼三十萬鐵騎在西北邊關往北而去，在大地之上重重響起的馬蹄聲，聽到這壯烈的『放聲』，能夠讓他們有朝一日，不再裝聾作啞。」

柴夫人抿起嘴唇，癡癡望著他。

徐鳳年突然笑道：「到了。」

臨近新城，徐偃兵和劉文豹兩騎在不遠處靜候。

柴夫人勒馬停下：「王爺，我就不去新城了，就當王爺答應了給我們司馬家族一個鳳翔軍鎮的副將。」

徐鳳年也跟著停馬，轉頭無奈道：「好吧。」

徐鳳年抱拳送行，然後便緩緩前行。

冷不丁柴夫人在身後輕輕喊道：「徐鳳年。」

徐鳳年根本就沒有轉頭，快馬加鞭。

柴夫人笑著大聲道：「我柴冬笛在西域等你！我要給你生孩子！」

徐鳳年落荒而逃。

徐偃兵看著迎面而來的年輕藩王好像滿頭大汗，忍住笑意伸出大拇指。

劉文豹也跟著伸出大拇指，但被王爺殺人的眼神一瞪，這位臨謠郡守大人悻悻然縮回拇指。

只是不知哪兒來的豪氣，慷慨赴死一般的劉文豹猛然間又伸出大拇指，再也不肯放下。

◆

很多很多年後，西域鳳州一座城頭，大雪停歇後，婦人已白頭，坐在輪椅上，膝蓋上擱著溫暖厚重的毯子，笑望向遠方，合眼而睡。

一個恍惚，好像便等了很多年。

老婦人淚眼婆娑，呢喃輕語。

彌留之際，她突然竭力睜開眼眸，終於笑了。

她視線模糊，用心且用力地望向那個蹲在身邊的人，沙啞道：「有些晚哦。」

那個人點頭道：「讓妳久等了。」

她微微搖頭，試圖抬起手，似乎是想著理一理鬢邊髮絲，但是她實在沒有那份精氣神了，所以她有些遺憾。

那個人幫她攏了攏毯子，柔聲道：「放心，妳還是很好看。」

她低下頭，嘴唇微動。

他「嗯」了一聲，說道：「好的。」

她說，下輩子。

她閉上眼睛。

初見，他便是這麼溫柔，最後一次見，還是如此。不管有沒有下輩子，都沒有關係了。

城頭之上，夕陽西下。

老人，她叫柴冬笛。

老人，他叫徐鳳年。

◆

一行人沿著登城道走上新城北面牆段的走馬道，其中有北涼經略使李功德。這位原本在陵州養尊處優的文官領袖，昔年號稱北涼道做官第一人的老人，在擔任新城總督後幾乎事事親力親為，以至瘦了將近二十斤，雖有疲態，但是有著枯木逢春一般的精神煥發，精氣神不比年輕人遜色。

李功德這半年來幾乎不怎麼穿官服，倒不是經略使大人半點都不講究封疆大吏的派頭了，而是這隻鐵公雞真是心疼更換官服的銀子，到後來就乾脆便服示人了，據說靴子都換了十幾雙，也從華而不實逐漸變成價廉物美的靴子，怎麼結實怎麼來。

今天李功德倒是穿上了正二品繡錦雞補子的公服，與武將中品秩最高的北涼騎軍統領袁左宗，一左一右走在年輕藩王身邊。

除了這兩位領銜文武官員的北涼重臣，陣容堪稱龐大，除了北涼都護褚祿山需要盯著虎頭城以北的邊境動靜，以及燕文鸞和陳雲垂這兩位步軍老帥因為葫蘆口百廢待興也沒有露面，其餘像兩位騎軍副帥何仲忽、周康，步軍副帥顧大祖、涼州刺史田培芳、新任涼州將軍石符，有擔任幽州境內軍政一把手的刺史胡魁和幽州將軍皇甫枰，都出現在今天的牆頭。

龍象軍有李陌藩露面，流州有陳亮錫和那個對外用化名的流州將軍寇江淮，幽州方面還有騎軍主將郁鸞刀，一手打造出葫蘆口戍堡體系的洪新甲，在葫蘆口一役中贏得「快刀」綽號的實權將軍曹小蛟——正是這個毀譽參半的武將率四千騎聯手郁鸞刀，澈底堵死了北莽大將軍楊元贊所在親軍的退路，更是曹小蛟親手割下了楊元贊的頭顱。

城牆頂部有名副其實的走馬道，北面外側垛牆已經完工，內側俗名「睥睨」的女牆也即將收尾，接下來就是建造位於北城正門之上的牆上城樓。

徐鳳年站在一處垛口望向北方，從這裡往北一直延伸到懷陽關、柳芽、茯苓防線，都是便於騎軍馳騁的平坦地貌，何仲忽的左騎軍和錦鷓鴣周康的右騎軍便駐紮在其中。

在徐驍和李義山最初的設想裡，北莽一旦攻陷虎頭城，這兩支北涼關外主力騎軍將是戰損最重的兵馬，但是因為涼莽第一場大戰左右兩翼戰場，流州青蒼城和幽州葫蘆口，北莽傷亡慘重不說，還沒能站穩腳跟，這就導致兩支總計七萬餘的北涼騎軍竟然破天荒地沒有出現傷亡，這也是北涼跟北莽打第二場大戰的真正底氣所在。

徐鳳年一心二用，一邊聽著李功德仔細講述新城進程，一邊思考接下來的騎軍調動。

當初為了守住流州給北涼贏得橫向的戰略縱深，在徐驍手上擴建龍象軍，要求盡量在不影響戰力的前提下從一萬人馬增加到三萬。

邊關騎軍不可能憑空多出兩萬人，自然是從左右騎軍中抽調精銳，其實已經不可避免地減弱主力邊騎的戰力，問題是現在三萬龍象軍在青蒼城外幾乎打沒了，流州當然絕對不能捨棄，甚至在未來幽州無戰事的新形勢下越發重要，怎麼辦？

武道大宗師徐鳳年能夠以意氣做劍，但陸地神仙也不是那種可以撒豆成兵的真神仙，就只能繼續從何仲忽和周康手中要人。不但龍象軍要人，寇江淮這個立下大功的流州將軍也要組建自己的嫡系兵馬，郁鸞刀的幽州騎軍更是於情於理都需要補充。

如此一來，不說脾氣火暴的錦鷓鴣周康，就算是極好說話也願意顧全大局的何仲忽也憂心忡忡地私下找到他這個北涼王，言下之意，是左騎軍可以給人，但只希望別讓左騎軍傷筋動骨打斷腿。曹嵬要兩千人也就罷了，寇江淮和李陌藩這兩個流州軍大佬那真是獅子大開口啊，一個要了八千，一個要一萬五！還得是精銳老卒！

何仲忽當時苦笑著跟徐鳳年自嘲一句，我這把老骨頭全拆了也填不飽兩位將軍的胃口啊。至於同為騎軍副帥的周康，更是油鹽不進，連寇江淮、李陌藩的面都不肯見，直接放出話去，只有老命一條，右騎軍一兵一卒都別想帶走！

在這件事情上，整個北涼其實只有三個人能說話——都護府的褚祿山，梧桐院的徐渭熊，再就是徐鳳年。其餘即便「功高震主」如春秋老將燕文鸞，作為步軍大帥，肯定不會摻和騎軍軍務，尤其是這種極為敏感的大規模變動。

顧大祖作為天下形勢論的開山祖師爺，原本雖然身在步軍，但根基不深也有好處，可以建言一二，但是在當時虎頭城失陷後那場關於「是戰是守」的動盪中，與整個邊軍主戰派交惡，和周康更是撕破臉皮，就只差沒有大打出手而已。

袁左宗不論是在徐家的身分，還是在北涼軍中的位置和威望，也算屈指可數可以說話的人物，可惜袁左宗對此事始終閉口不言，表面上這跟他當下忙於整頓一萬大雪龍騎和兩支重騎軍很有關係，但是徐鳳年心知肚明，袁左宗是在顧忌那個戰後保持沉默的褚祿山，而徐渭熊就算想說，徐鳳年卻不想她來開這個口。

北涼跟離陽是不一樣的。一言決他人生死，沒有快意，只是擔子。

徐家只要還有一個男人在，就輪不到徐渭熊的肩膀來挑擔子。

徐鳳年眺望遠方。在江湖上，他經歷過很多次生死大戰，很多次都可謂死裡逃生，但是事後往往少有心有餘悸。跟拓跋菩薩那場死戰，甚至還有點意猶未盡，至於接下祁嘉節那一劍和太安城欽天監斬殺天人，就像翻過一本舊帳，翻過便翻過了。

但是這次涼莽大戰，徐鳳年第一次真真切切有種劫後餘生的感覺，因為黃蠻兒差點死在了青蒼城外，如果不是副將王靈寶，黃蠻兒就真的死了。

這次黃蠻兒一聽說他這個哥哥要來新城，當夜就帶著麾下騎軍趕回流州，大概是怕徐鳳年會罵他，也許是有著不為人知的愧疚。黃蠻兒更不敢回涼州清涼山，那裡有二姐徐渭熊，對徐龍象而言，二姐生氣時一句話的分量，比拓跋菩薩傾力一擊的分量，只重不輕。

夕陽西下，長河落日圓。

邊關已無狼煙，但是半年後，或者更短，就又會是硝煙四起的情景。

北涼下一場大戰，即便葫蘆口內不會有大的戰役，但是比起先前，陵州更南的西蜀，也多出了一個心思難料的蜀王陳芝豹。

只要北莽還是將西線當作突破口，那麼北涼的險峻處境，其實沒有絲毫緩解。

只能繼續以命換命，只看北涼能否以一命換多命，能否用一條命換來北莽蠻子幾條命。

徐鳳年輕輕吐出一口氣，沒有轉身，沉聲道：「周康！」

錦鷓鴣向前踏出一步，抱拳道：「末將在！」

徐鳳年語氣平淡道：「連同大燧營兩千騎在內，從右騎軍中總計調出八千人給郁鸞刀的幽州騎軍。」

老將周康沉默不語，徐鳳年也沒有逼著這名騎軍副帥馬上表態，一時間城頭之上，氣氛凝重。

周康終於咬牙道：「領命！」

徐鳳年轉頭對郁鸞刀說道：「幽州所有邊關騎軍調入涼州關外，負責駐守扣兒牧場一帶，你最多有半年的時間磨合。」

郁鸞刀沉聲道：「末將領命！」

接下來徐鳳年以極快的語速下達一條條軍令。

「何仲忽，除去調撥給曹嵬的兩千騎，連同鐵碑老營在內一萬騎，劃給流州龍象軍。」

「袁左宗不再統領薊北營騎軍，調撥給流州寇將軍。」

「石符，准你抽調出北涼境內騎軍五千和步軍一萬，往北駐守馬背坡一帶。」

「洪驃升遷為重騎胭脂軍的主將。」

「曹小蛟兼任幽州副將。」

「幽州將軍皇甫枰全權負責東線賀蘭山。」

「陳亮錫升任流州別駕，負責在三個月內招募六千流州青壯入伍，三千人留守青蒼城，三千人進入陵州，這六千青壯和他們的家人可以獲得北涼兵籍。」

一聲聲領命，漸次在這座城頭響起。

最後，徐鳳年轉過身，望著那一張張面孔，年邁如何仲忽、周康，青壯如袁左宗、石符，年輕如郁鸞刀、曹小蛟。

北涼三代武將。

徐鳳年緩緩道：「諸位，接下來的祥符三年，就算是戰死，也要死在我們腳下這座新城建成之前。」

城頭上，沒有豪言壯語，沒有慷慨激昂。

沉默無聲。

所有人只是不約而同地猛然抱拳。

第三章　徐北枳大發怨氣　曹長卿放下心結

北涼關外平地起雄城，而這座剛剛被正式命名為拒北的新城更南，也有幾分平地起高樓的氣象，出現了一座規模不大的集市。

麻雀雖小，五臟俱全，酒樓、茶肆、客棧、當鋪、賭坊，應有盡有，有商賈小販來此尋覓生意，有士子遠遊邊境，有江湖人呼朋喚友到此一遊，有人在此說書，也有些女子做著見不得光的皮肉生意。

有關新城的叫法，議論紛紛，外鄉豪客們都覺得「拒北城」這個說法不夠勁道，不如那個原本呼聲極高的「殺蠻城」來得乾脆俐落，至今尚未在北涼為官就任的書院士子則普遍認為「京觀城」更為妥帖。雖說煞氣稍重，但是大概在這西北待了一年多，入鄉隨俗，赴涼士子們也開始被涼人風俗感染，如水入沙坑，便不再是隱逸山林的清泉，而似濁酒了。

在祥符二年初破土動工的拒北城，無論是戰略意義還是象徵意義，都可以說是北涼的重中之重。相繼有小道消息傳出，不但都護府要在年末從懷陽關遷入新城，而且某位新任涼州別駕也將在此建造官衙，成為兼具涼州軍政大權的「關外刺史」。

只不過拒北城如此重要，駐紮新城周邊的精銳邊軍依然是北嚴南鬆的格局，這一點從集市上沒有任何遊騎巡視就能夠看出，起先赴涼士子對此疑惑不解，經由本地商人解釋後才釋然，原來關外廝殺鏖戰，關內平靜安逸，北涼已經有二十餘年了。

臨近正午時分，烈日當空，徐鳳年獨自走在這座綽號「小雀鎮」的集市上，身邊沒有白馬義從護衛，甚至連徐偃兵都沒有陪同。

集市居民多是外鄉人，除去涼州城百姓和燕文鸞這撥北涼老人，其實真正熟悉新涼王相貌的北涼普通人並不多，數萬虎頭城將士都熟悉，可惜連同主將劉寄奴在內，都戰死了。跟徐鳳年作為袍澤的幽州萬騎也熟悉，但是第二場葫蘆口戰役，死傷過半，除了郁鸞刀，更不會出現在這裡。

此時徐鳳年臉色有些蒼白，這是欽天監之戰的後遺症，祁嘉節的劍氣原本經過軒轅青鋒「轉嫁」調理後，已經被壓抑在三處竅穴，這也是徐鳳年能夠與鄧太阿、曹長卿酣暢戰於下馬嵬驛館的前提，如今洪水決堤一般在體內肆意遊走，如大軍過境、鐵騎踏地，徐鳳年體內如有陣陣擂鼓悶雷聲，如果換成擅長內視的道教入聖大真人，恐怕就要對長生一事澈底絕望。

徐鳳年挑了一棟人聲鼎沸的酒樓落座。

三次江湖，首尾兩次都過著斤斤計較的日子，知道一文錢難死英雄漢的道理，習慣了有錢在手心不慌。他掂量了一下錢囊，要了一壺酒、兩碗飯、三樣菜，在臨窗位置坐著，摘下涼刀，穿上便服，就像是個遠遊邊關的尋常士子。

酒樓不大，生意卻好，越來越多的食客擁入，就有人打起了併桌吃飯的意圖，店小二一臉為難跑來跟徐鳳年說了，徐鳳年笑著點頭說沒事，但是要求兩壺綠蟻酒按一壺的價錢來算，店小二在心裡一合計，這買賣還是有賺頭，就自作主張地幫著酒樓老闆答應下來。

跟徐鳳年併桌的有五個人，一女四男。四名男子氣質迥異，豪俠與書生，也不知是怎麼湊一堆的。豪俠的豪，顯而易見，就像其中一名三十來歲的高大漢子，佩劍劍鞘是用金子打造的，而書生的書香氣，文巾襦衫不說，還各有一把紫檀灑金摺扇，扇墜質地都是千金難買的奇楠。

只不過徐鳳年的眼光何其老辣，一人奇楠扇墜是蜜結、一人是下品的鐵結，那麼兩人家世高低也就水落石出了，顯然後者是在打腫臉充胖子。一張桌子四條長凳，兩名豪客和兩名士子並肩坐在徐鳳年左右，唯獨那名年輕秀美的女子單獨坐在徐鳳年對面。

人靠衣裝佛靠金，大概是都沒有把穿著樸素的徐鳳年當根蔥，言談無忌。女子是江南口音，軟軟糯糯，言語不多，但是並不附和男子，兩位大俠氣很足的男子一個薊州口音、一個遼東腔調，讀書人則是分別來自中原青州和東南劍州。

這四個男人既聊天下局勢也聊江湖趣聞，言語中對離陽朝廷毀譽參半，覺得京城廟堂上各部衙門主官的走馬觀花，是祥符新朝的新氣象，可惜盧升象這幫南征武將不爭氣，才使得廣陵道叛軍趁勢坐大，但是無一例外，對整個離陽王朝的國勢趨於鼎盛並無懷疑。

一來北涼打贏了北莽，西北門戶穩如磐石，再者顧劍棠的兩遼邊軍終於主動出擊，打出了一連串鼓舞人心的勝仗，在這之前，兩位喜歡跟北涼鐵騎一較高下的趙姓藩王，燕刺王趙炳和廣陵王趙毅麾下精銳都讓人大失所望，好在大柱國顧劍棠在這種時候挺身而出，讓朝野上下如釋重負，原來我們離陽，不是除了北涼邊軍就無人能與北莽蠻子掰手腕。

其中說到兩遼和替天子巡守邊關的兵部侍郎許拱，那名來自中原的讀書人「雲淡風輕」地說到自己父輩與許侍郎關係莫逆，早年是同窗，後來更是同僚，龍驤將軍入京赴任之時，他父輩數人都在送行隊伍之中，而且至今仍有書信往來。聽到這裡，原本還時不時瞄幾眼徐鳳年的女子，突然間就重新高高在上起來了。

徐鳳年吃飯細嚼慢嚥，可也就兩碗飯、三個菜，再慢也有吃完的時候，好在手邊還有一壺綠蟻酒，就放下筷子，自己打開酒壺倒了杯酒。

其實不光是他這一桌在高談闊論，酒樓內十有八九都是在指點江山，吃著二、三兩銀子一桌的菜肴酒水，操著太安城皇宮或是北涼清涼山王府的心。

徐鳳年微笑著聽著周圍的沸沸揚揚，舉起酒杯，轉頭望著窗外的大好豔陽天。

不知何時，那名手持鐵結奇楠雕彌勒扇墜的劍州讀書人，說到那素未謀面的新涼王，不知是喝高了，還是有意要在心儀女子面前故作驚人語，言語之間就有些衝，痛飲一杯後便嗤笑道：「誰都知道那位老涼王嫡長子，早年世子殿下當得很混帳，紈褲混帳了十來年，惡名昭彰，第一次露面，是老涼王去世前讓他參與北涼關外的那場閱武，顯然這就是在給世襲罔替北涼王爵鋪路了。如今北涼市井小民都說新涼王當年以世子兼任陵州將軍的時候，把那個解甲歸田的懷化大將軍鍾洪武給狠狠收拾了一頓，大快人心，事實當真是如此？」

貌美女子好奇問道：「宋公子，此話何解？」

年輕士子冷笑道：「敲山震虎與過河拆橋罷了，說到底還不是老涼王唯恐自己兒子不能服眾，所以暗中授意坐鎮陵州官場的李功德，要收拾鍾洪武來殺雞儆猴？否則以徐鳳年當時的身分人望，真敢挑釁積威深重的堂堂北涼騎軍主帥？誰不知道大將軍鍾洪武在邊軍中門生無數，不但如此，富裕甲北涼的陵州都被笑稱為鍾家的後院，北涼先迫使鍾洪武離開邊軍，再將這個老軍頭拿下，隨後在北涼行伍改制中，不動邊軍只動境內駐軍，一氣呵成，若說不是老涼王生前的佈局，誰信？」

自稱與許侍郎有世交之誼的年輕人笑著點頭道：「應該說是殺『老』虎儆猛虎，鍾洪武不在其位，如虎無牙，老涼王拿他來給長子『祭旗』，再合適不過。同樣是北涼邊軍的大將，同樣是幽州土皇帝的燕文鸞，因為當時手裡還握有幽州軍權，老涼王動了沒？那個世子殿下敢動嗎？事實是徐鳳年在繼位之前，根本就沒有去幽州！

為何選擇陵州？因為比起武將放屁都比文官說話管用的幽州，這裡的文官能與將種門戶分庭抗衡，加上有李功德之前拿到手的經略使的官身，如何敢不為徐家效死？準確說來，宋兄所謂的三件事一氣呵成，真正的伏筆，是李功德這位當時兼領陵州刺史的經略使，如果我是鍾洪武，早就該心生警惕了。」

那兩個豪俠說江湖說武林可以誇誇其談，可說到這官場、這廟堂那就懵了，但是聽著就很殺機四伏的樣子。兩人相視一笑，文弱讀書人手裡的筆桿子，何嘗不是手中刀？

姓宋的讀書人深以為然，繼續冷嘲熱諷道：「且不管徐鳳年的大宗師身分是真是假，咱們只說那幽州萬騎出現在葫蘆口外，如今北涼人都說此舉有徐驍之風，但是如今天底下的大人物，真有人在戰場上身先士卒？

即便有，那也是萬人敵的驍勇猛將，他徐鳳年作為藩王，此舉果真妥當？難道他就不知道若是自己死在關外，這北涼就根本不用守了？老涼王和麾下三十萬鐵騎，二十年死守西北大門，就是為了讓他徐鳳年意氣用事來給自己增添幾句美名的？」

說到這裡，年輕讀書人哈哈大笑：「北涼都說大將軍徐驍從不懼天下罵名，都說徐驍曾言離陽罵人的口水能裝滿幾千只大缸，給他用幾輩子的洗腳水都夠了。現在看來，徐驍不怕罵名興許是真，可他的兒子，想要史書留名，而且必須是留下美名，更是真啊！」

另外那個年輕士子「啪」一聲嫻熟地打開摺扇：「新涼王、新北涼，拒收聖旨的壯舉，那可是贏得了無數北涼民心，厲害！只是也不知是徐北枳的意思還是陳亮錫的謀劃，要我看，如果不是陵州徐北枳的大力買糧，和陳亮錫在流州青蒼城的運籌帷幄，北涼即便有號稱三十萬鐵騎的邊軍，也擋不下北莽百萬大軍。」

讀書人，自然是親近讀書人的。當然前提是讀書人與讀書人之間沒有直接的名利衝突，否則讀書人禍害讀書人，更殺人不見血。

徐鳳年緩緩喝著酒。兩個年輕人的意思很淺顯，他能有今天，當上北涼王，是靠父親徐驍和李義山，守住關外，是靠徐北枳和陳亮錫。而他本人，就是在北涼瞎逛謀取名聲，騙取民心。

徐鳳年其實沒有半點生氣，反而有些開心。

好歹這兩個外鄉士子，承認了徐家兩代人守住了西北一事。

那名用金鞘佩劍的豪俠壓低嗓音，小心翼翼說道：「兩位公子，隔牆有耳，聽說這北涼的拂水房諜子，那可是一等一地耳朵靈光。」

姓宋的劍州士子大笑道：「無妨，抓走便抓走，也恰好證明了那徐鳳年的氣度，不足以擔當鎮守西北重地的權勢藩王！」

徐鳳年頓時對此人刮目相看。拂水房諜子在這座小鎮上不少，而且人人都是經驗豐富的老手，這個傢伙來了這麼一句，看似放蕩不羈，其實等於給自己貼了一張護身符，若是那個沽名釣譽的「徐鳳年」知曉此事，聞信後也應該是一笑置之才對，說不定還要千金買馬，以此來收買人心，給赴涼士子一個交代。

徐鳳年嘆了口氣，低頭喝了口酒。雖然這桌人很江湖，但是他沒來由想起了春神湖畔，有個才入江湖就身死的年輕人。他叫賀鑄，與北涼徐家有仇，但是為了報恩賈家嘉，仍是身負重傷前往快雪山莊向徐鳳年報信，最後死在了山莊裡。

千金一諾輕生死。

徐鳳年無比敬重這樣的人，內心深處，將這個人、這種人，擺在了僅次於老黃和羊皮裘老頭兒的位置，甚至要在桃花劍神鄧太阿之上。

不在於你是誰，而在於你做了什麼。

不是你做了什麼壯舉，而是設身處地，你只要做了什麼我做不到的事，那我徐鳳年就會由衷敬佩你，若能同桌，為你倒酒、敬酒又如何？

當年第二次遊歷江湖，有個叫呂錢塘的劍客扈從，死前對徐鳳年罵了一句「狗日的世子殿下」。意思很簡單，如果你不是北涼世子，不是徐驍的兒子，不是聽潮閣有想要的祕笈，老子會為你拚命？

所以徐鳳年按照呂錢塘遺願將骨灰撒在廣陵江的時候，依舊心懷愧疚。

所以徐鳳年對那個因為胸脯豐滿而羞於與人切磋的女俠，那個願意在他和溫華落魄時也流露善意的女子，始終覺得她是真正的女俠。

李淳罡的江湖很大，大了一輩子，所以大雪坪劍來，是為綠袍兒，廣陵江畔破甲，是為昔年那個風采冠絕天下的青衫劍客，只為兩人無憾。死前萬里借劍，是為了親自否定那句「天不生我李淳罡，劍道萬古如長夜」。

老黃的江湖很小，他的死在武帝城城頭，是為了喜歡吃劍的師父隋斜谷，向自己師父證明他有個還不錯的徒弟。更多是為了那個讓他願意稱呼一聲公子的年輕人，那個一起走過江湖的年輕人。一起顛沛流離六千里，缺門牙背劍匣的老人，才不把徐鳳年當成世子殿下，而像是自己的晚輩。

溫華折劍離開江湖的時候，一定是把徐鳳年只當成徐鳳年，只是那個與他稱兄道弟、一起狗刨江湖的狐朋狗友。

因為有這些江湖人在江湖，徐鳳年才會在倒馬關將佩刀借給那個憧憬江湖的稚童，才會在北莽為青竹娘一怒殺人，才會對鴨頭綠那對魔頭夫婦並無恨意。

所以這些人漸漸不在江湖的時候，徐鳳年成了武評四大宗師之一，反而對江湖無所謂了。

徐鳳年對這個世界，對這個江湖，始終心懷善意。

就像樓外的日頭，太平光景，所有人都覺得是炎炎夏日的罪魁禍首。可當入冬，日頭不會因為夏天時分人們的憎惡，就不會到來，而是依舊讓人感到暖意。

徐鳳年喝完了最後一杯酒，輕輕放下酒杯，由於併桌，隨著那邊的大酒大肉不斷端上，他的菜盤碗碟都被擠壓在一起，顯得可憐兮兮，鳩占鵲巢莫過於此。

好像是生怕這個礙眼的傢伙垂涎美貌，還要覥著臉跟店夥計多要一壺酒，所以當徐鳳年放下酒杯的時候，四名男子都投來不怎麼客氣的視線。

徐鳳年笑了笑，就要識趣地結帳離開。

因為那個不知何事找到這裡的徐北枳，其實就站在那名女子身後。

他先前拒絕了徐鳳年眼神示意的落座，已經站了兩杯酒的工夫了，每當聽到那兩名讀書人對徐鳳年冷嘲熱諷的時候，就幸災樂禍笑得不行。

徐鳳年對這個自己親手從北莽拐騙到北涼的年輕謀士，其實很是愧疚。徐北枳跟陳亮錫的徐陳之爭，在師父李義山在世時就埋下了伏筆，對於這兩塊璞玉的雕琢，李義山也為徐鳳年錦囊相授，提出過獨到見解。

『徐北枳如豪閥女子，即便中人之姿，自有大家氣度，也需從細處小心雕琢，祛除負傲，方能慢慢見天香國色，漸入佳境。』

『陳亮錫恰似貧家美人，雖極妍麗動人，終究缺乏了天然的富貴態。需從大處給予氣韻，開闊格局，才可圓轉如意，媚而不妖。』

所以這些年來，徐鳳年嘗試著將陳亮錫「帶在身邊」，先是讓其主持北涼鹽鐵，後來更是讓陳亮錫負責北涼地方軍政改制，反而將徐北枳丟了出去，遠離清涼山，在陵州官場慢慢攀爬，直到涼莽大戰在即，不得不匆忙拿下鍾洪武，徐北枳才火速晉升。

如今兩人走勢剛好顛倒，陳亮錫遠在西域流州，徐北枳身處清涼山王府，不得不說，卻是造化弄人。

從明面上看，徐北枳當過陵州刺史，是務實的封疆大吏，如今升任北涼道轉運使，雖是略顯務虛了，卻像離陽的州郡主官入京擔任六部尚書，若是能夠再經歷一次外任地方和回檔中樞，那幾乎就是板上釘釘的首輔次輔了。

反觀陳亮錫，鹽鐵、漕運、軍政三事，兩敗一成，官職始終高不成、低不就，在流州青蒼城更是至今才做到別駕，連徐北枳的陵州刺史都比不上，好像被徐北枳遠遠拋在身後，但事實上北涼境內受益於改制的那些實權武將，如汪植、黃小快、焦武夷之流，對陳亮錫這個幕後人或多或少都念一份香火情，尤其是死守青蒼城之戰，更把陳亮錫推到一個超然的地位，北涼官場和赴涼士子，就對陳亮錫的投筆從戎極為推崇。一個暫時還未被朝廷承認的從二品轉運使，一個眾望所歸且一步步腳踏實地的流州別駕，一個「躲在」北涼後院的刺史，以及接下來繼續與賦稅糧草打交道的轉運使，一個親耳聽過北莽馬蹄、親眼見過北莽鐵甲的流州中堅文官，兩者未來成就高下是不會以官品高低來判斷的。

在徐鳳年的內心深處，擁有全域大才的徐北枳，只是因為自己需要世襲罔替安穩過渡，才被「雪藏」在陵州，否則徐北枳更應該在幽州或是流州主持大局，楊光斗或者胡魁的刺史位置，其中有一個原本應該交由徐北枳，可惜接下來馬上就是第二場涼莽大戰，徐鳳年仍是需要徐北枳遠離戰場，為北涼邊軍贏得一個穩固的後方。

這樣一座沒有硝煙的沙場，老百姓註定看不見，甚至連北涼官場也會忽略。自然而然，遠不如身處邊境第一線的陳亮錫大放異彩，璀璨奪目。

在徐鳳年起身喊來店夥計的時候，徐北枳不知道哪根筋搭錯了，上前幾步，笑咪咪拍了拍那名女子的肩膀，等她錯愕轉頭的時候，問道：「敢問芳名？」

兩名遠道而來的外鄉士子都對這個登徒子怒目相視，來自遼東的豪俠更是猛然起身，按住腰間佩劍，沉聲道：「小子，我勸你把狗爪子從陸姑娘肩頭拿開！」

四人只見那個年輕人悻悻然縮回手，但是緊接著他便抬起雙手，重重擊掌。

很快就有一名身披鐵甲的北涼武人大踏步走入酒樓，大堂頓時鴉雀無聲。

這名武將，一看就不是尋常士卒，說不定是個邊軍都尉那都小了。

徐北枳像極了仗勢欺人的紈褲子弟，那隻「狗爪子」又放在了女子肩頭，另外那隻手指了指身後，笑道：「怎麼，不服？」

那名滿身殺氣的魁梧武將站在徐北枳身後，雖然氣勢驚人，但是眼神無奈。他娘的，老子堂堂一個陵州實權校尉，就成了那種幫著自家公子欺男霸女的狗腿子啦？關鍵是這還當著北涼王的面啊！

正在掏錢結帳的徐鳳年有些頭痛，店夥計趕緊拿了酒水錢就跑路了。

遼東豪俠立即鬆開劍柄，雖未說著向人低頭的言語，但顯然已經想著息事寧人了。

徐北枳突然轉頭望向那個薊州好漢，上前兩步，便一巴掌拍在那傢伙的腦袋上，罵罵咧咧道：「聽口音，是薊州那邊的吧？薊州是吧？老子差點就要去你們薊州當經略使了！幹你娘的薊州……」

如果按照徐北枳的意思，北涼鐵騎還真就要跟河州、薊州「借糧」了，而且是一路推進到京畿西部。這口怨氣，徐鳳年是皮糙肉厚的大宗師，徐北枳出氣不得，今天總算是逮著個湊合的機會了。

那個薊州大俠真是欲哭無淚，惹你的人又不是我，我剛才正忙著收拾那條油膩雞腿，想給陸姑娘拍馬屁都已經錯過了，根本就沒來得及朝你瞪眼啊，你憑啥衝我發火啊。

除了那名陵州校尉，很快就有七、八名披甲士卒聞風而動，如此一來，徐北枳的「仗勢欺人」就越發明顯了。

徐鳳年起身繞過桌子，握住徐北枳的手，輕聲說道：「走吧。」

徐北枳用力揮開徐鳳年的手，憤怒道：「走走走！你就知道退讓！你什麼時候把對北莽的氣魄分出一絲一毫，離陽朝廷也不敢讓溫太乙和馬忠賢去靖安道接手漕運！我徐北枳在陵州被說成『買米刺史』，如今到了清涼山，成了轉運使，還是個買糧官！這沒有關係，但是我們北涼鐵騎，有關係！」

已經積攢了無數怨氣的徐北枳終於怒極，一拳砸在徐鳳年胸口：「離陽要天下少死人，我北涼答應！但是離陽要我北涼多死人，我徐北枳，第一個不答應！」

一口一個溫太乙、馬忠賢，再加上那個「我徐北枳」，不僅僅是剛剛就漕運一事調侃北涼的兩名讀書人嚇得噤若寒蟬，整座酒樓的人都大氣不敢喘一下。

徐鳳年欲言又止。

徐北枳突然神情如同一個心灰意懶的遲暮老人，意態闌珊，自嘲道：「我知道，你終歸能夠讓朝廷不缺一石糧草進入北涼，你這個北涼王其實已經做得很好了。」

徐北枳望著這個年輕藩王：「但是，我替你不值！」

徐北枳猛然轉頭，對那五人近乎怒吼道：「你當北涼都是傻子，那些石碑上的名字，人人都是傻子？只是為了這個叫徐鳳年的王八蛋玩意兒，就那麼慷慨赴戰死在關外？」

沒喝酒卻像發酒瘋的徐北枳環視四周：「老子要是徐鳳年他這個憋屈王八蛋，早就砍死你們這幫連王八蛋都算不上的傢伙了！關外以南，是我北涼！別忘了，北涼以南，就是你們中原！」

徐鳳年搖頭，開口說道：「橘子，我不憋屈。」

徐北枳怔怔看著這個傢伙，低聲苦澀道：「我憋屈。」

徐鳳年笑了，從酒桌上拎起一壺還未打開的酒，摟過徐北枳肩頭道：「行了，請你喝酒啊。」

徐鳳年不由分說帶著徐北枳離開，不忘轉頭對那個應該找錢給徐鳳年卻打死都不敢上前的店夥計打趣道：「少收這桌客人一壺酒錢，剛好兩清了。」

◆

跟隨在徐北枳身後充任扈從的實權校尉，正是北涼舊將王石渠之子汪植，劍門關一役後負責陵州與西蜀接壤的米倉嶺道臘子口，如今是北涼十四實權校尉之一。在鳳字營脫穎而出的洪書文現在就在汪植麾下任職，足可見汪植在年輕藩王心中的地位。

有些聲音，拂水房聽得到，徐鳳年也就聽得到。

靠山吃山，一座靠山，在北涼想要成為山頭，就需要推到軍頭的位置上，最不濟也要跟邊軍以及兵權沾邊才行，否則任你做到李功德這樣的經略使，在北涼也發不出足夠分量的聲音。在徐鳳年接任藩王之前，李功德敢跟鍾洪武橫眉瞪眼？不敢的，甚至連鍾洪武的部將也不敢。而北涼的山頭，除了燕文鸞、何仲忽、陳雲垂這些名副其實的老將，其餘像皇甫枰、胡魁，因為手裡有兵權，而官品要高出半階的涼州刺史田培芳偏偏就不行。

當下的陳亮錫其實也算，因為他跟龍象軍有近水樓臺的優勢，青蒼城一戰，與流州將軍寇江淮也有生死之交。但是徐北枳就不行，隨著他離開陵州進入王府，先前與徐北枳關係很好的汪植這撥青壯武將，就會有些心思，所以這次北涼巨頭在拒北城的碰面，汪植離開臘子口北出關外，除了汪植本人想要為徐北枳鼓吹造勢，何嘗沒有陵州將軍韓嶗山的暗中授意，何嘗不是對徐北枳寄予厚望的整個陵州軍伍體系的一次「出聲」？

徐北枳是如此，事實上幾乎所有邊軍將領，人人都是如此身不由己。左騎軍統領周康為何對於分兵一事那般堅決抗拒？當真是錦鷓鴣自己貪圖權勢？自然不是這麼簡單。周康在地方上擁有眾多將種門庭的支援，很多時候周康需要考慮他們的利益關係，只要身為騎軍副帥的周康還想在邊軍中更進一步，無疑就需要給背後那些人吃定心丸。

只不過徐鳳年過於強勢，在城頭上當著所有人打了他一個措手不及，錦鷓鴣不得不低頭而已。所以下了城頭，同樣被劃走兵馬的右騎軍何仲忽就喊了周康一起喝酒，對於這些動作，徐鳳年都看在眼裡放在心上，只要錦鷓鴣不做出過激舉措，也就算了，沒理由剝了人家的兵權，還不許別人牢騷幾句。

名義上的北涼邊軍第一人褚祿山，這次留在懷陽關都護府，從頭到尾沒有露面，何嘗不是這個惡人連他褚祿山都想做做不得？與其徒勞無功還惹人厭惡，乾脆就閉門修清淨了。

離陽先帝趙惇殺張巨鹿，那麼有一天，萬一真的打敗了北莽，徐鳳年會不會也要在徐北枳、陳亮錫和某些大局之間做取捨？與此同理，徐北枳、陳亮錫一樣在北涼王和某些理想、夢想之間做出抉擇？

也許不會，也許會。這個「也許」，就已經很讓人不輕鬆、不舒心了。

啃饅頭的老百姓、鐘鳴鼎食的王侯，各自的痛苦和愜意有格局高低之分，但痛苦和愜意的重量從無大小之別；逍遙江湖的神仙眷侶、小地方的才子佳人、窮鄉僻壤的白頭偕老，愛情或許各有壯闊平緩之分，但相互之間的感情其實並無多寡之別。

徐鳳年和徐北枳走到一堵並不高的集市外圍牆垛上，汪植很識趣地沒有跟上。

徐鳳年蹲在小矮牆上，吃著剛從攤販那邊買來的烤饢，買了兩個，徐北枳不領情，他就兩個疊放在一起啃。

徐北枳盤腿而坐，雙手握拳撐在腿上，怔怔出神。

徐鳳年含混不清問道：「橘子，怎麼突然發那麼大火？除了我，還有誰惹到你了？」

徐北枳緩緩道：「這個天下惹到我了，你又是唾面自乾的窩囊德行，我當然不開心。」

徐鳳年吃饢吃得腮幫鼓鼓，轉頭諂媚笑道：「其實我也不開心，有可能是臉皮太厚，你看不出來。」

徐北枳沒有轉頭：「如果有朝一日，北涼打下了北莽，奪得天下，我不去中原，會回去北莽。」

徐鳳年驚訝「啊」了一聲：「那就真可惜了，我跟你說，以前大姐為了騙我去江南，總說那裡的水土好，養出滿大街的可口閨女水靈小娘子，我當時才不信，後來自己跑去一看，還真是哎。要不是咱們北涼好歹有個胭脂郡的女子撐臉面，我可真捨不得中原江南。你就算不樂意當離陽官，也該去看一眼。」

徐北枳抬頭看著日頭，瞇眼道：「不去了，這輩子從北往南走，走到北涼陵州已經夠南邊了。」

徐鳳年用肩膀靠了靠徐北枳：「橘子，在陵州就沒瞧上眼的姑娘？要是有了，人家姑娘又不同意，我幫你搶。」

徐北枳轉頭看了眼這個沒正形的年輕王爺，鄭重其事道：「如果你當皇帝，不要讓陳亮錫當首輔，對你們都好。」

徐鳳年愣了一下，笑道：「放心，我不當皇帝。」

徐北枳又說道：「那也不要讓陳亮錫當離陽的第二個張巨鹿。」

徐鳳年拍胸脯道：「真打贏了北莽，沒有後顧之憂，我要誰死、誰不死，沒你想的那麼困難。」

徐北枳搖頭道：「張巨鹿是自己想死的。」

徐鳳年陷入沉思。

徐北枳感慨道：「陳亮錫，不適合廟堂中樞，他做官只做到一州刺史，最多時遠離京城的一道經略使，大概才能安享晚年，能夠有含飴弄孫的一天。」

徐鳳年點了點頭：「以後有機會我會把話帶到，但至於陳亮錫自己怎麼想，我不會攔，估計也攔不住。」

徐北枳伸出手。

徐鳳年納悶道：「幹啥？」

徐北枳瞪眼道：「饢！」

徐鳳年掰扯下剩餘烤饢的一半遞給徐北枳。

徐北枳大口大口吃完烤饢，抹了抹嘴：「柿子，我不開心，還能拿你撒氣，那你不開心怎麼辦？」

徐鳳年不假思索道：「打北莽蠻子！」

席地而坐的徐北枳閉上眼睛，用手拍打膝蓋。

徐鳳年跟著拍子，吹起了口哨。

一個柿子，一個橘子。

伴隨著柿子的輕靈口哨聲，橘子突然朗聲道：「君只見，君只見聽潮湖萬鯉跳龍門！」

柿子跟著朗聲笑道：「獨不見清涼山，有名石碑不計數！」

「君只見，君只見葫蘆口頭顱築京觀！」

「獨不見高牆下，死人骸骨相撐拄！」

「君只見，君只見涼州北策馬嘯西風！」

「獨不見邊關南，琅琅書聲出破廬！」

「君只見，君只見三十萬鐵騎甲天下！」

「獨不見北涼人，家家戶戶皆縞素！」

◆

許多年後，清涼山北涼王府，早已變成了北涼道經略使府邸。

深夜中，有位白髮蒼蒼的老人拄著拐杖獨立於風雪夜，望著街道盡頭。

被譽為離陽新朝邊臣第一人的陳姓老人，守著身後這棟原本姓徐的宅子已經四十年。

整整四十年了。

為此他在去年秋末還拒絕了離陽登基新帝的招徠，拒絕成為新朝首輔。

因此，他等於是自己將那個「文正」諡號拒之門外。

離陽朝野上下盡知，這位崛起於北涼官場然後就再沒離開過北涼一步的江南寒士，在入涼之前便有「死當諡文正」的遠大志向。

他在昨日剛剛辭官。

如今，垂垂老矣的人，霜發與風雪同色。

就在視線模糊的老人以為等不到人的時候，一駕馬車悠然而至。

老人顫顫巍巍走下階梯。

馬車上走下一位同樣白髮蒼蒼的老人。

遠道而來的老人，身子骨顯然不如那棟大宅子的陳姓老人，姓徐的他披著厚重裘衣，需要那個與他同樣姓徐的車夫的攙扶才能走到陳大人身前。

三人一起走上臺階，轉身望向街道大雪紛飛。

隔著中間那個最無老態的人，擔任了三十多年都不肯挪窩的北涼道經略使陳亮錫，微微身體前傾，轉頭望向另外的那個老傢伙，輕聲沙啞笑道：「我幫王爺守住了北涼道和這清涼山四十年，所以你不如我，是吧，徐北枳？」

那個老態龍鍾披厚裘的老人拿出所有氣力冷哼一聲：「你贏了……你贏了，行了吧？」

位置居中的老人，雖然年齡相仿，但是看上去卻僅是四十不惑出頭些的歲數，他一左一右握住陳亮錫和徐北枳的手，輕聲笑道：「別爭了。」

離陽皇帝換了換，年號換了換，但是三位老人，徐鳳年、徐北枳、陳亮錫，只在今夜，看了一場北涼大雪。

◆

原本在離陽祥符二年的初秋，大楚廟堂上的文武百官都恨不得分封天下了，可是短短三個月後就彌漫著一股哀鴻遍野的氛圍，如果不是老太師孫希濟始終不悲不喜，曹長卿也依舊未曾有從謝西陲手中接過兵權的跡象，恐怕朝堂上早已亂成一鍋粥了。

不過對於坐龍椅、穿龍袍的女帝姜姒來說，是看著一群紅光滿面的臣子，還是一幫愁眉不展的官員，沒什麼差別，甚至她還有幾分不為人知的譏諷。

早先大楚在廣陵江上以弱勝強，打得藩王趙毅的廣陵水師全軍覆沒，之後更是成功偷襲南疆大軍的糧草重地，當時叫囂得最厲害的一種議論，就是類似「國不可無君，君不可無後」的正統腔調，如今大楚皇帝陛下，雖說是女子，但也需要「皇后」才符合禮制不是？於是與謝西陲並稱大楚雙璧的宋茂林，這位和新涼王一起被譽為「北徐南宋」的宋閥嫡長孫，呼聲最高。也許是宋茂林實在太過出彩，以至連老太師孫希濟都暗示過遠離朝堂的曹長卿，不妨答應這門婚事，不但有利於大楚姜氏社稷的穩固，而且年輕陛下也算不得如何「低就」。

可是隨著南疆頭號大將軍吳重軒與藩王趙炳分道揚鑣，以離陽兵部尚書和征南大將軍雙重身分重返廣陵道，盧升象也終於展露春秋名將該有的獠牙，同樣在太安城走過一遭的宋笠搶過廣陵王趙毅手中的全部兵權，尤其是陳芝豹和蜀地精銳的投入戰場，大楚戰線全面收縮，從捷報頻頻轉入被動守勢，廟堂上那種好似攻入太安城近在咫尺的狂熱，被當頭澆了一盆冷水，大多數公卿貴胄如同霜打的茄子。

就在這種時候，先前有意磨礪大楚年輕將領的曹長卿，終於從廣陵江水師抽身離開，以大楚主帥兼任尚書令的身分返回大楚京城。要知道當時姜姒登基稱帝，曹長卿仍是大楚水師統領的官身，官職甚至要比三位老將軍低半階，僅與擔任東線主將的弟子謝西陲相同，不過是從二品。

沒有曹長卿坐鎮的神凰城，人心惶惶不可終日，有了曹長卿的神凰城，哪怕他沒有帶一兵一卒，大楚京城的上空頓時烏雲散去，重見天日。

其實所有人都心知肚明，新大楚少了姜姒的確無法復國，但是如果少了曹長卿之前的那四處奔走，也許就會是無力更無心復國的可悲局面了。

今日退朝後，沒來得及參加早朝的曹長卿前往皇宮覆命，換上一身嶄新朝服，在司禮監太監的領路下穿廊過道，在御書房外安靜等人通稟陛下等待覲見，事事遵循君臣之禮。

司禮監老宦官忐忑不安，要是以往，早已得知曹長卿入京的皇帝陛下，別說是在御書房接見，應該在京城外相迎才對。這意味著陛下與以往敬重如自家長輩的尚書令大人之間，極有可能有了心結。這可絕非國之幸事啊。

面無表情的曹長卿等在階下，心中苦笑。他當然清楚為何陛下要把自己晾在外頭——生氣了，而且很生氣，因為老太師當時力薦宋茂林，自己沒有答應但也沒有拒絕，她如何能不嘔氣？沒拿那柄大涼龍雀劍削他曹長卿，就算很給自己這位棋待詔叔叔面子了。

曹長卿在那名憂心忡忡的年邁宦官彎腰掩門後，沒有出聲，站在原地。

大楚皇宮的御書房極為寬敞，雖然許多擺設房內的珍貴重器都被廣陵王趙毅貪墨了去，但是大楚底蘊何其深厚，復國初期，御書房的皇家氣派，就已經不輸當年。

曹長卿抬頭望去，只見那名年輕女子身穿正黃龍袍，低頭提筆在貢品宣紙上練字，沒有用那支寓意國祚綿延的御筆「千年青」。曹長卿稍稍挪開視線，看到了那只篆刻有「金甌永固」四字的金漆杯。

按照禮制，每年正月初一，大楚皇帝都會在此明窗開筆，用那杆「千年青」在盛滿屠蘇酒的杯中蘸滿，寫下「天下太平」、「國壽長春」的吉祥語贈給文武大臣。在這之前，她曾經對他流露出些為難忐忑，說她的字寫得不漂亮，悄悄提議要不然就請棋待詔叔叔代筆吧。

曹長卿當然沒點頭，只是安慰她寫歸寫，少寫幾幅便是，到時候只送給知根知底的孫老太師寥寥幾人，不丟臉的。她這才勉為其難應承下來，但仍然有些遮掩不住的悶悶不樂。

曹長卿聽說登基之後，為了新年春節那一天的提筆，今年秋冬她沒少練字，反正肯定比練劍要勤快百倍。據說已經寫滿了一小簍筐的紙箋，也不丟棄，就那麼日積月累著，宮女太監都不許動。

曹長卿看著寬大桌案後，看著那抹略顯纖細瘦弱的亮眼金黃，眼神恍惚，似乎記起了很多年前的一幅模糊場景。曹長卿突然有些心酸，更有些愧疚。

如今已經無人稱呼姜泥的大楚女帝，賭氣地不看曹長卿，氣呼呼說道：「我還在生氣，最起碼還要寫三十個字才能消氣，棋待詔叔叔你等著吧。」

曹長卿哭笑不得，搬了把椅子坐臨窗位置。

椅子傾斜相對視窗，既能看到窗外的風景，眼角餘光也能瞥見那個穿了龍袍也不像皇帝的小丫頭。但就算曹長卿，也想不到如今的姜姒每日朝會坐在龍椅上，接受文武百官的朝拜，那份越來越濃重的君王氣度，就連孫希濟老太師都暗暗點頭，不僅不失儀，甚至連他這個在兩大王朝廟堂立足接近一甲子光陰的老頭子，拋開女子身分不去計較，也挑不出半點瑕疵。

她的君臣奏對，從起先的略顯拘謹到現在的嫻熟如意，一日千里，簡直就是天生的皇帝。孫希濟私下對世交同僚笑言，陛下練劍境界神速，做一國之君也是如此啊。

一絲不苟寫了十幾個字，姜姒偷偷瞥了眼正襟危坐的曹長卿，撇了撇嘴，大概也意識到自己跟棋待詔叔叔較勁不合適，便輕輕放下筆，冷哼道：「寫完了！」

曹長卿忍住笑意，輕聲道：「還有十一個字呢，我不急。」

姜姒瞪眼道：「棋待詔叔叔！」

曹長卿微笑道：「好啦，我知道宋茂林的事情惹陛下生氣了，我這趟入京，就是給陛下當出氣筒的，畢竟老太師上了歲數，陛下總不能跟他一般見識。」

姜姒示威似的重新抓起毛筆，點了點：「要不是當這個皇帝，我就偷偷摸摸把那個姓宋的傢伙揍成豬頭。」

曹長卿忍俊不禁道：「學誰不好，那個北涼王在太安城拔掉了晉蘭亭的鬍子，害得那位禮部侍郎隔了大半個月才敢去衙門點卯。」

姜姒重重把筆擱在筆架上。

曹長卿猶豫了一下，還是嘆息道：「清涼山必須在大勝之後有個北涼王妃，在這件事情上，不能怪他。」

姜姒一拳輕輕敲在桌案上，怒目相向，然後皺了皺鼻子，冷哼道：「怪我嘍？」

曹長卿笑著連忙擺手：「不敢、不敢。」

他算是明白了，那個宋茂林根本不算什麼，北涼王娶妃才是咱們大楚皇帝生氣的重點，所以他曹長卿這回其實被那個姓徐的小子殃及了。

曹長卿笑臉溫柔。

男女在各自年輕的時候，他喜歡她，她也喜歡他，沒有誰不喜歡誰，真好。

世間男兒皆有願，願得一人心，白首不相離。

可是比起怕那親見美人白頭，更怕紅顏薄命無白頭。

曹長卿有些黯然，第一次質疑自己，是不是錯了？

自己已經錯過了，為何如今讓他們也錯過？

皈依佛法的劉松濤以生死相勸，儒家衍聖公以情理相勸，甚至整個中原的硝煙四起，都沒有勸服他大楚曹長卿「放下」。

姜姒小心翼翼問道：「棋待詔叔叔，你生氣啦？」

曹長卿收斂了思緒，搖頭柔聲道：「棋待詔叔叔就算跟整個天下的人生氣，甚至跟大楚生氣，卻唯獨不會跟陛下生氣。」

姜姒老氣橫秋地「唉」了一聲：「雖然這麼說有些對不起我爹娘，但我覺得吧，娘親如果能早些認識棋待詔叔叔的話……」

曹長卿，被譽為「天下一石風流，獨占八斗」、「大楚最得意」、「青衣早出，大楚不亡」的他，三過離陽皇宮如過廊的曹官子，破天荒老臉一紅，咳嗽幾聲，趕緊打斷姜姒接下去要說的話，然後佯怒道：「陛下！」

姜姒促狹笑道：「我娘可不能早些遇到棋待詔叔叔，否則就沒有我姜泥了嘛。」

不知為何，她自稱姜泥，而不是無論復國成敗都會註定載入史冊的「姜姒」。

曹長卿黑著臉惱羞成怒道：「陛下，小心我故意忘記一句話！這句話可是在太安城某人讓我帶給陛下的！」

姜姒趕緊端正坐姿，一本正經道：「棋待詔叔叔，國事要緊，你說！」

曹長卿板著臉道：「陛下，微臣有些口渴。」

這位西楚女帝以驚人的速度站起身，一溜煙跑到門口，也不顧忌是否失去君王威儀，親自打開門吩咐道：「給尚書令大人端壺春神湖貢茶來。」

沒過多久，老神在在的曹長卿一手端茶碗，一手用茶蓋搧動茶香。

曹長卿閉上眼睛，聞著沁人心脾的清香，好似全然忘記了那件「正經事」。

他根本不用睜眼看，都曉得那位皇帝陛下正在故意板著臉，卻豎起了耳朵。

曹長卿嘴角翹起，喝了口茶後：「陛下，騙妳的。微臣在太安城，只是打了一架，沒聽到什麼話。」

姜姒「哦」了一聲，假裝不在意，看著桌案上那張宣紙的字，怒氣衝衝，殺氣騰騰。密密麻麻的宣紙上，其實翻來覆去只有三個字。

曹長卿突然問道：「陛下，聽說現在有人建言三策，上策是我西楚大軍應該主力南下，不惜和燕剌王趙炳與虎謀皮，聯手與離陽劃江而治？中策是向西開拓疆土，下策才是與盧升象大軍死戰？」

姜姒心不在焉地「嗯」了一聲。

曹長卿冷笑道：「迂腐書生的紙上談兵！」

姜姒抬起頭看著曹長卿，輕聲問道：「棋待詔叔叔，當年我們一起去北莽，除了春秋遺民的南朝豪閥家主，最後見面的那個色瞇瞇老頭兒，是不是就是如今的北莽東線主帥王遂？」

曹長卿點了點頭。

姜姒猶豫了很久，終於沉聲問道：「那麼棋待詔叔叔是不是也暗中聯繫過顧劍棠？」

曹長卿沉默不語，卻笑了。我大楚皇帝陛下，比起離陽新帝趙篆，絕不遜色。

姜姒低下頭，咬著嘴唇道：「野心勃勃的燕剌王趙炳不是什麼好人，可是王遂、顧劍棠這些人也好不到哪裡去啊。」

曹長卿站起身，走到窗口，緩緩道：「文人治國，所以大楚有數百年盛世，成為中原正統，但是時逢亂世，想要書生救國，何其艱辛。這個道理，我大楚讀書人想不通，我曹長卿也是個讀書人，不能親自去說這個道理。但是不管如何，我能做到一件事，就是讓離陽三任皇帝都明白，沒了徐驍，你趙家一樣書生救國而不得！」

曹長卿放低聲音：「可我曹長卿真想要跟這個天下說的道理，仍然不是這個。」

許久過後，曹長卿轉過身，望向她，笑道：「早年春秋動盪，有無數蠱惑人心的讖語歌謠流傳世間，其中就有說妳娘……也就是我們大楚皇后……所以棋待詔叔叔知道，妳當時願意離開北涼，是怕……」

姜姒撇過頭，惡狠狠道：「不是的！」

御書房內寂靜無聲。

姜姒猛然發現棋待詔叔叔不知何時站在了桌案那邊，趕忙伸出雙手遮掩那疊宣紙，漲紅著臉道：「不許看、不許看！」

曹長卿故意伸長脖子一探究竟，好奇問道：「似乎瞧著不像是『王八蛋』三個字嘛。」

姜姒脫口而出道：「當然不是，誰願意寫他是王八蛋！我罵都懶得罵！」

曹長卿笑著不說話，一身龍袍的年輕女帝就那麼堅持擋住曹長卿的視線。

曹長卿笑咪咪問道：「『刺死你』，御書房內就棋待詔叔叔一個人，陛下，這讓微臣如履薄冰啊。」

姜姒乾脆彎腰趴在桌案宣紙上，抬起腦袋：「看錯了、看錯了，棋待詔叔叔，你眼神不好使了呀，以後少挑燈讀書！」

曹長卿蓋上茶杯，身體前傾，餘下空閒的那隻手揉了揉這個傻閨女的腦袋：「棋待詔叔叔是老了，不光眼神不好，記憶也不行嘍，現在總算記起那句話。那個人在太安城的時候說了，大致意思就是說，很快他就會親自帶著北涼鐵騎來廣陵道，接妳回去，如果妳不答應，那他就搶，把妳塞麻袋裡扛回去。離陽、西楚、天下什麼的，他徐鳳年才懶得管。」

她目瞪口呆，只是眨了眨眼眸。

曹長卿笑道：「這次沒騙妳，是真的，千真萬確。」

她還是眨眼睛。

曹長卿好像喃喃自語，假裝有些惱火：「不管我如何看待，既然在太安城和鄧太阿兩個打他一個，都沒能打贏，那就明擺著是攔不住的嘛。我這個棋待詔叔叔又不是真的神仙，能怎麼辦？嗯，有句話怎麼說來著？」

姜姒笑著的時候就有兩個酒窩，一個傾國，一個傾城。她下意識笑著回答道：「黃瓜涼拌，才好吃！」

曹長卿輕聲道：「先帝是個有道明君，卻不是個好丈夫；我曹長卿更不如，是個讀書讀傻了的孬種罷了。但是北涼那個年輕人，比我們都要好。陛下，到時候意思意思給一劍就行了，可千萬別真的刺死他啊，會後悔傷心的。」

死心看似遠比傷心更重，但其實傷心遠不如死心輕鬆。

姜姒泫然欲泣，如聞至親長輩臨終遺言。

曹長卿動作輕柔地放下茶杯。

放下了。

◆

兩國之戰，像先前大楚與離陽，有西壘壁的大軍對峙，如今北涼與北莽，一樣有三十萬鐵騎對峙百萬大軍。

但不久後的一天，離陽的祥符三年，西楚的神璽二年，那時候，顧劍棠獨自站在帳內，一宿沉默，最後只自言自語一句話：「曹長卿誤我二十年。」

而北莽邊境上的王遂，獨自痛飲，哈哈大笑，「解氣、解氣！這才算我輩癡情種的真風流！」

那一日，太安城外，有西楚曹長卿，一人攻城。

第四章　謝家郎芝蘭玉樹　入幕賓相談甚歡

大楚京城有高門林立，也有陋巷連綿，這很正常，但是如果有人知道堂堂從二品武將就住在一條小巷中，恐怕就有骨鯁言官要痛心疾首地彈劾此人有損朝廷威嚴了。出身貧寒的謝西陲就是此人。

如果不是曹長卿弟子的身分，謝西陲想要以寒庶之身擔任一方主將，根本就是天方夜譚。事實也證明本事高低，與門第高下並無絕對關係。如果不是盧升象的領軍奔襲和陳芝豹的橫空出世，謝西陲的不敗戰績還會繼續下去，楊慎杏、閻震春、吳重軒，在春秋亂世中贏得赫赫威名的三員功勳老將，都在「毛都沒長齊」的謝西陲手上吃了天大的虧。

入冬後的太陽溫煦暖和，有個唇邊滿是青短鬍渣的年輕人，就坐在門口臺階上曬太陽。世世代代都在這條街巷土生土長的他，因為瘦弱，從小就有個「謝竹竿」的綽號，哪怕後來離開小街跑出去求學，回來後掰手腕贏了住在街頭那個胳膊差不多有他小腿粗的趙大壯，可鄰里街坊不論輩分，仍是喜歡順口喊他「謝竹竿子」，估計是改不過來了。

所有人只知道這位老謝家晚年得來的小子，好像讀書也沒讀出啥大出息，只不過衣食無憂倒是真的，可惜那孩子常年不著家，所以到如今也沒能娶上媳婦給老謝家續香火，於是賣酒營生的老謝就不太高興，尤其每次聽著別家孩子做了衙門小吏或是考中了秀才，總是湊不上話，便是憋著說出幾句漂亮話，也沒誰真聽進耳朵當回事。

如果不是有次兒子的先生來陪他老謝喝過一次酒，那位先生說他家小子讀書不錯，保證以後肯定能不差，賣酒老謝早就揪著兔崽子的耳朵讓他跟著自己賣酒掙錢了。家裡是攢下些不厚不薄的家底，不在乎那孩子幫忙多賺銀子，只是窮苦人家的娃，不怕家世不好，畢竟窮人有窮人的門當戶對不是？

可將心比心，誰家的閨女，樂意找一個腳底板不著地成天飄著的男子嫁了？小門小戶的人過日子，不怕窮苦，不是兵荒馬亂的世道，肯流汗多半就能拖家帶口一起吃飽肚子，可就怕男人眼高手低啊。隔壁街上的劉老媒婆，也拿話刺過謝老頭兒，笑著說她才不敢把好閨女往火坑裡推，讓謝老頭兒到現在還想起來就一肚子悶氣，偶爾放開肚子喝酒那也沒啥滋味。

一幫流裡流氣的市井無賴從老謝家門口經過，都是跟謝竹竿一起長大的同齡人，其中一人停下腳步對曬太陽的傢伙笑道：「竹竿子，走，哥帶你去賭坊賺幾十兩銀子去，保管你進門是光棍，出門就有媳婦了！竹竿子，到現在還沒有嘗過葷腥吧？」

謝竹竿子朝他們豎起一根中指，笑罵道：「滾蛋！」

他們對謝竹竿子死要面子活受罪倒也不生氣，笑著罵罵咧咧就走遠了。那幫年輕人雖然廝混日子，但從不欺負街坊，只去禍害別處，終究街上家家戶戶都有看著他們光屁股長大的鄉親長輩，就像他們這輩子頭回喝酒，就是從謝竹竿子他老爹那裡偷來的酒，雖說事後被摳門的老謝頭堵在門口罵了半天的街，他們也就是躲在家蹺二郎腿、掏著耳朵，罵著罵著就揭過了。

再說了，謝竹竿子從小就是出了名的蔫兒壞，是誰第一個有膽子爬牆去偷窺馬家寡婦洗澡的？還不是他謝西陲！又是誰往街上最水靈的同齡女子茅房裡丟石子？那會兒，他和她都才十三、四歲吧，嚇得那丫頭在茅房半天不敢出來，等到爹娘找到她的時候，終於敢號啕大哭了。

事後謝竹竿子被老謝頭那一頓往死裡打地飽揍啊，真是讓人看得觸目驚心，以至瘸腿的謝竹竿子到現在為止，十多年了，都沒跟她說過一句話，偶然在巷弄裡遇上，兩人都是恨不得貼著牆根走路。

可惜她不知為何到今天還沒嫁人，從好好一個漂亮的黃花大閨女，愣是熬成了其他女子的娃都能給爹買酒的歲數，她爹娘都愁得只要有人要就恨不得趕緊把自家閨女當潑水給潑出去了。明眼人都清楚，她是在等人呢。

而她那原本眼睛長在腦門上的爹娘，這幾年私下也跟賣酒老謝偷偷見面，老謝頭也不是沒有想法，只是一年到頭就見不著自己兒子幾回面，寥寥幾次回家，也是來去匆忙，就一拖再拖，直到這一次兒子難得在家留下，看架勢不會急著走，悶葫蘆的老謝頭終於撂下狠話，再不成親以後就當沒他謝西陲這麼個兒子！

常年在外頭飄著的謝家孩子，坐在臺階上，每當有街坊鄰居經過家門口，肯定會笑著打招呼，長輩們也多半會打趣幾句啥時候讓你爹抱上孫子之類的，到時候也好蹭酒喝嘛，能讓謝鐵公雞心甘情願被人拔毛，這輩子肯定就你謝家小子成親那一天嘍。

謝西陲也苦著臉說我是想有媳婦，可不知道媳婦在哪兒啊，這個時候不是沒人故意拿眼神瞥劉家那位老姑娘那邊，從小就有股機靈勁兒的謝西陲就開始裝傻。

謝西陲就這麼優哉游哉坐在臺階上，只是忍不住轉頭看著大門兩邊的春聯。

字寫得一般，內容也俗氣，但是聽娘親偷偷說，是去年末他爹好不容易才跟宋家那個考中童生功名的小子求來的，宋家今年少說也從自家酒鋪白拿走十多斤酒了。

謝西陲嘆了口氣，想著這回離家前，不管其他事情，一定要他個七、八副迎春對聯和幾十個春字，總不能再讓爹娘受這口氣了。

這裡的男人，大多讀書不多，年輕的時候比誰的媳婦好看，誰的女紅更好，然後整個波瀾不驚的後半輩子，大概就只是比較誰家的孩子更出息、誰家的女婿媳婦更孝順了。

謝西陲狠狠揉了揉臉頰。

他不是不想讓爹娘看到自己的兒子不比別人家的孩子差，甚至要有出息得多，可是爹娘雖是再尋常不過的市井小民，可如今整個大楚，整座京城，誰不知道現在一場仗接著一場仗，在兒子有大出息與跟兒子平平安安之間，謝西陲知道自己爹娘肯定選擇後者。

他不希望爹娘成天提心吊膽，寧願他們埋怨著自己還不成親，怎麼還不樂意踏踏實實過個小日子，跟他碎碎念叨著別家同齡人的兒子都上私塾會寫春聯了。

原本這次謝西陲回家，是準備咬著牙告訴他們真相的，可是當他這回看著好像一夜之間就老了的爹娘，看著那個板著臉不給好臉色卻坐下來跟自己一起喝酒的爹，謝西陲又說不出口了。

他怕自己有一天真的戰死沙場了，爹娘就立即知道他死了，而不是在遠遊求學。

今日酒鋪不開張、不做生意的老謝頭走出院門，看到不務正業的兒子，冷哼一聲，背手離開。

謝西陲的娘親走出門，輕聲笑道：「別管他，其實是買肉去了，你爹嘴上不說，但是偷偷摸摸從床底下的錢罐子裡拿了好些碎銀子，我也就是假裝沒看見。」

謝西陲咧嘴一笑，他爹這臭脾氣，做兒子的早就習慣了。

婦人又笑道：「劉家那姑娘，我從來就喜歡，只不過那時候劉家哪裡瞧得上眼咱們家，現在姑娘年紀大了，才著急的。娘跟你說心裡話，雖說你是娘的兒子，但如果不是這樣，你啊，可真配不上人家姑娘。」

謝西陲抬頭嬉皮笑臉道：「娘，我真是妳親生的？」

婦人作勢要打：「油嘴滑舌，難怪找不著媳婦！要是被你爹聽見這話，看他不抽死你！」

謝西陲彎曲了一下手臂：「小時候天天被爹攆著滿院子跑，現在爹可打不過我了。」

婦人輕輕給了這不省心的兒子一個栗暴：「臭小子，別氣你爹，以前你小，娘親次次護著你，以後娘親肯定要偏袒你爹了。」

謝西陲做了個鬼臉：「知道啦！」

婦人語重心長道：「劉家姑娘歲數是不小了，可瞅著那是真俊，這附近幾條街就沒比她好看的閨女，你小子真沒想法？娘親可要跟你說句透底的話，聽說有位官老爺，想要納她做小，她爹娘今年自打入秋可是沒有一次來咱們家串門了。」

謝西陲終於笑不出來了。

婦人也不為難自己兒子：「你年紀也不小了，娘親相信你其實最知道輕重，不催你，自己看著辦。說到底，爹娘只有你這麼一個兒子，總歸是想著你好。」

謝西陲「嗯」了一聲，等到娘親走回院子，又開始發呆，不知不覺望了望那個方向。一個一路小跑進巷弄的少年大聲笑道：「謝竹竿子，瞅啥瞅？」

少年叫呂思楚，這是第二次登門拜訪「老謝家」，上回背了把劍，結果被街坊鄰居和謝西陲爹娘當成了腦子拎不清的孩子，差點把少年給憋出內傷，這次學聰明了，不但沒背劍，還補上了上次欠下的見面禮——雙手拎著雞鴨。

有關見面禮應該送什麼這件事，少年身後那些吃飽了撐的沒事幹的呂家長輩，為此專門討論了一個上午！有說送上等貢酒的，但是很快被罵沒腦子，謝家就是賣酒的，你這不是砸場子打臉是幹啥？有說送絲綢、茶葉、瓷器等等的，還是被反駁了，說送些中看不中用的玩意兒根本就不誠心。

後來有人說不然扛把檀木椅過去，中看也中用，可惜還是覺得不妥，估計謝西陲的爹娘也不捨得擺出來給人坐啊，呂家這樣的瞎炫耀要不得。到最後，還是大楚碩果僅存的劍道大宗師呂田丹呂老爺子大手一揮給一錘定音了，讓呂思楚拎兩隻雞鴨過去，當天就給宰了下鍋！呂家晚輩皆嘆服，薑還是老的辣啊！

於是少年就這麼一路從豪門林立的京城那一頭坐馬車來到這一頭，他娘的那兩隻雞鴨估計是吃飽了的，在車廂裡的時候還拉屎了，把馬車停在得有兩里外的地方，少年下車後一手拎雞、一手抓鴨，一路飛奔而來，真是滿地雞毛、鴨毛。

謝西陲沒好氣道：「瞅你大爺。」

少年站在謝西陲眼前，提了提手中那隻雞：「大爺在此！」

看到謝竹竿子要踹人，少年趕忙跑進院子，嚷嚷道：「嬸嬸，雞鴨放哪兒，中午咱們就能殺了下鍋嗎？下午我還有事，怕吃不著啊……」

大門口的謝西陲忍不住翻了個白眼，真不把自己當外人，送禮沒這麼送的。

就在他娘親跟呂思楚在院內熱絡聊天的時候，謝西陲皺了皺眉頭。

小巷盡頭，並肩走來兩個年輕男子。

由於他們的到來，幾個迎面而走的街坊真誇張到不但停下了腳步，並且恨不得躲避到牆壁裡頭去。一些個坐在小竹凳小竹椅上曬太陽的老人，也突然沉默不語。

來人一個是裴穗，春秋十大豪閥裴家的未來家主，謝西陲跟他是同窗好友，當時將楊慎杏和薊州步卒甕中捉鱉，正是謝西陲和裴穗堪稱天衣無縫的配合，才為大楚贏得了第一場大勝仗。

但是另外一個人，謝西陲並不喜歡——宋茂林，宋閥嫡長孫。

與他謝西陲被譽為大楚雙璧的年輕人，玉樹臨風，當得謫仙人一說。

但是很奇怪，謝西陲能夠接受寇江淮的那種自負狂傲，反而不喜歡宋茂林那份無懈可擊的溫良恭儉讓。

少年呂思楚同樣不喜歡這個「美姿容，有清操」的如玉君子，理由再簡單不過了，少年不喜歡這個傢伙喜歡皇帝姐姐，更不喜歡這個傢伙想要「嫁給」皇帝姐姐。用少年的話說就是，他寧肯退一萬步、幾萬步，寧肯皇帝姐姐嫁給那個從來沒有見過面的年輕藩王，也不希望很早就在白鹿洞認識的皇帝姐姐，跟這個道貌岸然的宋茂林沾邊。

少年的想法從來都跟呂家長輩一模一樣，直來直去，他就是覺得這種可能一輩子都不會公然放屁的傢伙，肯定是個偽君子！很少去討厭一個人的謝西陲對此深以為然。

所以謝西陲站起身，笑著走向好友裴穗和大駕光臨的宋家公子，抓住裴穗胳膊的時候，不動聲色地擰了擰，裴穗不愧是他謝西陲的至交好友，也不動聲色地忍著痛賠著笑。

謝西陲不由分說道：「走，帶你們找家鋪子喝酒去。放心，我家鋪子今兒沒開張，我也沒殺熟的習慣。不過以後哪天揭不開鍋，可就難說了……」

謝西陲帶著他們挑了家相對乾淨的酒樓，當然在宋茂林眼中，想必其實都一樣。

◆

大半個時辰後，盡歡而散，謝西陲和裴穗把宋茂林送上馬車，目送離去。

兩人走回巷弄，裴穗打趣道：「難為你又跟人說了半個時辰的廢話。」

謝西陲淡然道：「浪費的口水，都從酒水裡補回來了。美中不足的就是你結的帳，不是他宋大公子。」

裴穗微笑道：「宋公子怎麼會隨身攜帶那黃白之物。不過若是無錢付帳，宋公子肯定不會吝嗇摘下腰間千金玉佩當酒錢。」

謝西陲皮笑肉不笑道：「那就又是一樁美談了。」

裴穗摟過謝西陲的肩頭，耍賴道：「行了，反正我跟宋家的交情也就只到這裡了，你就當陪我喝了半個時辰的酒。」

出身寒庶的謝西陲能跟有著雲泥之別的裴家子弟成為好友，無異於一個奇蹟。要知道，在門第森嚴的大楚，向來是冠冕之家流品之人，視寒素子弟賤如僕隸，恥於為伍，絕不同席而坐。

當時謝裴兩人成為同窗，互不知曉身分，裴穗的口頭禪是「我最喜歡跟視金錢如糞土的人做兄弟了，我願意每天都挑糞」。謝西陲猜得出來這個傢伙出身不俗，但是當裴穗最後自己親口說出家世身分後，謝西陲還是有些震驚。

昆陽裴氏，那可是從大奉王朝起就是「只嫁娶九姓，不入帝王家」的真正豪閥，也正是那個時候，謝西陲把裴穗當成了朋友，不是因為他是什麼高不可攀卻願意折節相交的裴氏子弟，而是願意坦然地告訴謝西陲這位當時依舊籍籍無名的寒門子，他裴穗的真實身分。

他們的先生，曹長卿，就是曾經跟謝西陲父親一起盤腿喝酒的那個人。

曹長卿很早就告訴他們這兩個身分懸殊的學生：「世間的道理就是道理，不因人少而無道理，不因人多而有道理。不以人貧而欺之，不以人貴而媚之。不以人貧而以為皆善，不以人貴而以為皆惡。知理自有禮，有禮自無崩壞之憂，故而天下太平，人人自得，這便是儒家的道。」

裴穗輕聲道：「宋茂林的心思不複雜，現在朝堂上有人建言趁著吳重軒叛出南疆，我們藉機與燕剌王結盟，言下之意無非是嘗試著說服趙炳讓世子趙鑄『入贅』我大楚姜氏，宋茂林當然坐不住了。」

謝西陲冷笑道：「有本事自己去打拚，靠著小算盤算計來、算計去，就能算計出一座江山？不是個東西！」

裴穗嘿嘿笑道：「沒有連我一起罵吧？」

謝西陲轉頭笑道：「要不然讓我想想？」

裴穗無奈道：「誤交損友，悔之晚矣！」

謝西陲沒好氣道：「那你趕緊去追上宋家大公子，這個還不算晚。」

裴穗哈哈笑道：「那就算了，渾身不自在，我這種不小心出身豪閥門第的異類，跟他們尿不到一個壺裡去。」

謝西陲面無表情道：「是喝不到一個尿壺去吧？」

裴穗臉色發白，苦著臉道：「謝西陲，你能不能不要這麼噁心？」

謝西陲一板一眼道：「難！」

裴穗重重一聲嘆息，認識這麼多年，裴穗知道該怎麼跟這個喜歡一本正經說冷笑話的傢伙打交道，得用自汙的手段讓自己立於不敗之地才行，咬牙切齒道：「不愧是我裴挑糞的好兄弟！」

謝西陲笑道：「裴挑糞，等下到我家上桌吃飯前，記得洗手啊。」

裴穗深呼吸一口氣：「行！」

走入小巷前，謝西陲突然莫名其妙說道：「裴穗，我問你，如果有件事我很想做，但是又怕自己後悔，該怎麼做？」

裴穗直截了當道：「做了怕後悔？這本來是句廢話啊，明擺著不做是肯定後悔的，既然做了是『有可能』後悔，為啥不做？謝西陲啊謝西陲，你是不是腦子被門板夾到了？」

好不容易扳回一城的裴穗有些揚揚得意。

低頭前行的謝西陲輕聲道：「是啊。」

裴穗好奇問道：「天底下還有你謝西陲猶豫不決的事情？」

裴穗突然驚悚道：「你小子該不是想要跑去太安城當官吧？小心我告密！」

謝西陲大聲怒道：「裴挑糞！姓裴的！找屎嫌不夠，還要找死？」

然後謝西陲發現這個傢伙保持微笑望著前方。

再然後，謝西陲就發現不遠處一棟宅子門口，站著一位目瞪口呆的女子，好像是被他的粗俗言語給驚嚇到了，手足無措，楚楚可憐。

謝西陲咽了咽口水。

裴穗何其眼光歹毒，一下子就看出端倪了，那叫一個幸災樂禍啊。尋常女子，能讓謝西陲這般失態？

世間男兒，有幾個逃得過「青梅竹馬」這柄天下頭等厲害的殺人飛劍？

裴穗終究沒好意思落井下石，就要先行離開，突然發現自己的袖口被人攥緊。

謝西陲低聲道：「先別走，幫我壯壯膽。」

裴穗差一點就要捧腹大笑。

連先生都說「大楚只要三個謝西陲就能復國無疑」的傢伙，也需要有人幫著壯膽才不露怯？裴穗都恨不得當場對那個不知名的女子彎腰作揖了。他這個兄弟哪怕跟先生辯論形勢，也是從不會有半點心虛的。

那個女子猶豫了一下，僅是快速瞥了一眼謝西陲，便低斂視線，就要快步跨上臺階。

謝西陲欲言又止。

裴穗用手肘狠狠撞了一下身邊這個膽小鬼。

謝西陲終於顫聲道：「劉冬梅！」

裴穗偷著樂了，那女子的名字可真……一般。

謝西陲其實嗓門不大，但那個女子偏偏停下了腳步，可在臺階上沒有轉身。

謝西陲習慣性揉了揉臉頰，終於鼓起勇氣說道：「我叫謝西陲！」

裴穗無言以對，抬頭看著天空。你他娘的不是廢話嗎，街坊鄰居的，難道人家還以為你叫謝東陲？但是接下來那些話，就讓裴穗刮目相看了。

謝西陲撓著頭咧嘴笑道：「我想娶妳做媳婦！其他女子，我都看不上眼！我只喜歡妳！」

裴穗忍不住伸出大拇指，結果被謝西陲踹了一腳。

那名女子沒有轉身，也沒有出聲，只是肩膀有些微顫。

謝西陲好不容易拔高的嗓門又低了下去：「當年……往妳家那裡丟石子，是我不對，但是我有理由的……當時覺得妳喜歡上了那個只會死讀書的宋正清，我氣不過……」

裴穗又望向天空。他有些懷疑謝西陲之所以不待見宋茂林，是因為姓宋的？裴穗沒來由有些替宋茂林感到無奈。

這是一個讓人悲傷的誤會。

謝西陲停頓了一下，大聲道：「如今我比那個才考中童生的宋正清，有出息，真的！」

謝西陲伸出拳頭，在自己胸口砸了一下，沉聲道：「我謝西陲，跟那個妳應該也聽說過的『謝西陲』，不是什麼同名同姓，就是我！那個喜歡妳很多年的謝家傻小子，謝竹竿！如今是大楚鎮北將軍，從二品武將！」

不遠處，那些個坐在凳子躺椅上看熱鬧的老頭兒、老婦，幾乎同時跌倒在地上。

裴穗突然悄然瞇起眼，有些神情玩味。

作為豪閥子弟，實在是耳濡目染見過太多太多的不美好了。

世人百般交情，無論是什麼君子之交淡如水，小人之交甜如蜜，或是夫妻同林鳥，上陣父子兵，什麼君臣相宜，世交如醇酒，都少有經得起歲月考驗的。一碗清水擺放十天、八天，果真能喝？便是一罈子好酒，稍稍泥封不嚴，別說十年八載，明年拿出來就不對味了。

裴穗突然有些擔心，因為他發現這個生長在貧寒巷弄的女子，不管答應或是不答應，恐怕都不對味道啊。

不答應，謝西陲和她就此擦肩而過。

答應了，又有幾分真心是衝著謝西陲這個人，而不是鎮北將軍這個名？

裴穗覺得謝西陲不該說最後那幾句話的。

但是不說，似乎也不對。

裴穗不是瞎子，知道跟謝西陲年齡相當的女子，能夠到這個時候還不嫁人，肯定是吃了不少苦頭，那些風言風語就夠受的了。

謝西陲肯定是想著讓她知道這麼多年的委屈，沒有白費。

裴穗輕輕嘆息，如果自己兄弟能夠等她點頭，再來道破天機就好了。

但是裴穗很奇怪地發現，無比聰明的同窗兄弟，「大楚最得意」的先生的最得意門生，根本就沒有這種後顧之憂，哪怕這個時候，也毫不後悔，好像在堅信著什麼。

那個女子終於轉身，轉身之前擦乾淨了淚水。

她對謝西陲說了一句話。

裴穗聽到這句話後，對這名女子鄭重其事地作了一揖，並且無比心甘情願地說道：「昆陽裴氏裴穗，拜見嫂子！」

因為那個名字很俗氣的女子，說了一句讓裴穗覺得最不俗氣的言語。

也正是這句話，日後促成了對大楚忠心耿耿的謝西陲，隱姓埋名悄然入北涼。

她那句話很簡單，也很決然。

「謝西陲，我以前很怕等不到你，但從今天起，我不怕我等不到你了，因為我不怕做謝家的寡婦。」

◆

時隔兩個月，徐鳳年直到冬末時分才從關外返回，正值大雪紛飛，不出意外的話，這應該是北涼在祥符二年的最後一場雪了。

深夜入城，無論是徐鳳年還是徐北枳，都沒有乘坐馬車，身後是八百白馬義從，白甲白馬，與雪夜融為一色。

在這個化雪的清晨，徐鳳年披上一件多年不曾更換的狐裘，走出那座已經擴建許多的梧桐院，獨自來到聽潮湖裡的湖心亭，斜倚廊柱望著湖面。

聽說早前府上兩位女子將湖上蓮花當作一個個的小許願池，經常往湖裡丟擲銅錢，結果沒多久就被砸成了馬蜂窩。

年少時，清涼山四個姓徐的孩子，兩男兩女，加上徐驍本人，也不顯得如何陰盛陽衰，如今便不太一樣，他徐鳳年和黃蠻兒常年都不在清涼山，卻多了好些個女子。

不說陸丞燕和王初冬，還有那位喜穿朱袍的徐嬰、戴貂帽的呵呵姑娘、國色天香的陳漁、陳亮錫赴涼時帶在身邊的那個女童、于新郎留在府上的綠袍兒，偶爾呼延大觀的女兒也會偷偷跑來清涼山玩耍，甚至連梧桐院內也多了七位批紅「女學士」。

她們名義上是梧桐院的二、三等丫鬟，柴米油鹽醬醋茶，稱呼裡頭各占一個，好像是陸丞燕的餿主意，比起早年他這位梧桐院少主給丫鬟們取的名字，例如綠蟻、白酒、黃瓜什麼的，真是不相上下，一脈相承。

徐鳳年昨夜在宋洞明和白煜的衙屋那邊待到很晚，不說一般事務，哪怕一些涉及四、五品官員升遷的要事，只要不涉及敏感的地方軍務，徐鳳年也給予兩人便宜行事的大權，所以昨夜多是宋白兩人在進行類似君王奏對的例行公事，徐鳳年這個甩手掌櫃做那「點頭藩王」就行。

只不過有一件麻煩事，副經略使宋洞明專門作為壓軸難題拋給了徐鳳年，當時白蓮先生在旁邊低頭喝著熱茶，笑意玩味。

徐鳳年聽到以後也頭痛，原來在敲定陸丞燕作為北涼正妃後，陸東疆這個昔年享譽中原的老丈人心思就又活泛開來，想爭一爭涼州刺史的座位。原刺史田培芳不管出於何種初衷，是識趣地急流勇退，或是迫於形勢不得已而為之，在從拒北城回到涼州後，向清涼山提交了辭呈，接下來涼州刺史在內，別駕在外，關內關外出現「內外刺史」的格局已經是板上釘釘的事實，這讓本來僅是覬覦別駕一職的陸東疆突然轉變口風，藉著父憑女貴的大好東風，希冀著一步到位，擔任北涼道官場上的文官第三把手。徐鳳年對此也沒轍，只得用了一個「拖」字訣。

對於陸氏子弟入涼以後的所作所為，徐鳳年其實一清二楚，那幫心比天高的讀書人要麼扶不起，寥寥屈指可數的有用之才，也屬於不宜揠苗助長。可是陸東疆不這麼想，哪怕徐鳳年在新城建造一事上已經給陸氏補償，但陸東疆顯然不覺得這是青州豪閥陸氏該有的待遇，可惜北涼畢竟不是朝廷，沒有翰林院可以養閒人，更沒有那些殿閣館閣學士的頭銜去送人。

說到底，女婿徐鳳年當家做主的北涼道，現今不是他不想陸家能夠在北涼揚眉吐氣，而是實在給不起這份面子。

徐鳳年抬起頭，看到白煜緩緩走來，沒有刻意擺出以禮相迎的姿態，僅是坐直了身體。白煜走入湖心亭前，在臺階上重重跺了跺腳，抖落雪屑。

兩人相對而坐，白煜率先開口笑道：「自打我年幼時入山，這麼多年來，也看過幾場覺得頗為壯觀的江南大雪，等到來了北涼，才曉得大雪大雪，江南終究是比不得北方。」

徐鳳年微笑道：「聽徐驍說其實遼東那邊冬天的雪還要大，鵝毛大雪不足以形容。」

白煜打趣道：「雪花大如手嘛，大將軍作的詩，我當年在龍虎山也如雷貫耳。」

徐鳳年嘴角翹起：「北涼這邊的文官都覺得徐驍不好伺候，因為拍馬屁從來都拍在馬蹄上，只有我二姐的先生王祭酒能夠拍對路。其實這裡頭的天機很簡單，就是怎麼不要臉怎麼來，絕對不能端著文人架子，太過高深含蓄的東西，徐驍又聽不懂，聽著雲裡霧裡的，光是想著怎麼回話就很為難。

王祭酒就直接開門見山，兩個臭棋簍子，在棋盤上跟徐驍殺得半斤八兩，還要誇獎徐驍『國手啊、厲害啊，這一手下得好生霸氣啊』，這些好話，徐驍當然聽得明白，所以就特別開心。

嗯，還有黃蠻兒的師父，趙希摶，也很懂徐驍的七寸。記得第一次來咱們這兒，就說黃蠻兒天生靈慧，相貌堂堂，不愧是大將軍的兒子等等。當時連我都看不下去，覺得這老頭兒十有八九是個江湖騙子，最後我就讓人帶著狗去嚇唬老天師，現在回想起來，真人不露相，這句話很真。」

徐鳳年不知道是不是打開了話匣子，一下子就收不住了：「記得當時去武當山習武，第一次見到老掌教王重樓，那會兒我聽多了一指斷江的江湖傳聞，老佩服這位北涼天字號的道門神仙了，結果見面後，老掌教確實仙風道骨，沒讓人失望，但是很快就露餡了，你猜是哪件事？」

白煜搖頭。

徐鳳年笑了笑，眼眸瞇起，盡是風流，輕聲道：「我當時好奇詢問老掌教是不是真的一指斷江，老人先搖頭說不是，然後伸出兩根手指，說是兩指。那時候我除了驚呆、佩服、神往，其實還覺得這位老掌教除了滿身神仙氣，其實也挺有地氣兒。

你是沒有看到老人說出兩字後的表情，明顯是在很用力地盡量假裝那種世外高人，但是又沒裝好，讓人事後一回味，就覺得只是個早年做出大事壯舉的老頭子，等到上了年紀，被年輕人記住，尤其又當面提起，然後就高興得很，藏都藏不住。」

白煜柔聲道：「天師府就不太一樣。」

徐鳳年望向湖面，喃喃道：「後來我才想明白，徐驍他啊，也是這樣的老頭子，只不過我年少時，就從沒當面誇過他，倒是經常罵他，甚至是攆著他打，總想著讓他丟人現眼。當時只想，是你害死了我娘親，現在我沒家教不懂禮，其實都是你徐驍害的，怪不得我徐鳳年。」

白煜視線錯過徐鳳年的肩頭，望向另一邊聽潮湖，沉默許久，緩緩道：「我爹娘在洪嘉北奔途中去世了，因為早年是武當山的大香客，然後我就被帶去了山上。」

徐鳳年說道：「不記仇？」

白煜坦然道：「一開始很記仇，不說老百姓，便是我們讀書人讀史，讀到那些個亡國君主，史書上也只有奸臣當道蒙蔽聖聽之類的措辭，所以怨不得皇帝，更怨不得那些離陽新編《忠臣錄》上的文臣，怨不得那些戰死沙場的武將，所以找來找去，就只能找到你爹，綽號人屠的大將軍徐驍。一個孩子親眼見到國破家亡，滿目山河皆故人，我豈能不怨？」

徐鳳年默然。

白煜突然感慨道：「到頭來，原來怨不得啊。」

是不該怨，還是怨而不得，徐鳳年沒有問。

白煜轉頭望向遠處通往湖心亭的小路，道路盡頭有個婀娜身影，大概是走近幾分發現了坐在亭中的他們，她就折向結冰的湖面，漸行漸遠。

白煜歉然笑道：「看來是我大煞風景了，否則就是王爺和她面面相對，不是賞景更勝賞景。」

徐鳳年瞥了眼那個身影，無奈道：「我跟她沒什麼。」

白煜眼神古怪。

徐鳳年更加無奈：「真的。」

白煜再一次望向那個身影，玩笑道：「那就太令人惋惜了。」

徐鳳年笑而不言。

就在兩人安靜賞景的時候，王府管事宋漁快步走來，說是節度使楊慎杏登門拜訪，徐鳳年讓他將那位新近入涼沒多久的節度使領到湖心亭。

白煜笑道：「楊老將軍這段日子在州城內可是遭罪了，節度使府邸幾乎天天被人砸場子，讀書人往大門上砸書，老百姓往牆內丟石頭，據說都有扔菜刀的，熱鬧得很，府上僕役心驚膽戰，視為苦差事。」

徐鳳年看到白蓮先生說完話就起身要走，冷不丁說道：「白蓮先生，不妨陪我一起見楊慎杏。」

白煜才彎腰起身，聽到後猶豫了一下，重新坐下。

◆

當楊慎杏大踏步走上臺階的時候，就看到年輕藩王披裘攏袖坐著，但是有位不知身分的儒雅文士站著迎接自己，望向他的時候，笑咪咪的，不是笑裡藏刀的那種，相反極為和氣，且自然而然。

等到徐鳳年介紹雙方身分後，楊慎杏大吃一驚，才知道眼前人，竟然是被先帝欽賜白蓮先生的龍虎山外姓天師，頓時心頭一熱，有了幾分暖意。

當聽到白煜親口說有空就要去節度使府邸討要酒喝，楊慎杏不論真假，是客套還是真心，都對白煜生出幾分親近。畢竟他到涼州以後，之所以閉門謝客，無非是明知自己只要走出門半步，那就是人人喊打甚至喊殺的過街老鼠，至今別說涼州的文武官員一個沒露面，就是府上僕役丫鬟，也有些眼神不善。

楊慎杏這次厚著臉皮來到清涼山，是先前曾以密信懇請徐鳳年從關外返回州城後一定要打聲招呼，老人進沒進過清涼山王府，或者說徐鳳年願不願意讓這位節度使進門，整個北涼官場都在拭目以待。

成了，楊慎杏未必就能在北涼掌權；但不成，楊慎杏以後的日子就肯定沒法過。楊慎杏最初的想法就是今天走這麼一趟，根本不奢望徐鳳年能夠擺出多大的陣仗排場，面子上過得去就行，但是白煜的出現，絕對是意外之喜。

楊慎杏作為浸淫大半輩子離陽官場的老狐狸，如今北涼的風吹草動，只需要府上下人的三言兩語，老人往往就能抓住要害。例如正妃的人選，以及刺史田培芳的請辭，兩件事看似風牛馬不相及，其實這裡頭的蛛絲馬跡，很有講究——田培芳這是在跟陸東疆暗中示好啊。有陵州刺史更換的前車之鑒，他與其等到一、兩年後被迫讓位給外鄉人，還不如當下主動讓賢，心有靈犀地跟陸氏跟未來涼州刺史陸東疆，甚至是王妃陸丞燕結下一份香火情。

三人在湖心亭內相談甚歡，不談國事，只聊風月。

盡歡而散，白煜主動將楊慎杏一路送出王府。

白煜站在門口目送節度使離去，有些了然的笑意。

由於宋洞明是比李功德更加手握實權的副經略使，那麼只要徐鳳年點頭答應陸東疆成為刺史，整個陸家就會承情，而陸家也需要在清涼山有個「朝中人」。

清流名士陸東疆、商賈王林泉，二選一，就當是兩害相權取其輕，宋洞明當然會選擇前者；他白煜就比較尷尬，連選擇的機會都沒有。但是現在有個送上門來的楊慎杏，他白煜的境況就不一樣了，現在楊慎杏無法在北涼道官場說話，不代表以後還是如此。只要涼莽還在打仗，只要楊慎杏足夠聰明，就不怕沒有出人頭地的一天。那麼以後不管節度使府邸如何車水馬龍，白煜都是跟楊慎杏「相識於微末」的那個人，是雪中送炭的貴人，而不是錦上添花的閒人。

白煜剛要跨入門檻，突然縮回腳，轉身走下臺階，再轉身看著那扇大門。

這位白蓮先生，抬頭看著那塊氣勢赫赫的匾額，又看了看兩側那即將換新的春聯，想起先前湖心亭那個年輕人，自言自語道：「北涼、離陽，這個天下，有你徐鳳年，算不算雪中送炭？」

就在百感交集的白煜反身走入王府，途經聽潮湖畔，結果看到一幕場景，差點讓白蓮先生跳腳罵娘。

自己前腳才走，那個口口聲聲與胭脂評女子沒啥的正人君子，後腳就已經與她在湖面上並肩而行了。更過分的是那傢伙在看到自己後，非但沒有心虛，反而朝自己抬手打招呼。

白煜憤憤然嘀咕了一句。

遠處湖面上，徐鳳年哈哈大笑。

陳漁好奇問道：「怎麼了？」

徐鳳年笑道：「白蓮先生以為隔著遠，我聽不到他說話，其實聽得一清二楚。」

陳漁問道：「先生說什麼了？」

徐鳳年一本正經道：「誇我玉樹臨風，他自愧不如呢。」

陳漁「哦」了一聲，然後就告辭一聲，直奔白蓮先生而去。

徐鳳年傻眼了。

最後獨留湖上的徐鳳年笑了。

環視四周，一切安詳。

這樣的北涼，女子不論如花似玉還是相貌辟邪，男子不管是從文習武還是市井小民，都平平安安。讀書聲、販賣聲、馬蹄聲、呼嚕聲、吵架聲，都熱熱鬧鬧。

徐鳳年雙手攏袖，抬頭望著天空。

這個年輕人，所做一切事，都是在求一個「春秋不再怨徐家」而已。

年關年關，欠債之人過年如過關，今年的除夕對於徐鳳年來說，其實就很遭罪，因為徐渭熊發話了，清涼山所有春聯都要他親筆書寫，還不能有一副重複的。

大小楹聯，總計三百六十五副，這還不包括「春」、「福」兩字，為此徐鳳年不得不求救於宋洞明、白煜甚至是王初冬，要來了三百多副春聯的內容合輯成冊子，擱在案頭，照抄便是。

由於徐驍去世未滿三年，本該繼續用白底春聯，可是徐渭熊說今年用紅底，雖然徐鳳年不太情願，可是連姑姑趙玉台也附和二姐，徐鳳年能夠以一力敵曹長卿、鄧太阿，可萬萬敵不過這兩位的聯手，只能乖乖認命。

所以徐鳳年一大早就開始在梧桐院二樓奮筆疾書，陸丞燕在一旁研墨，王初冬幫著裁剪宣紙。徐鳳年的三個徒弟，呂雲長在書房待了一炷香工夫沒到就熬不住，跑出去找于新郎切磋武學了，單獨從北莽回到北涼的二徒弟王生倒是沉得下心的性子，給小師娘王初冬打下手，唯獨余地龍這個小屁孩不見蹤影。

屋內諸人心知肚明，如今北涼官場尤其是幽州邊關，幾乎所有武將都知道年輕藩王「扶牆而走」的典故了，不知是燕文鸞還是陳雲垂脫口而出，為北涼王取了個「徐第二」的綽號，以此說明世間終究還是有人能贏過年輕藩王的，至於是誰是在哪個戰場上打贏徐鳳年，幸災樂禍的老將們才不管。

於是渾然不知自己惹下大禍的余地龍剛從幽州關外返回清涼山，就被皮笑肉不笑的師父喊到了僻靜的後山，師徒二人沒有一起回來，只看到年輕藩王神清氣爽了幾分，而那個孩子隔了很久才露面，鼻青臉腫，滿臉委屈，坐在聽潮閣湖心亭生了大半天的悶氣，喊他吃飯，也不搭理，最後還是陸丞燕這個大師娘親自出馬，才牽著孩子的手去吃了頓飽飯。

狼吞虎嚥的時候孩子還膽戰心驚地跟大師娘訴苦，說師父無緣無故揍了他一頓不提，還要他這段時間修習閉口禪當啞巴。余地龍問師娘自己到底說錯啥了，陸丞燕看著眼神幽怨的孩子，她心裡頭那點小怨氣也煙消雲散了，為孩子撐腰說別管你師父，以後他要拿你撒氣就跑來找師娘。被徐鳳年揍成豬頭的余地龍笑著說好嘞，齜牙咧嘴，然後繼續埋頭吃飯，孩子覺著大師娘脾氣真好，師父福氣更好。

徐鳳年足足寫了將近三個時辰，寫完之後還要去端凳子、搬梯子、貼春聯，好在徐渭熊沒有在這件事上繼續折騰他，除了以往徐驍親自貼聯的十幾個地方，像老宅、王府大門、梧桐院，還有聽潮閣等，這些地方的春聯徐驍向來親力親為，其餘門楹都交由府上管事下人。

徐鳳年讓王生喊來呂雲長和余地龍，讓少男少女幫忙架梯子、擺凳子，順便看著春聯有沒有貼歪，而且每次貼倒福字，都會讓三個徒弟喊一聲「福到嘍」。

喊話的時候王生會含蓄一些，但看表情就知道少女很是誠心正意，呂雲長最潦草應付，余地龍嗓門最大。按照老規矩，大門口的春聯最後貼上，完事後徐鳳年手裡端著那大碗米漿，看了眼天色，望著街道盡頭，心想黃蠻兒與楊光斗、陳亮錫等人差不多該回了。

三個徒弟也沒白出氣力，都額外拿到了一副春聯，徐鳳年也不問他們要拿去做什麼，但大致猜得出來。余地龍肯定是要送給那位戰死在關外的大個子斥候，要請人捎去他家的；呂雲長這個沒心沒肺的傢伙，少不得是拿去給大雪龍騎軍的某位將軍校尉溜鬚拍馬；至於身材越發抽條得像尋常少女的王生，也許就僅是用來收藏，別無用處了。

徐鳳年突然笑問道：「師父的字，咋樣？」

呂雲長立馬嬉皮笑臉道：「鐵畫銀鉤，龍飛鳳舞，入木三分，氣象萬千……」

徐鳳年坦然全盤消受了，最後等到少年實在狗嘴裡吐不出新的象牙了，笑咪咪道：「可以說人話了。」

少年立即小聲詢問道：「師父，要不再給我寫一副唄？」

徐鳳年玩味道：「進廟燒香禮佛是好事，可要是處處寺廟都要進去一趟，見佛就拜，那就反而顯得沒有誠意了。官場上，有一人願意給你出十分力，比兩人幫你出三四分力，其實要好。」

少年用心想了想，用力點了點頭。

徐鳳年轉頭望向余地龍，後者嚇得一哆嗦，哭喪著臉道：「師父，又咋了？除了大師娘，我沒跟誰說過話啊！」

徐鳳年冷哼一聲，把手中瓷碗遞給孩子，沒來由說了句：「算你小子運氣好。」

余地龍有些憋屈，但是不敢說話。

徐鳳年望向遠方。呂祖、高樹露、劉松濤、李淳罡、王仙芝，再到他徐鳳年，以後也許是軒轅青鋒，然後輪到余地龍。

在他徐鳳年有望真正無敵於世的時候，出現了陸地朝仙圖上的謝觀應，應世而出、應時而出，一物降一物，依循舊有天道，如果謝觀應不堪大任，還會有洪洗象替天行道，只是後者沒有理會而已。等到余地龍、王生、呂雲長這撥年輕人橫空出世的時候，想來就已經沒有所謂的天人了吧。

人間人戰人間，各憑本事不憑前世，各自轟轟烈烈，或成或敗，或死或生。但是現在畢竟還不曾真正天人永隔，還有所謂的冥冥中自有天意，徐鳳年直覺將來能夠與余地龍一戰之人，不但有，而且極有可能就出自東海，至於到底是誰，徐鳳年不感興趣，而余地龍身邊的王生、呂雲長，不出意料只能是李淳罡獨領風騷那個時代的王繡、酆都綠袍兒之流，或者是王仙芝時代的鄧太阿、曹長卿。

但是徐鳳年還是希望那個時候的余地龍，尤其是自己不在世的那一天，不要成為天地間的一匹脫韁野馬，而要心有牽掛。一個完全沒有氣運束縛鎮壓的「王仙芝」或者「徐鳳年」，若是心無敬畏，只知道橫行無忌，無疑會是一場災難。

呵呵姑娘這次回來，轉述了好些莫名其妙的言語，既是黃三甲的酒話，也算是黃龍士的遺言，聽上去很胡說八道。那個已死的老人說以後的世道，會很有意思，凡夫俗子也能「御劍飛行」，朝遊北海暮蒼梧，一日之間遊遍四海之境，甚至上天摘星、下海撈月。

還說以後人人皆是讀書人，一年讀過的書可能就要比當今儒聖翻過一輩子的書要多，但很可惜，以後的讀書人不算真正的讀書人了，只算翻書人，所讀之書，也非聖賢書了，更不會見賢思齊，所謂的將心比心，變了味道。

很多人自己不願做英雄，便認為世上無英雄，將別人的拋頭顱灑熱血視為傻瓜，將先烈的慷慨赴死轉瞬忘卻……那個看似活著很有意思的世道，其實喪失了許多先賢在世時無比希望後世能夠繼承的東西。所以他黃龍士願意死在當下，死在這個世道裡頭，在這裡化作黃土一抔。

江湖上，呂祖不願過天門，李淳罡不願飛升，王仙芝願意輸給他徐鳳年……廟堂上，張巨鹿不留退路，齊陽龍毅然出山，坦坦翁「戀棧不去」……也許都是因為他們跟黃龍士是一類人。

以死而生。

徐鳳年輕輕嘆息一聲，伸手揉了揉二徒弟的腦袋，微笑柔聲道：「既然有了快活劍，就要活得快活快意，別像……有些人。」

少女畢竟長大了，師父這個親暱動作，讓她有些臉紅。

呂雲長突然鬼叫道：「師父，其實王生喜歡你呢，真的，瞎子也看得出來！」

身上暫時沒有背負那六、七把劍的少女猛然間殺氣騰騰。

跟白狐兒臉走了那趟北莽數千里，少女的劍道修為突飛猛進，就目前而言，已經是三名弟子中修為最高的了，只是少女心思在此彰顯無遺，跟呂雲長打打殺殺，豈不是承認了呂雲長的說法？可不聞不問、不理不睬，少女也憋不下那口氣。好在這個時候街道上一陣馬蹄聲幫她解圍，是師父的弟弟，龍象軍的主將徐龍象從流州返回州城了。

徐鳳年走下臺階的時候撂下一句：「地龍，跟你師弟練練手，昨天師父怎麼揍你的，你就怎麼揍他，只要別耽誤吃年夜飯就可以。」

余地龍愣了一下。

腦子最靈光的呂雲長早已跑進王府，大喊道：「打架可以，容我去拿兵器！」

余地龍趕忙把瓷碗交給臉頰緋紅的王生，去堵截呂雲長。

王生又低著頭把碗還給徐鳳年，小聲道：「師父，我也去。」

徐鳳年端著碗，無奈道：「你們仨好歹把凳子、梯子拿回去啊。」

◆

黃蠻兒見到徐鳳年的時候，好像有些畏畏縮縮。徐鳳年把碗遞給陳亮錫，然後笑著抓起黃蠻兒的肩膀，下一刻徐龍象的身軀就在街道一側的積雪中一路滑去，激盪出雪花無數。

陳亮錫目瞪口呆，在清涼山待過十多年的流州刺史楊光斗老神在在，對此早已見怪不怪了。

很快徐龍象就跑到徐鳳年跟前，二話不說就蹲下身把哥哥背在身上，看架勢是要從山腳一路跑到山頂才甘休。

過年吃餃子，是徐驍立下的規矩。吳素在世時，是她和兩個女兒一起包餃子；吳素去世後，尤其是大女兒遠嫁江南、小女兒遠行求學，就都是徐驍一手操辦。

今年的餃子，趙玉台、徐渭熊、陸丞燕、王初冬，是這四名女子包的餃子。

今年的年夜飯，還是徐驍的規矩，女子不離席，所以除了徐鳳年和徐龍象，王生那三名徒弟，還有近水樓臺的徐北枳、宋洞明、白煜，以及遠道而來的陳亮錫、楊光斗等人，好大一張桌子都坐滿了人，難得的熱鬧場景。

吃過了年夜飯，就是守歲。

徐鳳年獨自走到那座王府大堂門口，居中主位擺了兩把椅子。清涼山王府，或者說徐鳳年最為人詬病的一個地方，就是年少時在徐驍跟北涼大人物議事時，他這個世子殿下就大大咧咧坐在徐驍的座位上，徐驍就只能笑呵呵坐在一旁的椅子上，也從不覺得有何不妥。

徐鳳年站在大堂門口，看著左右依次擺放的數十把老舊椅子，再看著那兩把椅子，怔怔出神。

很快，府上的老管事宋漁就搬來一只大火爐，木架的火爐縫隙墜掛著一只撥弄炭火的小火鉗，徐鳳年捧過火爐，擺在中央兩把椅子腳邊，蹲下身開始嫻熟地撥弄剛剛有些紅光的炭火。

守歲一事，是男人的事，哪怕徐驍是天底下出了名的妻管嚴，這件事也沒商量，當然老王妃吳素也從不會在這種事情上跟徐驍較勁，嫁入老徐家，吳素就是徐家的媳婦，從不在老徐家的老規矩上說什麼。

在徐鳳年蹲在火爐前的時候，徐龍象也拎著兩大袋子木炭走入大堂。

守歲要守到天明，加炭添火是少不了的，哥倆一起蹲著，徐鳳年輕聲道：「以前守歲，我都容易犯睏，徐驍又從沒有好漢不提當年勇的覺悟，喜歡碎碎念，我次次都熬不到子夜以後，你也會跟著我離開，所以都是徐驍一個人待在這裡，現在想一想，徐驍孤零零一個人，挺可憐的，黃蠻兒，你說是吧？」

徐龍象點了點頭。

徐鳳年又問道：「你說每年這個時候徐驍坐在這裡，會想什麼？」

徐龍象搖了搖頭。

徐鳳年猶豫了一下，自言自語道：「曹長卿在太安城的時候，告訴我年後就可以去西楚接個人，但是我不知道如何開這個口。二姐也許不答應，你兩個嫂子不管答應不答應，心裡頭也肯定會有疙瘩，更不用說燕文鸞、顧大祖這撥大將軍了。

是啊，軍國大事豈能兒戲？北涼在關外戰死那麼多人，畢竟是為了北涼而死，但如果說陪著我徐鳳年去廣陵道蹚渾水，冒天下之大不韙，到底算怎麼回事？就算我固執己見，拿北涼王的身分去壓他們，恐怕下一場涼莽大戰還沒打，我們北涼就已經離心離德了。」

徐龍象陷入沉思，沒有像小時候那樣不管天大的事，都傻乎乎樂呵呵站在哥哥身邊就是了。

早年為了哥哥，黃蠻兒那可是連徐驍都敢對著幹的，就像老皇帝駕崩後清涼山山頂的那場歌舞昇平，徐驍破天荒勃然大怒，黃蠻兒就擋在了爹和哥哥中間，一步不退。

徐鳳年放下火鉗，縮手縮腳蹲在火爐前，望著炭火發呆。

第五章 議事堂劍拔弩張 徐鳳年決意南下

就連徐鳳年都不清楚，夜幕中，一隊隊人馬會不約而同地依次進入州城大門。

幽州有北涼步軍主帥燕文鸞、副帥陳雲垂、刺史胡魁、將軍皇甫枰、幽騎主將郁鸞刀等，一大幫人。

陵州有經略使李功德、李翰林父子，新任刺史，陵州將軍韓嶗山，副將汪植、黃小快等，還是一大幫人。

流州除了已經在府上的陳亮錫、楊光斗兩人之外，還有龍象軍副將李陌藩、流州將軍寇江淮，依舊是一大幫人。

涼州關外關內，以北涼都護褚祿山和騎軍大統領袁左宗為首，那就更多了，更是一大幫人。

北涼道文臣武將，在這個除夕夜，不知為何陸續趕到清涼山王府大門外。

徐偃兵站在大堂門口外頭，臉色異常沉重。

徐鳳年緩緩站起身，有些苦笑。

山腳門外的陣容，無異於逼宮了。

既然自己被蒙在鼓裡，就意味著連同二姐和褚祿山在內，都不答應。

徐鳳年站在那把椅子附近，轉身望向大門口。

褚祿山第一個出現在大門口，但是沒有急著抬腳跨過門檻。

徐鳳年收起思緒，嗓音沙啞輕聲道：「都進來吧。」

因為走入大堂的人數實在太多，不得不臨時添加了十多把椅子。

徐鳳年等到所有人身後都擺放有椅子，這才坐在那把往年徐驍坐的椅子上。

徐鳳年伸手往下壓了壓，所有人都坐下，徐龍象也挑了把椅子坐在一側。

那股磅礴氣勢，完全不輸給曹長卿、鄧太阿、拓跋菩薩等所有武道頂尖宗師。

徐鳳年沒有惱火，只是有些疲憊。

坐在徐龍象、袁左宗、齊當國三人身邊的褚祿山，低著頭，好像不敢正視徐鳳年。

之所以出現今夜的局面，他和徐渭熊兩人都可謂是「罪魁禍首」，否則誰敢如此行事？

徐鳳年正襟危坐，雙手插在袖子裡，一如徐驍當年。

清涼山徐家，男子在議事大堂守歲，女子其實也不曾入睡，而是聚集在了徐渭熊的小院裡。

雖然與梧桐院一般鋪設了堪稱奢華的地龍，可是自涼莽大戰以後，無論是梧桐院還是此地，就不曾使用耗費木炭無數的地龍了。

姑姑趙玉台哪怕面對徐渭熊，也始終戴上面甲，正在低頭彎腰撥弄著炭火，火光映照著那副面甲，熠熠生輝。

陸丞燕和王初冬坐在徐渭熊左右，性情跳脫的王初冬素來不喜講究坐姿的太師椅，就坐在小板凳上，此時乾脆把腦袋擱在徐渭熊膝蓋上，睡眼惺忪。

徐渭熊伸手揉著這位弟媳的髮絲，動作輕柔，王初冬便越發打瞌睡了。

賈家嘉和徐嬰坐在特意去掉門檻的門口那邊，玩著十五、二十的遊戲，各自雙手收放讓人眼花繚亂，卻悄無聲息。

屋裡屋外，只聽到偶爾炭火崩裂的細微聲響，顯得安靜而祥和。

趙玉台輕輕撥動灰燼遮掩了一下炭火，免得讓王初冬那妮子感到裙擺滾燙。

她終於打破沉默，輕聲嘆息道：「不該這麼逼迫小年的，既然是一家人，就算明知勸不動，事先打聲招呼也好。」

徐渭熊視線低斂，凝視著炭灰下若隱若現的火光，柔聲道：「姑姑，他什麼脾氣妳又不是不清楚，從小就是死強脾氣，認準的事，哪怕是娘親責罰他，他也不會轉彎。如今又是武道大宗師了，他如果一氣之下獨自離開涼州，誰攔得住？

難道我還能讓袁左宗領著大雪龍騎去堵他？徐偃兵也好，呼延大觀也罷，目前北涼屈指可數能夠攔上一攔的大宗師，又是性情中人，更不會阻攔，說不定還是唯恐天下不亂的態度。別看我們打贏了北莽，說到底，爹就留給我們只此一副家當，哪裡經得起他隨意揮霍？」

徐渭熊臉色晦暗不明，盡量語氣平淡道：「為何我放出話去，所有北涼權勢人物在今天這個除夕夜趕到咱們家？自然有人是出於私心，生怕北涼因此身陷西楚旋渦無法自拔，折損了兵馬是牽一發動全身，指不定就會導致北涼失守，那麼他們就要被打回原形，到手的官爵都打了水漂，日後就算離陽朝廷肯招安收納，又有幾個十年、二十年光陰可以讓他們在官場重新攀爬？但我也相信，更多人是出於公心，只是為了北涼，為了北涼邊軍而來，不惜為此以下犯上。」

屋內除了徐渭熊的話語聲，便死寂沉靜。

徐渭熊不知不覺加重了語氣：「也許他能夠拍著胸脯，可以問心無愧地說北涼之所以有今天的片刻安穩，是他徐鳳年親手打造出來的局面，虎頭城外、葫蘆口外、青蒼城外，西域千里，他都去過，都拚過命，所以他有資格任性一次。」

趙玉台抬起頭，問道：「難道不是嗎？」

徐渭熊面容淒苦，搖頭道：「不是的啊！」

雖然冰冷面甲遮住了那張猙獰恐怖的容顏，但趙玉台明顯有了幾分怒氣，沉聲道：「就因為他姓徐，是大將軍和王妃的兒子？」

徐渭熊跟趙玉台對視，眼神堅毅：「他是徐家的嫡長子！更是關係著北涼兩百多萬戶人家生死的北涼王，也是武評四大宗師之一！他既然當年選擇給自己增加擔子，自己要去習武，那他就應當像我們爹那樣每逢戰陣，必身先士卒！甚至比我們爹更理所應當地直面拓跋菩薩，直面北莽百萬大軍！是他自己把唯一的退路給堵死的，是他讓自己做不得退一步便可安享太平的藩王，怨不得別人！」

趙玉台欲言又止，唯有嘆息。原來這才是她當年極其不願徐鳳年習武的真相。

練武練成了絕世高手，一旦成了沙場萬人敵，那麼涼莽大戰期間，有什麼理由只是躲在幕後運籌帷幄？若只是個手無縛雞之力的年輕藩王，不是大宗師徐鳳年，才仍然有藉口不去親身陷陣廝殺。退一萬步說，即便要騎馬上陣，總歸只會死在很多人之後，又甚至……在她不希望他死在北涼的時候，她就可以強行帶著他離開西北，遠走高飛？面對這樣苦心孤詣的女子，趙玉台生氣不起來。

徐渭熊突然拍了拍王初冬的小腦袋，毅然決然道：「我要去給議事堂那邊，再添一爐炭火。」

王初冬揉了揉眼睛，不明就裡。

趙玉台苦澀道：「還要做什麼？難道還不夠嗎？」

徐渭熊在王初冬抬起腦袋後，冷聲道：「虎頭城劉寄奴、龍象軍王靈寶、臥弓城朱穆和高士慶，這些人、那些人、很多人，都死了，我要去議事堂為他們添椅子！我就是要徐鳳年親眼看著一把把空落落的椅子！」

陸丞燕突然說道：「我去。」

徐渭熊笑了，彎曲手指在她額頭上敲了一下：「傻啊，這種事妳怎麼能做？這個惡人誰都能做，唯獨妳陸丞燕不能。」

趙玉台也點頭道：「丞燕不要管。」

徐渭熊打斷趙玉台接下來要說的話：「姑姑，我去！」

趙玉台沉默許久，終於緩緩點頭。

沒了徐渭熊的屋子，無人說話。

約莫兩炷香工夫後，徐渭熊推著輪椅回到門口，臉色蒼白。

趙玉台起身走過去，心疼道：「小年朝妳發火了？姑姑這就去教訓他！」

徐渭熊死死抓住趙玉台的袖子，淒然道：「我走到一半就回了，但是有人告訴我，他已經在大堂內為那些武將英烈添設座椅了。姑姑，我是不是錯了？」

趙玉台蹲下身，幫她擦去滿臉淚水，柔聲道：「沒有錯，你們都沒有錯，妳和小年，都是好孩子。」

屋內，陸丞燕神情木然，王初冬在默默抽泣。

和徐嬰一左一右盤腿坐在門口當兩尊門神的呵呵姑娘，冷不丁開口道：「男人的事，娘兒們別摻和。打天下、守天下，關我們屁事。」

大概是跟賈家嘉相處久了，徐嬰竟然破天荒呵呵一笑。

◆

議事堂內，在座諸人，無一不是梟雄，無一不是英雄，無一不是豪傑，無一不是名士。

褚祿山、燕文鸞、李功德、袁左宗、顧大祖、陳雲垂、周康、齊當國、寇江淮、胡魁、皇甫枰、韓嶗山、宋洞明、白煜、徐北枳、陳亮錫、李翰林、黃裳、楊光斗、石符、樂典、洪驃、黃小快、袁文豹、曹小蛟、洪新甲、汪植、宋長穗、辛飲馬、韋殺青、田培芳、胡恭烈、韋石灰、焦武夷、常遂、許煌……

北涼寥寥四州之地，其中武將陣容之雄壯，足以讓一統中原的離陽朝廷也汗顏。

被年輕藩王視為半步武聖的徐偃兵站在門外，靠著廊柱，雙手抱胸，斜眼看著夜色。

有位風塵僕僕從幽州一座書院趕來的老人，不知為何趕路的時候火急火燎，恨不得馬匹有八條腿，進了王府後反而不著急了，優哉游哉，藉著明朗月色和連綿不絕的大紅燈籠走在湖心路上，走向那座名動天下的聽潮閣。

糯衫老人身邊跟著一位氣質冷豔的女子，正是上陰學宮韓谷子的高徒之一，也是徐渭熊的師妹——晉寶室，她不同於已經在北涼道官場按部就班的師兄弟，既不願去梧桐院「寄人籬下」，又不適合在官場作為，就去了書院，一邊幫老人處理雜務，一邊潛心學問。而老人則是年輕藩王嘴裡的那個臭棋簍子，跟徐驍下棋都能下成半斤八兩的那位「國手」，當然他更著名的身分是上陰學宮的王祭酒，士子赴涼的牽頭人。

如果，只說如果，北涼徐家真的裂土稱帝，那麼這個老人其實才是頭一號的從龍之臣，其意義之大，猶勝春秋戰火中趙長陵投奔徐驍。但是很出人意料，於北涼立下滔天大功的年邁讀書人，又是徐渭熊的恩師之一，更是早年與學宮大祭酒齊陽龍掰過手腕的當世第一流名士，公開身分大搖大擺赴涼以後，反而如同泥牛入海，在一座規模遠遜青鹿山書院的小山頭，做起了默默無聞的教書匠。

王祭酒來到聽潮閣的寬闊臺基上，仰頭望著這座高樓，先是微笑，然後是整個嘴角都咧開，最後就只差沒有哈哈大笑了。

晉寶室好奇問道：「先生為何如此開懷？」

老人嘿嘿壞笑道：「沒啥，想起一些好笑的事情而已。閨女，想不想聽？獨樂樂、不如眾樂樂啊。」

跟這個老人已經相當熟稔的晉寶室沒好氣道：「先生不妨獨樂樂。」

這位王祭酒的學問絲毫不用質疑，堪稱當世屈指可數，恩師韓谷子、中書令齊陽龍、國子監姚白峰，恐怕就這三人能夠與眼前老人坐而論道了。只不過這個早年在上陰學宮深居簡出的老先生，到了北涼後就澈底露出為老不尊的狐狸尾巴了。

晉寶室在書院幫忙的時候，沒少被老先生調侃打趣，總喜歡說些極其隱晦的葷話，若不是好歹還算只動嘴皮子不動手，晉寶室很難保證自己不動手打人。讀書人壞起來，那真是一肚子壞水，尤其是王祭酒這樣飽讀詩書的老狐狸。

晉寶室這段時日真是水深火熱，幾乎都快覺得自己不算黃花閨女，而是那種可以跟無賴漢子葷腥拌嘴的成熟婦人了。

老人可不管晉寶室想不想聽，已經竹筒倒豆子般自顧自說起來了：「哈哈，以前咱們中原有好些道德名士，吃飽了撐的沒事幹，嗯，就是那種白天沒鳥事、晚上鳥沒事的傢伙……唉、閨女啊，妳別扭頭不聽啊，行行行，說正經的。

就那些人成天編派清涼山的趣事，信誓旦旦，就跟親眼見、親耳聞似的，真說起來，我當年就是被挑起了好奇心，信了那幫老王八蛋的鬼話，那才厚著臉皮去求滑熊那丫頭當弟子，想著有個由頭跑到這北涼王府白吃白喝白睡……咳咳，就是真的睡覺而已，閨女千萬別想歪啊！

等我屁顛屁顛跑來北涼這鳥不拉屎的地兒，進了王府，結果呢？結果我他娘的等了半天！其間被徐瘸子丟了無數個大老爺們兒都懂的眼神，可從頭到尾，說好的你們徐家選采女作十八天魔舞呢？不是說那個淫靡無度的北涼世子喜好嫵媚婦人，以至宴席上偶見座間有婦人姿色甚豔，問旁人『此為誰』，欲騎之，左右曰『此世子殿下房中人也』？

好，就算沒有這些，不是說聽潮閣內暗藏有無數西域番僧傳授的演揲兒法嗎？搜羅了成百上千本的旁門左道的房中術嗎？那兔崽子也真是壞水得厲害，徐驍沒眼力見兒，倒是那小子給看穿了，私下跟我說聽潮閣真有寶貝，等我從一樓找到頂樓，翻箱倒櫃找了整整三天三夜啊，好不容易到了頂樓，老子差點一口血噴出來……」

說到這裡，唾沫四濺的老人，那叫一個義憤填膺、捶胸頓足。

晉寶室頓時覺得天高月明、神清氣爽了，大快人心，真是大快人心！

突然，老人瞬間平靜下來，好像這一刻，才是那個世人誤以為的王祭酒，真正的上陰學宮大先生。

老人伸出手指，指了指高樓最高處：「就是在那裡，我見到了一個讀書人，一個要死不活的病秧子，一個活著比死了要累多了的可憐人。」

晉寶室跟著老人一起抬頭，輕聲感慨道：「李義山。」

王祭酒沉聲緩緩道：「跟很多人的看法不同，在我眼中，李義山才是春秋第一謀士。」

晉寶室納悶道：「就算不是黃龍士，那也還有元本溪、納蘭右慈啊，何況哪怕是同為徐家謀士的趙長陵，一直都被認為即便英年早逝，其才華學識，尤其是格局，依舊勝過綽號『毒士』的李義山。」

老人彎起腰，像是在憋著什麼。

晉寶室一頭霧水。

老人轉過頭說道：「我怕說『放屁』兩個字，閨女妳又不樂意聽，就打算真的放個屁給妳聽。」

晉寶室無言以對。

老人直起腰杆，摘下腰間的一枚玉佩，往地上狠狠一砸，玉佩頓時支離破碎。

老人望向晉寶室，笑問道：「懂了沒？」

晉寶室一頭霧水。

老人指了指地上的凌亂碎玉：「趙長陵他啊，超脫不了一個時代的視野，算不得最頭等的謀士，納蘭右慈也是如此。至於黃龍士，是把棋子全部打散了，卻攏不起來，但是李義山可以。捧玉容易，補玉何其難？」

晉寶室陷入沉思。

老人嘀咕道：「幸好砸碎了，要不然就丟臉丟大了。不過這塊玉很值錢啊，回頭一定要跟徐鳳年討要幾塊。」

晉寶室無奈道：「先生！」

老人大袖一揮，豪邁道：「行了，在這裡醞釀半天，藉著這座聽潮閣和『李義山』三個字，總算把膽氣補足，這就去議事堂給徐鳳年撐腰！」

就在此時，一個清冷嗓音在兩人背後響起：「撐什麼腰？」

這一刻，被同門師兄弟譽為「雙腳武庫」的晉寶室，瞬間汗毛倒豎。

如蛇遇蛟的晉寶室僵硬轉頭，然後很不合時宜地愣在當場。

不通武藝的王祭酒後知後覺地轉身，脫口而出道：「真俊的……娘兒們？爺們兒？」

兩人視野中，一襲白袍，腰佩雙刀。

◆

如果說在議事堂添加椅子是火上澆油，是年輕藩王作繭自縛，那麼白羽騎統領袁南亭帶著幾名退出邊軍的老帥來到議事堂，就是雪上加霜。

不但原騎軍副帥尉鐵山和原步軍副帥劉元季到了，連林鬥房都來了。後者不光在涼州邊闕大閱時動手揍了想要為鍾洪武打抱不平的劉元季，更早還跟錦鷓鴣周康一同出現在為世子殿下送行的隊伍中。

這位徐家老卒當年差點跟徐驍成了親家，所以林鬥房在北涼雖然退隱多年，但是在兩朝北涼鐵騎共主的心目中，顯然是極為特殊的存在，遠非尋常北涼大將可以媲美。

議事堂本就人頭攢動，又給劉寄奴、王靈寶這些英烈添了椅子，故而當林鬥房一行人落座後，寂寥多年的議事堂在今夜已經有些人滿為患。此時此刻，議事堂內擺放了將近六十把椅子，北涼騎步兩軍主將副將、三州刺史將軍、地方實權校尉、清涼山文臣謀士，齊聚一堂，山雨欲來風滿樓。

林鬥房落座後，環視四周，有些年輕的生面孔，更多還是熟稔了半輩子的老面孔。老人神情複雜，看當下架勢，雙方還沒有捅破那層窗紙，自己來得不算太晚。

說是雙方，其實歸根結底，就是徐鳳年跟整個北涼而已。這名曾經為徐家出生入死的老卒眼神恍惚，遙想當年，打贏了西壘壁戰役後，大將軍也面臨過類似場景。

以趙長陵為首，力主與那個有了狡兔死、走狗烹跡象的離陽趙室劃江而治，此時還坐在議事堂內的燕文鸞就屬於那撥人之一，還有已經不在北涼的徐璞、吳起，已經死了的鍾洪武，也都是。當然，林鬥房本人更是位列其中。

只不過新老涼王先後兩人、先後兩次，相似又不相同，畢竟那時候大將軍身邊還有個李義山，除了心思深沉的陳芝豹，其餘五位戰功顯赫的義子都堅定不移站在了大將軍身後。而今天的年輕藩王，好像真的已經身陷眾叛親離的境地。

林鬥房不露聲色地瞥了眼那隻錦鷓鴣，據說這次在拒北城周康被迫交出一部分兵權，已經跟王爺有了嫌隙。林鬥房視線轉移到北涼都護褚祿山和騎軍主帥袁左宗那邊，褚祿山低頭看著腳尖好似在數螞蟻，袁白熊在閉目養神，兩人身邊同為大將軍義子的齊當國挺直腰杆，雙拳緊握，欲言又止的模樣，讓這名虎背熊腰的陷陣猛將顯得有幾分滑稽可笑。

林鬥房視線掃過即將卸任涼州刺史的田培芳，這位北涼道名義上的文官第三把交椅，大概是如羔羊立於豺狼虎豹之間，很是坐立不安。

林鬥房悄悄嘆了口氣，這次在除夕夜集體覲見王爺，他很早就得到消息，是尚在邊軍手握大權的陳雲垂跟他打了聲招呼，沒有細說什麼，只說北涼排得上號的傢伙都會去王府，只問他老林要不要湊熱鬧。

林鬥房知道肯定不會是什麼舒心事，本來不想來蹚渾水，只是臨了還是憋不住，生怕大將軍好不容易攢下的家業，一夜之間就分崩離析。林鬥房最後喊上了換命兄弟劉三兒和老成持重的尉鐵山，希望不管發生什麼，好歹有他們三個老頭子豁出臉皮性命當和事佬，總不至於一發不可收拾。

奇怪的是當他們來到王府門外，袁南亭就在那邊等候多時，說是燕文鸞和褚祿山捎句話給他們三老，要他們靜觀其變，不用著急表態。火急火燎趕到涼州的林鬥房當時就湧起一股無名怒火，只不過礙於袁南亭當初也是為世子殿下送行的老卒之一，這才忍住沒有當場朝他發火。

大堂內沒有「君臣相宜」的喧鬧攀談，那幫文武官員各自也沒有客套寒暄，林鬥房和尉鐵山、劉元季都感到一種令人窒息的壓迫感，此時此地，無聲勝有聲。可想而知，年輕藩王身上的壓力有多大。

劉元季性子糙，大大咧咧慣了，轉頭對坐在身邊的何仲忽小聲問道：「老何，你們到底是想鬧哪樣啊？給我劉三兒透個底，省得渾身不自在，這刀子擱在脖子上要抹不抹的，也太難受了些。」

近年來一直身體抱恙的老帥猶豫了一下，壓低嗓音平靜道：「北莽蠻子不知什麼時候就會大軍壓境，王爺要在這種時候領著一支騎軍精銳南下中原……」

劉元季立馬瞪眼道：「咋的，咱們終於要幹死離陽那幫白眼狼了？好事啊，算我一個！我也不想著復出以後繼續當步軍副統領，能給個將軍當當，手底下有個兩、三萬步卒就湊合了。先打西蜀還是河州？不過說好了，我要當先鋒大將……」

何仲忽沒好氣地瞥了眼這個老莽夫。當年劉元季從關外返回家鄉，老將立即就把三個為非作歹的兒子揍得半死，差點就要親自跑到清涼山負荊請罪，還是大將軍寫信給了劉元季，這才甘休。

不過老將很快就親自把三個兒子押送到燕文鸞軍中，說是幽州哪兒容易死人，就往哪兒丟，死了算數，家裡反正還有五個孫子。不過更有趣的是燕文鸞對劉元季撂下一句，讓劉三兒氣得差點七竅生煙，燕文鸞很不客氣地當著老人的面說幽州步卒不收垃圾。為此兩名老人差點絕交，最後還是陳雲垂幫著劉元季三個兒子投軍。

林鬥房輕聲問道：「何老帥，怎麼回事？」

何仲忽滿臉無奈道：「知不知道西楚女帝姜姒？」

林鬥房點了點頭：「此事沸沸揚揚，我在鄉野都聽說了。傳言這名女子是大將軍救下的，一直祕密收養在王府，後來被曹長卿奪走了，這才有西楚復國那檔子事。」

林鬥房說到這裡，皺了皺眉頭：「難不成……」

何仲忽嘆了口氣，壓低嗓音說道：「你猜對了，王爺這是要一怒為紅顏啊。如果是擱在以往，涼莽大戰沒有迫在眉睫，別說七、八千精騎，就是兩、三萬騎軍，去中原也就去中原了，有藩王靖難的旗號，而且也不是真要造反，北涼也不擔心朝廷說三道四。

退一步講，趙家真要為此在漕運一事上一而再、再而三刁難北涼，我們反而可以順勢讓朝廷騎虎難下。但是現在的局勢，北莽已經輸紅了眼，估計那位老婦人都快得失心瘋了，咱們拒北城還未建成，關外部署也未澈底完成……唉，林老弟，你說是不是這個理？」

林鬥房默不作聲。

劉元季有些堵心。跟讀書人那樣講道理他不擅長，可總覺得哪裡不對，所以這個當年罵世子殿下最凶的老人，望向那個坐在主位並且身邊空著一把椅子的年輕人，撓了撓頭，心亂如麻。

燕文鸞，在大將軍李義山、陳芝豹這些主心骨死的死走的走後，唯一能夠在北涼軍中堂而皇之豎起大旗的邊軍大將，環顧一圈，終於率先打破讓所有人都感到難堪的沉默，抬頭正視年輕藩王，沉聲問道：「我燕文鸞，北涼步軍主帥！新近聽說王爺打算親領鳳字營和抽調萬餘精銳鐵騎，南下廣陵道？敢問王爺此舉所欲為何？敢問此舉是否會貽誤關外戰機？」

主位上的年輕人，彎腰輕輕撥了撥炭火，起身直腰。

林鬥房心思急轉，趕在年輕藩王開口說話之前，也顧不得什麼越俎代庖，匆忙說道：「燕帥，北莽戰死三十萬人，作為糧草供應的橋頭堡，南朝已是不堪重負，很難在短時間內整頓完畢。這次北莽蠻子打仗，不同於以往的遊牧民族來去如風，打得很『中原』，越是如此越傷元氣，我相信三個月內戰事都不太可能發生。既然如此，以我北涼鐵騎的推進速度，去中原廣陵道，來回一趟，不會影響大局。」

燕文鸞看都不看林鬥房，只是冷笑道：「你說三個月不打仗就不打仗？再者，那個老娘兒們和南院大王董卓就不會趁著北涼群龍無首，令數支精銳兵馬先行南下？」

林鬥房看著年輕藩王，說道：「王爺不必親自去往廣陵道。」

不等燕文鸞那邊有所回應，徐鳳年已經搖頭道：「如果北涼出兵廣陵，我肯定會親自領軍。」

林鬥房一陣頭大，這該怎麼談？

徐鳳年突然笑了：「我是說如果出兵的話，既然在座各位都不答應……」

就在此時，一個襦衫老人氣喘吁吁跑到議事堂門口，一腳跨過門檻，然後猛然站定，好像再不敢提起另外一隻腳了，就這麼古怪地一腳在屋內、一腳在屋外。

他穩了穩心緒，漲紅了臉，提高嗓門憤怒道：「堂堂北涼鐵騎甲天下，怎麼打贏了仗，膽子反而小了？抽調個一萬騎軍去中原又如何？別說一萬，我看就算兩、三萬也沒事。咋了，沒有北涼王親自幫你們坐鎮邊關，你們這幫官老爺就不曉得如何把守北涼大門了？燕文鸞，你麾下步卒獨步天下，守幽州，需要王爺片刻不離地站在你身後，是要王爺幫你出謀劃策還是端茶送水怎麼的？何仲忽、周康、顧大祖，你們守涼州關外，難道需要王爺每一仗身先士卒上陣殺敵，否則就打不贏北莽蠻子啦？」

這位老人越說越氣，伸手指了指位置最靠前的幾人，有點像是在指著鼻子罵娘：「褚祿山、袁左宗、齊當國！你們三個，別忘了是為了什麼才能坐在這裡！」

老人轉頭望向流州那撥文武，嗤笑道：「至於你們流州官嘛，還真是有理由哭著喊著不讓王爺離開北涼。嘿，要不是王爺親自領著兵馬趕去青蒼城，你們還真守不住李義山一手造就的流州。」

流州刺史楊光斗差一點就要起身跳腳罵人，結果被臉色同樣陰沉的陳亮錫一把拉住。

門外廊道的晉寶室沒有露面，聽到王祭酒的發飆後，有些發自肺腑地敬佩，不說道理不道理，光憑這份舌戰群雄的魄力，就足夠老人整個後半輩子都有資格吹牛了。雖說中原讀書人也喜歡罵北涼武夫，可誰有膽子當著北涼武將的面罵人？但王祭酒這可是一口氣幾乎把北涼文武都罵遍了，也難怪剛才老人要先拉著自己去聽潮閣，敢情是他給自己壯膽去了。

這段時日的書信來往，師兄弟們都提及了顧大祖當時在涼州關外的事蹟，事實證明即便是聲名顯赫的春秋老將，昔年的南唐砥柱第一人，到了北涼後，即便已經是步軍副帥，在惹惱了本土武將勢力後一樣要吃不了兜著走。

所有人都心知肚明，下任步軍主帥，原本顧大祖和陳雲垂是五五之間，如今即便不是陳雲垂接替燕文鸞，哪怕任由年輕一輩的武將擔任，反正都絕對不會是顧大祖了。這從側面說明在北涼邊軍中，武將勢力是何等根深蒂固，就算是年輕藩王力排眾議把失了軍心的顧大祖推上了步軍主帥的位置，估計顧大祖本人也坐不穩。

如此一來，王祭酒這段日子在書院的韜光養晦，等於是澈底白搭了。

應該是破罐子破摔，老人不再有半點先前的畏縮，叉腰怒目道：「大將軍一走，個個都牛氣了啊，都敢拉幫結派來徐家耀武揚威了！我就不信了，在座這麼多人，就沒有一個是心向著王爺的。徐北枳！陳亮錫！李翰林！都給我站起來，說句公道話！」

結果不光是徐北枳和陳亮錫兩位謀士，就連浪子回頭金不換的李翰林，也坐在椅子上，紋絲不動。

王祭酒愣在當場，突然一屁股坐在門檻上，如同潑婦罵街，撕心裂肺道：「憑啥我們手握三十萬鐵騎的北涼王，活得一點意思都沒有？一次，就一次，難道都不行嗎？燕文鸞你們這幫老王八蛋啊！你們這麼大把歲數，憑啥欺負一個連三十歲都沒到的年輕人！」

滿堂默然。

王祭酒滿眼血絲，怒極而笑，高高抬起一隻手掌，哈哈笑道：「自永徽初那場離陽大軍無功而返以來，十多年來，大雪龍騎軍第一次深入北莽腹地，你們知道為啥嗎？！」

王祭酒緩緩站起身，始終高高舉起那隻手，老人像是一掌狠狠按在牆壁上，大聲道：「當時徐驍站在牆邊，一巴掌拍在涼莽形勢圖上，跟我說一句話，徐驍說，『他的兒子在那裡！』」

老人怒視議事堂眾人：「徐驍還問我，這個出兵理由，夠不夠！」

老人猛然提起另外一隻手，又是一按：「那麼，現在的徐家一家之主，告訴你們有個人在廣陵道，他徐鳳年一樣非救不可，這個理由，夠不夠！」

只是短暫的面面相覷後，燕文鸞依然板著臉悶悶出聲道：「不夠！」

油鹽不進。

王祭酒爬起身，張牙舞爪道：「我揍不死你這老烏龜！」

只是老人突然像是被貼了一張定身符，身體後仰，眼角餘光瞥見一個人，總算等到了。

門外，斜靠廊柱的徐偃兵重重吐出一口濁氣，一直強行壓抑下滿腔怒氣的武人，準備出手了。

徐偃兵不是王祭酒，他一介武夫，一向是能用拳頭解決的事情就不跟人動嘴皮子。

同門師兄弟的韓嶗山，如今的陵州將軍，就是他今夜第一個想揍的人。

但是徐偃兵愣了一下，因為不遠處緩緩走來一襲白袍。

在徐偃兵眼中，這個身世晦暗的年輕人，大概是世上唯一比陳漁動人同時又比徐鳳年還要英俊的傢伙。

早年與世子殿下相逢於江湖，曾經在聽潮閣翻書，後來也曾借刀給世子殿下走江湖。

白狐兒臉。

他與晉寶室擦肩而過，走在王祭酒身後，站在大門口，神情冷漠道：「徐鳳年，是不是男人？是個男人就去廣陵道，我陪你。」

徐鳳年沒有起身，輕聲問道：「我不帶一兵一卒，速去速回，如何？」

一直裝聾作啞的北涼都護褚祿山，艱難起身，第一次用毋庸置疑的語氣對那位「世子殿下」搖頭道：「我褚祿山第一個不答應！」

燕文鸞也跟著起身：「我燕文鸞不答應！」

徐北枳和陳亮錫幾乎同時起身，異口同聲，皆是不答應。

幾乎所有人都站起身，不答應。

其中有袁左宗、齊當國這樣的徐驍義子，有李翰林這樣的兄弟，有顧大祖、黃裳這樣被徐鳳年親自帶到北涼給予高位的老人，有常遂、許煌、洪驃等被徐鳳年寄予厚望的青壯武將。

都不答應。

徐鳳年緩緩站起身，望著那位白狐兒臉，笑臉牽強。

白狐兒臉一言不發，只是摘下腰間雙刀中的繡冬，高高拋給徐鳳年，平靜道：「跟我走便是。」

徐偃兵站在白狐兒臉身邊，雙手環胸，只是對年輕藩王點了點頭。

徐鳳年下意識伸手接過那柄並不陌生的繡冬刀，然後眼前光線一暗，原來是黃蠻兒站在了他身前，擋在所有人面前，以拳擊掌，冰冷道：「誰攔我哥誰死！」

徐鳳年輕輕拍了拍黃蠻兒的肩膀，後者轉頭，徐鳳年柔聲道：「坐回去。」

徐龍象搖頭。

徐鳳年淡然道：「坐回去。」

徐龍象嘶吼道：「不！」

白狐兒臉瞇起那雙桃花眸子，拇指按住春雷刀的刀柄，即將推刀出鞘。

徐鳳年坐回位置，把繡冬刀擱在膝蓋上，再度彎腰拎起火鉗，嘴唇微動。

一陣細微的刺刺聲響，在寂靜無聲的議事堂中格外刺耳。

如滴水入爐火。

白狐兒臉滿臉怒意：「徐鳳年！」

饒是徐偃兵也殺氣騰騰了，望向韓嶗山：「你如果不坐下，那就接下我一槍。明年清明節大不了我徐偃兵幫你敬酒便是。」

不知為何，徐偃兵看到這個傢伙竟然眨了眨眼，有些莫名其妙的笑意。

主位上，看不見表情的徐鳳年低頭黯然說了句「我去去就來」，然後一閃而逝，不到一炷香工夫，年輕藩王又回到座位。

在這期間，年輕人去了一趟沒了主人的屋子，今年，寒酸屋子外頭第一次貼上了一副春聯，貼上了一個春字。他沒有親自張貼，而是讓王生和余地龍兩個徒弟偷偷到此。

他原本是想著接她回到清涼山後，看她會不會有一點點驚喜。

看來是要失信於人了。

徐鳳年揉了一把臉頰，抬起頭。

◆

中原處處有守歲，西楚京城內更是爆竹聲聲辭舊歲。在一片歡慶氣氛中，皇宮內一名身穿龍袍的年輕女子獨自坐在御書房內，腳邊有一只木炭分量很足的大火爐，從暮色時分燒到此時，正好炭火適宜，暖而不燙。

這位鳳儀天下的西楚女帝沒有什麼睡意，坐在一條小板凳上，身軀蜷縮，下巴抵在雙手上。手腕上繫著一只小葫蘆，其中有鳴聲顫顫，輕靈悅耳。

人活一世，草木一秋，草蟲自是生死兩匆匆，可是大楚皇宮很早就有一個傳統，由內務府每年立秋捕捉蟋蟀、蟈蟈等蟲，豢養以熱炕上的繡籠瓦盆，覆土澆水，產卵後等到入冬時才堪堪成蟲，用在新年元旦的迎春筵席上，嘶鳴響亮，與爆竹聲相得益彰。

姜姒此時手上的小葫蘆內就裝有幾隻長壽有方的小蟲，張翅細鳴，不絕於耳。葫蘆諧音「福祿」，古籍上很早便有「七月食瓜，八月斷壺」的記載，在民間又有可以盡收天地間陰邪之氣的說法，所以大楚皇宮內的歷代皇后，都會在每年春天親自種植下葫蘆苗，每當盛夏葫蘆棚子綠意蔥蔥，金秋摘下，由內務府或製成水瓢或是酒壺，再由皇帝賜予有功大臣。

姜姒抬起手臂，看著那只泛黃的小巧葫蘆，不是想著大楚姜氏的傳統，而是想起了當年那座山上的那塊菜圃那片綠意，每天勞作後蹲在那兒，親眼看著那份綠意越來越濃郁，那種滿心歡喜，她從不曾與外人提起過，哪怕是對棋待詔叔叔和羊皮裘老頭兒，她也沒有分享過這份快樂。

因為她自從記事起，哪怕是如今坐上了西楚皇帝的龍椅，還是覺得這輩子其實只有那塊小菜圃，才是真正屬於她的，什麼大楚江山，什麼西壘壁戰場，什麼京城，她都很陌生，始終親近不起來。

往武當山上搬書，後來給某人讀書賺錢，再後來跟李淳罡練字練劍，最後穿上這身天底下最雍容華貴的衣服……姜姒嘆了口氣，把小葫蘆貼在耳邊，聽著裡面的嘶鳴，怎麼都聽不出半點喜慶，她沒來由有些惆悵。

看著這間點燃紅燭不顯陰沉的大屋子，雖說屋外就有宮女站著，但姜姒還是有些怕。她從小就膽子很小，這輩子只做過兩件壯舉，一件是拿匕首神符刺殺某人，第二件大概就是練劍了。至於當中原歷史上的首位女皇帝，名垂千古，她其實沒什麼感觸。

家這個字眼，她思來想去，到頭來很懊惱地發現，在自己內心深處，竟然是那間每到冬天就冰冷得讓人牙齒打戰的破敗屋子，最像個家。那時候，每到除夕，都會有個年齡相仿的可惡傢伙，跟在她最害怕的那個老人身後，大搖大擺去張貼春聯。

有一次那個少年還故意跑到她屋子，笑咪咪問她想不想在她房楹兩側也掛上春聯，她當然嘴上說不想，但她知道卻不願意承認，她想啊。

滿城爆竹聲越演越烈，姜姒站起身來到視窗，知道馬上就是新舊交替的時刻了。

突然身後傳來「吱呀」一聲，有人推門而入，姜姒笑著轉身，不出所料是棋待詔叔叔，看著這位慈祥長輩，她就會心安幾分。

曹長卿輕輕關門，門外的宮女對此視而不見，這位被譽為大楚最得意的男子，他在整個大楚百姓心中的地位，其實連現在的皇帝陛下都無法相提並論，對曹長卿這位帝師的敬佩，西楚從上到下，人人發自肺腑。

曹長卿蹲在火爐旁，伸手放在炭火上方取暖，照理說以這位儒聖的陸地神仙修為，早已寒暑不侵。

姜姒坐回小板凳，笑臉燦爛。

曹長卿猶豫片刻，還是說道：「馬上就是新年新春了，本該是報喜來的，但是有件事，想著還是先跟陛下說清楚。前不久剛剛得到消息，北涼那邊很多大將會在這幾天，在議事堂齊聚。」

年輕女帝懵懂疑惑道：「啊？他們這麼早就去拜新年了？」

曹長卿哭笑不得，有些感傷道：「在我原先的預料中，他要出兵廣陵道，北莽攔不住，因為不適宜倉促出兵南下，離陽更攔不住，因為兩人出任靖安道經略使、節度使，理虧在前，那麼唯一能夠攔阻的人物，就只剩下北涼內部。

本以為有褚祿山、袁左宗和陳亮錫、徐北枳這兩撥人幫著他說話，不至於如此興師動眾，看來我仍是低估了北涼的凝聚力，低估了北涼文武對北莽的求勝心。一旦如此，如果是去年以前徐鳳年還會執意出兵，最少也會孤身南下，但是現在……」

姜姒低下頭，「嗯」了一聲，輕聲道：「沒關係，我沒想著他會來。」

曹長卿沉默許久，嗓音沙啞道：「陛下，有一點，一定要記住，不是他不想來，而是不能來。這件事，當真怪不得徐鳳年。」

姜姒怔怔望著爐火，沒有作聲。

曹長卿苦笑道：「原本我是打算他們北涼何時出兵廣陵道，我便何時北上，現在只好另做打算了。」

心不在焉的姜姒顯然沒有留心這位棋待詔叔叔是說「我」，而不是領軍揮師北上。

曹長卿用鉗子去撥弄炭火讓爐子稍稍暖和些的時候，輕聲道：「是我錯了，當年不該以家國大義逼迫陛下回到這裡的。」

姜姒搖了搖頭。

曹長卿突然間破天荒流露出一抹不加掩飾的怒意：「徐鳳年不曾讓北涼失望寒心，你們北涼，何至於此？與我曹長卿又有何異？」

姜姒抬起頭，反而有些如釋重負的模樣，笑著摘下小葫蘆，遞給曹長卿：「棋待詔叔叔，你聽。」

兩鬢霜白的儒士，沒有去接過那只小葫蘆，雙拳緊握，滿臉痛苦地閉上眼睛。

◆

窗外，新年剛至，大江南北，竟又是一場大雪，瑞雪兆豐年。

天上有雪紛紛落，落盡人間不成歌。

但是身處北涼的徐鳳年、徐渭熊、王祭酒、白狐兒臉，廣陵道的小泥人和曹長卿，不提以往，只說在這個除夕夜，好像都忘了，北涼從不是離陽！

所以接下來那一幕，讓晉寶室畢生難忘，王祭酒更是目瞪口呆。

只見褚祿山向前踏出一步，轉身面朝主位，抱拳低頭朗聲道：「北涼王領萬餘抽調出來的騎軍南下也好，單槍匹馬趕赴廣陵道也罷，我褚祿山第一個不答應！」

袁左宗也踏出一步，動作與褚祿山如出一轍：「王爺身邊沒有我袁左宗，我袁左宗當然不答應！」

燕文鸞冷哼一聲，大步踏出，依然如此，冷笑道：「沒有大雪龍騎踏入中原，如何能彰顯我北涼軍威，我燕文鸞如何能夠點頭答應！」

徐北枳懶洋洋道：「堂堂北涼王，手握三十萬鐵騎，就領著從各地抽調出來的狗屁『精銳』去中原？我北涼丟不起這個臉，徐北枳如何能答應？」

宋洞明隨即出列抱拳大笑道：「世人皆言我宋洞明這個副經略使名不副實，這也就罷了，難道戰力冠絕天下的北涼鐵騎，也要被人小瞧了？宋洞明便是文人，也不答應啊！」

李翰林扯著嗓子道：「年哥兒，你要迎娶小嫂子，嫁妝少了如何能行？我做兄弟的，不答應！」

白煜在等一聲聲不答應之後，最後由他來收官，笑道：「中原容不下一個在徐家長大的女子，我北涼鐵騎自然不答應！我相信劉寄奴、王靈寶他們這幫大老爺們兒，也都不會答應！」

白煜伸出一根手指，指了指年輕藩王身邊的那把空椅子：「哪怕你徐鳳年能答應，但是大將軍，第一個不答應！」

徐鳳年一臉茫然。

所有人心有靈犀地哄然大笑開來。

大夥兒串通一氣，演戲到現在，真他娘憋得辛苦啊。

徐北枳笑臉燦爛，與褚祿山相視一笑，這場戲，他們兩個算是始作俑者。

北涼，關外三十萬鐵騎，關內參差百萬戶，都欠他們北涼王一個驚喜！

徐鳳年在眾目睽睽之下，抬起手臂，擦拭眼睛，小聲罵了一句「王八蛋」。

這一刻，所有人異口同聲道：「大將軍，請坐！」

王祭酒看著滿堂文武，老人一屁股坐在門檻上，激動得渾身顫抖，想起了某個年輕人的口頭禪，喃喃道：「技術活兒，沒法賞啊。」

那一刻，徐鳳年不論是與拓跋菩薩轉戰千里，還是下馬嵬一人戰兩人，或者是欽天監殺人，這一生從未如此豪氣。

只見年輕藩王大袖一揮，率先坐在那把椅子上，朗聲道：「坐！」

◆

因為河州毗鄰北涼道，在那個人屠封王就藩北涼後，就像一個受氣二十餘年的小媳婦，如今小媳婦換了夫家，似乎總算覺得可以稍稍提高嗓門說話了。

所以兩淮節度使蔡楠親自率領麾下大軍，在幽州河州邊境上佈陣，打定主意這一次要攔下那支擅自離開藩王轄境的鐵騎。

由於上次八百鳳字營暢通無阻地過境，彈劾他這位離陽邊關大將的奏摺已是多如雪花，蔡楠心知肚明，對於八百白馬義從，自己能夠睜一隻眼、閉一隻眼，但是這次聲勢浩大的一萬鐵騎，如果再次長驅直入，讓其直奔中原，別說離陽廟堂的言官不肯甘休，恐怕連趙家天子也要質疑他這位邊疆大吏的忠心。

何況這次出兵攔阻，經略使韓林也點了頭，甚至這名在地方上位極人臣的儒雅文官，也敢於將生死置之度外，身穿官服親自來到蔡楠大軍中，要陪著他蔡楠一起攔上一攔，顯然這位根基在京城的新任經略使大人，不惜以身犯險，也要擺出誓死不避北涼鋒芒的姿態。

邊境上，大將蔡楠身披重甲，持矛遠眺。

蔡楠身邊的經略使韓林眼神複雜，多年不曾騎乘大馬的正二品官員，根本顧不得兩腿火辣辣疼痛，滿臉焦慮。

當聽說北涼調動那支關外騎軍後，韓林和蔡楠同樣震怒震驚之餘，又有一些微妙區別。蔡楠是覺得那個桀驁不馴的年輕藩王終於要造反了，而暗中其實與清涼山有隱蔽聯絡的韓林則是覺得徐鳳年得失心瘋了。

在京城官場向來溫文爾雅的韓林，在兩日之前的書房內，就像熱鍋上的螞蟻，一宿沒有睡，除了給朝廷遞交能夠直達天子書案的密折，以詩文淡雅、公文簡要著稱於廟堂文壇的經略使大人，還寫了一封略顯絮叨的家書。

當時韓林就明白，所謂家書，其實與遺書無異了，無論徐鳳年瘋沒瘋，只要自己擋住去路，先前那點可憐的香火情便經不起推敲，一刀子的推敲都經不起。可是他韓林又如何能不來到這裡？長輩子女親族，整個家族都在太安城，都在天子腳下，在趙家的屋簷下，滿門榮辱繫掛於一身，他韓林是不能不在此地啊。

韓林作為京城裡走出來的清流文官，對蔡楠這種在京官眼中久在地方泥塘裡廝混的「土鱉」雖不會憎惡反感，但也談不上親近，故而這次外放，韓林跟蔡楠打交道僅是蜻蜓點水，除去那場兩淮高官傾巢出動的接風洗塵，韓林沒有跟蔡楠有任何私下的會晤，這不僅僅是害怕朝廷會疑心一道文武領袖官員相互勾連。

在韓林心底，比起渾身沙礫氣息的大老粗蔡楠，那名曾荒誕不羈的年輕藩王，要和風流二字沾邊許多。只是今天和蔡楠並駕齊驅，約莫是有了幾分大難臨頭卻生死與共的感覺，韓林發現蔡楠此人，未必真如京城官場所說的那般不堪。

似乎才短短二十年，離陽就從尊武貶文變成了崇文抑武啊。

蔡楠轉頭笑問道：「韓大人，漢王就沒有個說法？」

韓林苦笑道：「我在正月初二那天專程拜訪過漢王府，親眼看到漢王臥榻不起，面無血色，數次掙扎起身都跌回床榻。」

平常喜怒不形於色的蔡楠嘖嘖笑道：「有如此忠心報國的邊關藩王，真是兩淮的幸事，也是朝廷的幸事。」

韓林勸慰道：「蔡將軍，事已至此，多說無益。」

蔡楠哈哈笑道：「人之將死，還不許牢騷幾句？」

韓林望著白茫茫大地，嘆氣道：「早知如此，便該與蔡將軍痛飲幾杯，風雪夜會好友，想來劣酒也能喝出醇酒的滋味。」

韓林發現節度使大人目不轉睛盯著自己，一頭霧水問道：「有何不妥？」

蔡楠突然輕聲道：「並無不妥，只希望今日以後，蔡家婦孺老幼，韓大人能夠照拂一二。」

韓林丈二和尚摸不著頭腦，正要開口詢問，冷不丁眼前一黑就昏厥過去。

蔡楠看著以刀鞘擊中韓林後腦勺的那名嫡系親衛，等到親衛從馬背躍起坐在經略使大人身後，扶住了後仰的韓林，蔡楠這才說道：「帶韓林返回府邸。」

那名歲數也已不小的親衛欲言又止。

蔡楠笑道：「老宋，當年我在徐驍帶著一萬鐵騎南下巡邊的時候，身為主將帶頭下跪，害得你們也在朝廷那邊抬不起頭，我知曉你們這幫老兄弟心裡頭都有怨氣，前兩年每次登門拜年，我蔡楠家的椅子都跟有釘子似的，你們很快就走人了，這沒啥。」

蔡楠沒有轉頭，只是揚起馬鞭指了指幽州方向：「這次正好，我只想告訴你們這幫老兄弟，不是徐驍帶著一萬鐵騎我蔡楠就了，不是的，是我蔡楠作為沙場武人，打心眼敬佩那位徐大將軍，不光是我，咱們顧大將軍其實也一樣佩服。

所以這一次換成了徐鳳年領著一萬北涼騎軍，同樣是北涼王，更同樣是那一萬大雪龍騎軍，我當然不會再當孫子。老宋，老兄弟中數你老宋家開枝散葉最多，也最靠著你端飯碗，這次你就別陪著我們，再說今年清明沒幾個月了，到時候一大幫老兄弟都沒個活著的熟人捎好酒，不像話。」

那名跟隨蔡楠也跟隨顧劍棠南征北戰了大半輩子的魁梧親衛，張大嘴巴，卻說不出一個字。

蔡楠厲聲道：「趕緊滾！」

親衛低著頭撥轉馬頭，狠狠揚鞭策馬而去，身後傳來蔡楠的調侃言語：「記得清明時分，你這隻連顧將軍都聽說過的鐵公雞別再摳摳搜搜，要帶好酒！」

親衛沒有轉身，只是突然嘶吼道：「不帶！老子就帶兩文銀子一壺的破酒給你們，到時候將軍有本事就帶著兄弟們從地底下爬上來！」

背對親衛那一騎兩人的蔡楠，輕輕吐出一口氣，收斂了笑意。

祥符三年開春以來，綿綿不休的大雪紛飛，天上如此，今日遠處的地上亦是如此。

大雪龍騎軍，來了。

北涼鐵騎甲天下，大雪龍騎甲北涼。

蔡楠怒喝道：「擊鼓！」

◆

早在白馬義從離開州城之際，城頭之上，北涼文武都共同送行，更遠處那一萬鐵騎早已瞞天過海地從關外悄然進入關內，在城外一處駐地等候多時，只等第二代北涼王一聲令下，時隔將近二十年，再度馳騁中原。

震動天下的徐家鐵騎，春秋戰事之中，兵鋒所指勢如破竹，一路從北打到南，再從南回北，這一次又要馬蹄南下了。

其實這次徐北枳和褚祿山起頭的串聯，並非毫無阻力，包括何仲忽、陳雲垂、顧大祖三名分量極重的老將，就都不願意看到北涼軍在這個時候突入中原，但是袁左宗和燕文鸞共同點頭，起到了一錘定音的作用，尤其是燕文鸞出人意料地堅定表態，成功說服了一大幫子功勳老將。

碩大臃腫如小山的北涼都護褚祿山，站在身材瘦弱的燕文鸞身邊，外人怎麼看都覺著極彆扭。褚祿山輕輕跺著腳，捧手呵氣，低頭笑咪咪道：「真沒想到燕老將軍也會點頭，本來以為都要我親自跑幽州一趟的，一想到這種鬼天氣要從懷陽關跑去霞光城，當時真是有點虛啊。」

老態盡顯的乾瘦老人沒好氣道：「當時都護大人領著八千曳落河鐵騎去阻攔董卓私軍，就不嫌馬背顛簸掉秋膘啦？」

褚祿山嘿嘿笑道：「出風頭的好事和做惡人的壞事，哪能一般計較。」

燕文鸞撇了撇嘴，對於惡名昭彰的褚祿山，北涼本土的老派武將，幾乎就沒有喜歡這胖子的。

北涼武將的跋扈蠻橫，不說褚祿山，還有如李陌藩、曹小蛟之流，其實都一脈相承，打仗死戰沒二話，可就為人品行而言，對老百姓來說，當真稱得上好人？答案自然是否定的。

這其實是大將軍徐驍留給新涼王徐鳳年的一個難解死結。北涼境內終究已是承平十多年，將種門戶多如牛毛，做出多少惡事歹事？遠的不說，就說此時站在高牆之上的原步軍副帥劉元季，老人的三個兒子，就殺了多少良家子？如果不是林門房這個退出軍伍多年的至交好友，在關外那場風波中連打帶罵教訓了一頓劉元季，恐怕老統領一輩子都會被蒙在鼓裡，誤以為三個兒子只是沒出息了一些。

其實燕文鸞這些相對作風剛正的老人，對於那些袍澤後代年輕子弟的烏煙瘴氣，也並非沒有腹誹怨言，只是當年大將軍在世的時候總覺得虧欠了一起打江山的老兄弟，從沒有痛下殺手的念頭，而且新涼王早年也是吊兒郎當的無賴模樣，大將軍就更要「將心比心」了。

燕文鸞開門見山道：「除夕夜這件事，做得挺漂亮，可既便如此，我燕文鸞對你褚祿山還是喜歡不起來。」

褚祿山搓著手轉頭笑道：「燕老將軍啊，你又不是啥美人，一個糟老頭子喜歡我的話，也沒啥值得高興的嘛。」

燕文鸞冷哼一聲，不再說話。

擁擠的城頭之上，附近無人的顧大祖顯得格外鶴立雞群，錦鷓鴣周康猶豫了一下，還是離開林鬥房等人，獨自走到顧大祖身邊，不過兩人之間還是隔著一個身位。

顧大祖沒有開口說話的跡象。

周康猶豫了幾次，到底還是沒有憤懣離去，語氣略顯生硬，譏諷道：「顧副統領，你老人家不是一向很硬氣嗎？事先明擺著也是不樂意王爺領軍南下中原，怎麼昨夜心甘情願當啞巴？」

顧大祖微笑道：「周大人，那麼你想聽什麼理由？是不是要我承認自己察言觀色，做了牆頭草才開心？」

周康也直截了當，點頭道：「要是你這麼說，我下了城頭就去找酒喝。」

顧大祖平淡道：「那就要讓周大人失望了，之所以沒有攔阻王爺，雖然沒啥大義凜然的說頭，卻也沒有齷齪不堪的心思，我顧大祖為人處世，已經不需要在北涼證明什麼。」

那位錦鷓鴣歪頭，伸手掏了掏耳朵，嗤笑道：「這話，才像顧副統領該說的話，可惜啊，王爺已經出城了。」

顧大祖自言自語道：「哪個老頭子沒有年輕過？誰沒有一、兩個求而不得的心儀女子？我顧大祖就有一位，只不過當年錯過了，所以活到了今天這把歲數，還是不知道當年是跟她真的不合適，還是只因為膽小怯弱才失之交臂。你周大人是出了名的夫妻二人相濡以沫，想必是不會懂的。」

周康沉默了很久，重重呵出一口霧氣，小聲道：「老夫老妻了，自當相敬如賓，其實年少時，也曾有過一場乾柴烈火。」

顧大祖感慨道：「好歹處過，那就比我強了。」

周康突然轉頭扯開嗓子喊道：「林鬥房！據說你老人家當年不是跟某位南唐公主私奔過嗎？咱們顧統領說了，其實他愛慕過那位公主，聽顧統領的口氣，早年兩人還有那麼點說不清、道不明的關係，要不然你們兩位嘮嘮嗑？」

林鬥房瞪眼道：「啥？姓顧的，你給我說清楚！」

劉元季立馬樂了，跟尉鐵山擠眉弄眼：「這下子有好戲看嘍。」

顧大祖懵了。

等顧大祖回過神，坑害他的錦鷓鴣已經腳底抹油只見遠處一個背影了。

看到林鬥房氣勢洶洶地一路小跑過來，顧大祖二話不說也一溜煙跑下城頭，喊道：「姓周的，老子今天不打死你就不姓顧！」

等到兩人都跑遠，林鬥房停下腳步，開懷大笑。

林鬥房又不傻，哪裡真會相信周康的胡說八道。

郁鸞刀站在胡魁身邊，類似已經卸任和即將卸任刺史一職的徐北枳、田培芳，胡魁他這個幽州刺史也很快要讓出位置。不同於徐北枳的出於大局和田培芳的順水推舟，胡魁始終就志不在為官，視線一直投放在關外沙場，幽州不但他胡魁如此，就連將軍皇甫枰好像也開始蠢蠢欲動，像是想要把屁股挪到霞光城那邊去。

這次胡魁連同老帥陳雲垂一起趕來涼州，老人言語之中也透露了些蛛絲馬跡，幽州步卒的確需要一位正值當打之年的青壯武將。陳雲垂雖然沒有把話說透，但顯然老人是希望他胡魁來擔任幽州步軍第三號人物，更希望胡魁能夠藉此機會跟王爺開一次口，別被皇甫枰搶占先機。但是到最後，胡魁還是沒有開口，為此老人今天就沒給他半點好臉色。

如今的北涼邊軍依舊有大小山頭，但已經不如早年那般涇渭分明，隨著第一場涼莽大戰落幕，又有一些順其自然的微妙變化。比如陳亮錫跟整支龍象軍就頗為投緣，也比較受何仲忽、周康等諸位老將的器重，認為這個年輕人是少有的鐵骨錚錚的讀書人，便是不做文官做儒將也做得。而徐北枳則和陵州將軍韓嶗山、副將汪植等人比較親近，可以說整個陵州系軍方，都樂意把徐北枳當成自己的娘家人；在幽州真正發跡起家的郁鸞刀，和胡魁最說得來，對於王爺心腹皇甫枰的結交，反而很不上心。

就在兩人不遠處，站著並肩而立的皇甫枰和寇江淮，雖然如今都是一州將軍，但無論出身還是口碑，都有著天壤之別。

皇甫枰其實也不明白，為何寇江淮願意靠近自己這個出了名的官場「孤家寡人」。

寇江淮笑咪咪趴在箭垛上，一語道破天機：「皇甫將軍，北涼邊軍能人無數，不過我覺得還是咱倆最像，不但敢賭，而且不是小打小鬧，要賭就賭大的。」

皇甫枰搖頭道：「我一個江湖莽夫出身，傾家蕩產能有幾文錢，比不得原本就有望在西楚封侯拜相的寇將軍。」

寇江淮也搖頭道：「我傾家蕩產掏出一千兩黃金，願意把一千兩黃金拍在賭桌上，你明天就要餓死了，兜裡只有十文錢，一樣把十文錢都放在賭桌上，賭癮大小其實是一樣的。」

皇甫枰說了莫名其妙的一句話：「也許賭癮不分高低，只是不知道寇江淮的賭品如何？」

寇江淮扭頭看著這個在北涼毀譽參半的幽州將軍，笑問道：「咋的，將軍是在替王爺擔心我今天做了兩姓家奴，明天就有可能投奔北莽做三姓家奴？」

皇甫枰臉色如常：「寇將軍，我可沒有這麼說，也不敢這麼說。」

寇江淮一笑置之，問道：「聽說皇甫將軍的故事後，我很好奇你為何會當真對徐鳳年死心塌地的，能不能說道說道？」

皇甫枰皮笑肉不笑道：「寇將軍，我這個人說話不中聽，別見怪，咱倆啊，感情沒到那份上，不過如果有機會哪天一起上陣殺敵，再說幾句掏心窩子的話也不遲。」

寇江淮笑道：「怎麼，皇甫將軍要去流州龍象軍裡擔任副將？」

不等皇甫枰回話，寇江淮已經自問自答道：「幽州將軍和龍象軍副將，官職上算是平調，只不過在北涼，涼州邊軍裡騎軍看不起步軍，涼州邊關步軍又看不起幽州軍，幽州軍反過來看不起連像樣邊境都沒有的陵州軍，龍象軍作為從邊關涼州騎軍中抽調出去的精銳，龍象軍的實權副將，當然不是束手束腳的幽州將軍可以相提並論，那麼我就先在這裡祝賀皇甫將軍高升了，看來要聽見皇甫將軍的肺腑之言，不用等太久。」

皇甫枰不露痕跡地瞥了一眼胡魁，嘴角勾起：「寇將軍果然機敏過人。」

寇江淮笑咪咪道：「這話我愛聽，很久沒聽人當面稱讚了。」

皇甫枰點頭道：「事先說好，等我到了流州履職，也許寇將軍想不聽都難了。」

寇江淮哈哈笑道：「放馬過來便是。」

突然，正跟皇甫枰臭味相投相談甚歡的寇江淮聽到有人喊他，是那個被他視為稱得上生平宿敵的郁鸞刀。相比在廣陵道寇江淮對謝西陲的不冷不熱，同樣是豪閥子弟出身的郁鸞刀，同樣是年幼成名的當世俊彥，寇江淮看郁鸞刀就很不順眼，想必後者對他也差不多，一山不容二虎，應該就是說他寇江淮和郁鸞刀。只不過兩人之爭，只會在暗處，從不在面上，

聽到郁鸞刀的喊話，寇江淮笑著轉頭問道：「郁將軍有何貴幹？」

說話的不是郁鸞刀，而是胡魁，後者走近幾步，輕聲問道：「寇江淮，有關西楚接下來北上南下和西進三策，我思量許久，都不敢妄下斷言，畢竟不是西楚人，加上遠離中原十多年，遠不如寇將軍你對西楚局勢的掌握，不知能否解惑一二？」

寇江淮沒有絲毫猶豫不決，乾脆俐落道：「如果西楚是我當家做主，自然是北上，跟盧升象死磕到底。說一句題外話，我一直猜測曹長卿跟兩遼顧劍棠甚至北莽王遂，達成了某種共識。

換成謝西陲坐曹長卿的位置，那估計就是南渡廣陵江，竭盡全力打敗已經有吳重軒叛出的南疆大軍，然後爭取劃江而治。若是連廣陵江也守不住，那就一退再退，退到那瘴氣橫生的十萬大山中去，等到北莽、離陽打得半死不活，再找機會跑出來今天撿點芝麻、明天啃點西瓜皮，就這麼可憐巴巴地積少成多。

但說到底，最後能不能成事，已經不靠人，只能靠命了。至於說曹長卿本人如何想，我

想不出來，也懶得想。反正我總覺得這個大官子，已經瘋了。」

胡魁是那種天生為沙場而生的武人，被寇江淮挑起了癮頭，下意識就開始在垛口上指指點點：「西楚如今已是被包了餃子，東邊是鳩占鵲巢的宋笠，南邊是剛剛親自出馬的燕剌王趙炳，以及站在這位老藩王身後的納蘭右慈，西邊有征南大將軍吳重軒麾下從南疆脫離出去的十萬精銳，不容小覷，何況現在做了離陽的兵部尚書，糧草兵餉都有了極大傾斜，連同靖安王趙珣、經略使溫太乙和節度使馬忠賢，都如同成了西線吳重軒的戶部官員，至於北線，盧升象開始像最早的春秋戰事，不按規矩打仗了，又有陳芝豹和那一萬神出鬼沒的西蜀步卒呼應，故而西楚的北線最為吃痛。

寇將軍，若是依你之見，往北走，該如何打？是先找陳芝豹的步軍還是尋覓盧升象的騎軍？若是以謝西陲的揮師南下來論，豈不是正中離陽朝廷驅虎吞狼的下懷……」

說了半天，等到胡魁抬起頭，結果看到一張猛翻白眼的年輕臉孔，很快自嘲一笑，胡魁就不再熱臉貼冷屁股了。

寇江淮沒心沒肺地笑道：「胡大人啊胡大人，我一個在你們北涼藏頭藏尾的大楚子民，如今都不關心廣陵道戰事了，你胡大人操哪門子的心？」

胡魁也沒有生氣，坦然笑道：「寇將軍，想來是我鹹吃蘿蔔淡操心了。」

郁鸞刀皺著眉頭。

寇江淮一挑眉毛，丟給郁鸞刀一個挑釁的眼神。

在北涼，文臣之中有宋洞明和白煜，又有徐北枳和陳亮錫，似乎如今武將中又多了一對冤家，寇江淮和郁鸞刀。

◆

祥符三年開春，也許在中原各地的爆竹聲後，家門口碎紅滿地的滿堂紅還未來得及清掃乾淨。

一萬大雪龍騎軍下江南。

除了八百鳳字營，還有那吳家百騎百劍。

有袁左宗、郁鸞刀、洪驃、洪書文。

有北涼王徐鳳年。

◆

清涼山王府。

今天清晨，走出一個年輕女子，走入一個老人，兩位都跟徐家有很深的淵源。老人叫王林泉，是早年老涼王身邊名副其實的馬前卒，甚至和林鬥房這撥人都很熟悉，所以這次他的女兒沒能當上北涼正妃，還兼著拒北城副監造一職的老人就告病在家。

此時王林泉正和獨生女王初冬在聽潮湖邊散步，看著那個仍然無憂無慮的女兒，老人既是寬心也有憂慮。寬心的是女兒應該不曾在這裡受氣，憂慮的是以後身分終究變了，天底下再好相處的婆家，日子久了，難免沒有意想不到的磕磕碰碰，自己女兒這般單純，如何能夠跟人勾心鬥角，如何做那爭寵的事情？何況王林泉對那個同出青州的陸姓女子向來不喜，而且很早就對清談名士陸東疆之流嗤之以鼻。

說實話，王林泉的確從未對在北涼怨聲載道的陸家有過半點落井下石，但王林泉也知道其實那個女婿，希望自己能夠跟陸家融洽相處，甚至是在有些事情上幫扶陸家一把。可王林泉他自認從來不是什麼聖賢完人，不做壞人，也做不來幫對手就等於坑自己的善舉，所幸年輕藩王想歸想，從未開口強求他王林泉做什麼，所以王林泉也就樂得裝傻，冷眼旁觀那陸家丟人現眼的瞎蹦躂。

王林泉停下腳步，眼角餘光迅速打量了四周，這才輕聲說道：「閨女啊，很快就嫁人了，爹娘不想妳受了委屈就跑回娘家，離娘家再近也不行的，只不過……不過如果真的受了很大的委屈，還是要跟爹娘說一聲的，嫁出去的閨女、潑出去的水，那是混帳話，別當真。」

聽著爹自相矛盾的言語，王初冬咧嘴笑了。

王林泉趕忙提醒道：「我的親閨女喲，妳娘跟妳說過多少次了，要笑不露齒呀。」

王初冬做了個活潑俏皮的鬼臉。

王林泉無奈道：「總是長不大，爹娘如何能放心妳嫁人。」

王初冬笑咪咪道：「爹捨不得，那我就不嫁人了。」

王林泉抬起手作勢要打，可他這個當年在青州就出了名寵溺女兒的父親，哪裡真捨得，別說打了，說句重話都不捨得。

王初冬雙手扭在身後，抬頭柔聲道：「爹，其實我知道，就算陸姐姐不做正妃，也輪不到我，應該是西楚那個姓姜的女子，王爺真正最放不下的女子是她，只不過她不適合做北涼王妃罷了，所以陸姐姐也很不容易。

爹，我知道你是怕我生氣，其實我不生氣，也沒有不開心，王爺每次回到清涼山，都會抽空向女兒問那本《頭場雪》裡頭的種種伏線呢，還說以後等他真正空閒下來，一定親自盯著我寫一本有關他三次遊歷江湖的演義小說，說怎麼大俠怎麼寫，我就跟王爺說，把他寫得俠義心腸和蕩氣迴腸都沒問題，但是他喜歡的江湖女俠一定要姓王，而且一定要國色天香，王爺也答應了。」

王林泉無言以對。

現在的年輕人啊，真是不懂了。

王初冬眯眼笑成月牙兒：「爹，有空就跟那位陸先生多喝酒喝茶唄，爹你以前不是最愛附庸風雅嗎，跟享譽文林的陸璧窠同席而坐，傳出去多有面子，是吧？」

王林泉板著臉道：「人家的門檻多高，你爹上了年紀，跨不過去。」

王初冬搖晃著王林泉的手臂。

王林泉臉色有些沉重：「是王爺跟妳授意的？要我主動跟陸家示好？」

王初冬搖了搖頭，認真道：「爹，不是。」

王林泉看著女兒的眼睛凝視片刻，終於點頭道：「我相信自己的閨女，也相信大將軍的兒子。」

王初冬皺著鼻子道：「錯啦、錯啦，相信咱們北涼的王爺，當然也是相信你的女婿！」

王林泉哭笑不得，無可奈何道：「爹聽妳的便是。」

王初冬突然小心翼翼說道：「爹，以後真的能跟陸家當作親戚相處嗎？不遠不近的那種，稍稍錦上添花的那種？」

王林泉嘆息一聲，揉著自己女兒的腦袋：「知道了，爹會上心的。嘿，爹怕就怕自己好心好意，那位陸璧窠不領情不說，還誤以為爹居心叵測啊。罷了、罷了，其實爹也知道要跟陸家交好，歸根結底，還是讓自己閨女在這裡更好做人一些，只是以前總覺得心窩裡堵著一口氣，是爹小心眼了。」

王初冬低下頭：「爹，是女兒讓你受委屈了才對。」

王林泉開心地笑道：「傻閨女，除非是那些當真半點不懂事的女子，否則天底下就沒有讓爹受氣的女兒。誰說閨女長大以後都是胳膊肘往外拐的？咱家就不是嘛！爹很高興，真的！」

王初冬笑臉燦爛。

王林泉低聲道：「閨女，妳娘說得對，女子之間，不爭便是大爭。」

王初冬笑著，像極了一隻在深山野林中剛剛修練成精的小狐狸：「爹，你說啥，女兒沒聽到哦。」

王林泉哈哈大笑，沒有再說什麼。

◆

張燈結綵的陸府，迎來一位屬於情理之中但絕對是意料之外的稀客。

輕車簡從的陸丞燕，板上釘釘的未來北涼正妃。

府上外姓下人對於這位女子跟陸家那種幾乎北涼官場路人皆知的淡漠關係，諱莫如深，便是那些眼高於頂的陸姓子弟，如今也不將這個心狠手辣的女子視為自家人了，一個個既怕且怨，心情複雜。

祥符元年，陸家在北涼還算風光，祥符二年就比較難熬了，只不過入秋後就有了轉機，到了今年才開春，就有件天大的喜事臨門。

對於陸丞燕的省親一般的重返家門，如今腰杆比去年硬了許多的陸家人，其實都有些陰陽怪氣的碎言碎語：「喲，妳不是揚言再不管咱們陸家死活了嗎？怎麼，剛聽說妳爹馬上就要成為涼州刺史了，這就想起還有這麼個娘家了？也不知害臊，正月初就屁顛屁顛趕來給妳爹拜年了？難道說是妳在清涼山，其實遠沒有外界所謂的那麼如魚得水？」

陸丞燕在卑躬屈膝的陸家老管事的帶領下，直奔陸東疆的小院。

這個時分，陸東疆果然正在院中以掃帚蘸水寫大字。

春風得意的陸氏當代家主看到女兒出現在院門口，並沒有立即放下那把特製的掃帚，等到小水桶澈底見底，這才將掃帚遞給一名身段婀娜的年輕丫鬟，然後接過手巾擦了擦手，悠悠然轉身，微笑道：「丞燕，來了啊。」

陸東疆對這個被陸氏老供奉器重的女兒，其實心思比起尋常陸氏子弟還要複雜。

這個從小就不跟他這個父親如何親近的女兒，身上有著太多老家主陸費墀的烙印。

甚至之前很多人都相信，如果陸丞燕不是女兒身，陸氏家主的座位根本輪不到陸東疆來坐。

陸東疆知道這絕非荒誕言語，那一夜在青州家門口，如果陸丞燕不是女兒，而是他的兒子，那麼自己也就絕對接不過老祖宗手中那只不起眼的竹編燈籠。

陸東疆比誰都希望陸家能夠在北涼飛黃騰達，比誰都希望老祖宗若是泉下有知，會慶幸當初是將燈籠交到自己的手上！

陸丞燕面無表情道：「知道為何陸家能出一位刺史大人嗎？」

陸東疆愣了一下，冷笑道：「就算有萬般理由，至少不會是丞燕妳吹枕頭風的緣故。」

陸丞燕扯了扯嘴角：「遍觀當下的北涼道刺史別駕，流州楊光斗、陳亮錫，陵州常遂、宋岩，至於幽州，別駕一職空懸已兩年，唯有刺史胡魁。」

陸東疆胸有成竹地接話笑道：「如今相比其餘三州品秩高出一階的涼州，別駕同樣空懸已久，而涼州刺史田培芳也好，副經略使宋洞明也罷，都和妳爹關係不錯，雖無任何觥籌交錯，但君子之交淡如水……」

陸丞燕盯著這個自己已經很久沒有喊一聲爹的男人，眼神晦暗，深藏悲哀，問道：「陸家知不知道，有了一個官至從二品的涼州刺史以後，一退再退的徐家就要開始跟陸家講道理，而不再是處處念人情了？那麼你知不知道，你此舉等於是一人獨占了陸家整整兩代人的氣數？」

陸東疆怒道：「陸丞燕，別忘了我是妳爹！」

陸丞燕淒涼苦笑道：「陸東疆，如果我真忘了，我來這裡做什麼？你難道一點都想不到，我之所以與陸家不惜絕交，擺出老死不相往來的架勢，只是為了讓他心裡對陸家多一份愧疚嗎？你以為他不清楚我陸丞燕的這點私心嗎？不是他不知道，而是他假裝不知道啊！你難道真的以為田培芳那只老狐狸，宋洞明那樣足以支撐一國朝政的棟梁大材，會因為你陸東疆寫得一手擘窠大字，就把你當成經世濟民之人？是你傻還是他們傻啊？偌大一個陸家，就沒有一個不是睜眼瞎的人物嗎？」

不知是怒，還是怕，或是悔，陸東疆顫顫巍巍伸出一根手指，指著這個越發陌生的女子道：「陸丞燕，妳混帳！妳給我滾出陸家！」

陸丞燕竟然笑了：「你放心，我會滾的，只不過在這之前，我要從祠堂拿走老祖宗的掛像，我怕他老人家每天看著這麼個家，會死不瞑目。」

陸東疆瞪眼怒極：「妳敢！」

陸丞燕瞇起眼，冷淡道：「陸東疆，從我陸丞燕今天決定來這裡，就已經不再把自己當作陸家人了，就只是徐家的媳婦了，所以你如果還想當涼州刺史，就給我閉嘴！」

陸丞燕重複道：「給我閉嘴，聽到了嗎？」

陸東疆臉色鐵青，只是不知為何，始終說不出一個字的狠話。

小院中，這對父女不遠處那個陸東疆從胭脂郡新納而得的俏麗丫鬟，已經嚇得半死了，恨不得閉上眼睛、摀住耳朵，蹲在地上。

這一天，當臉色平靜的陸丞燕捧著一卷畫軸離開陸家時，無人相送。

陸丞燕坐入車廂，死死抱住老祖宗的畫像，低下頭，嘴巴咬住手臂，不讓自己哭出聲，不願讓那個真實身分是王府大管事宋漁的馬夫聽到。

突然，馬車非但沒有立即駛向清涼山，在陸丞燕出門前像是偶然相遇，又像是臨時起意要為未來王妃充當馬夫的大管事，輕輕敲了敲車簾。

陸丞燕壓抑住抽泣聲，輕聲問道：「宋管事，怎麼了？」

宋漁隔著車簾，說道：「王爺在離家之前，叮囑過小人，在王妃回娘家又返回清涼山的時候，就交給王妃一只小錦囊。」

車簾輕輕掀起一角，宋漁遞過一只小心珍藏的精緻錦囊。

陸丞燕滿頭霧水地打開錦囊，裡頭只有一頁紙，寫有一句話。

陸丞燕號啕大哭。

這個依循八字據說與年輕藩王是「天作之合」的幸運女子，這個曾經悄然點燃換命燈，以她命換他命的傻女人，這個在老祖宗死後獨力承擔家族命運的堅強女人，這個能夠親口讓親爹閉嘴的瘋女人，生平第一次哭得如此無所顧忌。

那張紙上，字跡熟悉，一絲不苟。

別哭，這輩子都是一家人。

第六章　謝觀應武帝收徒　大雪龍兵發廣陵

這一天，才過完年的太安城文武百官，參加新年第一次早朝的路途中，人人愁眉不展。就連燕國公高適之和淮陽侯宋道寧在下車後都顯得臉色凝重。

其實在昨天，兩人就已經連夜入宮覲見過皇帝陛下。不光是他們，三省六部的顯赫公卿都已經聚頭碰面，雖然年輕天子看似神色平靜，只說北涼有一萬鐵騎打著靖難廣陵的旗號，擅自闖入了河州，淡淡的語氣，但是皇帝那股死死壓抑住的震怒，在座各位都一清二楚。

到最後，並未有太多實質性的對策。其中禮部侍郎晉蘭亭建言兵部侍郎許拱從兩遼邊關抽身，率領京畿精銳前往廣陵道增援南征主帥盧升象，皇帝陛下沒有答應也沒有拒絕。兵部侍郎唐鐵霜隨後建言朝廷命薊州將軍袁庭山南下廣陵，與侍郎許拱所部兩線齊頭並進。有位上了年紀的戶部老侍郎，不知道是哪根筋搭錯了，要不然就是生怕那一萬北涼鐵騎不是前往廣陵道平亂，而是掉轉矛頭直奔太安城，所以跟皇帝陛下建議不妨讓那位蜀王從轄境多抽調出一萬兵馬，當時年輕天子就微微變了臉色，所幸坦坦翁亡羊補牢，迅速增補了一句，說是那一萬兵馬可以暫時「借給」兵部的許侍郎。

高適之看著身邊這個因為寒冷而臉色發白的髮小，輕聲問道：「怎麼不換一件厚實些的裘子？」

宋道寧苦澀道：「昨夜根本就是一宿沒睡，書房內暖和，當時隨手就拿了這麼件。我的脾氣你又不是不知道，出門的時候估計臉色不太好看，府上下人哪敢湊到身邊自討苦吃。」

高適之二話不說脫下自己身上的裘子，跟宋道寧換過了裘子，像個淮陽侯府邸的下人，親手幫著眼前這位侯爺更換。

宋道寧輕聲道：「老高，你說萬一有天太安城也能見著硝煙了，咱們也要去城頭挽弓殺敵人，是你先死還是我先死？」

高適之「呸呸」了幾聲，怒道：「大過年的，能不能不說晦氣話！」

宋道寧打哈哈道：「就當童言無忌、童言無忌，哈哈。」

高適之壓低嗓音，說道：「別的不敢保證，退一萬步說，就算是兩遼顧劍棠造反，北涼徐鳳年也不會打到太安城。」

宋道寧好奇道：「難道真如街談巷議，那徐鳳年當真只是去救一個西楚女子？我原本是打死不信的，只當是個笑話。」

高適之齜牙道：「那傢伙，什麼事情做不出來？尋常人，能單挑鄧太阿和曹長卿？一般人，敢去欽天監殺進殺出？」

宋道寧停下腳步，沉聲問道：「女子的身分，難道也是如荒誕傳聞那般，正是西楚女帝？」

高適之搖頭道：「這就不好說了，真真假假，天曉得。」

宋道寧刨根問底道：「高適之，北涼徐家當年私藏大楚亡國公主一事，你可知道是何時在太安城傳開的？」

高適之頭痛道：「其實這種傳言很早就有了啊，好多年的陳芝麻爛穀子，只不過那會兒流傳得不廣，始終掀不起大波瀾，但是去年入冬，突然開始在城裡傳得沸沸揚揚，一發不可收拾。你的侯爺府規矩森嚴，所以你啊，才聽不到這種難登大雅之堂的流言蜚語。」

宋道寧陷入沉思。

高適之笑道：「這有啥好想的，要我看啊，肯定就是那個不再蓄鬚的晉蘭亭在興風作浪，高亭樹、吳從先這幾個幫閒跑腿，也逃不掉。我就納悶了，怎麼這個北涼人，反倒比咱們這些地地道道的京城人還要恨北涼？」

宋道寧輕聲感慨道：「鄉野百姓要同村爭水，官場同僚一屋爭椅，都是一樣的道理，反正有些讀書人不講道理起來，你都沒法說啥。」

高適之納悶道：「你不就是讀書人嗎？」

宋道寧瞪眼道：「大過年的，罵人作甚？」

高適之頓時無語。

你娘的，咱哥倆身邊那可都是離陽最拔尖的讀書人啊，任你是淮陽侯，這話若是傳出去，看你不被人用唾沫活活淹死。

高適之與宋道寧並肩而行：「道寧，你說徐家那小子不會真反了吧？」

宋道寧笑問道：「怕了？」

高適之嘟囔道：「西線北涼騎軍，北邊北莽蠻子，南邊西楚曹長卿，如果真是這樣的局面，你不怕？」

宋道寧玩味道：「是誰剛才說北涼肯定不會來太安城打秋風的？」

高適之苦著臉道：「世事難料啊，萬一姓徐的年輕人，真是那種不要江山要美人的癡情種，那就懸了。」

宋道寧臉色也好看不到哪裡去：「說實話，你在怕什麼？」

高適之漲紅了臉，低聲道：「北莽、西楚怕個鳥，老子是怕北涼撂挑子不守國門。」

高適之本以為這話說出口後，會被好兄弟笑話，不承想淮陽侯輕聲道：「我也怕北涼鐵騎啊。你以為當今廟堂上，有誰真的不怕？」

今日朝會，在祥符二年末極為低調的禮部侍郎晉蘭亭，突然成了廟堂上嗓門最大的官員，甚至連兵部唐鐵霜都被搶去了風頭。

在晉蘭亭的建言下，朝廷不經小朝會就當場通過了一系列政策。其中為天子巡邊兩遼，並且在去年輔佐大柱國顧劍棠立下戰功的兵部侍郎許拱，終於得以從遼東這座冷宮抽身而退，不但成功從關外返回，而且率領京畿兩萬精銳南下增援盧升象。

剛剛才升官的武將李長安擔任許侍郎的副手，兵部衙門內如高亭樹、孔鎮戎等年輕官員，跟隨兩位大人一併離京歷練，也終於有望嶄露頭角。薊州將軍袁庭山率騎步各一萬離開邊境，從關隘箕子口進入中原，與許拱大軍齊頭並進。再就是下旨西蜀，命蜀王陳芝豹從蜀地再抽調出一萬精兵參與廣陵道平叛，這支兵馬將由許拱和陳芝豹共同統領。

相比晉蘭亭的盡忠報國，處處為朝廷排憂解難，國子監姚白峰在朝會尾聲的提議，頓時讓本就氣氛凝重的朝堂變得越發噤若寒蟬。

這位出身西北的理學大家建議有關漕運之事，靖安道經略使溫太乙初到地方，政務本就繁重，理應交由漕運內部的官員負責具體事務，溫大人只需把握大局即可。

如果是以前，不用皇帝陛下開口，就有無數文官武將跳出來反駁左祭酒大人，但是今天年輕天子坐在高高在上的龍椅上，一言不發，視線遊移，但是幾乎視線所及，只有齊齊低頭沉默的臣子，而無一個挺起胸膛出列豪言壯語的官員。

到最後，年輕皇帝從遠處到近，緩緩收回視線，停留在一幫六部黃紫公卿身上片刻，到最後終於有人站出來，是門下省的陳望。

陳望並未全部推翻姚白峰的意見，而是提出了一個折中的說法：先由吏部嚴加審核漕運主要官員的履歷，等到朝廷敲定人選，再讓經略使溫太乙放下擔子，廣陵漕運暫時仍由溫太乙全權負責。

退朝後，皇帝陛下沒有要召開小朝會的意思，那麼所有官員就都隨之退出大殿，直奔各處衙門。

在去年末官場上淪為笑柄的晉蘭亭，今日算是揚眉吐氣了。不用想也知道，因為「瑣事繁多」而忘了登門拜年的某些官員，都要蜂擁而去，在侍郎府外排隊等候，禮單當然是怎麼重就怎麼來。

姚白峰今日身邊沒有了官員的簇擁，老人也不以為意，沒有著急走下臺階，望著視野中如同被束縛在那扇大門內的御道，怔怔出神。

老人身邊響起一個年輕嗓音：「左祭酒大人，你家灶冷了啊，以後開夥可就難嘍。」

老人沒有轉頭，敢這麼跟前輩用玩世不恭語氣說話的年輕人，離陽朝廷不多，有資格參加朝會的就更屈指可數，自然是那年紀輕輕就已經在京城官場沉浮過的北涼寒士孫寅。

孫寅繼續調侃道：「姚大人你也真是書生意氣，挑這個時候當忠臣，活該人走茶涼。」

老人自嘲道：「做忠臣還要挑時候？」

孫寅點頭一本正經道：「可不是，出門前要翻皇曆看時辰的。」

老人一笑置之：「那樣的忠臣，我做不來。」

孫寅幸災樂禍笑道：「姚大人有了退隱之心，其實是好事，我孫寅是在國子監倒下的，成天都想著啥時候從國子監東山再起，左祭酒的座椅空了，我才有機會。就衝這個，我孫寅也得跟姚大人當面道一聲謝。」

出人意料，老人沒有惱羞成怒，反而點頭道：「你孫寅去國子監也好，我算是明白了，國子監就不是我教書的地方，因為那裡早已經不是讀書的地方了。」

孫寅驚訝道：「姚大人該不會是想辭官回鄉吧？」

老人笑道：「我又不傻，這個時候回得去？才打了朝廷一耳光，馬上又來一次，我姚白峰有幾條命？」

孫寅嘖嘖道：「原來姚大人讀書讀得不諳人情世故，但到底還沒到不可救藥的地步。」

性情刻板的老人破天荒玩笑道：「難得現在還有人樂意拍我馬屁，我謝謝你啊。」

孫寅擺手道：「別光是嘴上說，姚大人提交辭呈的時候記得替在下美言幾句。」

老人沒有點頭也沒有搖頭，只是感慨了一句道：「薊州袁庭山，在箕子口進入中原，呵呵，我雖然是個連紙上談兵都稱不上的酸儒，可也明白那兩萬人根本不是去廣陵道平亂，而是去攔截北涼騎軍的。」

等到薊州兵馬打沒了，那一萬蜀兵剛好也差不多到了廣陵道北部，估計與此同時許侍郎的兵符也該到軍中了。一環接一環，難為晉蘭亭這位禮部侍郎如此操心軍國大事了，更難得他給出的建言都被朝廷採納。」

孫寅低聲道：「姚大人，你真以為是晉蘭亭的主意？真以為許拱離開兩遼領兵南下就是好事？」

老人轉頭笑問道：「這些事我一介書生，可就真不懂了。這裡頭還有學問？」

孫寅笑咪咪道：「聽說姚大人府上私藏了些好酒？」

老人愣了一下，扯住孫寅的袖口，一起走下臺階，壓低嗓音道：「綠蟻？去年聽到涼莽大戰的結果，早被我喝沒了。」

孫寅笑而不語。

老人畢竟不是孫寅這種臉皮厚如城牆的人，無奈道：「只剩下兩、三罈子，你就別打它們的主意了吧，其他好酒，價錢再貴，我也請你喝。」

孫寅一臉鄙夷。

兩人並肩走出大門，孫寅突然不再賣關子坑騙老人的綠蟻酒，低聲道：「晉蘭亭跟唐鐵霜搭上線了，這才會讓許拱跑去跟北涼騎軍死磕。」

老人先是錯愕，繼而嘆息一聲，環視四周，終於澈底死心，這裡的確不是他傳道授業的地方。

孫寅轉身就走，笑道：「姚大人估計連謚號都沒了，我孫寅就不去雪上加霜喝綠蟻酒了。」

孫寅走出幾步，突然轉身，輕輕伸手拍了一下胸口：「有一揖，不適合眾目睽睽之下送給姚先生，但放在心裡。」

二十年後，盛夏時分，那時候孫寅剛剛成為離陽新朝的第二任吏部尚書，權勢顯赫的正二品天官大人。

有一日，突然有人登門拜訪車水馬龍的孫府，自稱是姚家子弟，已經忙碌得焦頭爛額的門房根本不予理會，實在是顧不過來，直到暮色中孫府都要關門拒客了，那名風塵僕僕的年輕人仍是不願離去，不得已報出他爺爺的名字。

門房雖是京城土生土長八面玲瓏的人物，可想了半天也不知道離陽官場有姚白峰這麼一號大佬，後來好不容易想起似乎很多年前，前朝國子監有位姚姓老人擔任左祭酒，只是這二十年來，那位理學大家並無半點詩書文章傳入中原，時過境遷，估計還不如一位新近躋身新朝翰林院的新科黃門郎。

那位門房一咬牙，看那個年輕人大老遠奔波千里趕到京城，就這麼讓人打道回府，實在可憐，就逾越了規矩跑去尚書大人那邊稟報。

正光著膀子在一架瓜棚下乘涼的尚書大人，從躺椅上跳起身，來不及穿上靴子就跑向院門口，但是最後停下身形，對那個呆若木雞的管事輕描淡寫說了一句，說讓那人把東西留下便可，府上不用接待，若是那個年輕人流露出絲毫憤懣神色，東西就不用拿到院子裡。

最後，管事小心翼翼將一只布囊拿到小院。

尚書大人開心地笑了起來。

既然不是那個老人的後人希冀以此作為官場進身之階，那就好，很好。

暮色中，小院石桌上擺放著明顯已經塵封多年的兩罈綠蟻酒，孫寅竟然沒捨得開封痛飲。

第二天朝會，一個早已被人遺忘的前朝老人，突然名動天下。

姚白峰，北涼道人氏，諡號文節。

哪怕已經位極人臣，但仍然以放蕩不羈著稱朝野的吏部尚書孫寅，在退朝後，走出大殿在臺階頂部站了一會兒，然後獨自來到御道街旁一處，明明無人，孫寅仍是畢恭畢敬彎腰作揖，此事迅速傳為京城一樁怪談。

◆

不知為何，今天離陽天子非但沒有召開小朝會，而且回到了那座金碧輝煌的大殿，司禮監掌印太監宋堂祿獨自守在門外。

年輕天子站在龍椅附近，身後大殿地面金磚鋪就，故而哪怕關門掩窗，正值朝陽初升的時分，因為有光線透過窗紙，大殿內不至於顯得太過陰暗。

龍椅寶座兩側擺放有四對威嚴陳設，寶象、用端、仙鶴與香爐，共同寓意著那無數君王夢寐以求的「江山永固，國祚綿延」。

年輕天子走下臺階，站在大殿中，腳下所謂的金磚，其實並非黃金打造，而是出自廣陵製造局的貢磚，有著「踩踏悄無聲，敲之如玉磬」的美譽。

趙篆舉目望去，大殿廊柱由南詔深山砍伐而出的楠木打造，早年離陽言官有過「入山千人，出山半數」的痛訴，後來在先帝手上，離陽皇宮殿閣廊柱用木，便一律換成了更易採伐的遼東松木。

趙篆走到一根廊柱之前，伸手撫摩著瀝粉貼金紋雲龍圖案的輝煌大柱，呢喃道：「父皇，你有碧眼兒張巨鹿、半寸舌元本溪、人貓韓生宣。

朕呢？一件龍袍、一把龍椅、一座大殿嗎？

這個天下，就不能再給朕片刻勵精圖治的時間嗎？十年，不，只要五年！朕就能讓北涼、南疆、北莽，灰飛煙滅！讓那亂臣賊子無立錐之地，讓我離陽百姓永享太平。

父皇，我已經不相信任何人了，廟堂上的齊陽龍、桓溫，廟堂外的顧劍棠、盧升象，便是父皇當時故意打壓，留給我來提拔任用的年輕人，宋笠、孫寅，這些人，我也一個都不相信。唯有一個陳望，還是太年輕，威望不足，在離陽軍中更是沒有根基，就算他願意力挽狂瀾，也有心無力。」

趙篆突然縮回手，臉色猙獰，握緊拳頭，一拳狠狠砸在廊柱上。

年輕皇帝氣喘吁吁，手上傳來刺骨疼痛。

他瞪眼看著這根廊柱，憤怒道：「你在欽天監毀我趙室氣運，朕不過是讓兩條走狗在漕糧上略作刁難，你就敢公然出兵廣陵道？這與造反何異！」

趙篆又一拳砸在廊柱上，這一次廊柱表面沾上了血跡：「當真以為朕的離陽，不敢跟你北涼不死不休？」

年輕皇帝躺在大殿地面上，望著藻井正中所雕的那隻蟠臥金龍。

金龍龍首下探，口銜巨珠。

看著那顆碩大的夜明珠，年輕皇帝沒來由想起了自己的妹妹，隋珠公主趙風雅。

離陽趙室的隋珠公主死了，趙風雅還活著。

這大概是北涼徐家那個年輕人，所做過的唯一讓趙篆不那麼痛恨的事情。

疲憊不堪的年輕天子閉上眼睛，又想起皇后所豢養的那隻蠢笨鸚鵡。

原來所謂九五之尊的君王，亦是一隻籠中雀啊。

◆

東海武帝城，自從那個姓江的年輕人也不在此打潮砥礪體魄後，這裡就徹底沒有了主心骨，迅速從人人嚮往的江湖聖地變成了一座最尋常不過的城池。

沒有了睥睨天下的白衣老匹夫王仙芝，沒有了獨坐高樓觀戰的曹長卿，沒有了倒騎毛驢拎桃枝的鄧太阿，沒有了一劍懸城緩緩入的隋斜谷，沒有了于新郎、林鴉等人，更沒有了當年端碗走上城頭的北涼王。沒有了武帝的武帝城，平庸而乏味。

雖然至今仍未有官軍入駐武帝城，但是城中人都明白，這是早晚的事情，所以早年那些被官府通緝而隱居於此的魔頭，那些躲避仇家而棲身於此的武夫，那些金盆洗手不願理會紛爭的名宿，紛紛離開這座東海之城。

打潮的城頭，一道修長身影突然現身於城頭。

不遠處大潮如千軍萬馬翻湧而至，猛然間拍打城頭，瞬間遮蔽了這個身影。

下一刻，身影不見，興許是已被浪頭捲走。

但是等到潮水退去，城頭又出現了一抹身影。

不同於來去匆匆的前者，這名男子並沒有立即消失，只見他衣衫樸素，相貌平平，滿臉鬍渣，靴子也有些破損。

只是這位不起眼中年大叔的身前，懸停了一柄三尺劍，細微顫鳴如蚊蠅振翅。

風塵僕僕的男人停劍四顧，眼神凌厲，本身就如同世間最鋒芒畢露的一把劍。

一百里一飛劍，從太安城欽天監到遼東雪山，再從遼東至遼西，又從遼西折回京畿之地，一路南下，直到此地。

男人伸手揉了揉下巴：「謝觀應，你跑路的本事真是天下第一，不過有本事你就一口氣跑到南海。」

約莫一炷香燃燒了寸餘高度後，男人冷笑道：「找到你了！」

那柄懸停通靈飛劍如聞敕令，先於主人，一閃而逝。

◆

在這之前沒多久，因為過了吃飯的點，一家生意慢慢冷清下來的包子鋪前，被某個綠袍女孩取了個「狗不理」綽號的孩子，在跟一個兩鬢霜白的窮酸讀書人大眼瞪小眼。

真名叫苟有方的孩子，抬頭看了眼那個囊中羞澀的窮光蛋，低頭看了眼那最後一籠沒能賣出去換成銅錢的小籠包子。

孩子的視線在兩者之間來來回回，身邊阿爺已經在收拾桌上的碗筷了，老人到底是武帝城討生活了大半輩子的，對此不聞不問，說實話，在武帝城，怪事怪人見多了，以至碰上一個正常的，反而讓人驚奇。

老人見過太多古怪的客人，嫌包子肉太多不願付錢的，有嫌包子為啥不是甜的，有兜裡幾文錢都沒有，就把寶劍寶刀摔在桌上揚長而去的，也有吃著值不了幾文錢的小籠包，嘴裡嚷嚷自己當年嘗過多少種山珍海味，還有裝模作樣從懷裡掏出本破祕笈來換一籠包子的，更有自稱是曹長卿、是鄧太阿、是誰誰誰所以不樂意掏錢結帳的，實在太多了。

孩子問道：「想吃小籠包？」

那名衣衫破敗卻乾淨的窮酸文士面無表情。

孩子又問：「沒錢？」

文士只是盯著孩子。

孩子倒也不是那種落井下石的人，雖然自幼沒爹沒娘跟著阿爺過著拮据日子，但家教極好，因此哪怕眼前窮酸文士明擺著是想吃白食，可孩子還是沒有惡言惡語，只是猶豫著是不是把小籠包送給他。

畢竟送一籠包子算不得什麼大事，可就怕那個傢伙吃過了包子後就賴上自己和阿爺。記得那個叫江斧丁的傢伙，以前還住在城裡，常來這裡光顧的時候，有次說過一個升米恩、斗米仇的道理。

就在孩子打算還是白送一籠包子的時候，那個窮酸文士突然開口，沙啞問道：「你姓什麼、叫什麼？」

孩子頓時有些膩味，唉，自打他給阿爺幫忙打雜以來，那些口口聲聲說自己根骨清奇是練武奇才的江湖食客，沒有十個也有八個了，所以孩子下意識就沒好氣道：「這籠包子可以送你，但我不習武。」

孩子突然想起眼前這個上了年紀的傢伙，不像那打打殺殺的武林中人，更像教書先生，於是孩子很快就補充了一句：「我也不上私塾。」

窮酸外鄉人面無表情地重複問道：「姓什麼、叫什麼？」

孩子下意識後退兩步，有些發自心底的驚懼敬畏。

站在孩子身前的中年文士皺了皺眉頭，抬起手後，孩子看到此人手中捏著小半紙破碗，當著孩子的面掰扯下指甲片大小的碎片，丟入嘴中，就那麼咀嚼起來。

孩子目瞪口呆，這漢子饑餓得患失心瘋了不成？

當孩子好不容易回過神後，突然嚇得臉色蒼白。只見自己附近，阿爺好像被仙人施展了定身符，始終保持著彎腰擦拭桌面的姿勢，不光是阿爺，街道上的行人也都靜止不動。

有人抬腳前行，但是那一步就是踩不下去，離著地面還有半尺高度，有人覺著倒春寒實在難熬，想用蹦躂跺腳來驅寒，因此整個人就懸浮在空中，有人在和並肩而行的朋友插科打諢，轉過頭一張燦爛笑臉，就那麼凝固……

這一切都超出了孩子的想像極限，雙手顫抖，一下子就沒拿住那一籠包子，但是等到小竹籠墜地後，頓時就是一幅天搖地晃的場景，在孩子視線中，阿爺、桌子、行人、街道，都在劇烈晃動，看得孩子一陣頭暈目眩。

中年文士上前幾步，彎腰撿起那籠包子，跟孩子肩並肩站在一起，孩子這才看到天地寂靜中，唯有一劍緩緩而來。

男人沙啞道：「我叫謝觀應，以後你就是我唯一的弟子了。」

男人從懷中掏出另外半只破碗，相對完整許多，放入孩子手中，然後一隻手突然按在孩子腦袋上，淡然道：「洪洗象不願替天行道，做厭勝徐鳳年之人，我呢，是想做，卻做不來。」

男人抬頭望著天空，按在孩子頭頂的那隻手微微加重力道，頓時霧氣升騰，仙氣繚繞，最終在約莫三尺處凝聚成形，是一幅氣象萬千的山河形勢圖，又有蛟龍隱沒於山川大河之中。

舉頭三尺有神明。

落魄男人收回視線，望著那柄掙脫開天道束縛的飛劍，遺憾道：「原來千年長生，比呂祖百尺竿頭、更進一步，到頭來只是個笑話。收你做徒弟，是不得已而為之。罷了、罷了，這世間廟堂文人都有了各自定數，也該輪到江湖武人有個結局了。

我會是第一個，曹長卿是第二個，至於誰是最後一個，我希望是你。記住，以後遇到一個叫余地龍的人，不要手下留情。只是將來證道飛升就不要去想了，退而求其次，不妨盡量讓自己名垂青史吧。」

說完這句話，男人消失不見。

臉色紅潤的孩子茫然四顧，阿爺開始繼續擦拭桌面了，路上行人繼續前行了，天地之間繼續熱鬧了起來。

而那柄飛劍也一樣隨之失蹤。

孩子低頭望去，唯有手中的半只破白碗明確無誤告訴自己，方才的遭遇不是白日做夢，這個孩子呢喃道：「我叫苟有方。」

聽到「喂」一聲。

孩子猛然抬頭，看到一個相貌普通的中年大叔，後者笑問道：「鋪子還有吃的嗎？」

苟有方趕緊轉身把破碗藏入懷中：「這位客官，咱們鋪子招牌的小籠包已經沒了，餛飩、拌麵都還有。」

貌不驚人的中年大叔似乎完全沒對一個孩子和半只破碗上心，只是咧嘴笑道：「那就來碗餛飩，再添碟辣油，怎麼辣怎麼來。」

孩子笑著應酬道：「好嘞，咱家的辣油那可是連蜀地客人也吃不消的，就怕客官到時候跟我們要涼水。」

大叔突然臉色尷尬起來：「小二。」

伶俐孩子率先搶過話頭：「記在帳上就行！」

大叔仍是有些為難：「能記帳是最好，可我急著趕路，幾年內未必能回到這裡，這就麻煩了。」

孩子笑道：「不打緊，咱家鋪子從阿爺起，在城裡做了三十年的生意嘍，只要客官有心，別說晚幾年，晚十年也沒事，當然，客官真要忘了便忘了，一碗餛飩而已。」

孩子原本不是這麼窮大方的人，只不過莫名其妙遇上一個自稱謝觀應的怪人，又鬼使神差當了那人的徒弟，孩子畢竟年少，性情再穩重，也有些開心。

大叔瞥了幾眼孩子，又突然伸手在孩子肩頭手臂捏了幾下，「咦」了一聲，嘖嘖道：「姓謝的，的確有些運道，難道是迴光返照？這也能撿漏？若非如此，連我鄧太阿也要打眼了去。」

大叔瞇起眼嘿嘿道：「小兄弟，我觀你根骨清奇……」

孩子嘴角抽搐了一下，無奈道：「客官，我真不練武，就別收我做徒弟了吧，一碗餛飩而已……阿爺，這位客官要一碗餛飩！」

那邊阿爺應了一聲就忙活去了。

大叔擺擺手道：「放心，我有徒弟了，那小子是喜歡吃醋的脾氣，如果被他知道，少不了被他翻白眼，不過我也沒吃人白食的習慣，姓謝的用半只碗換你一籠包子，那我鄧太阿就用一匣新劍換你一碗餛飩。」

說完這些，大叔不由分說掏出一只小木匣，尋常的白木質地，一看就不是珍貴玩意兒，裡頭的物件值錢與否，就更顯而易見了。

中年人顯然有些尷尬，當年贈送給那位世子殿下的劍匣，那可是從吳家劍塚順手牽羊的上等紫檀，等到他自己浪蕩江湖，上哪兒去賺錢？

只不過劍匣有天壤之別，匣中所藏的那幾柄袖珍飛劍，可絕對沒有跟著掉價兒。

鄧太阿把木匣拋給孩子：「小兄弟，你的『氣力』其實足夠了，小匣裡的東西，有空就多把玩把玩，其中的門道，想必很快就能琢磨出來。」

飛劍何其鋒銳，而且鄧太阿稍稍動了小手腳，會開匣而動，必然第一時間飲血認主。一般武夫，沒有孩子蘊藏的那股得天獨厚的「氣力」，便是全身鮮血都澆注劍身也使喚不動。

鄧太阿沒有著急追殺謝觀應，而是優哉游哉坐在桌邊等著那碗餛飩。

端來餛飩的時候，孩子鼓起勇氣小心翼翼問道：「前輩，我剛才想了想，覺得你其實就是桃花劍神，對不對？」

鄧太阿沒有絲毫驚奇，點頭道：「姓謝的折騰出那麼大動靜，想必你也看到我那柄入城飛劍了，故而有此問，對不對？」

孩子撓撓頭道：「剛才劍神前輩不是自己報出名字了嗎。」

無言以對的鄧太阿低頭吃餛飩。

吃著吃著就更不願抬頭了，剛才一不小心把辣油全倒入餛飩，這會兒滿頭大汗，有點扛不住了啊。可要鄧太阿運用氣機來掩飾窘態又太為難桃花劍神了，往大了說，就是不合本心，不合劍意，往小了說，其實就是鄧太阿從來無所謂高人風範。

鄧太阿好不容易對付完那一大碗餛飩，這才如釋重負，抬頭一本正經說道：「小兄弟，如果以後提了劍又練了劍，決定要在劍道一途上走下去，那就要記住一點，劍不是刀，哪怕已經退出了沙場，讓位給了刀，甚至以後在廟堂上，官員也開始喜歡以佩刀作為裝飾，但不論世事如何變遷，劍仍是劍，劍有雙鋒，所以提劍對敵，除了一鋒殺人傷人，還有一鋒作為自省之用……」

說到這裡，鄧太阿神色微變：「不說了，有事要忙，以後有緣再見。還有，那些長輩間的恩怨，你們晚輩不用當真，該怎麼活就怎麼活。混江湖，不管其他武人怎麼個活法，我們用劍之人，都不可有太多戾氣，否則任你修為通神，也算不得真仙人。」

鄧太阿站起轉身，趕緊呼氣，這辣油真是厲害啊。

這位桃花劍神之所以不繼續嘮叨下去，辣油是一回事，還有就是他真的不曉得怎麼跟人說道理了。

鄧太阿伸手一點，南方空中浮現出一把飛劍，下一刻他便站到了飛劍之上，一人一劍便轉瞬即逝。

整座武帝城，只有那個叫苟有方的孩子察覺到這一幕。

前百年，有李淳罡、王仙芝、徐鳳年、軒轅青鋒，如同春秋之戰，群雄並起。

後百年，便唯有兩人，又如新朝，中原草原之上的兩國對峙。

那兩人在名動天下、各自被視為天下第一人後，在隨後的一甲子之中，十年為約，交手六場，勝負持平。

且每次都是某人獲勝一場後，就會在下一場被另外一人扳回局面。

余地龍不是真無敵，世間猶有苟有方！

◆

河州邊境，戰事一觸即發。

幽州方向的大地之上如有悶雷傳來，兩淮節度使蔡楠身披鐵甲，握緊鐵槍，這位邊關大將滿懷悲涼，自己麾下的數萬西北精銳，竟然不是與北莽蠻子在戰陣上廝殺到底，而是死於內亂？

兩淮大軍步卒居中拒馬，騎軍兩翼呼應，很中庸的排兵佈陣。不是蔡楠不想以騎對騎，跟北涼鐵騎來一場堂堂正正的死戰，委實是桀驁如他這類顧黨舊部，即便兵力占優，依然沒有底氣跟那支軍伍玩花樣。

蔡楠不奢望自己的兩淮能夠攔下那名年輕藩王，只能寄希望於盡可能留下更多的徐家騎軍，兩千，或者三千？至於朝廷接下來能夠憑藉天險地利，在薊州與中原接壤的數座關隘攔阻多少人馬，那就真的是蔡楠的「身後事」了，既是疆域版圖上的身後事，更是蔡楠戰死殉國後的身後事。

蔡楠舉目望去，地勢平坦，起伏不顯，大片大片的白色積雪，他沒來由想起一個很煞風景的詞語——屍骨未寒。想著幾個時辰後自己的屍體，應該很快就會寒透吧？

西北多雪且大，酷寒之地出健兒，兩淮道薊州當年便有楊慎杏的薊南步卒，號稱獨步天下，而升任節度使的蔡楠近水樓臺，麾下兩淮邊軍很快就被視為離陽朝廷僅次於兩遼的一等戰力。隨著繼唐鐵霜之後又有幾位同為顧部舊將的地方大員新近入京擔任要職，蔡楠非但沒有多少慶幸，反而嗅到幾絲危險氣息。

歸根結底，那些都是君王以黃紫官服換取地方兵權的無本買賣，之所以手腕溫和，那般含情脈脈，還不是因為他們的共同恩主大柱國顧劍棠依然屹立在邊境，以及大將軍手中握有的數十萬邊軍大權？

蔡楠重重呼出一口氣，將年輕皇帝視為心腹的經略使韓林送出戰場以外，然後自己率軍壯烈戰死在此，是不是對大將軍，對朝廷對天子，都算有份過得去的交代了，這算不算史書上所謂的忠義兩全？

活在承平已久的安樂世道，成為享福多年的封疆大吏，蔡楠直到這一刻，才發現當年那個跟在大將軍身後一心求死的愣頭青，其實開始有點怕死了，尤其是死得不明不白。

北涼鐵騎的齊整馬蹄就像敲鼓，重重擊打在蔡楠的心頭鼓上，一下一下，讓這位節度使大人喘口氣都困難起來。

不用遠哨夜不守稟報，蔡楠肉眼就可以看到那支騎軍恰好在最佳衝鋒間距的邊緣地帶，停馬不前，一騎率先出陣，然後約莫是百騎扈從跟隨策馬前行。

心弦緊繃的蔡楠一頭霧水，越發忐忑。沙場上兩軍對壘不是演義小說裡的兒戲，什麼雙方主將單獨出列，酣暢淋漓地大戰幾百個回合，都是鬼扯。可眼前的的確確有百餘騎單獨離開北涼大軍，難道是那姓徐的為了贏取軍心，憑藉自身陸地神仙的實力，要大軍之中取上將首級？

蔡楠想到這裡就有些憤怒，真當己方的床弩大陣是擺設不成？為了針對徐鳳年這種戰場萬人敵的攪亂陣形，蔡楠專程派人拿著節度使兵符在整個兩淮道搜刮地皮，幾乎將所有北邊防線之外的床子弩一口氣或徵用或借調過來。整整五十餘架床子弩，兩淮道的家底都正大光明地擺在了蔡楠身後，不光是應付一騎數騎那種單槍匹馬的陷陣，對那支鐵騎的集體衝鋒也有極大威懾。

一騎當先，馬蹄不停歇，直到蔡楠陣前三百步外才收住前衝勢頭，不光是身懷小宗師修為的主將蔡楠，身邊精悍親衛和兩位步軍將領都依稀看清了那一騎的英偉姿容。

正是威名遠播的北涼王徐鳳年！

這位跟隨人屠姓徐的年輕藩王，殺江湖頂尖宗師不下十人，殺北莽大軍更是三十萬，雙手血腥，一路殺到了今天，殺到了這裡。

哪怕是身處敵對陣營，面對此人，蔡楠仍然有幾分不得不承認的佩服敬畏。

離陽老一輩雙字藩王的兒子中，這個年輕人可謂一騎絕塵。靖安王趙珣同樣世襲罔替了父輩王爵，但低眉順眼得就像一條天子家的看門狗；原本被譽為離陽世子第一人的趙鑄，則在廣陵道飽受詬病；膠東王趙睢的長子趙翼在兩遼戰事中也算不得出挑扎眼；至於廣陵王世子趙驃之流就更不用拿出來丟人現眼了。

蔡楠隨意揮揮手，那名滿頭大汗的精銳斥候夜不守趕緊退下。

蔡楠死死盯住位於兩支大軍中間的年輕人。他身後百騎，不披甲、不佩刀，一人只背一劍，想必就是在去年中原江湖上傳得沸沸揚揚的吳家百劍了。

作為替朝廷鎮守一方的領軍大將，蔡楠對江湖事一向興趣寥寥，一身本事都是在戰陣上血水裡磨礪出來的殺人能耐。早年跟轄境內一位境界相當的武林名宿有過私下切磋，輕鬆獲勝後蔡楠的感覺就只有一個字——軟。

但是眼前那一百騎，卻讓蔡楠根本不敢小覷，至於那個為首的年輕藩王，蔡楠自然更不敢有半點掉以輕心。如果不是徐鳳年在三百步外就停馬不前，蔡楠甚至顧不得什麼風度，二話不說就會當場下令床弩攢射。

江湖草莽怕軍弩，武道高手忌憚床弩，都是無數人拿命換來的血淋淋的教訓。尤其是重型床弩有著「半百之內皆飛劍」的美譽，蔡楠自認不敢面對數張弩箭巨如槍的床弩。若非如此，去年北莽在虎頭城外也不會同樣是拿床弩招呼北涼王。

吳家百騎百劍，肅穆停馬。

這是他們離開吳家劍塚進入北涼後第一次重返中原。

在劍冠吳六鼎和劍侍翠花身後的那名竺姓魔頭，甚至閉上眼使勁聞了聞，滿臉陶醉，嘖嘖道：「聞多了涼州關外的血腥味和馬糞味，還是這兒的空氣讓人舒服些。就是不知道真到了中原江南，能不能聞得到酒香和脂粉氣。」

跟真名竺煌的吳家劍士隔著兩匹馬，徐鳳年微笑道：「按照之前的約定，這次只要跟隨本王一路南下，到了能瞧見西楚京城牆頭的地方，你們一百人就可以恢復自由之身，之後不管是去江湖東山再起，還是找個山清水秀的地方隱姓埋名，本王不管，吳家也不會管。」

「當年在吳家劍塚內也無。當年在那個鬼地方不過是多殺了幾個姓吳的傢伙，吳老兒自己沒本事，就跟人合著夥在我身上敲入六十枚捆蛟釘，手段不怎麼高明，可惜手法還算獨到，不是吳家嫡系就拔不出那些玩意兒。

老竺從來都是寧做雞頭不做鳳尾的脾氣，頭回進入那個中原江湖，不撈個武評四大高手當當，不再跟鄧太阿過過招，都對不起自個兒在吳家遭了四十多年的罪！所以嘛，身上這些釘子，還得勞煩王爺跟那個老不死的吳老兒說說情。只要王爺肯開這個口，老竺雖說從不曉得江湖道義為何物，卻也不是那種忘恩之人，到時候哪怕王爺要我去太安城殺個人，老竺也能拍胸脯答應下來。王爺，這筆買賣咋樣，做不做？」

陰氣濃重的竺煌與鄧太阿都曾是吳家私生子，是那種早早丟到劍山自生自滅的棄兒。只不過當年一戰，勝出的鄧太阿進入江湖成為了桃花劍神，輸了的竺煌之後因為殺心過重，尤其是痛下殺手幾乎將吳家一支偏房斬殺殆盡，被勃然大怒的吳家老祖宗以不傳祕術下了禁錮，如果不是百劍赴涼，修為堪稱通神的竺煌，註定這輩子都無法讓世人知曉天底下還有這麼一號劍仙人物。

至於這次率領吳家百劍前往廣陵道，不但是徐渭熊，就連褚祿山都有異議，因為徐鳳年許諾了他們的自由之身，這對北涼來說不是什麼可以忽略不計的損失。在戰況僵持不下的沙場上，這吳家一百人一百劍，一旦投入戰場，絕對能夠成為扭轉勝負的關鍵勝負手。殺不掉拓跋菩薩，但實力強如洪敬岩、慕容寶鼎之流，恐怕也要膽戰心驚。

不等徐鳳年說話，對竺煌視為仇寇的吳六鼎就轉頭怒道：「姓竺的，你能拔出六十顆釘子，我就能再幫你塞進去六十顆！」

竺煌懶洋洋譏諷道：「就憑你小子？這話由你身邊娘兒們來說，都比你硬氣些。哈哈，你們吳家真是有意思，這兩代人，都是帶把的不如不帶把的。」

劍侍翠花手指微動。

背負一柄極長極細古劍的矮小老人皺眉道：「竺煌，你不要得寸進尺。」

這位老人在葬劍無數祕笈無數的吳家劍塚也是地位超然。因為是個劍癡，吳六鼎小時候就幫忙取了個「娶劍老爺爺」的諧趣綽號。不同於從未離開過吳家的竺煌，或是張鸞泰、公孫秀水和納蘭懷瑜這些對重返江湖還抱有期望的成名劍客，八十歲高齡的老人這一生只對劍道一事癡心不已，只是受限於自身根骨修為，空有滿腦子獨闢蹊徑的劍道見解和滿肚子的劍術學識，始終無法親自提劍踐行。

當老人進入北涼後，兩次跟年輕藩王談到劍道一事的招數意氣之爭，如逢知己，就有了衣缽落北涼的念頭，至於文人武夫都看重的家國天下，老人反而一向很淡漠。

徐鳳年沒有轉身，輕聲道：「什麼事情都到了西楚京城那邊再說，不出意料的話，應該會有一、兩場仗要打，爭取我們北涼大雪龍騎一人不死，當然你們也別死。大好江湖，在等著各位前輩揚名立萬。」

吳六鼎沒好氣道：「給江湖留點種子是吧？老子就奇了怪了，這種打腫臉充胖子的事，外人怎麼看都像是個傻子的勾當，怎麼到了你這邊，做起來就顯得格外豪氣干雲了？」

徐鳳年轉頭瞥了眼這個跟自己從頭到尾針鋒相對的年輕劍冠，沒有斤斤計較。

倒是這次跟隨北涼王再度一起出行的鳳字營舊部洪書文，冷笑道：「咱們王爺長得比你英俊，身手比你高出幾層樓，你小子不服氣？」

吳六鼎皮笑肉不笑道：「不服氣咋了？」

洪書文一臉天經地義說道：「不服氣？那你倒是跟咱們王爺過過招啊？」

徐鳳年不理睬兩人的拌嘴，對兩淮道大軍高聲喊道：「蔡楠，陣前一敘？」

蔡楠聞聲後沒有太多猶豫，單騎出列。

步軍將領想要阻攔，自然不希望己方主將以身涉險，畢竟不遠處那位年輕藩王可是貨真價實的武評四人之一，但節度使大人輕描淡寫撂下：「徐鳳年想要殺人，不至於如此下作」。

兩騎各自上前一百多步，停馬相望，蔡楠深呼吸一口氣，望著眼前的徐鳳年，沉聲道：「王爺若是想讓本將退避三舍，就不用浪費口舌了！」

斜提鐵槍的蔡楠看到年輕藩王似乎被自己堵得無話可說，視線只是越過自己一人一馬望著兩淮邊軍。

蔡楠沉默片刻，繼續說道：「任你徐鳳年是修為高出顧大將軍一頭的武評宗師，但你畢竟不是你爹，不是大將軍徐驍，仍然不值得我蔡楠下馬避讓！」

徐鳳年收回視線，問道：「如果沒有記錯，本王已經讓拂水房諜子給蔡將軍送過口信。今日將軍攔路可以，但是盡量將精銳安置在兩翼，任由我方騎軍一衝而過，我們少死人，你們更能少死人。這樣不好嗎？」

蔡楠冷聲道：「本將就當沒有收到那個消息，身為主持邊關軍務的武將……」

徐鳳年突然打斷蔡楠的言語：「將軍你沒有收到朝廷聖旨吧？」

蔡楠臉色冷漠。

徐鳳年笑道：「蔡將軍是覺得我北涼騎軍事出突然，太安城那邊措手不及？將軍當真以為安插在河州的趙勾諜子如此不堪？就算北涼騎軍推進速度再慢，那道聖旨也是註定不會『準時』送往這個河州的，永遠都會比這場戰事不快不慢，僅僅晚一步而已。」

蔡楠面無表情道：「這又如何？朝廷做事自有王侯公卿的主張，我蔡楠行事只需對得起身上這掛離陽鐵甲！」

徐鳳年扯了扯嘴角：「你放心，本王主動提出跟你蔡楠敘舊，沒想著要你們大軍讓路，之所以先前給你口信，是念在將軍當年給了某個老傢伙一分面子，而今天之所以跟你廢話這些，是因為在太安城有個當大官的老人，跟本王說了句心裡話。」

徐鳳年撥轉馬頭，緩緩離去，不輕不重的言語，傳入蔡楠耳中：「既然不願做樣子，兩淮邊軍一心想要為國盡忠，那北涼就遂了你們的願。沙場上，與我北涼鐵騎對陣，想死有何難？」

蔡楠臉色蒼白地返回己方大陣。

祥符三年春，大雪龍騎如潮水一湧而過，兵力將近四萬的兩淮精銳潰不成軍。

馬蹄陣陣，中原震動。

北涼騎軍出北涼道，入兩淮道，在河州薊州接壤的鄖城一帶南下，一頭撞入江南道北部，長驅直下，勢如破竹。如那西北彪形大漢，撞得江南美人搖搖欲墜。

所經之地，離陽官員和地方軍伍全部噤若寒蟬，不敢有絲毫挑釁舉動，夜禁極早，便是白日也禁絕了商賈出入，戍守駐軍更是一律不得離開營地半步。

奏摺如同紛亂雪花一般，縣衙、郡守衙門、刺史府邸、經略使官邸層層遞進，最後交由精悍驛騎，以五百里加急火速傳遞給太安城。

伴隨著一萬鐵騎的蠻橫推進，在這期間，沿途陸陸續續有十幾戶人家浮出水面，不但當地官府軍伍的頭目嚇得汗流浹背，就連負責離陽諜報多年的趙勾也無比悚然。

這些在各地州郡內可謂名門望族的龐然大物，無一例外，都坐擁良田無數，儲糧頗豐，甚至其中四個家族堪稱州郡內的「土地公」。這十數個在趙勾密檔上皆勾以「身世清白」類似評語的豪族，竟然都是公然通敵北涼的大膽賊人，為北涼騎軍輸送了不計其數的糧草。這等擺在檯面上的滔天禍事，一旦朝廷秋後算帳，那十幾個根深蒂固的家族註定吃不了兜著走，而各大州郡的趙勾負責人和文武官員，也肯定要被狠狠扒下一層皮。

其中河州境內第一個犒軍北涼的大戶人家，出人意料地並未立即舉族逃難遷入北涼，於是當地官府聯手駐軍在北涼騎軍出境後，出動了四百精銳氣勢洶洶撲殺而去，打算將這個大逆不道的狗大戶抄家問罪，而這戶人家的老家主單獨搬了把椅子，就那麼坐在門口臺階上，曬著初春暖洋洋的太陽。

他的膝蓋上擱放了兩柄涼刀，老舊的那把，是當年跟隨老涼王徐驍征戰西楚時的戰刀，這麼多年以來，就算家中最為寵溺的嫡長孫，也不曉得自己爺爺珍藏有此刀，刀鞘更為鮮亮的那把，則是第六代徐家刀，最新的涼刀，更是新涼王在前不久親手相贈。

老人面對著本郡四百青壯武人，笑著抬起那把新涼刀，只說了一句話，然後所有人來也匆匆、去也匆匆，到頭來連狠話也沒敢撂下一句。

遲暮老人說，「王爺要我捎話給你們，宋家宅子今天死一人，郡內將卒就要死一萬人，如果人頭湊不齊一萬，那北涼鐵騎就去別郡別州借腦袋。」

說完那句話，滿頭白髮的老人彎腰拿起腳邊的一壺酒，望著那些狼狽撤退的背影，一口一口喝著酒，含混不清地喃喃自語。

老人像一條蒼茫的老狗，無牙了，明明已經嚎不動了，但偏偏讓人覺得有幾分獨到的氣勢，大概那就是讀書人在書上看到的氣吞萬里如虎。

◆

在兩淮道節度使蔡楠挺身而出之後，第二位敢於攔路的離陽骨鯁之士，不是領兵打仗的武人，也不是牧守一方的文官，而是一位致仕還鄉多年的文人。

他僭越地從箱底翻出那件六品言官公服，穿上後獨自站在驛路之上，戰戰兢兢的家人實在攔不住這個得失心瘋的老頭子。

一半族人連夜搬到僻遠的鄉下祖宅，一半族人躲在家中閉門不出，只有老人那個最沒有出息的二兒子，考了一輩子都沒考中舉人功名的窮酸秀才，無勇義唯有孝，故而滿臉惶恐地站在路邊等著為父親收屍，背回家去。

之後當鐵騎洶湧而過，只留下那對頹然坐在驛路旁抱頭痛哭的父子。

吳家百騎之中的納蘭懷瑜，原本遙遙跟在後頭，實在是拗不過自己強烈的好奇心，快馬加鞭來到年輕藩王身側，這位曾經蟬聯胭脂評美人的劍道宗師笑問道：「王爺，怎麼回事？」

徐鳳年猶豫了一下，仍是搖搖頭，沒有聊天的欲望。

剛剛從那頭伴隨自己多年的海東青身上得到一封密報，說是除了袁庭山領薊北精騎由箕子口入關攔阻，蜀地也抽調出了兩萬兵馬趕赴廣陵道，統帥正是西壘壁戰役結束後負氣離開徐家的吳起，副將是當年寥寥無幾選擇跟隨陳芝豹離開北涼的將領——一個曾經在邊軍中橫空出世的年輕驍將，名叫車野。無論是跟這年輕人打過交道的寧峨眉還是如今負責鎮守北涼南邊門戶的陵州將軍韓嶗山，都對此人評價很高，認為車野並不遜色寇江淮、郁鸞刀兩人。

英姿颯爽的女劍客不肯甘休，刨根問底。

徐鳳年怔怔出神，好像完全就沒有聽到納蘭懷瑜的絮叨。

吳六鼎無奈道：「姨，咱們矜持點好不好？」

納蘭懷瑜翻白眼道：「喲，現在曉得矜持啦，小時候是誰拚了命往姨的胸脯上蹭的，什麼打雷下雨好害怕啊要找地方躲躲，什麼冬天天氣好冷臉好冰啊……」

吳六鼎小心翼翼瞥了一眼身邊的翠花，然後趕緊對納蘭懷瑜賠笑討饒道：「姨，怕了妳了，方才那件事吧，咱們娶劍爺爺跟姓徐的時時刻刻形影不離，想必他老人家知道內幕，你問他去。」

正在和張鸞泰以及劉堅之討論劍道的老人聞言笑道：「沒啥稀奇的，王爺就是問他想不想為了博取士林名聲，以至白髮人送黑髮人，然後洪書文那小子就抽出了刀，作勢要策馬殺人了。」

昔年意氣風發的杏子劍爐少主，如今沉默寡言的中年劍客岳卓武插話道：「修身齊家治國平天下，是儒家老祖宗的『家訓』，連人都做不好，能當好官？就更別提經世濟民了。我生平最見不得這種沽名釣譽的文人，為了青史留名，做人毫無底線可言。尤其是那前任離陽首輔碧眼兒，更不是個東西！」

徐鳳年突然回過神，轉頭道：「別人不好說，唯獨張巨鹿，在我眼中是真正的讀書人，一百年能出一個，就會是整個天下的幸事。」

岳卓武並未因為徐鳳年是北涼王而一味附和，依舊堅持己見，搖頭道：「連子女都可以害死，估計還很理直氣壯，這種人就算是不貪瀆不擾民的清官，也好不到哪裡去。」

徐鳳年也未辯論什麼，只是一笑置之。

歷史如書，有些書頁何其沉重，翻書之手，也許不斷指便翻不過去。薪火相傳，想要傳給後人後世，持火之人，也許就會灼燒手臂，甚至不惜自焚，只為苦等接過薪火的晚輩。

這個世道需要明君、需要名臣、需要英雄、需要梟雄、需要風流、需要高歌、需要意氣、需要清談……需要很多人，但往往有些時候，聰明人各有風采的時候，更需要一、兩個傻子。

徐鳳年沒來由輕聲笑道：「其實那個老書生挺好的，攔路為人臣，讓路為人父，可惜不是咱們北涼人。」

在軍中有「瘋子」綽號的洪書文沒心沒肺道：「王爺，咱們北涼有鐵騎，有涼刀，有強弩，有大馬，已經足夠了！」

徐鳳年低聲道：「希望將來能有不夠的那一天。」

一路行來就像是徐鳳年跟屁蟲的洪書文突然唉聲嘆氣道：「王爺，我要是個娘兒們就好了。」

吳六鼎頓時毛骨悚然，做了個雙手環胸打哆嗦的姿勢，憤憤道：「洪瘋子，拍馬屁也就算了，但是好歹要點臉行不行？」

翠花會心一笑。

洪書文怒道：「老子是個娘兒們，去梧桐院給王爺端茶送水不行啊，六大缸子你想啥呢！」

然後洪書文扭頭嬉皮笑臉道：「翠花姐，跟這種滿腦子不正經念頭的色胚待在一起，可得小心再小心啊。不過幸好翠花姐妳劍術比六大缸子高，他要敢動手動腳，妳就一劍剁掉他三條腿，到時候我撿起其中一條，醃了做下酒菜！」

不光是吳六鼎扛不住了，劉堅之、張鸞泰這幫大老爺們兒也有些吃不消，紛紛笑罵洪書文口味重。

喜歡一天到晚閉著眼眸的翠花微微睜開眼，望著洪書文緩緩說道：「如果一條不夠下酒咋辦？不然加上你的？」

洪書文下意識地趕緊伸手護住襠下，尷尬道：「翠花姐，不用不用，真不用的，我剛戒酒。」

談笑之後，徐鳳年眯眼仰頭，然後迅速抬起一條手臂。

一頭神駿非凡的猛禽斜墜而落，停在徐鳳年手臂之上。

等徐鳳年看過了小竹節內的密信，那隻伴隨過主人先後三次遊歷江湖以及兩次入京的海東青，低頭親暱地啄了啄徐鳳年的手背後，振翅而飛。

徐鳳年喊來袁左宗，臉色複雜，輕聲道：「袁二哥，西楚主力在謝西陲的主持下，她開始御駕親征，向西線突圍。而曹長卿已經悄然動身，孤身北去太安城了。」

袁左宗愕然，問道：「曹長卿一人北上？」

徐鳳年重重點頭。

袁左宗嘆息道：「這位公認擅長收官的大官子，怎麼最後關頭如此一塌糊塗？」

徐鳳年低聲道：「我只猜得出一個大概。曹長卿恐怕最後選擇背棄了很多人，也許其中有在忍辱負重的北莽南朝豪閥，有突兀復出的王遂，甚至有在廟堂和兩遼隱忍多年的顧劍棠。為了復國，勵精圖治奔走南北二十年，曹長卿竟然都能放下……」

徐鳳年沒有繼續說下去。

袁左宗畢竟是接觸過很多深重內幕的局中人，問道：「難道義父早年所說的那個西楚傳聞，是真的？」

徐鳳年突然笑了：「都說讀書人最是負心人，還好有個曹長卿，告訴了天下人，讀書種子也可以最是癡情種。」

袁左宗欲言又止。

徐鳳年破天荒有些難為情，瞪了袁左宗一眼，顯然是不想袁左宗說什麼。

一向不苟言笑的袁左宗嘴角有些笑意，果真沒有說話。

沉默片刻，袁左宗還是忍不住開口說話，但是沒有用往常時「王爺」這個敬稱，而是「小年」這個很有一家人氣息的稱呼：「小年，不管別人怎麼想，袁二哥很高興你這次領軍南下。理由很簡單，我就覺得這才是義父嫡長子該做的事情。」

徐鳳年有些無奈。

這種不講理，確實很有徐驍的風格。

果然不是一家人，不進一家門。

袁左宗很快笑著補充道：「當然了，中原這邊整整二十年，沒聽到咱們徐家鐵騎的馬蹄聲，得讓他們長長記性！」

袁左宗抬頭望向遠方：「義父說過，世間比雷聲更大的聲響，唯有我北涼馬蹄聲！」

徐鳳年小聲道：「徐驍可說不出這麼豪邁的話語，肯定是我師父第一個說，然後他就借了不還，還會私下叮囑我師父千萬別說是他剽竊去的。」

袁左宗頓時無言，揉了揉下巴：「聽小年你這麼一提，真有可能。」

徐鳳年哈哈笑道：「但是有些話，不管是不是徐驍第一個說，只要是他說出口，就是豪氣！」

事實也是如此，一場春秋戰事早就已經證明了一件事。

有些話，只能，也只配那個瘸子來說！

而此時，正值北涼鐵騎南下中原之際，一位青衫儒士由南往北。

當年那位名動天下的大楚曹家最得意，不知何時就成了雙鬢霜白的風流讀書人，走得雲淡風輕。

當他在那天成為棋待詔之後，從未如此如釋重負。

山河破碎家國不在之後，這襲青衫四入離陽皇宮，只是這最後一次，他不入城、不入宮。

一人兵臨太安城而已。

前無古人後無來者，西楚霸王曹長卿！

第七章　老方丈詰問涼王　蔡節度瞞天過海

北涼鐵騎闖入了江南道腹地，有數萬兩淮邊軍的前車之鑒，這支打著靖難平亂的騎軍一路暢通無阻，加上騎軍對所經之地秋毫無犯，勉強算是給了趙室朝廷一個臺階下。

如果按照如今的離陽版圖來看，位於廣陵江以北的江南道，其實稱呼名不副實，但在春秋前期，一向將廣陵以南的疆域，視為瘴氣橫生的蠻夷之地。

當年占據廣陵江以南大半疆土的舊南唐，除了在顧大祖領軍下打過幾場蕩氣迴腸的戰役，給當時大將顧劍棠領銜的離陽大軍造成不小麻煩，事後朝廷兵部戶部聯手統計兵力折損，發現一個極為滑稽可笑的結論：死於疾病的離陽兵馬，竟然與戰場傷亡人數大致相當！

相傳離陽老皇帝定鼎天下後，對受降入京的南唐君主說了一句：「人和在西楚，地利在你南唐，唯獨天時在朕的離陽，世人皆言天時不如地利，地利不如人和，而在朕看來，此話當不得真啊。」

之後離陽在先帝趙惇手上並州入道，其中設置江南道的時候，不是沒有文臣提出異議，建言江北道更為妥當，只是文治武功都被譽為歷代君主中佼佼者的趙惇笑著駁回，理由更是極富一種野史的傳奇色彩。趙惇在朝會上拿了一本當時翰林院新近編纂而成的大型詩集，笑稱自古多少文人雅士書寫江南風景美人，難不成後人翻閱此書之際，還要他們轉個彎？不得不偏移視線去看一條「古時江南是今日江北」的注語，且「北」字氣韻太硬，未免太過大煞風景。

在沃土千里養育出鼎盛文風的江南道，這支鐵甲錚錚、戰馬雄健的北涼騎軍，就顯得格外突兀。洪書文這幫土生土長在西北的年輕北涼蠻子，就尤為水土不服，說這兒的地面都是軟綿綿的，不爽利，馬蹄子踩在上頭都沒個聲響，更別提在關外大漠，縱馬揚鞭時的那種塵土飛揚。

驛路官道兩側更是草長鶯飛、楊柳吐綠的旖旎風景，讓洪書文等人沒有絲毫感到如何賞心悅目，只覺得胸口憋著一口悶氣，手腳都施展不開。

相比這些習慣了西北黃沙風雪的年輕武人，袁左宗和一撥年少時經歷過春秋戰事的大雪龍騎鐵騎，就要心平氣和許多。

這支鐵騎日夜行軍，在幽州、河州、薊州境內並不刻意追求速度，不過南下中原的時候就變得推進極為迅速，但是北涼邊軍訂立的煩瑣規矩還是雷打不動。

想要組建一支所向披靡的騎軍，健卒、鐵甲、大馬、糧草、軍律、戰場，缺一不可。二十年來，北涼邊騎的磨刀石從來只有北莽大軍，比如涼州遊弩手的對手，絕大多數是董卓麾下烏鴉欄子這等勇悍敵人。這就讓北涼邊軍形成一種很有意思的錯覺，那就是大抵上高估了天下兵馬的整體戰力。

這一點恰恰跟離陽尤其是中原境內所謂的精銳兵馬相反，比如楊慎杏的薊州步卒就一貫瞧不起燕文鸞的步軍，廣陵王趙毅的騎軍就堅信與北涼鐵騎有一戰之力，靖安道的青州軍也從不把北涼鐵騎當回事，曾有領軍主將放出話去，什麼鐵騎不鐵騎的，身上掛幾斤鐵就是鐵騎了？何況北涼那鳥不拉屎的窮地方，士卒披甲的比例能達到半數嗎？

然後當這支大雪龍騎軍一覽無遺地出現在中原視野，朝野上下，閉門閉城、閉營閉關，當然順便還有閉嘴了。

深沉夜幕中，在江南道五彩郡一個叫雙鸞池的風景名勝附近，大隊騎軍停馬就地休整三個時辰，北涼遊騎斥候仍是以一伍成制向四周撒出網去，十里返還。

在偵察游弋之前，每名遊騎伍長都會從標長手上接過一幅地勢圖，繪圖極為精密嚴謹，不但詳細標注出了山川關隘的名字，許多時候甚至就連大小村莊哨所都有記載。顯而易見，這絕對不是臨時搜羅而來的地圖，更不可能從地方官府軍伍那邊借用，那就只能是北涼早就紀錄在邊軍機密檔案的東西。

看那些地圖紙張的新舊，最早也只是三年前左右。這意味著什麼？意味著盤踞西北俯瞰中原已經二十年的北涼邊軍，從未對中原真正地不聞不問！這種不顯於言語和桌面的蛛絲馬跡，讓整支騎軍從斥候到主力，從伍長到將領，從上到下，都出現一種隱忍不發的壓抑炙熱，如雪中架火爐。

大軍寂靜整肅，一行人卻在這個風雪夜緩緩而行，悄然離開駐地，騎馬去往江南名勝雙鸞池那座聲名遠播的千年古剎寒山寺。

一行人正是徐鳳年、袁左宗、徐偃兵三人和兩個當地人。一人是拂水房安插在江南道的諜報頭目，便是徐鳳年也僅僅知道此人化名「宋山水」。

此人年近六十，麻衣草鞋，粗看就如常年田間勞作的老農，但是其人卻是創建拂水房的元老人物，被褚祿山視為心腹。另一人年齡與諜子相當，姓張名隆景，只不過氣韻與前者截然相反，滿身富貴氣，是五彩郡當之無愧的首富，黑白通吃，綽號「張首輔」，寓意其在江南道五彩郡手眼通天，與一朝首輔無異。

張家不算五彩郡的外來戶，只不過真正興起於二十年前，之前只算是一縣之內的豪紳人家。家族在張隆景手上開始飛黃騰達，富貴闊綽之後，不忘反哺家鄉，慷慨解囊資助過近百位貧寒士子，其中十多人如今都已是官品不低的實權人物，最為翹楚的兩位更是分別官至戶部郎中和一州別駕。

為了照顧多年不曾騎乘的張隆景，一行人走得不快，這讓「張首輔」很是忐忑不安。他本來安排了心腹扈從乘車而來，但是年輕藩王臨時起意要去寒山寺賞景，勳貴如北涼騎軍主帥袁左宗也是騎馬而行，張隆景哪敢唯獨自己一人乘車前往。

當年從一個徐家軍中驍勇善戰的青壯校尉搖身一變，在五彩郡浸淫官場二十餘年，很多沙場稜角都已磨掉，何況距離當年香火已經隔了一代人，張隆景更不敢在聲名赫赫的新涼王跟前失了禮儀。

這次洩露身分，為舊主徐家的北涼騎軍資助糧草，子孫滿堂的張隆景並非沒有顧慮。牽一髮而動全身，其實家族內外的方方面面，都起了風波漣漪。近的不說，就說那些張家早年雪中送炭伸出援手的寒庶子弟，如今做成了身著青緋的官員，想必接下來就要一封封絕交信送往張家宅子了，說不定之後最想張家滿門抄斬的人物就是這撥人。

熟稔人情世故的張隆景想到此處，多少還是有些苦澀。但要說後悔，絕對談不上。張隆景比誰都清楚，張家能夠有今天的地位，無論是官場能耐還是江湖地位，此刻身邊這個從未出現在自己面前的老諜子宋山水，這個躲在深沉陰影中的幕後老人，厥功至偉。

張隆景兩腿兩側一陣火辣辣刺疼，一時間有些恍惚。作為老字營騎軍出身，遙想當年跟著大將軍南征北戰，甚至能夠在顛簸的馬背上打瞌睡而不墮馬，更別提無比嫻熟的策馬廝殺。不承想二十年後，就是騎馬出行都如此艱辛，原來自己真的是老了啊。

年輕藩王的言語打斷了這位張首輔的神遊萬里：「張隆景，等我北涼騎軍原路返程的時候，張家跟隨我們遷入北涼的事宜是否會有波折？如果有什麼困難，你現在就可以提出來，未雨綢繆，總好過到時候手忙腳亂。

還有，我醜話說在前頭，北涼騎軍哪怕去了廣陵道戰場，但只要依舊留在中原，一般來說就不會有人敢動你們張家，可如果不遷徙入涼，整個家族就會是四面樹敵的嚴峻局面，別奢望昔年的好友會念舊情，到時候朝廷不出聲，地方官府和當地駐軍也會人心思動，所以你族內若是有年輕子弟心存僥倖，你最好跟他們把道理說明白，如果說不明白，打也要打明白，畢竟一時的家族不睦，總好過以後的家破人亡。

當然，就像跟先前十六個家族那樣，我可以保證張家到了北涼境內後，不敢說日子比在原先地方更愜意，但肯定差不到哪裡去，家族子弟無論從文從武，北涼都會大開方便之門，我已經跟褚祿山和宋洞明打過招呼，官場和軍伍會為你們擠出五十餘個位置，分攤下去，一個家族好歹能分到手三個左右，最低官身也是實權的從五品。」

說到這裡，徐鳳年自嘲道：「從五品，哪怕就算再高一點，其實對你們這些郡望大族來說的確有點寒酸了，所以我也可以私自答應你們，如果不是陵州這種地方駐軍，而是關外邊軍，官階可以再高一級。如果不是涼州官場，是流州衙門，也額外可以高出一級。涼莽第二場大戰在即，這裡頭的利弊權衡，你們自己看著辦。」

張隆景正要說話，徐鳳年突然轉頭笑望著這個二十年不曾忘徐家的老卒，先行開口道：「加上你們五彩郡張家，我北涼騎軍一路行來，整整十七家，都不惜冒著殺頭大罪走到幕前，我徐鳳年很感激你們，也會盡力打贏北莽，讓你們沒有後顧之憂。」

張隆景默然，神色複雜。

張家在五彩郡乃至在整個州道左右逢源多年，這次自己這個家主一意孤行，接下來家族內外的劇烈反彈肯定不會少，但是歸根結底，張家已經在離陽無路可退，已經不是活得滋潤與否的問題，而是要想活，就只能按部就班退往北涼境內。

張隆景近日經常捫心自問，張家子弟在一個全然陌生的地方另起門戶，就算年輕藩王和北涼官場願意開後門，讓家族年輕一輩走條捷徑，可走得順當與否，走得是遠是近，都不好說啊。

老諜子宋山水亦是默然。相比畢竟只是偏居一隅的張隆景，他要知道更多隱祕內幕。事實上北涼鐵騎離開藩王轄境後，沿途被拂水房看顧扶植的家族不是十七，而是二十四！

河州、薊州的四家都毫不猶豫地挺身而出，與朝廷澈底決裂，但是再往南走，就開始有反復之輩。比如江南道北部的兩個家族，一個由於徐家老卒的前任家主去世多年，這次就選擇了裝聾作啞；之後那個家族更是通過官府暗中聯繫趙勾，試圖以此與北涼劃清界限，而後者的老家主尚且健在，其中緣由如何，是貪圖富貴還是顧及子孫前程，不得而知。

之後陸續又有六個家族先後做出類似選擇，宋山水相信越是遠離北涼道，這樣背信棄義明哲保身的家族只會越多。但是讓宋山水奇怪的地方是各地拂水房都按兵不動，原本老諜子以為是將來再收拾這幫白眼狼，但是今夜跟在新涼王身邊親眼見、親耳聞後，心狠手辣的老諜子突然有些吃不准了，直覺告訴自己，應該是從此井水不犯河水的可能性更大些。

斥候出身的宋山水心底有點遺憾，是替北涼感到憋屈。但對北涼尤其是那個年輕人，老諜子其實沒有什麼失望。對於這位當下在離陽如雷貫耳的年輕藩王，宋山水倒是生出幾分本該如此的熟悉感覺。

先前那些戰死沙場的袍澤將士且不去說，對所有活著的人，大將軍徐驍何曾虧待過分毫，何曾斤斤計較過？這麼多年來，北涼境內將種門庭多如牛毛，為惡一方的紈褲子弟何曾少過？

直到大將軍去世之前，都沒有動這些蛀蟲這些家族，只是竭力打造北涼邊軍這支戍守門戶的精銳之師，一次次巡邊，對身後尤其是陵州的烏煙瘴氣，或多或少有些視而不見的嫌疑，最終從頭到尾都信守了早年的那個承諾：「我徐驍他年得了富貴，就要保著手底下老兄弟們跟著我一起享福！」

是不是如果涼莽不打仗，新涼王徐鳳年就不會在陵州官場大動干戈？

原本老諜子對此事很好奇，但是現在偏偏問不出口。

至於北涼鐵騎有沒有下次的南下中原，新涼王有沒有坐龍椅的念頭，老諜子不知為何突然想都不想了。

在接下來新涼王和袁統領的閒聊中，兩個老人得知當下不但薊州大軍南下阻截，兩萬蜀地精銳也出蜀向東追擊，而且位於中原腹地的靖安道那邊似乎也蠢蠢欲動。

一旦爆發戰事，真正負責阻截北涼鐵騎的主心骨，兵部侍郎許拱一定會精心挑選一個不利於騎軍展開陣形的地方。

在張隆景眼中，離陽朝廷這是要請君入甕啊。

張隆景不得不憂心忡忡，因為他畢竟已經遠離徐家鐵騎二十來年了，甚至沒有見過涼州虎頭城、幽州葫蘆口、流州青蒼城。

老諜子破天荒主動跟並駕齊驅的張隆景開口聊天，壓著嗓音問道：「怕了？」

被揭穿心事的張隆景沒有惱羞成怒，只是嘆息道：「不是怕，只是擔心而已，擔心虎落平陽。」

老諜子嗤笑道：「虎落平陽被犬欺？虎嘯中原，有個屁的犬吠？」

張隆景悻悻然。

前頭突然傳來年輕藩王的溫醇嗓音：「老宋，馬屁我收下了，但是不保證你能在拂水房升官，那是褚祿山的地盤，他說話比我管用。」

習慣了喜怒不露形色的老諜子嘿嘿一笑。

張隆景轉頭瞪了眼坑了自己一把的老渾蛋：「姓宋的，這輩子都甭想我請你喝回酒！」

貌不起眼的老諜子輕輕回了一句：「我這輩子就待在這裡不挪窩了，你張首輔就算想請也沒法子。」

張隆景好奇問道：「為啥不回？」

老諜子扯了扯嘴角：「年紀大了，留在中原，靠著積攢下來的那點經驗，說不定還有點用處。去了關外戰場，丟不起這張老臉，怕被北涼邊軍的後生看低了我們徐家老卒。」

張隆景無言以對，唯有嘆息。

突然，老諜子扯開嗓子喊道：「王爺，容我再拍一次馬屁？」

前方年輕藩王轉頭笑道：「但說無妨，不過說破天去，還是沒賞的。」

老人稍稍挺直了腰杆，已經二十年沒用真名的諜子報出了那自己都快遺忘的三個字，說道：「如果我宋和田能夠年輕二十歲，就跟著王爺一起殺蠻子去！就像當年跟著大將軍，每次趕赴戰場，只有一個念頭，戰死之時身邊皆袍澤，又有活下去的兄弟幫忙活著，死了不虧！」

徐鳳年繼續騎馬前行。

但是袁左宗漸漸放緩速度，摘下腰間佩刀，拋過去，笑道：「老宋，王爺這趟已經送出去不少新涼刀，這次出行也沒帶，就當我替王爺送你的。」

老諜子接住那柄在北涼關外殺了三十萬北莽蠻子的涼刀，燦爛笑道：「袁統領，刀我不要，一個見不得光的諜子，用不著，留著也不合適。」

張隆景一頭霧水納悶道：「那你抱那麼緊作甚？」

只見老諜子小心翼翼將那柄戰刀懸在腰側。

老卒佩新刀。

只聽老人沉聲道：「就讓我這個老卒，懸佩涼刀十里路也好！」

◆

徐鳳年一行人來到山腳。登山臺階有一千零八級，張隆景下馬後介紹說這條燒香路又有「無憂路」的說法，煩惱再多的香客，走完這條山路也就沒有煩惱了。

不過張隆景笑著添了一句：「要我看啊，就是累的，就算有煩憂也顧不上了。」

徐鳳年聞言後微微一笑，張隆景隨後感慨道：「離陽滅佛，好好一座歷史悠久的千年古剎，如今被一個跟官府走得很近的道士霸占了去，這會兒寺裡僧人都跑光了，當時那道士領著官兵去封寺，結果寺內僧人連一本古籍也沒能帶走。

咱們郡內的郡守大人原本並不崇尚黃老，早年就連別號也跟佛家有關，跟文林大家的詩詞唱和，署名都是那個『逃禪老翁』，這次朝廷一紙令下，立馬就變成了虔誠通道之人，別號也跟著換成了『清淨老人』，據說前不久還跟京城裡的大真人吳靈素成功攀上了關係，去年在刺史大人那邊的政績考評得了一枝獨秀的『上』，這不很快就有傳言要去京城禮部當大官了。」

牽馬而行的徐鳳年皺眉道：「前頭山門是不是有座石坊，題刻有『佛在當下』？」

張隆景點頭笑道：「王爺果真學識淵博。前邊以前的確是有座石坊，那題刻和對聯更是出自前朝大奉書聖之手，是一等一的好東西，可惜這次道士占了地盤，也不知是誰是何緣由，推倒了石坊，王爺這趟是見不著了。」

徐鳳年嘆息，無奈道：「徐驍當年在這裡有過些故事，這次經過五彩郡剛好順路，就想著能不能碰碰運氣，見到那個曾經要徐驍『放下屠刀』的老和尚。算了，咱們回吧。」

張隆景感慨道：「竟然還有此事？真是可惜了，早知道屬下當年就該為寒山寺多添幾萬兩香油錢。」

徐鳳年一笑置之，上馬後原路返回，只是在遠處小路邊依稀有燈火搖曳，這在之前路過的時候是沒有的景象。

老諜子宋山水出於本能，立即就心生警覺，但是很快就釋然。不說王爺是站在江湖之巔的武評四大宗師之一，那袁統領和充當貼身扈從的徐偃兵，誰敢惹？這兩位高手哪怕單個拎出來，你朝廷不出動七、八百兵馬估計都沒臉跑來打招呼吧？

徐鳳年從來都有過目不忘的天賦，先前瞥了眼，燈火搖曳處，是岔路口上一座破敗的土地廟，放緩馬蹄，結果看到一個衣衫破舊的戴帽老人站在路邊，手裡提著一盞油燈，身旁跟著個睡眼惺忪的小孩子，也跟著戴了頂不值錢的皮帽。

袁左宗放下了心，原本以為是深藏不露的世外高人，現在細看氣韻，就是個普普通通的遲暮老者，只不過比起同齡人的體魄稍稍結實一些。

徐鳳年沒有下馬，身體前傾，語氣溫和地問道：「這位老丈，是有事嗎？」

老人終究是上了年紀，眼神不太好使，又是夜色中，於是高高提了提油燈，然後笑了：「公子可是姓徐？」

徐鳳年愣了愣，反問道：「老丈可是寒山寺舊人？」

老人微笑點頭。

徐鳳年在張隆景和宋山水的驚訝中迅速下馬，來到老人孩子身前，從懷中掏出一本小心用絹布包裹的佛經，說道：「當年大師借給我爹這本佛經，如今已經借閱了將近二十年，也該物歸原主了。」

老人也沒有客氣，接過了佛經，然後說了句讓張隆景大失所望的俗人俗語。

只見那老人一手提燈，一手摸著身邊孩子的帽子，笑問道：「徐施主能否施捨貧僧幾兩銀子？今日米缸已無粒米了。」

徐鳳年頓時有些為難，北涼鐵騎一路南下，什麼都不缺，唯獨缺了這無關緊要的黃白之物。

五彩郡的財神爺張隆景更是目瞪口呆，他可不是那種恨不得出門身上掛滿黃金的暴發戶，便是把玩玉件，不價值個千兩銀子那都入不了眼，這次錦衣夜行當然也不會攜帶金銀。好在老諜子從身上摸出幾兩銀子，徐鳳年接過以後就交給了那個頭頂皮帽為取暖更為遮掩的寒山寺老和尚，準確說來是江南名剎的老住持法顯和尚。

老僧也沒有那種一般和尚雙手不沾銀錢的顧慮，堂而皇之地收入袖中，有些不加掩飾的笑意。

老人身邊的小和尚更是眉開眼笑，有了銀子就有柴米油鹽，就能不挨餓，怎能不開心？

老和尚收起銀子後，感慨道：「朝廷有旨，中原各地不容寺廟僧侶，寒山寺也不例外。有人還俗有人遠遊，貧僧也曾想過去西北化緣，只是年邁不堪，身邊又有這個新收的弟子，實在年幼，與貧僧是一般的腳力孱弱，這就耽擱下來了。後來一想，去不去北涼都無所謂，到了北涼，不過是一個老和尚得了安身之地，不去北涼，說不定貧僧還能多遇幾個有緣人，得了安心之地。」

徐鳳年誠心誠意道：「大師，我可以派人送你們師徒前往北涼，等到世道太平些，只要大師那時候還想返回中原，北涼一定也會護送大師出行。」

老和尚笑著搖頭道：「徐施主無須如此大費周章，佛緣在何處即是何處，莫要強求。」

徐鳳年也沒有強求，也知道強求不得，只得笑道：「我爹經常提起大師，說大師是真有大佛法的得道高僧，他很佩服。」

老和尚哈哈大笑：「徐小施主打誑語了啊，雖然只有一面之緣，可貧僧如何不曉得徐老施主的脾氣？能不罵貧僧是個不識趣的老禿驢就很好了。」

徐鳳年啞口無言，不說心中所想，徐驍的確每次提起這個寒山寺的老和尚，都是一口一個老禿驢的，私下更給老住持取了個「屠刀和尚」的綽號。當年那樁事情的大致經過，徐鳳年年年少時聽娘親說起過。

法顯和尚出身豪閥世族，在西楚曾官至吏部員外郎，辭官掛印後先入了道門，卻不是在那大山名觀裡頭修行，而是挑了個僻遠小山頭結茅隱居多年。後來不知為何就皈依了佛門，據說與寒山寺上任住持有過一場辯論，在世人眼中莫名其妙就一步登天當上了住持。

當年徐家鐵騎馳騁中原，馬蹄過處，戰火不斷，別說老百姓畏懼那頭出自東北的遼東虎，就是中原各國大軍主將都要談虎色變，唯獨法顯和尚拿著一本佛經孤身一人跑到了徐家軍營，要當時如日中天的人屠徐驍放下屠刀。

如果不是吳素攔阻，這個和尚不說什麼人頭落地，恐怕少不了一頓棍棒伺候。有媳婦在一旁盯著，徐驍只好捏著鼻子接過那本佛經，心不在焉地跟那個和尚雞同鴨講地聊了幾句，然後就讓人趕緊禮送出營。

張隆景能夠當成五彩郡的「張首輔」，在一州之內都是數得著的富家翁，何等油滑，見縫插針說道：「大師，我家也有很多人是吃齋念佛的，最近需要做幾場佛事……」

耐心等到張隆景說完滴水不漏的那套措辭，老和尚這才緩緩開口道：「施主好意貧僧心領了，只可惜在施主家做的，可不是佛事啊。」

就在張隆景以為這件事情澈底黃了的時候，不承想老和尚話鋒一轉，笑咪咪道：「不過去還是要去的，萬一碰上有緣人呢？」

袁左宗和徐偃兵面面相覷。

徐鳳年對此沒有什麼詫異神色，由衷惋惜道：「這次朝廷滅佛，原因複雜，我就不說這種糟心事了，但我真的希望大師能夠給更多人說佛法。」

提燈吃力的老和尚換了一隻手提著油燈，心平氣和道：「貧僧說不說佛法是一回事，說給多少人聽又是一回事，有幾人聽進去佛法則又是一回事。這天下有無佛寺，有無佛像，有無佛經，有無僧人，甚至有無佛，有無西天，其實都不是最重要的。」

老和尚停頓片刻，看著眼前的年輕人：「只看眾生心中，有無那方寸地來擱置佛法。佛法在，寺在，僧在，佛在。沒了佛法，哪怕天下眾生皆是僧人，又有何益？」

徐鳳年點了點頭。

老和尚所說的這個道理有些大，但是大道理只要有給人落腳之地，就是真道理。老和尚嘴裡的於方寸地放佛法，就是極大和極小之間的棲息地。

以前徐鳳年痛惡誇誇其談的讀書人，厭煩那些測字卜卦的算命先生，如今回想起來，大概都是因為受不了那種落不在實處的言語，尤其是前者，知其然不知其所以然，好像是反正道理我已經說與你聽了，接下來如何做就是你的事情了。

還是世子殿下時，徐鳳年就對所謂的文人文臣意見頗大，只是在世襲罔替前後，哪怕有過兩次入京不怎麼痛快的經歷，對離陽讀書人的印象卻越來有所改觀。這中間有王祭酒、黃裳、韓谷子、齊陽龍等，這些是對北涼並不一味敵視的大人物，當然還有張巨鹿、桓溫這些對北涼一直存有削藩之心的廟堂砥柱，然後徐鳳年就開始思考一個問題，是不是等到年輕讀書人越發年長，閱歷越豐，一樣能夠成長為值得任何人敬佩的朝堂棟梁、一國風骨所在？

法顯和尚看了幾眼徐鳳年身邊的人，收斂了和煦笑意，淡然問道：「徐施主，北涼已經揭竿而起，是要決心造反了？」

徐鳳年搖頭道：「不造反。」

戴著皮帽不穿袈裟故而不顯僧人身分的老和尚，有些訝異地「哦」了一聲，繼續問道：「王爺這是領旨平亂？」

徐鳳年仍是搖頭道：「太安城的聖旨有是有，但我肯定見不到，大概現在臥病在床的兩淮道節度使蔡楠和經略使韓林都已經收到聖旨了。」

老和尚皺眉問道：「那麼廣陵道需要北涼騎軍幫朝廷大軍平叛？」

徐鳳年繼續搖頭道：「不需要。如果需要，我身後就不是一萬北涼騎軍，最少也該加上兩萬幽州步軍。」

對話到了這裡，袁左宗瞇起眼，殺機深重。

老和尚「哦」了一聲後，面無表情地接連問了三個問題：「北涼在不在離陽版圖？北涼百姓是不是離陽子民？北涼邊軍是不是離陽軍伍？」

徐鳳年也是面無表情地點頭說道：「皆是。」

提著那盞油燈的老和尚站在夜幕中，沉默許久，問道：「敢問北涼王，離陽三任皇帝，可有無道昏君？」

徐鳳年笑了笑：「不但沒有，且不管徐趙兩家私怨，公允而言，平心而論，離陽趙室三個皇帝都是史書上屈指可數的有道明君。趙禮雄才偉略，猶勝離陽開國皇帝；趙惇治政之勤勉，容人之量，亦是千年罕見；趙篆志存高遠，卻無眼高手低之嫌，給他十年太平世道，天下定然海晏河清。」

老和尚哂笑一聲，然後突然笑容消散，重重說道：「咄咄怪事！」

徐鳳年雙手插袖緩緩道：「大師一定奇怪為何大師你作為西楚遺民，作為被封山毀寺不得不在山腳土地廟棲身的和尚，尚且能夠心平氣和看待如今世道，為何我徐鳳年堂堂西北藩王，會為一己之私帶兵南下。」

老和尚凝視著這個年輕人，看他雙眼而不看臉：「王爺可是有難言之隱？」

徐鳳年自嘲道：「有，但對所有人來說，不值一提。」

老和尚輕輕提了提手中油燈：「當真不值一提？貧僧年邁昏聵，不提油燈便認不清路，看不到人，見不著你，是不是同樣不值一提？也許天底下所有人都是，恰恰貧僧此時此刻便不是。」

徐鳳年欲言又止。

老和尚好似自言自語道：「這個世道很古怪，北涼那個貧瘠地兒，當年必須要徐家麾下的虎狼之師來守，必須是徐驍坐鎮才能震懾北莽，否則不說別人，就連顧劍棠也守不住。同時削藩是大勢所趨，若是徐家僥倖勝了北莽，再想削藩就難如登天，任你先後兩任北涼王本人如何想，難保那些嫡系心腹的部將推波助瀾，一心想要做從龍之臣做那扶龍之功，所以離陽趙室的皇帝，對北涼對徐家，就很為難。貴為天子，卻只能任由文武百官和讀書人罵人，可北涼鐵騎就只能是姓徐，雷打不動。後來一個姓張的讀書人當了大官，就想出一個法子，讓北涼和北莽相互消耗，最好是魚死網破。」

徐鳳年笑著說道：「對，在朝廷看來，就是狗咬狗。」

老和尚瞥了眼年輕藩王。

徐鳳年坦然道：「若說是我徐家連累得朝廷不把北涼百姓當離陽百姓，我認，徐驍也認了。」

老和尚開始沉默。

徐鳳年站在那裡，有些出神：「退一步說，是我徐家害得北涼邊軍慷慨赴死，卻無法彰顯其勇烈，我也認。」

一個年輕藩王、一個年邁和尚，雙方言談到了這一步，老諜子下意識伸手按住腰間涼刀，但是袁左宗輕輕按住了老諜子的手臂，朝這個面露憤慨的老人搖了搖頭。

徐鳳年像個鄉間耕作的年輕青壯在和一個長輩嘮叨著莊稼收成，言語中沒有任何憤懣不平，更不會有半點壯懷激烈，就是拉著家常而已，就像是說天色將雨趕緊把曬穀場的糧食收了吧，今春多雨今年怎麼都該比去年多幾擔子米吧。

他輕聲說道：「北莽南下中原之路，離陽以前，自古以來大抵有兩條可以選：一是入北涼占西蜀，以西向東，居高臨下；二是由薊州門戶南下，直插中原腹地，故而有三次進入大奉王朝京畿之災。

如今道路有三，除了攻打北涼薊州，還多出一個兩遼。原因很簡單，離陽京城太靠北面，皇帝趙禮當年以君主當守邊關國門為理由，駁回了京城南遷廣陵江一帶的提議。所以按照常理，北莽大軍叩關遼東，只要獲勝，便可直撲太安城，幾乎算是一勞永逸之舉。」

老和尚笑咪咪道：「王爺，可以說『但是』兩字了。」

這次不但是老諜子必須被袁左宗強行按住才沒有拔刀砍人，就連始終冷眼旁觀的徐偃兵都開始眉頭緊皺，隱約有幾分怒氣。

徐鳳年不動聲色道：「但是，有北涼三十萬邊軍，最重要的是十數萬精銳騎軍的存在，當然也因為有傾半國之力打造出來的兩遼邊防工事，兩者並存，才讓北莽不敢輕舉妄動。一旦攻打太安城一月不下，北涼騎軍就可以薊州為核心的北方邊境線作為糧草支撐，以最快速度長途奔襲至遼東，如此一來，北莽大軍就只能作困獸之鬥，等到離陽南方各路勤王大軍趕至，北莽絕無一分勝算。

至於說北莽大軍從中間的薊州作為突破口，估計只會紙上談兵的鄉間秀才，都知道那是傻子才做得出的舉措。那麼，是不是說我們北涼邊軍對離陽、對中原就是責無旁貸，就是功不可沒了？」

老和尚反問道：「以此推論，難道不是？」

徐鳳年笑道：「不是，也是。關鍵就在於不管是朝廷還是北涼，都認為北涼鐵騎只是徐家的私軍，只認徐字王旗，不認聖旨，不認趙家天子。那麼接下來有一個問題就擺在了徐趙兩家的桌上，沒有哪一方繞得開。

徐驍當年就想過這個問題，自己的長子，如果是個既不隨他爹也不隨他娘的繡花枕頭，那麼能不能去太安城，當個不管風吹雨打的享樂駙馬？或是去中原內地隨便換一塊藩地，做個太平王爺？

我想離陽先帝趙惇更想過這個問題很多次，那就是在北莽先和北涼死磕，且保證北涼軍權安穩過渡的前提下，能否為桀驁不馴的北涼換一個姓氏，換一個東家？中原朝野上下很多人都說春秋戰事，換成只是出道比徐驍晚些的顧劍棠，一樣能夠滅掉六國，不過因為離陽之外的春秋八國，早早被徐驍滅掉了六個，他顧劍棠就只能無可奈何地跟在徐家大軍屁股後頭撿漏。

那是沒法子的事情，誰讓他比徐驍年輕十幾歲，投軍入伍也就晚了十幾年，否則大將軍顧劍棠絕對不僅僅止步於兩國之功，大師此時也許又要忍不住問『難道不是』了吧？」

老和尚忍俊不禁，哈哈大笑。

便是那個從頭到尾聽得雲裡霧裡的小和尚，也覺得有趣。

袁左宗會心一笑，徐偃兵也鬆開了緊皺的眉頭。

徐鳳年嘆了一口氣，嘴角有些笑意，有些罕見的驕傲，自顧自搖頭道：「答案是，也不是。換成顧劍棠，他就打不贏西壘壁戰役，更打不下當時戰敗後並非沒有一戰之力的西楚。」

老和尚不置可否，顯然將信將疑。老人雖是西楚遺民，可是畢竟很早就辭官做了遠在江湖的散人，起初又是喜好清談不善兵事的文官，對於那場無比壯烈的兩國之戰，苦痛極深，可是見解未必深刻。

徐鳳年忍著笑，說道：「打不贏西壘壁戰役，當年是顧劍棠自己說的，而且是四下無人之時，親口跟徐驍說的。」

有些尷尬神色的老和尚下意識抬起手臂，似乎是想要去摸一摸那顆光頭，但只摸到了那頂破舊皮帽。

徐鳳年突然問道：「大師先前為何說永徽初的西北重地，只有徐驍能守？」

老和尚沒有藏藏掖掖，說道：「是先前江南道姑幕許氏，龍驤將軍許拱與貧僧說的一番心裡話。貧僧是知其然不知其所以然，借來一用而已。」

徐鳳年苦笑道：「實不相瞞，這次攔阻北涼鐵騎前往廣陵，兵部侍郎許拱正是領軍大將。」

老和尚啞然。

徐鳳年轉移回先前話題：「我第一次遊歷江湖的時候，趙勾有過多次刺殺，至於之前北涼王府那邊最早發生的幾次暗殺，沒有趙勾的佈置，我相信大師也不會相信。」

老和尚點了點頭，對此事倒是深信不疑。

徐鳳年笑道：「我也是之後以世子身分入京，才知道當時的皇后、如今的皇太后，私下攔阻過趙勾。」

「這又是為何？」

「就她個人而言，大概那會兒，她覺得徐趙兩家的香火情還剩下一些，又或者是對當年的京城白衣案，難免有點心懷愧疚吧。但是真正的癥結所在，是她考慮得更為長遠，也更有利於國家社稷，那就是北涼有個紈褲子弟的世子殿下，有個有機會做朝廷傀儡的徐家嫡長子，遠比徐驍一怒之下就乾脆造反了來得好。

其實那個時候，她和她那個坐龍椅的男人，有很大分歧。先帝趙惇一直希望北涼姓陳，希望他極為欣賞的白衣兵聖陳芝豹，為他趙家鎮守國門。但皇后趙雉除了對陳芝豹偏偏十分忌憚之外，還有私心，那就是在壞了離陽趙室立長不立幼的情況下，讓嫡長子趙武封王就藩於北涼，去北字、留涼字，成為一字並肩的涼王。到時候兩個親生兒子，一個坐龍椅、穿龍袍君臨天下，一個讓其揚鞭大漠，也算是一種對趙武做不成皇帝的補償，皆大歡喜。」

徐鳳年接著說道：「大師，我問你，你覺得我如果暴斃了，徐驍也去世了，或者是差不多的情形，我不樂意在關外折騰，只想著去京城去中原過太平日子，而且徐驍也答應下來，那麼假設北涼武將沒有大亂內訌，換成顧劍棠以大柱國、大將軍的身分到北涼領軍，會是如何的光景？」

「貧僧雖然不知兵事，但覺得會是一件好事。顧劍棠率領北涼邊軍死戰到底，朝廷也能承諾讓顧劍棠死後追封為王，不過大概不會世襲罔替，否則就是第二個徐家了，畢竟貧僧還知道軍心一事，是靠不斷打仗打出來的，也是靠死人死出來的。」

「對，這的確是最好的結局。然後我退回一步，來說我和徐驍同時不在人世，北涼武將會不會服從顧劍棠的管束？」

「這個……貧僧不敢妄下斷言。」

夜色深深，陷入寂靜。

袁左宗淡然道：「大師能否信得過我袁左宗會說幾句持平之言？」

老和尚有些訝異，笑道：「原來這位就是妃子墳一役的袁白熊袁將軍！你且說，貧僧信得過。」

袁左宗緩緩道：「在義父和王爺都放話嚴令不許生事的前提之下，只說北涼那撥『老人』的話，我袁左宗會離開北涼，有可能遠赴西域，此生再不入北涼中原半步。其餘兩個義子，褚祿山會在流州一帶自立為王，甚至有可能在義父死後直接投奔北莽；而齊當國會脫去鐵甲，給王爺當個家丁扈從。

北涼邊軍騎步大軍的那些主帥統領中，燕文鸞也許會直接跑去清涼山拚命，就算不去，多半也會活活氣死，沒氣死也會閉門不出。陳雲垂、周康、何仲忽等人，全部離開邊軍。青壯武將中，劉寄奴、胡魁、石符、寧峨眉、王靈寶、李陌藩等，幾乎都會負氣離開邊軍。到最後留在邊軍的，老人不用想了，只有曹小蛟之流，還算能用。

這些人一走，顧劍棠哪怕把所有春秋舊部一股腦帶往北涼，哪怕三十萬邊軍的框架還在，我想戰力也不到原先一半。也許大師會覺得一半戰力也是十五萬兵馬，加上蔡楠大軍，加上某人的西蜀，再加上漕糧支持，以及源源不斷的中原援兵，例如青州軍，甚至可以調動京畿大軍趕赴西北，說到底還是有機會拖住北莽大軍，慢慢耗盡北莽國力，是不是？」

老和尚今夜是第三次說此語了：「難道不是？」

袁左宗深深呼吸一口氣，冷笑道：「是？當然不是！要知道這次涼莽大戰，我北涼也是僥倖才贏了北莽！怎麼，大師一聽說北涼只死十萬，北莽死三十萬，就覺得勝得輕而易舉了？不妨告訴你實話，當時三線作戰的北涼，只要一條戰線崩潰，那就是全線皆敗的境地，到時候北涼死的可就不是十萬，而是整個三十萬邊軍再加上三十萬都不止了！」

徐鳳年抬頭望著夜色，用自己才能聽見的細微嗓音喃喃道：「只死十萬。」

袁左宗有些意識到自己的失態，盡量恢復平靜語氣：「但是這些都不是真正的死結，真正的隱患是……」

徐鳳年直呼其名打斷袁左宗的言語：「袁左宗！」

袁左宗閉嘴不言，甚至直接擺出閉目凝神的姿態。

◆

一場偶然相逢，有些意猶未盡，同時算不上盡歡而散。

五騎緩行，袁左宗突然笑道：「心裡舒服點了？」

徐鳳年閉眼用力呼吸了一口氣，好似有那春寒獨有的沁人心脾，微笑道：「一口氣把滿肚子牢騷都倒出來，整個人舒服多了。在北涼就沒法子這麼說，畢竟跟著我的都是受氣的人，尤其是二姐和徐北枳這幾個，沒把我當出氣筒就算很厚道了。」

袁左宗笑了笑，但是很快有些隱憂：「因為兩淮邊軍的潰敗，又有靖難的旗號，咱們這一路南下都還算安生，可接下來薊北精騎、西蜀步卒和青州兵馬會合在即，加上離著廣陵戰場越來越近，吳重軒的北疆大軍虎視眈眈，恐怕很快就會有人要跳出來噁心人，以便取媚朝廷，雖不妨礙大局，但終究是麻煩。」

徐鳳年搖頭道：「既然決定南下，就不再奢望以後在中原會有什麼好名聲。」

徐偃兵調侃道：「王爺這兩年，好不容易幫著北涼攢出一點口碑，多半又要被打回原形了。」

徐鳳年撇嘴道：「這種事就不是個事。」

徐偃兵嘖嘖道：「這話，不愧是北涼王說的。」

袁左宗附和道：「不愧是武評大宗師說的。」

老諜子和張隆景異口同聲道：「是啊！」

徐鳳年板起臉道：「放肆，都給本王拖出去斬了！」

一陣爽朗笑聲，在夜幕中傳得格外悠遠。

◆

作為佛教祖庭之一，寒山寺一直以「寺小佛大」而著稱於世。不同於當年兩禪寺的占地廣闊和僧人眾多，寒山寺在歷史上僧人最多也不過百餘人。

作為開宗三祖之一的寬心和尚，在大奉王朝受到歷代君王公卿的推崇，大奉末代皇帝更是對其尊稱為「肉身菩薩」，如今佛門念珠的由來也是寬心和尚最早提出的黃豆計數。

這座古寺在硝煙四起的春秋戰事中都能逃過一劫，保存完好，但是朝廷只是一紙令下，就這麼毀於一旦。

待那五騎消失在夜色之中，老僧法顯讓小和尚提著油燈先行返回土地廟睡覺，老人則沿著一條夜露浸靴的小路獨自散步，如同一個在荒野逛蕩的孤魂野鬼，過了約莫半個時辰才回到土地廟。

不同於先前的小廟冷寂似那墳塋，此時的土地廟竟然在短短半個時辰內變得張燈結綵，輝煌大氣，竟有了幾分王侯人家的富貴氣韻，石階鋪錦火爐添炭不說，有一位風流倜儻如謫仙的中年人坐在爐邊，身邊更有數位貌若天仙的女婢殷勤伺候著。

老僧卻是見怪不怪的神情，走上臺階，蹲在火爐邊伸手烤火取暖。

那中年人姿容如畫中人，柔聲問道：「如何？」

老人摘下皮帽放在膝蓋上，輕聲道：「比他爹聽得進道理。而且自己講起道理來，也一套一套的，娓娓道來，總之，比他爹徐驍要強。」

老人抬起頭，看著這個幾乎可謂春秋碩果僅存的謀國之士：「納蘭先生，你真要挑動江南道士子和江湖人跟北涼騎軍對著幹？就不擔心弄巧成拙？我覺得那個年輕人並非可以隨意愚弄之輩。真不怕過猶不及？」

被法顯和尚稱呼為納蘭先生的中年人低頭撥弄著炭火，面如冠玉，煥發出一種美不勝收的光澤，答非所問：「你們佛家有十六觀想，可有觀自身一說？好像沒有吧，捨身都來不及，何用觀想。」

老和尚無奈嘆息道：「你啊，比貧僧還像個和尚。」

納蘭右慈冷笑道：「法顯，別忘了當年你本該也是洪嘉北奔中的一枚重要棋子，本該去北莽南朝擔任佛頭，你當時自己也點頭答應了，可臨了反悔，這筆帳，那人可以不計較，我心眼可沒他那麼大！」

老和尚摸了摸自己的光頭：「沒法子啊，當年在儒家書本裡找不到歸處，之後在黃老學說裡也無法安身，原本是臨時抱佛腳，跟隨眾人一起逃個禪而已，不承想逃著逃著，就真把異鄉當家鄉了。既然真當了和尚，那就不該再去理會俗事了。」

納蘭右慈怒色道：「俗事不理，俗世也不管？天下蒼生也不顧？」

老和尚笑呵呵道：「身在俗世，一副皮囊丟在此生而已。眾生自有眾生福，眾生自有眾生苦……」

納蘭右慈猛然站起身，怒喝道：「大伯！」

老和尚凝視著那盆炭火，眼神恍惚。

納蘭右慈憤憤道：「曹長卿暗中聯繫南朝遺老，甚至連王遂和顧劍棠都被他說動，許諾西楚成事之後，准許王遂復國東越，允諾顧劍棠成為天下第一人，而不僅僅是那個徐驍吃剩下不要的離陽大柱國。一旦平定中原和吞併北莽，更答應西楚姜氏只存一世，然後姜姒禪讓，換由顧氏子弟做皇帝。這就是曹長卿心中既定的春秋大收官！」

老和尚喟嘆道：「眾生大苦啊。」

納蘭右慈站在臺階上，抿起嘴唇，眼神陰沉。

老僧已經不再稱呼這位昔年家族內的晚輩為先生，而是直截了當問道：「你這麼逼著徐鳳年跟朝廷對立，逼著中原視北涼為寇仇，是在為燕剌王趙炳還是世子趙鑄謀劃？」

納蘭右慈臉色冷硬，沉聲道：「只要將來北莽喪失南下的國力，手握雄兵的徐家不容於離陽，形同藩鎮割據的北涼不容於天下，是大勢所趨，兔死狗烹一事，換成任何一個人當皇帝，都會做，別說是當今天子趙篆，就是我納蘭右慈輔弼的趙鑄登基稱帝，哪怕他和徐鳳年自幼便是相交莫逆的換命兄弟，到時候只要徐鳳年還是北涼王，北涼的處境，一樣不會有絲毫改觀，說不定比這二十年還要更差。如今離陽拿北涼鐵騎沒辦法，不意味著五年、十年後，依舊束手無策。」

法顯和尚翻了翻手掌，手心換成手背烤火：「算計得頗為長遠，連徐鳳年與你那位年輕謀主的交情都算在裡頭了，但是我問你，兔死狗烹，是做皇帝的道理，那麼狗急跳牆，算不算也是道理？」

老和尚不等納蘭右慈說話，繼續說道：「這次北涼為何不是出動左右騎軍南下中原，偏偏是北涼鐵騎的主心骨大雪龍騎軍，是這支萬人騎軍深入腹地？是那年輕藩王意氣用事，想要逞徐家的威風，跟中原這個鄰居擺闊氣？想來不是吧！

徐家在西北關外二十年，就跟北莽蠻子打了二十年的死仗，從未覬覦過中原，以前是，以後還是。尤其你先前所說暗中依附北涼的二十個家族，正大光明地出現在朝廷視野之中，如此說來，北涼何嘗不是告訴太安城，此次出兵並非造反？打著靖難旗號是退一步，如此一來又是再退一步，北涼的分寸，一覽無遺。

現在你納蘭右慈要壞了雙方分寸，所作所為，就不怕減少徐鳳年和趙鑄的香火情？到時候趙鑄圖窮匕見，真當徐鳳年不會一怒之下，就反了？要知道那時候北莽多半也打殘了，中原之鹿死誰手，說不定徐鳳年的北涼鐵騎已經可以放開手腳一搏了……」

老和尚驟然停下言語，緩緩轉頭，滿臉震驚地望向身邊那個修長身影：「你……你納蘭右慈是想讓徐鳳年當皇帝？」

納蘭右慈沒有承認也沒有否認，開始捧腹大笑。

納蘭右慈伸出兩根手指，輕輕撚動垂下耳鬢的一縷長髮，咬牙切齒道：「李義山的唯一弟子，怎就當不得皇帝了？」

老和尚低頭喃喃道：「瘋了，瘋了，瘋了……」

◆

當時，等到被人打量的兩淮經略使韓林醒來的時候，已經是在返回經略使府邸的路途中，這位官至正二品的封疆大吏躺在車廂內，坐起身後靠著車壁怔怔出神。

他有很多事情想不通，就像當年想不通為何恩師在人才薈萃的張廬裡，沒有挑選趙右齡、殷茂春，只挑了個明顯沒有宰相器格的王雄貴作為接班人。現在這位被朝廷寄予厚望的韓大人，一樣想不明白為何漕運一事已經有了眉目，朝廷那邊已經鬆動，那個年輕人就要親自領兵南下去蹚渾水？

藩王靖難平叛是義務不假，可如今皇帝還沒有淒慘到連一道聖旨都送不出京城的地步，你北涼騎軍怎麼就敢擅自離開轄境？韓林也想不明白為何沒有交情私誼的節度使蔡楠，要他抽身而退，得以安然遠離這場足以讓仕途夭折的滔天風波，而不是把他拖下水一起遭殃。

只有等到這一刻，在京城官場步步高升的韓林才明白一件事，讀書人不管學問多寡，和那幫沙場武人終究不是一路人，因為你永遠不知道他們下一步會做出什麼驚人之舉。

韓林掀起車簾子望著外頭的白茫茫積雪，透體生寒。

對蔡楠有些愧意，對不守規矩的北涼王則有恨意。

韓林想著如果蔡楠這次大難不死，即便擔著被朝廷猜忌的風險，也要跟這位顧劍棠舊部大將把酒言歡一番。只是韓林很快有些落寞，在那樣聲勢浩大的鐵騎衝殺之下，身為主將，蔡楠豈會不死？

韓林輕輕嘆息，然後眼神堅毅起來，他下定決心，蔡楠的家人，只要他韓林在兩淮為官一日，就要照拂他們一天！

但是此時經略使大人肯定想不到，蔡楠其實並未戰死，而是重病在床昏迷不醒了很多天，那張床不在蔡家宅子，就在大軍營帳之中，足可見受傷之重，已經到了禁不起一點點馬車顛簸的恐怖地步。

以至當從京城一路「趕到」河州宣旨的司禮監太監，捧著那道犀牛角軸的聖旨進入營帳之時，也聞到了那股撲鼻而來的濃重藥味，以及那種無法遮掩的血腥氣。

其實在掀開簾子之前，這名太監就已經看到那些節度使大人的妻兒，一個個倉皇淒然，既有擔憂一家主心骨生死不知的惶恐，更有擔心朝廷雷霆大怒降下罪責的忐忑。

一路行來，那些個大軍營帳景象，大多雖是驚鴻一瞥，但那份人人失魂落魄的哀鴻之景，作不得假，是打了大敗仗，並且一定是慘敗的那種哀軍。

作為太安城皇宮內資歷並不算最老那一輩的司禮監八名隨堂太監之一，尋常情況下為正二品邊關大員的傳諭宣旨，還遠遠輪不到他，但是這次宣旨，顯然是一樁各位大紅蟒袍大人物心照不宣的惡差事。

司禮監掌印宋堂祿不可能離開天子身邊，作為二把手的秉筆太監，按律只會捧起那些羊脂白玉軸子的聖旨，否則也太跌份兒，接下來就是名正言順的隨堂太監了。八人之中，就數他這個可憐蟲資歷最淺，靠山最低，他不來誰來？

自怨自艾的中年太監板著臉，瞇著眼，先是環顧四周，然後才慢悠悠把視線投注在那張病榻上。床邊站著個臉色蒼白的年輕武將，都站不直，拄了根拐杖。隨堂太監皺了皺眉頭。

在來之前，就有趙勾頭目大致講過蔡楠大軍的情形，一些主要將領都有詳細闡述，眼前這個身材魁梧的年輕人，應該就是蔡楠唯一的螟蛉之子，是早年死在南唐境內的一個袍澤遺孤，很早就跟隨蔡楠姓，就叫蔡柏。

在蔡家，蔡柏的地位不比蔡楠那三個親兒子低，蔡家很多上不了檯面的事情，據說都是蔡柏親手擺平的，乾乾淨淨。負責盯梢蔡楠的趙勾也給出一些不俗評語，認為值得朝廷用心拉攏培植，一旦事成，將來蔡楠調教出來的數萬嫡系軍馬，那就能順理成章地成為朝廷可用之兵。

中年太監原本是絕對接觸不到這等內幕的，但是這趟千里迢迢的宣旨，在聖旨之外的東西實在太多了，從一開始就玄機重重。先是權勢顯赫的秉筆太監找到他談心，叮囑他這次前往兩淮道頒佈聖旨，要祕密行事。而且更為古怪的事情，是交到他手上的聖旨不是一道，而是兩道！僅是匣子略有不同。

秉筆太監遞交兩個金絲楠木匣的時候，在其中一只匣子上用指甲劃出條隱蔽痕跡，說如果蔡楠大軍攔下北涼騎軍，就頒佈這個匣子裡的聖旨；如果輸了，而且必須是慘敗，才打開另外一個匣子；若是潦草對付，裝模作樣擺出個大陣仗，私底下是任由北涼鐵騎大搖大擺過境，那麼兩個匣子都不用打開，你就當出京巡邊了一趟，怎麼去怎麼回，什麼話都不要說，什麼人都不要見。

但務必記住，無論是哪一道聖旨，都要在塵埃落定，澈底看清了局勢的戰後頒佈，可晚不可早，甚至晚上個幾天都不打緊！如果吃不准火候，到時候自會有人幫著給主意。

於是這位司禮監隨堂太監在得到趙勾某人的暗示後，就這麼稀裡糊塗來了蔡楠營帳。

蔡柏一瘸一拐上前幾步，躬身抱拳低聲道：「末將蔡柏，見過公公。」

隨堂太監點了點頭，用尖細嗓音說道：「蔡將軍，節度使大人就一直沒醒過來？若是如此，接旨一事可就難辦嘍。」

蔡柏竭力掩飾自己的傷感，輕聲道：「回稟公公，義父在昨日醒來一次，但是很快就又昏迷過去。幾名隨軍大夫，和我們派人連夜從河州柳枝郡請來的馬神醫，都說義父這次傷到了五臟六腑，就算哪天能夠醒來，也未必還能重新衝鋒陷陣了。」

太監不動聲色問道：「柳枝郡的馬神醫？可是祖上出過六、七位大內御醫的馬家？」

蔡柏點頭道：「正是。」

中年太監「嗯」了一聲。

其實那名神醫在離開蔡楠營帳後，很快就有趙勾祕密找上，已經初步確認了蔡楠的傷情，確實極重，傷及內腑。尋常人傷筋動骨還要躺個一百天，何況如此？

他終於流露出點悲慼神色，感慨萬分道：「不承想節度使如此重傷啊，罷了，就當是節度使大人躺著聽旨好了，咱家相信陛下也不會怪罪，即便有些責罰，也是咱家的事。不管如何，哪怕拚著性命也不讓忠心報國的節度使大人，受半點委屈。」

蔡柏聞言，在沙場上流血不流淚的硬漢，不等太監宣旨，竟然就已經撲通一聲跪了下去，只是泣不成聲，如同受了莫大委屈，唯獨不說話。

這個時候，中年太監才有些真正的動容。若是這個年輕人做出丁點感激涕零的舉動，那他可就要起疑心了。蔡柏的稟性如何，趙勾祕密檔案上可記載得一清二楚，絕對不是那種能夠拍馬屁的人物。

試探之後，太監這才潤了潤嗓子，開始宣讀那道聖旨。

字自然是好字，不像是任何一位翰林院黃門郎的手筆，倒是跟自家掌印太監的字跡有著幾分相似。

聖旨內容很是驚世駭俗，就連隨堂太監本人都有些愣然，只不過被他隱藏得很好而已。大意是說北涼一萬騎軍離開轄境趕赴廣陵道，是領旨行事，朝廷原本是要北涼騎軍在春末時分隱蔽出境，與南征主將盧升象以及兵部尚書吳重軒聯手給予廣陵叛軍重創，力求一戰，而永絕後患。故而在聽說北涼無緣無故提早出兵，朝廷已經根本來不及告知兩淮，這才有了這樁禍事風波。

蔡柏猛然抬頭，滿臉淚水的邊軍驍將，有震驚，有茫然，有不甘，更有身為離陽臣子不該形之於色的憤懣。

中年太監內心很滿意這個年輕人的表現，因為這才是正常人的情緒。得到趙勾暗中授意的太監沒有急著透底，而是皺眉陰沉道：「怎麼，將軍心有不滿？」

蔡柏臉色痛苦，最終雙拳砸了一下堅硬的地面：「末將對朝廷絕無半點不滿！末將只恨那北涼王，為何要提早出兵？退一萬步說，既然你徐鳳年得了聖旨，為何不與義父不與我兩淮邊軍說開來？難道就為了他能夠在朝野上下揚名立萬，就要拿我兩淮將士做墊腳石？他徐鳳年分明是對我義父心懷仇恨多年，末將蔡柏不服！他日末將若是能夠獨自掌兵，定要為義父，為我戰死兄弟……」

脫口而出說到這裡，蔡柏猛然間閉上嘴巴，頭更低。

一個是躺著的半死之人，一個是下跪盯著地面的人，帳內已經無人看著自己，所以中年太監略微勾了勾嘴角，緩緩說道：「小將軍，咱家可是見你們蔡家滿門忠烈，才願意跟你講些不傳六耳的話啊，有些事情，別放在嘴上，放在心裡就好，畢竟不是人人都像咱家這般嘴巴嚴實的。」

蔡柏抬起頭，用手臂胡亂擦拭了一下臉頰，使勁點頭。

是個開竅的聰明人。

中年太監笑了起來，但是當他想到那個趙勾要自己照做的勾當，神情就有些凝重，只是既然秉筆太監先前已經有過鋪墊，相比剛才宣讀這道聖旨的出人意料，那道不可付諸筆端的密旨就有點合情合理了。

中年太監快步上前，一手捧聖旨，一手攙扶起這個年輕武將，神色和藹道：「咱家也斗膽破個例，不說那接旨二字了，小將軍拿過去便是。」

等到蔡柏鄭重其事地雙手接過聖旨，太監這才壓低嗓音道：「小將軍，除了你手上這道聖旨，其實還有一道陛下的親口密旨，字雖不多，但你可要用心聽清楚了！」

蔡柏驚訝之後，立即再度跪下。

中年太監沉聲道：「敕封兩淮節度使蔡楠為忠義伯！」

蔡柏這一次抬頭，截然不同的神色，是驚喜和感恩。

太監小心斟酌措辭，緩緩道：「有些事，小將軍心裡明白就好，咱家可不是飛來飛去的陸地神仙，只不過是個腳力平平的閹人，為何能夠在今日就為你義父帶來這道密旨？還不是陛下在得知那北涼蠻子提前出兵的第一時間，就想到了你義父和兩淮精銳一定會奮勇攔阻，就想到了會有如今這一天？否則你們蔡家能有這道皇恩浩蕩的密旨？顯而易見，在陛下心中，對你們兩淮那是極為倚重的，是願意視為國之柱石的。」

蔡柏面向東方，面朝那座太安城的方向，砰砰砰使勁磕頭。

接下來沒有任何宦官與京官常見的那幾句客套寒暄，隨堂太監這就要離開營帳回京覆命了，蔡柏要讓人為這位公公匆忙送些比銀子更值錢的上好物件，但是中年太監笑著拒絕了，走得乾脆俐落。

天底下不貪財的太監有，但很少，而且他也不是，只不過能夠做到隨堂太監，尤其是先後兩位掌印太監是韓生宣、宋堂祿這樣的人物，他就該明白有些時候，對付有些人，不收錢不但睡覺安穩，而且其實比收錢更值錢。

蔡柏小心翼翼放下那道聖旨後，一瘸一拐硬是堅持把中年太監送到營寨大門口，目送這名大太監坐入車廂遠去，直到徹底消失在視野，這才返回那座死氣沉沉的營帳，坐回床邊的小板凳上，一言不發，眼神晦暗。

一道本不該出現的嗓音沙啞傳入耳朵：「柏兒，那個閹人走了？」

蔡柏沒有任何震驚，點頭道：「義父，走遠了。」

蔡楠身體紋絲不動，只有嘴唇微動，本想冷笑幾聲，可惜實在艱難，終究這病根子是落下了，千真萬確，只不過那個年輕藩王出手，極有分寸，很有講究，一如先前那北涼一萬鐵騎的所作所為——是開陣，而非破陣。

兩淮邊軍死人了沒？當然死了的，而且大半都是蔡楠嫡系。但這裡頭很有意思，看著傷亡慘重，但事實上有死人，卻不多，受傷之人倒是不計其數。

這種事情，不是身經百戰的老卒，就不會明白其中的玄機。

但要說蔡楠一開始就跟北涼鐵騎心有靈犀，又冤枉了這位節度使。一開始蔡楠確實心懷必死之心去攔路，若非如此，也不會把麾下精銳放在第一線。

身體遠未痊癒，但精氣神恢復很快的蔡楠流暢說道：「柏兒，難為你這個糙人演戲了。」

蔡柏苦笑道：「義父，關係著咱們蔡家生死榮辱，蔡柏怎能不上心？不過說實話，比起上陣殺敵，是要難很多。」

蔡楠問道：「聽了兩道聖旨後，有何感想？」

蔡柏百感交集道：「如果不是事先得知那北涼根本不可能獲准南下，又有那北涼騎軍的古怪行事在後，蔡柏今天就真要信了那閹人的鬼話！」

躺在床上的蔡楠直勾勾看著營帳頂部：「都說兔死狐悲，我雖然不知道咱們大將軍做何想，但我的確有這樣的心思。這麼多年看著離陽對付北涼的手段，檯面上的，以及那些檯面下的，層出不窮，難免心裡頭打鼓。

你以為義父為何能夠一直在邊關手握兵權，是我蔡楠領兵打仗的本事很大嗎？我看啊，本事不小，但真沒有多大，比起盧升象、許拱這幾個，還要稍遜一籌。之所以一路高升，做到一道節度使，其實就是兩個人的緣故：一個是大將軍，一個還是大將軍。」

最後那句聽著像是廢話，但蔡柏清楚不但不是廢話，而且其中寓意之豐富，不但可以令人瞠目結舌，還能讓人毛骨悚然。

第一個大將軍，是說義父的恩主，離陽王朝第二位大柱國顧劍棠。第二個大將軍，是被罵為春秋人屠的老涼王徐驍。

蔡楠低聲道：「但是哪怕心有戚戚然，可我蔡楠對老皇帝趙禮、先帝趙惇，對這兩個人只有敬畏，沒有其他半點大逆不道的念頭。為啥？很簡單，他們厲害嘛！不管內裡緣由，畢竟還能夠壓著兩位大將軍，壓著滿朝文武。

趙禮能夠讓徐驍心甘情願幫著他老人家打天下，並且到死都幫著離陽打北莽守天下，能夠在他死後，都讓咱們顧大將軍穿著官袍而不是鐵甲，在那逼仄不堪的兵部衙門，足足坐了二十年的板凳。

趙惇也不差，要那個權傾天下的張首輔死，碧眼兒就乖乖死了。趙惇死後，同樣給當今天子留下了好大一副家當。只可惜啊，趙惇雖有私怨，大體上從來無害國事，到了趙篆手上，就拿捏不住尺度了。

但是這種事情，你也不能說年輕天子就真的錯了，世事如此，只能解釋為造化弄人吧。話雖如此，我也相信換成趙禮當皇帝，北涼恐怕連出兵廣陵的念頭都沒有，而趙惇，則會更早就把聖旨送到咱們手裡，斷然不會這般扭扭捏捏。」

蔡柏猶豫道：「雖然我對年輕天子沒甚好感，但是換成我，恐怕只會做得更差。」

蔡楠「嗯」了一聲：「趙篆是不差，只要給他時間，說不定做得會比他父親、爺爺都還要好。但終究還是嫩了點，加上當今廟堂，碧眼兒一死，坦坦翁看似依舊，我估計差不多是心灰意懶了。雖說還有個先帝留給咱們離陽的齊陽龍，但是相比這位半路出山的上陰學宮大祭酒，尤其還是元本溪的恩師，趙篆自然更信任那個自己一手提拔起來的陳望。

可惜信任歸信任，在關鍵時刻，心底又不會太過看重陳望的意見，因為陳望是年輕，皇帝也年輕。西北沒有了徐驍，北莽就立馬打過來，而廟堂沒有了元本溪和張巨鹿，問題也跟著出現了。

我猜測如果趙篆在漕運一事上能夠大度一些，那麼徐鳳年這趟莫名其妙的出兵起碼會做點表面功夫，比如派人跟太安城請一道聖旨。只不過年輕天子心底還是希望用咱們兩淮邊軍來掂量掂量北涼鐵騎的分量，看其中到底有多大水分。現在好了，爛攤子一個，朝堂上又沒了碧眼兒這種縫補匠……最近兩天只要想到這一點，我心裡頭那點悶氣，好歹能少些。」

隨後蔡楠嘆息道：「如果這個時候齊陽龍和桓溫再不說幾句公道話，有著大好局面的離陽，恐怕就真有大禍了。」

蔡柏不知其解。

蔡楠也沒有解釋什麼，本就沙啞低沉的嗓音又含糊幾分：「這次義父是從鬼門關撿回一條命，想了想，有件事情還是跟你說了吧，但是義父也沒真的想透，你可以自己琢磨。」

蔡柏身體前傾，壓低聲音道：「義父你說，我聽著。」

蔡楠語氣平靜道：「『明防北涼徐家，暗防陳芝豹，好好做你的邊關大將，大事可期。』這是大將軍這麼多年來，送給我蔡楠的唯一密信，是口信，沒寫在紙上。」

蔡柏蒼白的臉色瞬間越發雪白，但是很快就浮現出病態的潮紅。

蔡楠閉上眼睛，疲憊不堪道：「死過一次後，結果發現如今，看來看去，還是那個姓徐的年輕人有意思，其他人也就那樣了。對了，柏兒，什麼時候等到我真正領到手那道獲封忠義伯的聖旨，你就可以領軍了，至於能不能當上節度使，看你自己的本事，義父也幫不上什麼大忙了。你也別勸，義父我啊，也許是覺著沒啥意思了。」

蔡楠不再說話，只是睜著眼睛。

耳畔依稀有春秋戰事的擂鼓，眼中依稀有春秋戰事的硝煙，心中依稀有年輕時候的奮不顧身輕生死。

◆

永徽年間，天下只知廟堂上有張廬、顧廬，不知有位半寸舌謀士就住在宮城邊緣。等到現在的祥符年，文武百官依然不知道就在元本溪住處的不遠處，有棟僻靜屋子多出了一個目盲住客，姓陸名詡，身邊只有一位貼身侍女伺候他的飲食起居。

這一天，有個身分特殊的年輕人來到陸詡住處。來者既是客人，又是主人，因為姓趙的他雖是這棟小院子的客人，卻是整個離陽的主人。

當今天子趙篆沒有身穿龍袍、玉帶青衫，跟已經祕密成為本朝天字號大諜子的陸詡，在屋內相對而坐。

桌子上只有一盒棋子而無棋盤。這是陸詡的一個小習慣，無論翻書還是思考，都會在手邊放置一盒棋子，有事沒事就抓起一把在手心慢慢摩挲。

趙篆語氣淡漠，言語中帶著些許責怪：「先生為何非但下令讓沿途趙勾按兵不動，甚至還要嚴令當地江湖人士不准露面，不得攔阻北涼騎軍？」

握有一把沁涼棋子的陸詡五指微動，吱呀微響，面對一國之君帶有怒氣的責難，這個一夜之間躋身王朝中樞的目盲年輕人沒有表情，緩緩說道：「離陽的臉面，不在這種無關痛癢的小事上，而陛下的臉面，在兩遼、北涼和兩淮的邊關戰事上。

如果說陛下是覺得天底下任何人都能容忍，唯獨忍不下徐鳳年，因此要陸詡意氣用事，那麼很簡單，趙勾大人物死得七零八落。但在地方上依舊是呼風喚雨的一股龐大勢力，別說什麼攔著讀書人和江湖人不准生事，就是在北涼騎軍南下途中，每一道、每一州、每一郡、每一縣都有人挺身而出，都有人死在北涼戰刀馬蹄之下，有何難？」

趙篆沉默，但是眉宇間的憤懣不減。

陸詡伸出手臂，從手心洩漏出一顆棋子墜落在桌面上：「從實處說一家錢財、一地兵馬，從虛處說民心軍心和天時大勢，拋開將來的收成不說，在當下都是用一點、少一點。

北涼騎軍這次大舉南下，雖說打著靖難平亂的旗號，但是在文武百官心中，就是那狼子野心，在中原百姓眼中，則是那年輕藩王的行事跋扈。

現在的局勢，最糟糕的局面，是徐鳳年勾結西楚。先不管北莽戰事，與曹長卿達成了平分中原的意向，比如要日後徐鳳年跟那女帝姜姒成親，來一手左手換右手的皇位過渡，國號仍是楚，皇帝姓徐，說到底仍是肥水不流外人田。對不對？」

趙篆氣悶點頭道：「確如先生所說。」

陸詡微笑道：「只不過話說回來，陛下捫心自問，那北涼會反嗎？」

趙篆搖頭道：「這倒不會，北涼邊軍十萬戰死關外在前，僅有萬餘騎軍遠赴廣陵在後，北涼不會反。」

陸詡又丟下幾枚棋子在桌上：「既然如此，那麼朝廷就不要逼著北涼造反，最不濟不要自己出面，由著北涼跟北莽死磕到底便是。廣陵漕糧，你要？那就給你好了。戰死的英烈，你徐鳳年拉不下臉跟朝廷討要？但是朝廷也給你。第二場涼莽大戰，你可能兵力不夠？兩淮節度使蔡楠的大軍，朝廷借你。蔡楠不夠，薊州還有韓芳、楊虎臣兩位副將的兵馬，一併借給你。」

趙篆皺緊眉頭。

陸詡平靜道：「朝廷不該一心想著如何提防北涼，而要去想如何讓北涼和徐家分離開來。不要寄希望於徐家第二代家主依舊對朝廷不忠也不反，而要想著如何讓北涼青壯武將生不出半點不臣之心，要讓他們和整個北涼道都由衷認為，北涼是離陽版圖內的北涼，徐家只是幫著朝廷管理統轄北涼，哪怕有一天北涼沒有了徐家鐵騎，但是即便涼莽戰事不利，他們北涼從官員到百姓，人人都有退路。北涼沒了立足之地，那麼朝廷就讓他們安心退往兩淮，退往蜀詔，甚至能夠一路退往江南。」

趙篆眉頭微微鬆動：「真能如此，徐家反不反，都不重要了。」

陸詡啞然笑道：「陛下切記，想要北涼徐家成為無源之水，還早呢。一靠朝廷精心運作，捨得捨得，先捨些東西給北涼。

二靠接下來的涼莽消耗。

三靠北涼民心傾向朝廷，朝廷不可再視其為未開化的北涼蠻子，不可在科舉功名一事上約束涼地士子。

四靠廟堂上有立足之地的北涼官員，不可無孫寅、姚白峰，也不能只有晉蘭亭之流。

五靠離陽趕緊讓許拱、盧升象、宋笠這些身世清白且可堪大用的武將脫穎而出，趕緊結束廣陵戰事，不要再想著往死裡削減地方武將的勢力。

水至清則無魚，一旦武將在離陽徹底無言，北莽大軍猶在北方未傷根本，難道到頭來還是只靠徐家鐵騎去打仗？那麼先前『四靠』，豈不是成了笑話？」

趙篆一顆顆從桌上撿起那些從陸詡手中漏下的棋子，使勁攥緊，陷入沉思。

趙篆下意識模仿目盲青年的動作，手心的棋子相互摩擦：「歸根結底，先生是要朝廷，以退為進？」

陸詡毫不猶豫說了句大逆不道的話：「是要陛下以退為進。」

趙篆訕訕一笑，很奇怪的是年輕天子顯然沒有生氣。

陸詡突然問道：「陛下難道就不奇怪以張巨鹿、元本溪兩人的眼光，為何想不出這釜底抽薪的粗淺手段？」

趙篆心頭一震，哈哈笑道：「朕只知道先生此番手筆，絕不粗淺。」

陸詡鬆開手心，棋子嘩啦啦墜落桌面：「兩位前輩，只是無法做此想而已，相信當時兩人一切佈局，主要是針對北涼兩人，而不是徐鳳年。相同的藥方，用在不同地方，效果截然相反。」

趙篆匪夷所思道：「除了徐驍，還能有誰？」

陸詡抬起頭，面無表情。

趙篆恍然：「陳芝豹！」

陸詡的言辭越來越驚世駭俗：「早年誰都想不到徐鳳年真的能夠順利世襲罔替，但是以張首輔、元先生兩人大才，仍是能夠亡羊補牢，只可惜，先帝沒有給張巨鹿機會，陛下你也沒有給元先生機會。」

趙篆臉色陰沉。

陸詡「看著」這個年輕皇帝：「其實陛下這次是來興師問罪的吧，震怒於為何我陸詡執掌趙勾大權後，膽敢『先斬後奏』，擅自敕封蔡楠為忠義伯？」

趙篆反而笑了：「初始的確驚怒皆有，甚至都動了殺人的念頭，但是聽過先生那些題外話後，釋然許多，只不過朕也不希望這種事情有第二次。」

陸詡坦然搖頭道：「不會再有，陛下對我的信任也差不多用完了，陸詡的腦袋畢竟只有一顆。」

趙篆停下手上的動作，感慨道：「先生，朕可以答應你，只要先生一心為朕的離陽運籌帷幄，就算有朝一日先生犯下死罪，朕也能容忍，容忍一次！若是先生不信，朕可以前往祖廟，向趙家列祖列宗發誓……」

陸詡趕忙擺手笑道：「不用，陛下是個好皇帝，這一點我很確定。否則陸詡一個註定無法在仕途攀升的瞎子，會願意跑來太安城？」

趙篆小聲問道：「先生，朕也知有些問題不該問，而史書上每當有臣子回答君主這個問題，從沒有過好下場，但是朕還是奢望先生能夠坦誠相待。」

陸詡淡然道：「陛下既然尚無多位皇子，那麼就應該是問我在廟堂之上，誰能繼齊陽龍之後擔任本朝首輔？又是否容忍那位首輔在眼皮子底下，成長為張巨鹿這般朝中無政敵的立皇帝？有此問，是不是說陛下連陳望也不肯放心？那陛下可真就是孤家寡人了啊。」

趙篆語氣誠懇道：「不是朕不相信陳望。」

陸詡不置可否，自顧自說道：「這個人選唯有陳望擔任，毋庸置疑。嚴池集、孫寅、范長後、李吉甫，這幾人，各有致命缺陷，都不如有望『完人』的陳望。在他們之前的過渡階段，如殷茂春、趙右齡、韓林之流，不過三五年風光的『短命鬼』首輔，不值一提。」

趙篆攤開手心，低頭看著那把棋子：「朕豁然開朗。」

趙篆突然抬頭笑道：「先生可還有棋子贈我？」

陸詡微笑道：「沒啦。」

趙篆握緊手心，起身道：「那這些棋子朕可就收下了。」

陸詡站起身：「那我也就不送了。」

趙篆大笑道：「送朕出門是不用，但是以後棋子還要繼續送，爭取咱們君臣二人，在有生之年的末尾，再像今天這樣面對面坐在一起，慢慢數著那些棋子，說一說陳年往事，一顆顆重新放回盒子，不亦快哉！」

等到趙篆悄然離去，從靖安王府跟隨陸詡來到京城的那名婢女杏花，突然發現自家先生正襟危坐，但是桌面上不知何時多出了一顆孤零零的棋子，沒有送給皇帝趙篆。

她好奇問道：「先生怎麼自己留了一顆？」

陸詡輕聲道：「不是留給我自己的，是給某人留的。」

女子悚然。

陸詡伸出手指，輕輕壓在那枚棋子之上：「當以國士報之！」

第八章 呂丹田飛劍尋釁 徐鳳年南渡示威

一路南下，除去那些崇山峻嶺的上方，幾乎已不見積雪。料峭春寒最凍骨。

北涼騎軍再往東南方向推進一百二十餘里，就等於進入廣陵道。雖說距離真正的戰場，時下離陽新任兵部尚書吳重軒麾下大軍和西楚向西突圍主力的對峙陣線，猶有一段路程，但哪怕不用掌握第一手戰況的將校都尉們出言提醒，僅是憑藉行軍路線四周出現越來越多的離陽地方斥候偵騎的身影，就已經足以讓這支北涼騎軍推出大致形勢，便是平時只有那份親暱勁頭的洗馬、餵馬動作，也不由自主地透出了幾分肅殺意味。

拂曉時分，距離大軍拔營還有半個時辰，暫時充當這支鐵騎主將的北涼王徐鳳年，在臨時搭建的簡陋軍帳內召集了所有將領校尉，連同袁左宗、寧峨眉、洪書文在內，總計共十六人。

大帳內並無桌案，那張半丈寬高的廣陵道輿圖掛在帷牆上，主要關隘城池早已清晰紀錄，甚至連各處駐軍數目都以一絲不苟的朱紅小楷仔細標注，精確到了百人。

徐鳳年側身站在那幅輿圖下，依舊懸佩那柄當年從江斧丁手上搶過的名刀過河卒，只是摘下了涼刀。徐鳳年看著呈弧線圍站的各位騎軍將領，舉起戰刀，在那幅足以讓離陽兵部衙門感到震驚的地圖上畫出一條路線，笑道：「接下來我們就要過綠荷郡，途經蔚水、灞下兩縣，正式進入廣陵道。也許是咱們在淮北兩州走得太慢，然後在淮南道走得太快，導致朝廷大軍措手不及，所以沒能跟上咱們的步子，否則薊州騎軍應該在兩日前到達多山嶺小徑的山陰郡一帶，對我們進行先頭阻截，利用五方、松雲兩城作為依託固守待援，等到兵部許拱的京畿大軍，聯合當地兵馬，共同死守這條坐擁地利的天然防線，逼迫我軍不得不再往南突進八十餘里，繞道東行進入廣陵。但是如此一來，我們務必就要跟火速北上的青州兵馬相撞，只要稍稍拖延，號稱兩萬大軍的西蜀也會浩浩蕩蕩趕到。」

徐鳳年說到這裡，略作停頓，勾了勾嘴角：「只可惜啊，那位顧家的毛腳女婿跑得還是慢了一點，所以估計這會兒許侍郎已經指著薊州將軍的鼻子吐口水了。不過我要是有機會站在許侍郎跟前，一定要為那薊州將軍說情幾句，『他娘的你許拱躲在薊州右翼慢慢晃蕩，憑啥要咱們累得像條狗的薊州騎軍急匆匆湊上去被北涼鐵騎打？誰不知道那大雪龍騎上馬成騎甲北涼，下馬步作也是絲毫不輸給幽州步軍的？老子來中原是撈功勞的，可不是急著投胎的！』」

除了不苟言笑的袁左宗，帳內諸將哄然大笑，尤其是幾員打過春秋戰事的騎軍老將，更是咧嘴很大。這撥人雖然大多是在北涼邊關得到的將校官身，但是在赴涼之前還是小卒的時候，大多聽過各自軍中老校尉們的吹噓，說大將軍在戰前排兵佈陣時，每次都少不了拿敵人尋開心一通，據說西壘壁戰役打得最艱苦的時候，被譽為春秋兵甲的西楚葉白夔也沒能逃過一劫。

等到笑聲停歇，徐鳳年收斂了輕鬆神色，沉聲道：「我們大雪龍騎如今仍是一萬有餘的兵力，但是真實戰力如何，自家人知道自家事。葫蘆口全殲楊元贊西線大軍一役，我大雪龍騎戰功最大，但是傷亡也絕不是小數目，戰死沙場的就有三千四百人！因為受傷不得不退出邊軍的將士，事後也有一千兩百餘人！一萬人，到頭來幾乎只剩下了半數老卒。

我不妨在這裡說句得罪那兩支重騎軍的話，他們傷亡也屬慘重，但相對而言，我敢讓這兩支騎軍從涼州左右騎軍中選人，甚至是從幽州精銳騎軍和陵州地方上的少數駐軍中抽調，但對於大雪龍騎，別說陵州，就是幽州我都沒有抽調哪怕一騎！一律從涼州關外選人。

我徐鳳年可以拍胸脯說，每一名新卒的增補進入，都經過了清涼山和都護府的雙重篩選，每一名新任都尉，他們的沙場履歷，我徐鳳年更是親眼過目，必須在我點頭後，再由褚祿山和袁左宗一起同意才可以赴任。可既便如此，比起當初那支趕赴葫蘆口的大雪龍騎，顯而易見，現在的這支大雪龍騎……」

帳內所有在關外戰功顯赫的武將都感受到一股沉悶的窒息感，不僅僅是那個年輕人身上的北涼王頭銜，也不僅僅是什麼江湖宗師陸地神仙，還有徐鳳年通過這幾年的所作所為，一點一滴慢慢積攢而來的個人威望。

要成為一軍主帥，不用是那種衝鋒陷陣的萬人敵，不但徐驍是如此，就算是身為大宗師的顧劍棠，早年在春秋戰事中身先士卒的次數其實並不頻繁，陳芝豹更是如此。打得了勝仗，打得起敗仗，其實就夠了。而眾人身前這位年輕藩王，沙場、廟堂、江湖，好像都沒有輸過。當然，據說在某處戰場，咱們北涼王那是吃過大敗仗的，連燕文鸞、陳雲垂這些功勳卓著的大將，偶爾聽到下屬鬼鬼祟祟提及此事，也從不呵斥，相反露出只有大老爺們兒都懂的那種會心一笑。

徐鳳年在賣了個小關子後，一本正經道：「顯而易見，現在這支大雪龍騎軍，要說碾死什麼薊州精騎京畿大軍，依舊沒啥難處。」

這次就算是袁左宗都有些忍俊不禁。

徐鳳年說道：「這次我帶著你們來廣陵道蹚渾水，一般北涼百姓肯定不知道真相，不過帳內各位或多或少聽到過一些，其實如你們所聞所猜，那就是真的。」

不等眾人表態，徐鳳年已經沉聲道：「不管如何，誰有怨言，甚至是誰想罵我幾句，都等回到北涼境內再說。這次南下，除了蔡楠的兩淮邊軍，咱們不得不打個樣子出來。接下來在跟吳重軒的北疆大軍面對面之前，我的宗旨是能不打仗就不打仗，我大雪龍騎就算在這裡一騎拚掉一百朝廷兵馬，也是樁虧本買賣！當然，許拱、袁庭山這些人非要死攔到底，那就打，一次就打怕他們！

在這之前，我還有件事要跟大家先說明白，真正的惡仗還是跟吳重軒的較量，因為此行突入廣陵道，除了我要接一個人之外，你們也要趁機吸納一定數量的西楚『潰軍』，初步估計在兩百到三百之間，多是青壯歲數，在戰場上會以小隊逃難騎軍的面目出現，到時候我們為他們提供北涼戰馬和輕甲，當然還有涼刀，迅速將這支兵馬打散融入我方大軍，在這之後袁統領會率領你們離開西線戰場，我最多在一日後與你們會合。」

徐鳳年用涼刀在地圖上重重一指：「不出意外，許拱的京畿兵馬和袁庭山的薊州騎軍會在此地碰頭，許拱將以城牆較高的柴桑縣城作為據點，車野的西蜀步卒和青州大軍，則分別位於我軍後方和南方，各有城池關隘作為依託，敵方整條戰線呈現出一個半弧。

柴桑兩側地勢雖平，但水網縱橫，並不利於大隊騎軍馳騁通過，因為僅有一條寬整官道已經被柴桑官府驅使百姓聯手毀去，尤其是每兩百步間隔，挖掘出條條丈餘寬度的溝壑，若是再來一場稍大的春雨，將會更加不利於我們的推進。

據悉，許拱大軍攜帶有大量兵部庫存的重弩，更有重甲一千七百副，其中大弓營神臂營總計四千人，自然是要在逼迫我們下馬作戰的同時，死守柴桑。如果我們選擇繞過柴桑城，在那條官道上滯緩不前，極有可能瀲底喪失作為騎軍的原有主動，那麼被包圍後進退失據的一萬人，對陣戰線伸縮自如的六萬餘人，何況對方主帥又是離陽數得著的名將許拱，所以對我們來說，打不打那座柴桑城，都只是下策。」

洪書文小心翼翼道：「王爺，末將看柴桑附近的地理形勢，若是往北繞路，就要兜出一個大圈子，而且那邊同樣也有個類似柴桑的北姑城，不過如果咱們改變既定行軍路線，迅速往南，做掉那支尚未趕到柴桑的青州兵馬，然後做出兵臨靖安道的樣子，想來會比較有趣。

如今世人都知道靖安道從靖安王趙珣到經略使、節度使，三個當家做主的傢伙，都與咱們北涼大有嫌隙，哪怕許拱明知道咱們的初衷是更換戰場，他也擔不起靖安道戰亂四起的風險，只能被咱們牽著鼻子走。只要他們離開柴桑，尤其是薊州騎軍和京畿大軍出現脫節，那我們的機會就來了，只不過唯一要注意的就是咱們拖後的遊弩手，要多殺些吊在尾巴上的敵方斥候才行。」

徐鳳年一臉無辜道：「我像是那種為報私仇不惜大動干戈的人嗎？」

洪書文悻悻然不作聲。

袁左宗第一個古怪笑道：「不像嗎？」

諸位將領先是面面相覷，繼而很不給面子地哄然大笑。

徐鳳年對此早有預料，很快就笑道：「既然如此，那就做樣子做到底。牛千柱，你領千騎去攔截西蜀大軍，沿途儘管放出消息，打著『敘舊』的旗號！反正中原本就沒人相信我們是來平叛的，如此一來剛好坐實了他們的胡思亂想。」

一位肌膚黝黑、身材魁梧的漢子甕聲甕氣問道：「王爺，一千騎是不是少了點？」

徐鳳年思索片刻，點頭道：「那就讓龐建銳再領千騎策應以壯聲勢。」

黑炭一般的漢子趕忙擺手道：「王爺，不是這個意思，屬下一個屁大的校尉，這輩子也沒領過兩千人以上的兵馬，這不藉著這次跟隨王爺來中原逛蕩的機會，也好裝回將軍。俺不敢跟王爺比，只要有兩千騎就夠了，實在不行，讓老龐借我五百騎也行嘛……」

漢子越說嗓音越低，顯然有些心虛。

徐鳳年抬腳作勢要踹，大雪龍騎軍校尉牛千柱趕忙躲在龐建銳身後。

徐鳳年拿刀鞘指了指這位牛校尉，沒好氣道：「行，給你兩千騎，再把我的鳳字營也一併借給你，如何？再不滿意，我把袁統領也借給你。」

牛千柱尷尬笑道：「袁統領就算了，只會搶俺的風頭，有兩千騎和王爺的鳳字營就夠了，足夠了。」

躲得過初一、躲不過十五，牛校尉被站在不遠處的袁左宗踹了一腳。

身材矮小結實的校尉龐建銳問道：「王爺，青州騎軍已經在趙珣當初馳援淮南王趙英一役中損失殆盡，現在那支八千人左右的步軍委實不值一提，末將願領千騎作為先鋒為大軍開路。」

牛千柱火急火燎道：「老龐，王爺已經答應把你的一千人都借給俺了！」

龐建銳轉頭狠狠瞪了一眼，嚇得牛千柱縮了縮脖子。

牛千柱的體形看上去得有兩個龐建銳那麼大，但是在大雪龍騎軍中，同樣是統領千騎的校尉，一直是牛千柱在龐建銳跟前就像小媳婦遇上惡婆婆。

就在此時，袁左宗突然出聲道：「我做先鋒，五百騎足矣。」

龐建銳撓撓頭，給他十個膽子也不敢跟統領大人爭功。何況只要是大雪龍騎軍的老人，就都知道那場青州襄樊城的十年攻守戰，袁左宗作為徐家軍中繼吳起、徐璞之後的第二代騎軍統領，當年在襄樊城下，戰事艱辛酷烈到了麾下騎軍不得不做步卒使用，蟻附攻城，到最後十不存三，這才有了之後褚祿山千騎開蜀的壯舉。這並非徐家鐵騎不想抽調出更多騎軍，而是實在無騎可用，無論騎卒還是戰馬皆是如此。

徐鳳年點了點頭，隨後抬起涼刀在兩軍僵持的廣陵道兩處戰場，先後指點了一下：「在越過許拱麾下各路兵馬之後，我們要接應的那支西楚騎軍將在此處破陣而出，位於瓜子洲以南三十里，負責這處戰場的吳部將領叫周冉，總兵力達到兩萬，不容小覷。

周冉用兵老成持重，擅長陣地戰，從未有貪功冒進的先例，麾下有兩千騎軍。屆時我方主力會在瓜子洲西北方向二十里左右，在這裡，香薇河一帶，進行短暫的停馬駐軍。周冉必然會派遣大量斥候盯梢我軍動靜，不但如此，因為我們的到來，吳重軒必然會命令北部萊縣戰線向南適度傾斜，主將元嘉德雖然兵力不足一萬，但是騎軍幾乎占到半數，四千五百餘騎，此部曾是南疆大軍北上平亂的先鋒，戰力顯然不弱。

袁左宗，你率領主力向瓜子洲沿香薇河推東三十里，直逼周冉駐地。王伯遠，你到時候領兩千騎直插萊縣和香薇河之間，截斷元嘉德主力騎軍的南下增援之路，配合主力，擺出我們要一鼓作氣先吞掉周冉兩萬人馬的架勢。

宋金山，你領一千騎與中軍右翼保持三、四里間距放緩推進，主要職責是盯住周冉的兩千騎，以及清掃周冉在南方的各路斥候偵探，一旦鳳字營南下接應那支馬隊的行蹤洩露，或是前線有吳部兵馬銜尾追擊，其間周冉兩千騎若是得到消息往南截殺，你就要咬住他們，務必要給鳳字營爭取到完整接收那數百人的空當！」

袁左宗和兩位騎軍將領都抱拳領命。

突然有遊弩手前來稟報軍情，隨後徐鳳年和諸位武將都有些哭笑不得。

截獲許拱麾下斥候傳遞給青州方面的軍令，命其按照原路退回靖安道北部邊境的大鎮黃櫨城，不得擅自出城北上。

徐鳳年無奈道：「如果沒有意外的話，西蜀那邊也是差不多。看來許拱不樂意給我們虛張聲勢的機會。」

徐鳳年沒有因為截獲一封密信就以為大功告成，這種根本不懼洩密的軍令，自然不會只派遣單獨一騎傳遞，用多多益善來說都不過分。

但是徐鳳年很快譏諷道：「西蜀那邊不好說，也許會聽令後撤，接下來會有默契地伺機而動，但是堂堂靖安王應該比一個侍郎說的話要管用，那支青州兵馬未必會聽從許拱『蠻不講理』的調遣。那趙珣沙場用兵，不管勝負，只表忠心。

這支兵馬的主將是靖安王府的心腹裨將出身，出兵之前肯定得了趙珣的密令，無非哪怕攤上貪功冒進的嫌疑以致全軍覆沒，也絕對不可以給朝廷留下貪生怕死的印象。這位年紀輕輕的靖安王，不愧是朝野讚譽最盛的賢良藩王啊。」

牛千柱等將校都有些茫然，畢竟中原形勢對這撥久在關外廝殺的北涼驍將來說，實在是既懶得關心也不屑理睬。

只有袁左宗點了點頭，冷笑道：「青州軍執意北上的可能性很大，以後趙珣『送死藩王』的綽號算是名副其實了。」

跟統領袁左宗一樣經歷過襄樊城戰役的老將宋金山嘆了口氣，感慨道：「聽說現在的青州水師很不像話，但是從去年廣陵戰場青州騎軍的曇花一現來看，且不論戰力高低，只說其勇烈程度，頗似當年。想我們當年不管對青州對那座襄樊城如何痛恨，但對青州兵，還是要伸出大拇指的，這樣的對手，當得起敬佩。結果攤上這個敗家藩王，可惜了，可惜了啊。」

帳內出現片刻沉寂，徐鳳年突然打趣道：「宋將軍，你可沒有含沙射影吧？」

宋金山冷不丁歪頭朝地面吐了口唾沫。

這個以下犯上的大膽舉動，嚇得牛千柱、龐建銳等人都提心吊膽。

很快宋金山就笑臉燦爛道：「趙珣那小王八蛋，給王爺提鞋都不配！」

徐鳳年重重拍了拍老將軍的肩膀：「不愧是徐驍帶出來的老卒，打仗沒二話，拍馬屁也硬是要得！」

宋金山一張老臉笑得那叫一個誇張，還不忘對牛千柱那撥年輕後輩斜眼挑眉了一下。老人一副有些欠揍的德行，顯然是在對更年輕一些的騎軍校尉說學著點，老子這才是真正的拍馬屁，你們還是太嫩了！

◆

徐偃兵掀開營帳簾子，徐鳳年朝他點了點頭。

徐鳳年讓帳內諸將都散去，然後和徐偃兵並肩站在帳外。

徐鳳年皺起眉頭，有種不祥的預感。

有客自遠方來，從極遠處極快而來。

日出天地正，煌煌辟晨曦。

天亮了，有飛劍先於人而來。

徐偃兵望向遠方，冷笑道：「好像有點來者不善的意思啊。」

徐鳳年破天荒有些魂不守舍，照理說他不該有類似近鄉情怯的感觸，若說是對方來勢洶洶讓徐鳳年心生忌憚，就更是笑話。這類憑藉劍氣、劍意的先聲奪人，如同北莽劍道第一人黃青的劍氣近，離陽京城祁嘉節在武當山腳逃暑鎮的劍氣雄壯，徐鳳年都領教過。

事實上，天底下用劍的武道宗師，徐鳳年已經見過不少，從最早的老黃和羊皮裘老頭，再到東海畔飛劍殺天人的鄧太阿、牽馬掛劍入城赴死的宋念卿，以及吳家劍塚老祖宗，徐鳳年早已到了能夠見怪不怪的地步，但不知為何，這一次遇到掠空百里拜訪大軍營帳的那一劍，徐鳳年有些忐忑不安。

正值天地青白之際，濛濛天色如同一幅宣紙，那一劍，恰似在宣紙上寫就極其筆直的一橫。

徐偃兵問道：「王爺，要不要我去攔上一攔？劍氣雖壯，但比起鄧太阿仍是稍遜一籌，至多跟柴青山之流在伯仲之間，必然耽誤不了我方大軍前行。」

徐鳳年牛頭不對馬嘴地說了一句：「是西楚碩果僅存的劍道宗師呂丹田。」

徐偃兵一時間吃不准徐鳳年的心思，也就不去擅自行事，既然確定了對方的身分，徐偃兵不覺得一個西楚呂丹田能夠造成什麼威脅。

如今大雪龍騎軍哪怕沒有他和年輕藩王坐鎮，但依舊還有藏拙多年的袁左宗，更有吳家百騎百劍，真要硬闖，十個呂丹田也討不到好處。何況北涼騎軍這次南下中原，對困獸之鬥的西楚而言，無異於雪中送炭，呂丹田這一劍多半是身為武道宗師的興之所至，僅有挑釁意味，而無死戰之心。

徐偃兵有了幾分看熱鬧的閒情逸致，笑道：「聽說此人自幼練劍，資質極差，早年尋遍大楚宗門也無人肯收為弟子，不承想大器晚成，憑藉著鑽牛角尖的狠勁，在不惑之年終於在劍道登堂入室，然後登船觀廣陵江水悟出一劍，登山觀旭日東昇悟一劍，登樓觀滄海又悟一劍，只是聽說西楚滅國後就退隱山林。

這次西楚復國，族內弟子大多投軍入伍，本人也出山擔任西楚京城的御林軍統領。這一劍乘風而來，紫氣升騰，想必就是那呂丹田在甲子高齡妙手偶得的觀日一劍了。」

徐鳳年心情似乎有所好轉，只是笑臉仍有些澀意牽強：「真佩服這些前輩高手，賞個景也能增長功力，我就不行，都是被人打出來的。」

徐偃兵打趣道：「王爺，便是我聽到這種話，也不是個滋味啊，我們這幫經歷過春秋戰事的武夫，一把年紀豈不是個個都活到狗身上去了。」

徐鳳年自嘲道：「一樣的，我現在看余地龍他們幾個，也覺得自己已是個老江湖了。」

日出東方，紫氣東來。

百里之劍，在過半之後開始突然加速，在霞光中拉出一條美妙至極的下墜弧線。

徐偃兵眯眼望著那柄飛劍，猶豫了一下，終究還是開口問道：「王爺，在擔心什麼？」

徐鳳年輕聲道：「怕白跑一趟。」

徐鳳年搓手取暖：「也許我錯了，不該意氣用事拉著北涼騎軍來廣陵道。」

徐偃兵搖頭道：「王爺你要是這麼想就錯了。這次騎軍出境，燕文鸞、顧大祖、周康這些老傢伙，起先肯定有這樣那樣的顧慮，未必如袁左宗、褚祿山這般願意毫無原則地支持王爺，但是換成寵建銳、牛千柱這撥中層武將，那可是求之不得的美差。

在西北忍了二十年，一邊在前線死人，一邊還要被後方冷嘲熱諷，這趟好不容易能跑到別人家門口耀武揚威，好歹算是出了口惡氣，以後便是戰死關外，多多少少都不至於太過憋屈。這是人之常情……王爺，飛劍離這裡可只有三十里地了，還不出手？」

徐鳳年不復先前惆悵，笑道：「再等等又何妨。」

袁左宗出現在遠處，徐鳳年擺擺手，後者心領神會，去下令大雪龍騎各部依舊各司其職，不用理會那名不速之客。

當飛劍臨近騎軍駐地十里左右，再度驟然加速前掠，快如一條年幼蛟龍初次開江。聲勢之大，天空中先是傳來一陣如同街道盡頭的爆竹聲，僅是依稀可聞，但是很快聲響就越來越刺耳，最後簡直如耳畔雷鳴。

徐鳳年伸出雙手，分別按住了左右腰間的北涼刀和過河卒。

劍拔弩張之際，徐鳳年突然鬆開了刀柄，與此同時，原本直刺營帳的飛劍劍尖向下微微一壓，釘入了地面。

這柄半截留在地面的長劍距離徐鳳年不過十步，長劍紋絲不動，但是仍有紫色劍氣縈繞劍身，流光溢彩。

稍候片刻，只見一名身穿布衣的高大老者大踏步闖入營地。老人背負一個用棉布包裹的長條形物體，在徐鳳年和徐偃兵五十步外停下腳步。環顧四周，老人明顯有些詫異，竟然沒有一兵一卒來「招待」他，這讓原本想著大打出手的老人頗有些失落憤懣。

老人白髮白眉白鬚，相貌有南人的清逸，身材如北地健兒，宗師風範撲面而來。他瞥了眼那名這兩年自己差點聽到耳朵起繭子的年輕藩王，然後冷哼一聲，隨手一揮，釘入地面的長劍頓時拔地而起，掠回懸掛腰間的烏黑劍鞘。

從頭到尾，徐鳳年的視線始終停留在老人身後背負的物件之上。

這位西楚劍道宗師當年在大楚的江湖地位，類似之後一劍獨霸太安城的離陽祁嘉節，跟國師李密和太師孫希濟算是一個輩分的人物，曹長卿遇上這個老人也應當執幾分弟子晚輩禮。

呂丹田中氣十足，明知故問地沉聲道：「你小子就是北涼王徐鳳年？」

徐鳳年略微收回視線，望著這個有點像是興師問罪的老人，語氣溫和道：「我就是。」

呂丹田解開繩子，摘下身後用棉布遮掩的物體，重重豎立在身前，嗤笑道：「姓徐的，你小子連老夫的一劍都不敢接下，是怎麼當武評四人的？咋的，只因為身後跟著吳家一百條走狗，再加上徐驍給你留下的一萬涼騎，才給你點膽子來咱們中原擺威風？」

徐鳳年反問道：「她人呢？」

沒有得到答案的呂丹田勃然大怒，好不容易才壓下滿腔怒火，聲如洪鐘：「關你卵事，孬種！」

老人話語過後，軍營中只有偶爾幾聲戰馬嘶鳴，此處格外寂靜。

呂丹田腰間佩劍已經顫鳴不止，老人更是如臨大敵地盯住年輕藩王身旁的那名中年漢子。

徐鳳年橫出手臂攔在徐偃兵身前，繼續問道：「要還東西，就讓她自己來。勞煩前輩把東西帶回去……」

呂丹田很不客氣地打斷話語，冷笑道：「你小子也配對老夫發號施令，也配對陛下指手畫腳？」

徐鳳年一本正經道：「請前輩打道回府。」

一個「請」字，咬字極重。

呂丹田如同聽到一個天大的笑話，拇指輕輕摩娑著劍柄：「可知老夫這把佩劍？鑄於廣陵江畔的山海劍爐，原名『大江』，西壘壁一役後，老夫改為『殺徐』。

只可惜陛下此次御駕親征，我大楚百萬雄師重新屯兵西壘壁，聽聞你們北涼騎軍即將進入廣陵，陛下不願見你，順便讓老夫攜帶舊物歸還北涼，且不准老夫大開殺戒，若非如此，方才那一劍，可就要向前推進五步了。」

徐鳳年皺眉道：「說完了？」

呂丹田繼續挑釁道：「說完了又如何？你敢和老夫一戰嗎？若是不敢，老夫再說十句、百句，你徐鳳年又能如何？」

徐偃兵面無表情道：「西壘壁一戰，呂氏直系子弟戰死十六人，親家馬氏，上陣百餘人全部陣亡。」

被揭開心頭傷疤的呂丹田鬚髮皆張，頓起殺心，五指握緊劍柄。

徐鳳年嘆息道：「你走吧。」

呂丹田怒吼道：「徐鳳年，身為北涼王，又是天下有數的武道大宗師，何懼一戰！」

下一刻，呂丹田瞠目結舌，不敢動彈，更不敢多說一個字。

眼前，的確就是在老人的眼前，有雙指做劍，距離老人眉心僅有寸餘。

若說先前腰間佩劍向前五步，就「有望」斬下年輕藩王的頭顱，那麼現在徐鳳年雙指只要稍稍向前推進一寸，就能入他頭顱。

其中道行差距，無異於天壤之別。

那一刻，措手不及的呂丹田才明白一個粗淺道理——「眼前」這個貌似很好說話的年輕人，並不因為是一個軟柿子而不得不擺出一副好脾氣。

徐鳳年一個字、一個字緩緩說道：「帶著劍匣返回西壘壁戰場，把大涼龍雀劍交還給她姜泥。如何？」

呂丹田咬牙切齒，打死都不肯說話。遭此羞辱，而且沒有還手之力，讓這位西楚劍道執牛耳者心如死灰。

原來武評有條批註所言不虛：天下武夫，只要不曾躋身陸地神仙，那麼哪怕已經是擁有大千氣象的天象境界，在徐鳳年、曹長卿、鄧太阿、拓跋菩薩這四人之前，就會跟指玄、金剛境界甚至是二品小宗師一般無二，皆是只有束手待斃的境地。

徐鳳年收回併攏雙指：「百里飛劍，前輩威風也抖摟過了，那麼接下來幫忙捎句話給你們陛下，我徐鳳年會去找她，有話當面說。」

呂丹田雖有頹然神色，卻絕無退縮之心，瞪眼厲色道：「徐鳳年，東西帶來了，就不會帶走！你有本事就自己帶著劍匣，衝過吳重軒大軍防線，衝過我大楚重重鐵甲！」

徐鳳年一笑置之：「也好。」

袁左宗在不遠處微笑道：「放心先行，許拱之流，還不需要王爺親身陷陣殺敵。」

徐偃兵笑道：「要不要我或是從吳家百騎中挑選幾人隨行？」

徐鳳年搖頭道：「不用。」

袁左宗和徐偃兵相視一笑，點了點頭。

徐鳳年突然笑臉燦爛起來：「當今天下，哪裡去不得？」

徐偃兵嘖嘖道：「這話真欠揍。」

袁左宗一臉深以為然。

看著北涼三人的淡然自若，被晾在一邊的呂丹田有種很古怪的感覺。

既有如重新見到徐家鐵騎的仇恨，也有設身處地大丈夫當如此的理所當然。

徐鳳年不再理睬百感交集的劍道宗師，轉過身去，雙指扯住包裹劍匣的棉布一角，輕輕扯動，露出那只紫檀劍匣的真容，眼神中露出一抹恍惚，但是很快就臉色堅定。

略作思索，徐鳳年自言自語道：「等著。」

瞬息過後，人走匣留。

天空中響起一陣聲勢壯烈遠勝先前呂丹田一人一劍的悶雷聲響。

轟隆隆的巨響，如同天空有一根千丈萬丈長的爆竹，在替中原辭著舊歲。

呂丹田滿臉震驚。

老人隨即苦笑一聲，低頭看了眼那柄懸佩了四十年的長劍：「老夥計，對不住了。」

失魂落魄的呂丹田也在徐鳳年之後立刻反身。

長掠而去的老人心中浮起一個念頭，是該真正離開江湖了。

一柄長劍在天高地闊的雄偉畫卷中，如一縷髮絲墜落於地。

很多年後，一名早年決意離開廣陵道戰場的無名小卒，在崇山峻嶺中，僥倖得手一柄棄劍，然後當他在江湖上大殺四方的時候，手中所提的正是那柄劍身篆刻有「殺徐」二字的名劍。

又在很多年後，這位在南方江湖如日中天的劍道宗師，赴北挑戰已是當之無愧天下第一人的余地龍，結果手中劍被硬生生折斷。也正因為此事，與這名劍客相交莫逆的一個遊學儒生荀有方橫空出世，第一次出現在江湖視野中，跟命中宿敵余地龍有了第一場巔峰之戰。

在那之後，余地龍與遺憾落敗的荀有方便有了十年之約，之後整整六十年，兩人各領風騷三十年。

但是當下的江湖，余地龍還只是幽州騎軍的一名斥候伍長，荀有方還是一個在武帝城賣小籠包的少年；還有徐鳳年、曹長卿這四座巔峰屹立於江湖之上，還有連同徐偃兵、顧劍棠在內的十座高山橫亙在江湖後輩眼前。

此時袁左宗憂心忡忡說道：「你說王爺會不會先繞路去一趟廣陵江？」

徐偃兵點頭道：「你是說先去找陳芝豹？我想會的。」

然後徐偃兵拍了拍袁左宗的肩膀：「該擔心自己處境的，難道不該是陳芝豹嗎？」

袁左宗會心笑道：「倒也是。」

◆

中原山河逶迤壯麗，廣陵江上，一艘艘高大樓船戰旗獵獵。

江心一艘猶如鶴立雞群的旗艦上，白衣男子走出船艙，手中拎有一杆長槍。

梅子酒。

此時江水滔滔，天上大風。

仙人南渡。

一標五十餘精騎，兵強馬壯，向北疾馳。

這支騎軍配備有離陽朝廷時下最為精良的制式戰刀，僅從透出箭囊的那片緊密白色景象中，就更可以看出這標騎軍的精銳程度。

馬弓的箭羽無一不是硬挺質密的雕翎，兵家公認雕翎做箭羽，可以為箭矢提供更加優秀的抗風性，故而更為精準，同時為了彌補射程上的損失，對弓手的膂力要求就更大，非軍中健卒不得挽雕翎勁弓。

當今弓馬最為熟諳的幾大離陽邊境騎軍中，北涼重弩輕弓，而兩遼和薊北則是弓弩夾雜而用，其中以盛產弓手著稱於世的薊北騎軍，更是弓遠多於弩。這支向北快速推進的斥候騎軍便是師承薊北邊軍，半數騎卒都出身薊北塞外。在薊州做了十多年土皇帝的大將軍楊慎杏素來偏重步軍，導致這撥擅長弓射的騎卒大量流失，托關係走門路紛紛背井離鄉，在中原腹地的軍伍中謀取一官半職。

這標斥候的頭目正是出身薊北的北地健兒，跟隨父親離開邊境的時候還是個少年，如今早已習慣了青州的風土人情。因為父親退伍時在青州軍中做到了校尉，所以他這麼多年來不缺醇酒珍饈、胭脂美人，只不過比起土生土長的青州士卒，有個對沙場硝煙念念不忘的父親時刻盯著，所以練就了一身不俗的騎術武藝。

上次青州騎軍趕赴戰場，在馳援淮南王趙英一役中死傷慘重，他因為父親病重，必須要他這棵家中獨苗守在身邊，得以逃過一劫。這次出兵離境，領軍主將跟他父親是稱兄道弟的至交好友，對他頗為器重，所以特意讓他拉攏起一撥擅長騎射的軍中精銳，並且在昨夜專程把他喊到大帳內，叮囑他那一標名副其實的探馬不得離開大軍過遠，一旦遇上北涼騎軍的斥候，不得糾纏，務必全身而退，甚至在談話末尾，主將還透露出兩軍廝殺後准許他帶兵離開的意思。這讓一心想要在軍中攀爬到正職將軍的他在感激的同時，亦是心懷不滿。

地方武人的進階本就艱難，只能按部就班，尤其是到了校尉高度後，就要比拚家底了。以他的家世，如果沒有意外，十幾、二十年後靠著水磨功夫，然後像父輩那樣在青州當個小有兵權的校尉已經頂天了，唯有那種能夠呈現在兵部衙門大佬們桌案上的實打實戰功，才能打破門檻和規矩，至於軍功是來自北莽蠻子的腦袋，還是北涼蠻子的頭顱，他都不在乎。

大雪早已消融，初春的田野，綠意盎然，路旁有些喊不出名字的野花，叢叢簇簇，相互依偎，已經抽出鮮嫩的黃色花苞，在和煦春風中搖曳生姿，放眼望去，柔和而安詳。

根本就不像是戰場。

馬蹄踩踏在柔軟的地面上，就像男人在用手掌拍打著情人的柔嫩肌膚，就像是青樓脂粉堆裡的清倌兒在敲打著紅牙玉板。

若是再過個把月，等到油菜花開花的時候，一壟壟蔓延開去，黃花黃的景色，便會填滿人們的視野。

按照先前諜報顯示，己方大軍還有一天半左右的推進，才會正式進入北涼斥候巡視的危險地帶，但是那時候他們青州軍也可以跟兵部許侍郎的京畿精銳會合，更有袁將軍的一萬薊北邊騎作為機動主力牽扯北涼軍。

不管怎麼說，只要準時到達地點入駐配合許侍郎進行協防，七拚八湊才拉出不足五百騎軍的青州軍，在這期間不太可能成為北涼騎軍的主要敵人，倒是一個小娃娃統領的兩萬蜀兵，更有可能遭受北涼騎軍的衝擊。

可就在這個暖風熏人醉的怡人時分，這名一馬當先的標長身軀猛然緊繃，沉聲道：「有敵情！西北方向，六百步！」

經過標長的提醒，眾騎才發現視野盡頭，依稀可見幾個靜止不動的黑點，若是粗看也就一瞥而過。

標長雙眼瞳孔放大，緊張而興奮。不同於他那個在薊北邊境線上打老了仗的父親，他雖然憑藉一身出眾的武藝，在軍中擂臺上贏得「出林虎」的綽號，甚至如今連父親也不是他的對手，但是父親經常提醒他戰場廝殺，不比平日裡軍中技擊的你來我往，更不是江湖武人一團和氣的切磋，往往生死就是一線間。原本他不太上心，可是此次隨軍出征，父親竟然讓他披甲持刀，而父親自己也破天荒穿上了那副早年從薊北軍中偷帶出境的老舊鎖子甲。

在家中校武場上，父子對決，當那個自己誤以為已是無牙「老」虎的父親，眨眼後硬是拚著一刀砍在肩頭，也把那柄刀架在他脖子上，只需加重一分力道就可割走他的腦袋，那一刻他才真正明白父親所謂的以傷換死，到底是什麼意思。

事後給父親包紮傷口，父親語重心長地告訴他，爹這類出身不高的邊軍老卒能夠活到今天，只靠一件事，就是運氣。軍中不知有多少自恃漂亮花架子的世家子弟，初次陷陣就屍首不全。

這隊探馬的標副快馬跟上，嗓音有一絲發顫，「蔣標長，怎麼說？打還是不打？」

標長呼出一口氣，瞇眼道：「說實話，上頭的意思是不准咱們擅自開戰，就算咱們把那四、五騎北涼蠻子一鍋端了，也未必討喜。」

勻速前奔的青州探馬因為沒有標長的命令，既沒有展開衝鋒追擊，也沒有停馬不前，就這麼一點一點跟那小撥北涼斥候拉近距離。

大概是受到標長那股氣定神閒感染，原本緊張萬分的標副也開始冷靜下來。雖說是面對號稱當世斥候第一的涼州遊弩手，但是己方可是足足一標五十一騎探馬，幾乎個個都是青州軍中的頭等精銳，之前這名標副還有些抱怨自己作為探馬，上頭嚴令必須以一標建制「浩浩蕩蕩」地偵察敵情，實在不太像話。

可一來作為假想敵的北涼騎軍要防著數股大軍，二來這裡畢竟不是那幫蠻子的地盤，相信北涼遊弩手不敢太過深入腹地，所以既然本就沒辦法真正擔當起探馬的職責，也就無所謂是否發揮他們這標斥候的最大效果了。

現在看來，誤打誤撞，上頭的過度謹慎反而成了他們的幸事。四、五顆敵軍腦袋，分攤下去，也是一筆不小的功勞，尤其對方還是嚷了二十年天下無敵的北涼鐵騎，相信上頭不管是如何摳門，總該讓連他在內的這標一正兩副三人，都往上挪一、兩級位置了。

於是標副臉色猙獰地望著三百五十步外，不知為何那數騎依舊沒有動靜，難道是嚇傻了不成，不過已經可以逐漸清晰地看到對方。

標副確認敵人不過是寥寥五騎，並且附近沒有潛伏別部敵軍後，忍不住咧嘴笑道：「蔣標長，總共五顆北涼蠻子的腦袋，雖說不夠咱們塞牙縫的，但蚊子腿也是肉，三顆歸你，我和老賀一人一顆就夠了！」

標長搖頭道：「這才是開了一個好頭，更大的戰事功勞肯定有的是，我暫時不缺這點，也還年輕。但是老宋你和老賀不同，不在這次北上撈夠軍功，就只能從可憐巴巴的副尉位置上退下去，你們不抱怨什麼，我都要替你們打抱不平，所以這趟你們一人一顆跑不掉，其餘三顆就都分給兄弟們。」

已經快要年近四十的標副抱拳道：「老宋也不矯情，肯定記在心裡！」

兩支斥候相距約莫三百步。

狹路相逢。

但是就在青州探馬標長下令起弓之際，那伍北涼斥候竟然撥轉馬頭開始後撤了，不急不緩，遊刃有餘。

標副老賀在這標青州探馬中性情最是暴躁，如果不是多次喝酒誤事，以及頂撞上頭，應該早就有個正兒八經的都尉官身了，那才算由吏入官，得了流品，否則任你如何驍勇善戰，在青州官場也別想讓那幫文官老爺正眼看待。所以這次接觸戰，老賀比蔣標長和同齡人老宋都更加眼紅，恨不得胯下戰馬多生出四條腿來。

老賀雖然不再年輕，但是老當益壯，膂力依舊驚人，那張弓是青州軍中少有的三百斤強弓，尋常弓手在戰場上連射二十已經是手臂和長弓的雙重極限，可是老賀的誇張膂力和那張舊蜀良匠打造的優質大弓，足以支撐老賀連射三十而氣力有餘。

北涼遊弩手的主動撤退，讓這標青州探馬膽氣大壯。

老賀用勁夾馬腹，怒吼道：「殺敵！」

五騎北涼斥候並不見如何倉皇匆忙，但是無論青州探馬如何驅使戰馬前奔，雙方距離始終保持一百五十步左右，遠在馬弓射程之外。

不知青州探馬中誰率先喊出「殺蠻子」，很快類似「殺北涼蠻子」的喊聲在馬隊中此起彼伏。

五名涼州遊弩手幾乎同時轉頭。

蔣標長有些莫名其妙的不安。

接下來一幕，很快讓這名在邊境上世受騎射的標長既擔心又寬心，擔心的是這場戰事一觸即發，寬心的是本就兵力處於絕對劣勢的敵人一騎加速離去，只留下四騎用以阻滯己方追殺。

四騎涼州遊弩手開始撥馬回身。

馬弓射程不如步弓，是板上釘釘的事實。在青州軍中並非沒有裝備輕弩，只是數量不多。中原腹地隨著十多年歌舞昇平，有以抱團享譽朝野的青黨把持靖安道軍政，又有溫太乙等人在朝中說話，靖安道尤其是青州和襄樊城一向日子舒坦，外邊勢力油鹽不進。

青州上下，大體上是閉門享福的愜意歲月，長此以往，在沒有戰事以及更加倚重水師戰力的青州，軍方庫存本就不多的良弩，就陸陸續續成了官宦子弟的專寵玩物，在接觸過輕弩的青州騎軍看來，那玩意兒當然不差，是值錢的好東西，可就是太稀罕了，保養也麻煩，而且僅就射程而言，還要遜色馬弓一些。

然後這標青州探馬在相距百步左右的時候挽弓，驚駭地發現那四騎竟是與他們差不多同時抬臂舉弩！

其實在這個距離上的馬弓如果立即射出，準頭就已經頗為勉強，若想破甲傷敵更是難上加難，除非射中足以致命的敵人面目，否則成效極小，因此在七十步左右才開首弓向來是青州騎軍的軍律。

探馬中膂力第一的標副老賀成為第一個射出箭矢的強勢人物。

雙方相距八十五步，挽弓如滿月的老賀，一支箭矢砰然作響迅猛破空而去，完全是違反常理的筆直一線，足可見這名斥候標副的恐怖膂力。

涼州遊弩手下意識彎腰側開肩膀，原本射透胸膛的那根雕翎箭矢幾乎是貼著他的鐵甲擦過。

自信滿滿的老賀心頭一震。

八十步，北涼四騎不但抬臂舉弩，而且已經開始射殺敵騎。

沉悶的「噗」一聲，一名正在拉弓蓄勢的青州探馬猛然向後倒去，額頭釘入了一根弩箭，貫穿頭顱。

一位因為過於緊張而匆忙射出軟綿一箭的年輕探馬，只見眼前突兀出現米粒大小的黑點，下一刻喉嚨就被射穿，他丟棄那張馬弓，雙手摀住脖子，墜落馬背。

蔣標長微微斜了斜腦袋，一根北涼箭矢在他臉頰上抹出一條血槽，但是這名青州騎軍的佼佼者雙手沒有絲毫顫抖，砰然一聲射出一箭。

遠處一騎北涼蠻子哪怕做出了躲避姿態，但是整個肩頭仍是被他破甲釘入骨肉。

青州標副老宋不但躲過了弩箭，第一根羽箭的準頭也是極準，只是被面對面那騎北涼騎卒彎腰伏在馬背上剛好躲過。

肩頭插箭的那騎涼州遊弩手，彎腰躲箭的那一騎，還有已經殺人的兩騎，都在青州探馬三名首領射出第二支箭矢，其他青州騎卒也搭箭挽弓的時候，就已經是弩箭勁射而成。

這四騎沒有誰繼續針對蔣標長這一正兩副，於是很快就有四騎青州騎軍應聲落馬，無一例外都是面孔和喉嚨這兩處，足以斃命。

可是絕大多數已經驚慌失措的青州探馬，不但準頭大失水準，而且對方的北涼蠻子顯然極其擅長躲避，以至除了神箭手老賀一箭建功，將一名涼州斥候射落下馬，連標長和標副老宋的兩箭都沒有成功殺敵。

蔣標長那一箭堪稱精妙，非但沒有刻意尋求一箭致命，甚至捨棄了射人，而是直接選擇了先射戰馬頭顱，可那一騎伍長模樣的北涼蠻子，騎術精湛到了驚人地步，只是稍稍扯動馬韁，與主人心有靈犀的那匹涼州戰馬就偏轉馬頭，這導致那根箭矢只是在那伍長的大腿上剜去一大塊肉，短時間內無損戰力。

蔣標長已經顧不上驚懼敵騎的戰力，怒吼道：「穩住！沒把握就射馬！」

他知道進入四十步後，就註定是己方最具威力也是最後一根箭矢了。

不但是依舊留在馬背上的北涼三騎，就是墮馬後一個滾地卸去衝勁的那名騎卒，也緊隨三名袍澤，以單膝跪地的姿勢射出第三根弩箭。

標副老賀殺紅了眼，手臂肌肉鼓脹隆起，大力挽弓，嘶喊道：「蠻子去死！」

但是讓所有青州探馬感到彆扭和窒息的一幕發生了，除去那名負傷墮馬的北涼蠻子，其餘持弩三騎在射出弩箭後，無須主人有任何動作，戰馬都默契地稍稍變動了衝鋒路線，看似忽略不計的一線之隔，就是從死到生。

這一幕，教會了蔣標長兩件事——何謂邊關老卒，何謂涼州大馬。

所有已經放下馬弓的青州探馬來不及多想，下意識就齊齊喊出一個「殺」字，抽出戰刀，策馬狂奔。

比起青州馬弓要多出一輪箭矢的涼州偵騎也開始默默抽刀，繼續前衝。

三騎，對上四十一騎，兵力懸殊的雙方，一方竭力嘶吼，一方異常沉默，就這麼撞了個滿懷。

蔣標長和標副老宋幾乎等於是聯手，都沒能徹底留下那名北涼伍長。這並非遊弩手的伍長武藝就超過兩人，事實上單槍匹馬廝殺的話，青州這邊標長標副任何一人都勝算較大，尤其是下馬步戰，蔣標長更能穩操勝券。

兩人預料雙方戰馬奔速都到達極限的時候，涼州戰馬竟是驟然間再度加速，展現出讓青州騎軍感到恐怖和陌生的巨大爆發力。正是這股爆發力，讓那名北涼伍長不但躲過了兩刀，僅是在後背被青州標副劃拉開一道血口子，但是得以繼續向前鑿開青州騎軍的陣形，乾脆俐落地伸臂一刀，就是一顆青州騎卒的頭顱高高躍起。

「兩軍」擦肩而過。

三騎中僅有那名伍長破陣而出，一人一馬，放緩速度，沉默而孤單地撥轉馬頭，準備下一輪衝殺。

衝陣兩騎在各自劈殺三騎後已經戰死途中，而那名最早墮馬的北涼傷卒，哪怕死前，也以步戰騎，以箭射死一騎，一刀挑死一騎，然後被一匹青州戰馬狠狠撞在胸口，倒在血泊中。

幾乎咬碎牙齒的蔣標長轉頭看著僅剩的那名北涼騎軍，瞥了眼馬隊前方十幾步外那名將死未死的騎卒。

北涼蠻子以三騎換掉了老子麾下的十五騎，整整十五騎啊！

這名惱恨至極的青州標長重新挽弓，箭頭對準那名已經躺在血泊中的北涼傷卒。

僅僅十多步而已，一箭射入那名騎卒的頭顱。

地面之上，只見雕翎顫動。

◆

中原對於北涼，不是只有文人的罵聲。

如今廣陵江中下游，青州水師占據居高臨下的優勢，一直是曹長卿親自坐鎮旗艦的廣陵水師屯兵下游，但因為青州水師總體戰力不如後者，所以就只能對峙下去，可謂輸贏只會在江外，只能眼睜睜看著廣陵江北岸的廣袤土地上，互換生死。

如此一來，青州水師的兩位話事人，其中有「龍王」美譽的韋棟去過京城面過聖，已經跑去廣陵王趙毅的府上成為座上賓，算是抽身而退了。這就苦了只在名義上作為水師統帥的靖安王趙珣，征南大將軍吳重軒麾下那幫驕兵悍將，不怎麼拿這位年輕藩王當回事，連帶著地方官府也不怎麼待見離開轄境的趙珣，使得趙珣只能待在一艘黃龍樓船上閉門謝客。當然，也沒什麼人可以讓年輕藩王去謝客，據說每天從兩岸購置送往船上的佳釀醇酒就沒有斷過，多半是躲起來借酒消愁呢。

但事實上趙珣非但沒有意志消沉，反而興致頗高。除了身邊有那位形神皆酷似老靖安王妃的動人女子作陪，趙珣在船艙內兩面牆壁上分別掛有涼莽關防圖和廣陵形勢圖，每天都會搬把椅子在牆下正襟危坐，琢磨兩個戰場接下來的趨勢。

雖然趙珣心知肚明，自己短時間內極有可能註定是個滑稽可笑的無兵藩王了，但是趙珣在老靖安王趙衡那裡學到了一件本事，那就是隱忍蟄伏，而老藩王留給他的那個謀士，又教會了趙珣第二件事，就是以退為進。

青州騎軍損失殆盡，是自斷一臂，但這讓他坐穩了靖安王的座椅，甚至略有盈餘，畢竟他入主了青州水師，接下來那一萬靖安道青壯的慷慨赴死，則是他在身邊少了那名目盲年輕人之後的第一次自作主張。

趙珣頗為自得，如果朝廷沒有讓溫太乙和馬忠賢這兩位新任封疆大吏來他的地盤摻沙子，那就更圓滿了。尤其是溫太乙這個熟稔靖安道官場的老青州，在洪靈樞入京後，溫老侍郎時隔多年突兀地殺了個回馬槍，以經略使的顯赫身分衣錦還鄉，令他如芒在背。至於馬忠賢，終究是個外鄉人，青州官場出了名地排外，再者地方上軍政大佬相互間眉來眼去是朝廷大忌，馬忠賢不太可能跟溫太乙真正做到同氣連枝。

今日趙珣又坐在牆下，雙指拎著酒壺輕輕搖晃，側頭笑望向坐在自己身旁椅子上的女子：「那位陸先生在背叛我之前，曾經留下一封洋洋灑灑萬餘字的長篇書信，其中就提到廣陵戰事中後期的青州格局。他說這一任靖安道經略使可能會是身為早年張廬棄子的元虢，節度使則是洪靈樞這位地頭蛇，結果妳看看，咱們陸先生也有『看錯』的時候啊。」

女子皺了皺眉頭，並不是一味附和年輕藩王對那位謀士落井下石，而是以毫不遮掩的教訓口氣說道：「陸先生前兩年為王爺鞠躬盡瘁，即便沒有善始善終，可終歸沒有對你做出半點不利舉措，那麼你就不該如此挖苦他！身為一方之主，就當有與之匹配的容人之量。」

趙珣也不生氣，笑咪咪道：「是我錯了。」

她感慨道：「如果陸先生還留在王爺身邊就好了。」

她如今在青州高層官場暗處被腹誹為女子藩王，甚至連洪靈樞在離任前都揣測正是這個來歷不明的女子，在年輕藩王身邊吹枕頭風，才擠走了素來對她不喜的目盲謀士。但是她也好，趙珣也罷，都清楚根本不是這麼一回事，真正要陸詡離開青州的人，是太安城坐龍椅的那位年輕天子。

差不多的歲數，同樣姓趙，一個身穿蟒袍的年輕藩王，一個身穿龍袍的年輕天子，卻是雲泥之別啊。趙珣知道陸詡的身不由己，但是他對陸詡的情感一直極為複雜晦暗，既有敬佩也有忌憚，既想成為至交好友，又希望能夠折服此人。

趙珣舉起精美酒壺小酌一口，笑意濃郁了幾分：「世人不知道姓徐的為何舉兵南下，我曉得，愛美人不愛江山嘛。以前我確實很嫉妒他，現在回想一下，何須如此？自己心儀的女子，檯面上貴為坐擁半數中原版圖的一國之君，可結果先是被那名玉樹臨風的宋家弟子覬覦，朝堂上更有無數臣子幫著鼓吹造勢，等到戰況不利，曹長卿不得不離開水師，文武百官們好不容易消停一點，她又被架到火爐上，不得不御駕親征。

我剛剛得到幾封諜報，泱泱大楚養育出來的巍巍士子，竟然開始主動向外邊洩露出一個祕密消息——那女子其實並沒有前往第一條防線西壘壁古戰場，而是被隱蔽禁錮在了皇宮大內！

一個個道貌岸然，美其名曰君王不可以身犯險，以防萬一，其實呢，還不是想著西楚京城被破之日，他們這幫文官老爺能夠把他們的皇帝陛下推出來頂缸？若是沒有她這個價值連城的投名狀，等到西楚武將死絕，作為跟著曹長卿造反的文官，又無籌碼跟離陽朝廷交易，到時候能有活路退路？」

趙珣譏諷道：「聽說吳重軒麾下幾員猛將，都立下了軍令狀，吳重軒也許諾那幾個心腹，誰率先攻破西楚京城，他吳重軒就可以跟皇帝陛下求來那亡國女帝姜姒的自行處置，破城之人得美人！真是好大的一筆添頭啊！難怪現在西線那邊的南疆大軍幾乎人人都打瘋了，根本就是不計後果地往死裡打。

除了那個比較可憐的何茂在太安城被徐偃兵打得半死，再沒這份運氣，從天下用戟第一人的南疆萬人敵王銅山，到唐河、李春郁這些人，無一不是對部下散盡金銀，甚至還有人不惜冒險偷偷跟地方官員豪紳大舉借債，吳重軒對此自然是睜一隻眼、閉一隻眼。」

趙珣揉了揉下巴，幸災樂禍道：「那個昔年燕剌王趙炳極為倚重的王銅山，聽說姜姒御駕親征西壘壁前線，竟然擅自離開他負責的老杜山戰場，只領著十八精騎向北急突三百里，更是在兩支大軍對壘的陣前地帶，出人意料地憑一己之力破陣兩百步，死在他大戟之下的西楚將卒不下百人，死狀淒慘，嘖嘖，可惜王銅山也是事後才知道那名女子並非西楚女帝。

不過此役過後，王銅山那句名言相信你也聽說了，雖說有些粗鄙不雅，可確實道出了很多當今天下無數男子的心聲啊，哈哈，『姓姜的小娘兒們，老子是大將王銅山！手中有大戟一杆，胯下亦有小戟一杆，聽聞妳劍術不俗，敢不敢與我王銅山大戰一番？床上、床下都要妳心服口服！』」

趙珣說到這裡，忍不住捧腹大笑，差點笑出眼淚，但眼神陰沉，好像在說：你徐鳳年是三十萬鐵騎共主又如何，是武評四大宗師之一的神仙人物又如何？你果真能夠連破數條離陽戰線，去救你的女人？

不同於這位靖安王的大快人心，趙珣身邊的她眼神黯然，同樣是女子，自然有些心有戚戚然。

亂世之中，女子，尤其是有姿色的美人，有幾人能夠倖免於難？

趙珣善解人意地身體前傾，拍了拍她的手背，眼神溫柔道：「放心，我趙珣此生必不辜負妳。」

她正要說話，驀地猛然起身，一把近乎蠻橫地將趙珣從椅子上拉拽而起，將他護在自己身後。

當她看到那個並不陌生又很陌生的背影後，如遭雷擊，臉色慘白，身軀開始不由自主地劇烈顫抖，以至攥緊年輕藩王的五指力道極重。

趙珣因為疼痛而滿臉痛苦，但是跟她如出一轍，當他看到那個背影後，剎那間忘卻了刺痛，只有膽寒，如魚蟲蜉蝣突然見到過江大蛟。

那是一個修長的身影，腰間懸佩雙刀，正站在對面牆下，一隻手扶在椅沿上，仰頭看著那幅略顯粗糙的涼莽關防圖。

她死死咬住嘴唇，滲出血絲而不自知。靖安王趙珣瞬間就是冷汗浸透後背。

那個照理說最不該出現在此地的不速之客，並沒有轉身，只是繼續盯著那幅形勢圖，緩緩開口道：「都是熟人了，看你們聊得很開心，就沒打攪你們。」

趙珣無比希望自己在這種關頭能夠挺直腰杆，哪怕能夠說上一句半句硬氣話也好，可是就算他自己，也發現了自己說話的時候牙齒在打戰：「你怎麼會來這裡？」

那人語氣沒有絲毫波動：「本來是找陳芝豹的，剛好發現你們在附近，就來打聲招呼，如果不是靖安王你道破天機，本王還真不知道她其實沒有出現在西壘壁防線。」

此人越是如此心平氣和敘舊一般，她和趙珣就越是肝膽欲裂。

此人連出現在京城內的重騎軍也敢殺，連欽天監畢恭畢敬供奉數百年的天上仙人也敢殺，那麼此時無聲無息地登門造訪，再無聲無息地殺兩人又算什麼？

趙珣不知哪裡來的勇氣，雙眼通紅，突然對那個背影吼道：「徐鳳年！你敢殺我？」

徐鳳年轉過身，扯了扯嘴角，似笑非笑。

那種眼神，更讓年輕靖安王感到悲憤羞辱：「你當真要殺離陽藩王，公然造反？」

徐鳳年說道：「離陽趙姓藩王，很值錢嗎？」

趙珣臉色陰晴不定。

徐鳳年補充了一句：「最快趕來的兩位靖安王府供奉已經死了，就在剛剛。至於那些王府死士扈從，就算在這艘黃龍戰船上人擠人外加疊羅漢，湊個千把人，當真夠本王殺嗎？」

趙珣終於崩潰，身形踉蹌地向後退出一步。

離陽最早成功世襲罔替的年輕藩王試圖重新向前踏出一步，但是偏偏做不到。

當徐鳳年剎那間出現在趙珣身前的時候，那個女子始終在顫抖，始終沒有勇氣出手，連微微抬起手臂的膽量都沒有。

徐鳳年伸手掐住這位堂堂靖安王的脖子，將他提著離開地面：「之所以今天不殺你，是你這種廢物留給離陽趙室，比死了要更有用。趙珣，你說趙衡用一條老命幫你爭取來世襲罔替，是不是虧本了？」

眼眶佈滿血絲的趙珣雙手抓住那條手臂，但是雙手無力，徒勞無功。

徐鳳年就這麼提著趙珣走出船艙，來到欄杆附近，高高舉起，將這位靖安王砸入水中。丟擲力道之大，在廣陵江水面上激盪出一大片水花。

這已經是趙珣第二次淪為落湯雞了，上一次是靖安王世子殿下的時候，在春神湖，這一次已經是貴為藩王，換成了在廣陵江。

真名本該是舒羞的女子，戴著那張自己精心打造的生根面皮，站在不遠處，嘴角鮮血流溢，不敢正視徐鳳年，顫聲道：「世子殿下……」

突然意識到這個年輕人已經不再是那個世子殿下了，舒羞匆忙輕聲道：「王爺，舒羞這些年沒有對不起北涼，陸詡離開青州的消息也是奴婢傳遞給拂水房的，奴婢只是……只是沒有……」

說到這裡，她已經說不出一個字。

當她等了片刻，並沒有等到那位北涼王痛下殺手，然後抬起頭，只看到他舉目遠眺，視線投注在了一艘尤為巍峨的黃龍樓船之上。

她一咬牙，躍身跳入江中。

徐鳳年根本沒有理睬舒羞的舉動，一閃而逝，腳底下那艘船頓時向下陷去丈餘！

廣陵江面大浪掀動，轟然作響，動靜之大，連附近一艘樓船都開始搖晃不止。

約莫兩百丈之外的樓船上，一向很少出現在水師視野中的白衣男子，那位名動天下的蜀王，站在了船頭，手中倒提著那杆世間名槍第二的梅子酒。

大江之上，一道身影出現在猶然高出樓船的空中。

陳芝豹手腕一抖，長槍梅子酒，雖是以槍尾做槍頭刺向空中，但是暫時作為槍尾握在陳芝豹手心的槍頭，已是青轉紫。

以這艘樓船為圓心，百丈之內的江面，如同百條蛟龍共同翻搖，江風並不顯著的今日廣陵江，憑空出現一波波滔天大浪。

而陳芝豹槍尖所指的高空，雲霄破開一個窟窿，日光透過其中灑落在大地，形成了一道肉眼可見的巨大光柱。

眨眼過後，陳芝豹手中梅子酒由豎變橫，不但如此，中間那段槍身抵住了手臂。

一柄過河卒，就那麼砍在梅子酒上。

短暫的寂靜無聲過後，是陳芝豹所處的這艘巨大樓船再無樓，甲板上所有建築都被向四周撞出的那股磅礴氣機瞬間拍爛炸碎。

過河卒向下壓去，陳芝豹和梅子酒紋絲不動，但是已經破碎不堪的樓船雪上加霜地向下沉，就像一艘急速漏水的沉船。

很快廣陵江上已經看不到樓船的蹤跡，陳芝豹就像只是站在水面上，橫槍而立。

四周那些青州水師的黃龍戰船搖晃著向後滑去，就近幾艘作為水師主力戰船的艨艟尚且有翻船跡象，更別提體形更小的露橈先登等船，直接就是倒扣在了廣陵江面上。

陳芝豹臉色如常，看向百步外已經空蕩蕩的江面，手腕輕旋，終於第一次正常持槍對敵。

梅子酒的槍身青紫兩氣縈繞，在日光下那槍尖如同七彩琉璃。

白衣兵聖的袖管已經破碎不堪，而且先前在那柄過河卒如同山嶽壓頂的撞擊之下，抵住梅子酒的手臂也已經微微滲出血絲。

陳芝豹視線所及的地方，是徐鳳年站在江面之上，懸掛在腰間右側的北涼刀，依舊不曾出鞘。

當今江湖，已經知道新涼王徐鳳年真正的撒手鐧，是左手刀，所以當他僅是右手拔出左腰佩刀的時候，就意味著真正意義上的生死之分，還在下一刻。

陳芝豹平淡道：「我沒有想到。」

他遠遠沒有傷及根本，徐鳳年更是如此。但是既便如此，兩位武道大宗師的初次交手，那艘黃龍樓船被徐鳳年僅僅一擊，就被輕而易舉硬生生地壓入了水下。

將一艘浮在江面之上的黃龍巨船全部打入水底，需要多大的威勢？

在旁觀戰？隔岸觀火？拍手叫好幾聲，指點江山幾句？

狼狽不堪的青州水師沒有得失心瘋，四散逃命，救人都已經顧不上了。

白衣飄搖的陳芝豹笑了笑：「等你恢復巔峰，等我躋身聖人，再戰不遲。當然，你要是能先行一步，我不會逃。換成我比你快的話，你也逃不掉。」

徐鳳年沒有說話。

這位新涼王只是用出鞘的左手刀告訴白衣兵聖，有些事，你陳芝豹說了不算。

這一日的廣陵大江，上下百餘里的浩渺江面，如有兩尊天庭巨人舉錘擊水，天昏地暗。

後世有野史記載，廣陵江這一日海水倒灌。

一襲白衣盤腿坐在一條隨波起伏的破碎船板上，那杆梅子酒隨意擱置在膝上，江上清風拂面，江面趨於平靜，衣袂翩翩，讓這位用兵如神的蜀王更似神仙中人。

他心口稍稍向左偏移寸餘，鮮血淋漓。

陳芝豹雙手輕輕放在梅子酒上，無悲無喜，抬頭望向天空，沉默不語。

他收回視線，低頭望著江水，偶然間有一尾江鯉在船板附近快速游弋而過。

這個似乎從來沒有朋友的白衣兵聖，也從未與人坦誠相見過的蜀王，沒來由想起年少時聽到的一個故事。

「子非魚，子非我。」

而遠處北岸，有個重新懸佩雙刀的年輕人，南渡後北歸。

往北去，去看她，一眼也好。

但是在見她之前，他要先殺個人。

王銅山。

第九章　王銅山被殺軍營　徐鳳年闖宮西楚

廣陵道的老杜山一線，是南疆大軍的主攻方向，也是西楚主力之一的四萬大軍重點防守地帶，因此吳重軒派遣了南疆軍中第一人王銅山負責此處戰事，以防裴穗主持的那股西楚叛軍鬧出么蛾子。

王銅山雖然在兵力上不占優勢，只有兩萬的清一色步軍，但是山嶺縱橫的南疆道本就不出大規模騎軍，吳重軒雖有一支重金打造的騎軍，但是先前都被燕剌王世子趙鑄給坑騙了去，等於是有借不還。

叛出南疆歸順朝廷的吳重軒對此也沒有「斤斤計較」，而王銅山的兩萬步軍，是吳重軒麾下除去六千親軍之外的最精銳步卒，其中吸納了眾多南蠻部族，最是悍不畏死。正因為王銅山的驍勇無雙，以及他部下的善戰敢死，最重軍紀的吳重軒才沒有把視軍律如無物的王銅山直接問罪，而是讓這名猛將在老杜山戰場上戴罪立功。

主將大帳內，一名魁梧如山的中年漢子袒胸露腹，仰頭舉起酒囊往嘴中倒酒，喝酒已經不足以形容此人的豪氣，四濺的酒水流淌滿身。他腳底下踩著一名裸露女子的後背，身旁地面上插有一杆猩紅大戟。

軍中禁止飲酒，禁止婦人隨軍，在離陽王朝任何一支軍伍中幾乎都是雷打不動的兩條鐵律，但是此人顯然根本就沒當回事，美酒照喝，女人照玩，只不過他只要有戰事，必定身先士卒。

不是他希望以此收買人心，原因再簡單不過，他喜歡殺人，以至原本是南部將軍的他，不得不被燕剌王親自趕到北疆吳重軒麾下，用納蘭右慈的話說就是再由著他殺下去，南蠻諸部不出三年就要被殺得絕戶了。

他在南疆無疑是一位極富惡名的傳奇人物，斗大字不識，粗鄙至極，卻喜好附庸風雅，請了或者準確說來是綁架了幾名讀書人來做狗頭軍師，甚至自封了一個「歡喜將軍」的荒誕別號，因為他是無女不歡，無酒肉也不歡，無人死更是不歡喜。

他經常掛在嘴邊的兩句口頭禪分別是：「北涼那褚胖子跟我比起來，只算半個惡人」，「程白霜、嵇六安跟我比起來，只算半個高手」。前一句不好說，畢竟一人在北涼妳一人在南疆，後一句則毋庸置疑，並非他自我吹噓，他曾經直接提著大戟跑去如今是天下十大宗門之一的龍宮大門口，叫囂著要宮主嵇六安乖乖交出林紅猿那娘兒們伺候他三個晚上，否則就要血洗龍宮上下。

事實上當初林紅猿離開南疆，易容喬裝前往春神湖畔的快雪山莊參加武林大會，大抵上就是為了躲避此人的糾纏不休。要知道當時如果不是公認的南疆江湖第一高手程白霜路過龍宮，即便嵇六安和龍宮的幕後恩主是納蘭右慈，也難逃一劫。

這個人就是王銅山，當世用戟第一人，南疆頭號猛將。

在仰頭痛飲的王銅山身前，站著個身材瘦弱卻不得不披掛鐵甲的年邁儒士，目不斜視，眼角餘光都不敢觸及王銅山腳底下的婦人，他小心翼翼跟主將稟報著最新戰況：「剛得到一封西楚京城那邊送來的密報，來源相當可靠，是一名禮部左侍郎的親筆信，信上說那個謝西陲已經祕密來到老杜山前線，不過好像只帶了兩、三百騎，屬下猜測是穩定軍心來了，畢竟西壘壁那邊還是需要此人露面才鎮得住場子。有將軍在此，西楚丟掉老杜山只是時間問題，他謝西陲與其把兵力浪費在這裡，當然不如死守西壘壁戰場。」

王銅山對於謝西陲的動向以及謀士的溜鬚拍馬，都無動於衷，抬腳踩了一下那名可憐女子的雪白背脊，笑問道：「章老兒，我如果說把這個水靈娘兒們送你，你收不收？」

年邁儒士趕緊彎腰鞠躬：「屬下不敢，萬死不敢！」

王銅山咧嘴笑道：「喲，瞧不出章老兒你還是個正人君子，你們讀書人不常說君子不奪人所好嗎，我看你就是個貨真價實的君子，我有你這樣的謀士，很是欣慰啊。」

姓章的謀士臉色發白，彎腰更低，無比惶恐地絮絮叨叨道：「將軍，屬下是什麼君子，屬下……只是個臭名遠播的爬灰老漢罷了，害得將軍名聲受損，屬下該死，該死……」

王銅山哈哈大笑：「好好好，好一個『爬灰老漢』，比起我的『歡喜將軍』差了十萬八千里，但是在我帳下當官，也算勉勉強強了。話說回來，連自己的兒媳婦都不放過，你是該死，不過你這個老不修運氣好，碰上我這麼個對待屬下最是寬厚的將軍。」

年邁謀士雖然低著頭，不斷諂媚附和，但臉上仍然沒有半點怨恨悲憤的神色。

正是王銅山逼著他當那遺臭南疆的爬灰老漢啊，否則他一家老幼六十口就要全部成為校武場上的箭靶子。他不敢死，甚至連他那個身世淒慘的兒媳婦都不敢自盡，那個女子，最後成了瘋子，是自己把自己活活逼瘋的。

王銅山眼神陰森，露出一抹殺機，但是猶豫片刻，撇了撇嘴，笑道：「既然你不要，反正這娘兒們我也玩膩了，那就死吧。」

輕描淡寫的言語，王銅山看似輕輕一踩，就踩斷了腳下女子的脊柱，屍體癱軟在地。

對那個也曾布裙木釵、也曾相夫教子的婦人而言，大概死了比活著要好些。

王銅山根本就沒有去看一眼那具屍體，盯著年邁儒士濕透衣衫的後背，這讓王銅山感到心滿意足，於是又狠狠灌了一口烈酒，然後抖了抖酒囊，原來不知不覺已經喝光了。

王銅山隨手一揮，羊皮酒囊重重砸在年邁老人的腦袋上，看到那個坐在地上仍然暈頭轉向的可憐蟲，王銅山心中泛起冷笑。

你們這幫文士不是在南疆文壇是啥執牛耳者嗎，不是鐵骨錚錚嗎？當年不是在背後對我王銅山指指點點嗎？不是有人以為逃到南疆以北的劍州就可以破口大罵了嗎？老子就是要讓你們知道，咱們南疆不是那個徐瘸子治下的北涼道，我王銅山更不是那個上了年紀就毫無雄心壯志的老瘸子，讀書人膽敢在我耳朵邊上亂嚼舌根，是會生不如死的！

趙鑄那小兔崽子想殺我很久了，結果如何？老子還不是換個地方就繼續當我的歡喜將軍？那小子竟然還敢親自偷襲刺殺我，結果又如何？還不是靠著納蘭右慈死了二十多號精銳死士，才護著他逃出生天？

王銅山讓那個比腳下死去女子更斷了脊梁的老傢伙滾出去，然後獨自靠著那把大椅子，眯眼沉思。

吳重軒投靠朝廷是好事，自己保不齊就能靠著這場廣陵戰事一鳴驚人，從鳥不拉屎的南疆躋身那座太安城廟堂，以後撈個「征」字打頭的大將軍當當絕對不是什麼奢望。

王銅山笑了起來，不過眼下最重要的還是攻破老杜山防線，在廣陵道腹地長驅直入，一鼓作氣打到西楚京城，老子管你吳重軒會不會跟趙家天子說情，那個姓姜的胭脂評美人，我王銅山先吃到嘴裡再說！然後徹底自立山頭，你吳重軒可以靠著關係當上兵部尚書，我也不傻，一樣可以暫時低頭彎腰拍幾句馬屁，只要把那個年輕天子哄開心了，加上有廣陵道平亂的破城首功打底子，「鎮」字將軍的頭銜肯定手到擒來。

王銅山笑容更盛，想到那個小道消息，他就更開心了。

姜姒，不但是身穿龍袍的西楚女帝，據說還是北涼王心儀的女子？

王銅山重重冷哼一聲，伸手抓住了一旁的大戟：「什麼狗屁四大宗師，指玄境界的嵇六安也就是三戟的事情，賞給你姓徐的三十戟總該夠了吧？」

就在此時，一名披甲校尉大踏步闖入軍帳，王銅山勃然大怒，只是不等他發火，那名平日裡很會察言觀色的中年校尉就抱拳道：「將軍，有三隊斥候先後回稟，都說有一個年輕人朝我們大軍駐地行來。」

王銅山懶洋洋斜眼道：「哦？帶了多少兵馬，有沒有五千？」

校尉神情古怪：「啟稟將軍，只有一人，我軍斥候已經仔細查探周邊，並無伏兵。」

王銅山瞪眼道：「那幾隊斥候都腦子進水了不成？一顆腦袋就不是軍功了？難道個個都發了善心，開始關心那傢伙是不是平民百姓了？」

校尉臉色更加古怪，咽了一口唾沫：「將軍，那個年輕人口口聲聲說要見將軍，甚至敢指名道姓，咱們的斥候生怕萬一是將軍的舊識……」

畢竟這個校尉是沒有功勞也有苦勞的心腹，王銅山沒有肆意打殺，只是氣笑道：「老子有個屁的舊識！」

校尉好像記起一事，趕緊說道：「將軍，據報那個年輕人腰間懸佩雙刀，其中有一柄極像北涼刀，但是跟先前咱們熟悉的『徐五刀』又有差異，我方斥候也吃不准。」

王銅山終於有了幾分興趣，微微坐直身體：「哦？說不定就是徐家第六代戰刀了。讓我好好想一想，有沒有跟北涼沾邊的『朋友』，關鍵是還很年輕……」

校尉本想補上一句斥候說過那人「模樣還很英俊」，但猶豫了一下，他實在是不敢畫蛇添足。

突然一聲炸雷響徹大軍駐地。

「王銅山。」

這一次不知起於何處、出於何人的指名道姓，足以讓附近屯紮的六千大軍都「如雷貫耳」。

最讓人膽戰心驚的是那人的語氣分明極為平淡，就像街上遇見熟人時，一聲不輕不重的隨意招呼，可此時此刻那人的三個字，隱隱約約竟有回聲。

王銅山下意識握緊那杆南疆大匠耗時多年精心打造的大戟，臉色有幾分罕見的晦暗。他鬆開大戟，不動聲色道：「相距兩里左右的路程，傳令下去，調動三百精銳前去試探，斬首者賞銀萬兩，官升三級。」

校尉領命轉身離去，就在他快要走到大帳門簾處的時候，又聽到王銅山下令道：「用於日後追殺老杜山潰軍的那六百騎，也一併出動，放在步軍之後。」

校尉小心翼翼問道：「將軍，軍營這邊，具體如何佈置？」

王銅山冷笑著反問道：「需要？」

知道自己觸了大霉頭的校尉趕緊離開營帳。

王銅山緩緩站起身，當他起身後越發如同一座小山，這名陷陣無雙的南疆猛將自言自語道：「善者不來、來者不善，可是跟北涼有關的年輕人會是誰？徐偃兵？年紀不太像。袁白熊，肯定得統領大雪龍騎軍，難不成是那姓徐的年輕藩王？沒理由也沒道理啊，放著許拱、袁庭山那幾支大軍不管？難道說這傢伙真的跟西楚女帝有關係，那小娘兒們早年真是被老瘸子瞞天過海帶去了北涼？」

王銅山滿臉匪夷所思，啞然失笑道：「或者說，就因為老子在陣前說的那幾句話，你徐鳳年就單槍匹馬來找我王銅山的麻煩了？」

王銅山冷笑不止，也好，宰了你這個自尋死路的北涼王，是天大的功勞一樁！相信在太安城那個年輕天子的心中，比殺了十萬西楚叛軍還舒心。

王銅山拔出大戟，大踏步走向門簾。只是他突然停下腳步，轉身去披掛鐵甲。這位在沙場上所向披靡的萬人敵告訴自己，這無非是小心駛得萬年船而已。

◆

駐軍營地的南方一里半之外，有個懸佩雙刀的年輕人走得不急不緩，從南到北，直線而來。

三百雄健步軍披甲結陣，擋住去路。

駐地大門口，王銅山騎在一匹高頭大馬上，斜提大戟，臉色陰沉。

半炷香工夫後，一名斥候伍長快馬反身，面無人色，就跟白日見鬼差不多。他翻身下馬跪在地上：「將軍，那人……那人是武道高手，千真萬確……他就慢慢筆直走向我方步軍陣地，也不抽刀也不出手，所有靠近他的刀槍都自行彈開，越是使勁，越是反彈得厲害，甚至有十數杆鐵槍當場就崩斷了！將軍，我方步軍根本就近不了那人的身啊……」

「廢物！」王銅山怒喝一聲，一戟刺中這名斥候的胸膛，大戟將瞬間死透的屍體高高挑起，然後遠遠拋開，重重摔地。

又是大概半炷香工夫，這次是數騎斥候倉皇撤出前線，一名都尉模樣的傢伙離王銅山最少有二十步，顫聲道：「將軍，六百騎軍同樣無法近身，有七妳八騎拚死迎頭撞去，人馬俱碎，血肉模糊，一個個死無全屍。之後騎軍拉開一段距離，從八十步到三十步，箭矢如雨，不承想那些箭矢就像撞到了一堵牆上，砰然折斷……」

不等這名都尉把話說完，王銅山一夾馬腹，策馬前衝，那名都尉連滾帶爬想要躲避，結果恰好王銅山猛然勒緊韁繩的胯下戰馬，高高抬起馬蹄，然後猛然踩踏在那人胸口。

魁梧如山的王銅山加上那匹高頭大馬的重量，兩只沉重的馬蹄一下子踩穿了都尉的胸膛！

殺神王銅山怒不可遏，戰意洶湧。

示威。

這是在向他王銅山示威，最乾淨俐落的手段，但恰恰最為驚世駭俗。

王銅山抬起大戟，轉頭朝一名校尉指點了兩下：「讓兩千步軍結陣在前，有本事就讓他一路走過來，我倒要看一看，這個王八蛋到底有幾斤幾兩！」

當王銅山麾下親軍步卒結陣拒敵的時候，敵我雙方其實只隔著半里路了。

那年輕人其實早已清晰看到那名高大武將的面孔，王銅山同時也看清楚那年輕人的相貌。

幾乎第一時間王銅山就確認了他的身分——北涼王徐鳳年。

王銅山的呼吸開始急促起來。

一直走得不快的徐鳳年開始加快步伐，而且越來越快。

多年以前，太安城的柳蒿師，就是用這種獨到的方式撞入那座城池，差一點就重創了當時正值武道巔峰的洛陽。

眨眼工夫，王銅山就看到站在前方不到十步距離的年輕藩王。

他身後是一條觸目驚心的血腥路徑，那座步軍大陣，被直接劈為兩半，被劈出一條寬達兩丈的道路，如仙人一劍開山。

孤身一人，筆直一線，鑿開大陣，身上甚至沒有半點血跡！

那個年輕人在這個時候都沒有按住刀柄，只是淡然問道：「怕了？」

王銅山屏氣凝神，沒有急於出手，更不會傻乎乎去開口回答這個年輕瘋子的問題。

高手之爭，歸根結底，便是一氣之爭。

體內氣機在剎那間流轉八百里，這是任何江湖宗師都夢寐以求的境界。據說江湖百年以來，在徐鳳年之前，在訪仙歸來的鄧太阿和由儒道入霸道的曹長卿之前，只有一甲子之前的劍神李淳罡和之後的王仙芝能夠輕易做到，甚至有望衝擊一氣九百里的傳說。

須知傳聞千年以來當之無愧第一人的武當呂祖，曾經有過「一氣之長，長不過千里」的讖語，而劃分訂立一品四境的高樹露又有定論：「人間氣長千里即天人。」

徐鳳年說道：「聽說你王銅山是沙場萬人敵，那麼估計是不怕的。換成我，一萬人站著不動讓我殺也很吃力。」

遠處那些校尉都尉大氣都不敢喘一下，這就是武評四人之一的大宗師風采嗎？哪怕是他們身處敵對陣營，也有一種發自肺腑的感慨，這個年輕涼王真他娘的是霸氣跋扈啊！

披掛重甲的猛將王銅山身形突然下墜，竟是在他氣沉丹田之後，坐騎不堪重負。幾乎同時，王銅山大戟橫掃而出，空中出現一陣類似絲帛急速撕裂的異樣聲響。

徐鳳年沒有拔刀相向，只是不知何時摘下刀鞘，倒持尚未出鞘的過河卒豎立在左肩。大戟撞在刀鞘之上，相比大戟顯得極為不起眼的刀鞘紋絲不動，大戟卻彎出了一個弧度。

王銅山身體一擰，大戟隨之畫圓，這一次掃向徐鳳年的腰部，呼嘯成風，距離王銅山最近的兩名部下突然感到腰間傳來一陣刺痛，竟然無形中就被大戟雄渾的罡氣，給破開鐵甲劃出了一條血槽，不但是這兩個被殃及池魚的傢伙，所有人都轉頭逃竄。

並非沒有一人敢於死戰徐鳳年，而是王銅山身處戰場，這些不惜慷慨戰死的南疆將士不願意成為主將的累贅，而且也不是所有人都覺得王銅山無法戰勝徐鳳年。

左手僅是握住過河卒刀鞘的徐鳳年，手腕微微下沉，依舊是豎立在大戟橫掃而至的路線上，仍然有開口說話的閒情逸致：「聽說你前不久去了一趟西壘壁西面戰場，入陣幾百步，很是威風，還說你王銅山有兩杆戟？」

王銅山始終不說話，一步踏出，大戟做矛直直刺向那年輕大宗師的腹部，然後就要做挑山式，給這個目中無人的傢伙來個開膛破肚。

徐鳳年輕輕抬起刀鞘，然後輕輕敲下，分毫不差地敲在大戟頂部後，面無表情地說著只會讓聽者倍感寒意的笑話：「你所謂的大戟，是不是手中這一杆？怎麼跟個娘兒們似的，咋的，是捨不得下死力？真不用，我接得下來，你看我到現在都還沒抽刀。說實話，比起不用兵器的拓跋菩薩，你這個所謂的萬人敵有點讓人失望。

如果你只是這麼點蠻力的話，我只能說你運氣真的不錯，這輩子都沒怎麼到過中原腹地，更沒到咱們西北，要不然早就有人打得你回娘胎了，到時候萬人敵應該就一下子變成百人敵了，千人敵都懸乎……」

王銅山悶不吭聲，只是腳底如風，塵土飛揚，手中大戟揮動得讓人頭昏目眩，由於速度太快，就像在徐鳳年身前如同堆積出一大捆綁在一起的大戟。

始終沒有抽刀的徐鳳年閒庭信步，就像是拿著刀鞘指指點點。

看似輕鬆愜意，但是每一次「指點」發出的聲響，都讓人震耳欲聾。先前還有一些精銳步軍試圖前衝廝殺，但是只要進入百步距離內，就突然七竅流血，尤其是耳膜直接炸裂。

「大戟王銅山，累不累？要不要休息會兒，我可以等。」徐鳳年在說出這句話後，果然向後掠出十多步，掐準了王銅山即將需要換氣否則就會憋出內傷的間隙。

直到這個時候，王銅山所有部下才不得不承認一個事實，這場捉對廝殺，不是什麼兩大宗師之間的巔峰之戰，而是一個人在遛一條狗。

王銅山沒有藉此機會換一口新氣，依舊攻勢如潮水，大戟所過之處，開始無聲無息，但是更顯其中凶險。

徐鳳年終於流露出一絲表情，拇指按住過河卒的刀柄，冷笑道：「不愧是你們南疆那邊的萬人敵，看來是真的不用歇口氣，那我就不客氣了。」

心頭巨震的王銅山毫不猶豫地拖戟後撤。他只見根本沒有絲毫氣機漣漪的徐鳳年，雙腳微微離開地面，身體旋轉一圈，大袖飄搖，一抹絢爛刀光就在他眼前轟然炸開。

王銅山幾乎是憑藉直覺雙手持戟擋在身前。

一撞之下，先天體魄雄壯遠超常人的王銅山雙臂往自己那邊彎曲，連人帶著那杆大戟，踉蹌後退。徐鳳年不給王銅山絲毫變換大戟位置的機會，無論軌跡還是勁道都如出一轍的第二刀，就那麼平鋪直敘地重重砍下。

王銅山不得不再退。

過河卒一刀一刀砍在大戟原處，但是王銅山每一次後退的步子都越來越多。

王銅山的雙手被迫向大戟兩端滑去，本就通體猩紅的大戟之上開始抹出了出自王銅山手心的血跡。徐鳳年就像是一個空有蠻力的稚童，拿著一把柴刀在砍柴，也不覺得有任何枯燥乏味。只剩下那點招架之力的王銅山，這一退就退了一百四十多步。

額頭滿是汗水的王銅山透過那團刺眼刀光，模糊看到一張佈滿怒容的年輕臉龐，然後是一大串絕對不符合年輕人作為大宗師身分的言語。

「老子的女人你也敢欺負？你一個王銅山在南疆那一畝三分地關上門稱王稱霸就算了，明知道老子都帶著一萬鐵騎跑到中原了，也敢趁著我暫時沒去找她，就在那裡不知死活地瞎咋呼？

你不是找死是什麼！姓王就把自己當王仙芝了？大戟？老子大戟你一臉！」

在這期間，只覺得慘不忍睹的王銅山部下終於忍不住，拚了性命也要為主將分擔傷害，在一名壯實校尉的牽頭下，先是十多人提槍拔刀而衝，然後那個年輕藩王只說一個「滾」字，十多人就全部同時倒飛出去，所有屍體上佈滿了深可見骨的溝壑傷痕，比起苦苦支撐的王銅山更為慘不忍睹。第二撥南疆死士多達百餘人，在另一名校尉的大聲提醒下，能夠多披一層鐵甲就多披掛一層。

「你們這幫王八蛋，一路北上禍害了多少無辜百姓？北涼跟北莽三線作戰，死了十多萬人！死了那麼多人，好不容易給中原打下來的那點太平日子，都被你們折騰沒了！」

徐鳳年一怒之下，那一百人幾乎全部瞬間被攔腰斬斷。

在徐鳳年手中那柄過河卒斬殺旁人的瞬間，王銅山試圖抓住這個稍縱即逝的機會。

徐鳳年冷笑一聲：「有兩杆戟是吧，今天讓你變成三杆戟！」

在王銅山以為自己馬上可以換氣的瞬間，遠比先前要迅猛無數倍的一刀當頭劈下。身體後仰的王銅山噴出一口鮮血，手中大戟竟然被一刀砍作兩截！

王銅山單膝跪地，雙手各持一截斷戟。這位南疆頭號猛將的嘴角鮮血流淌，他甚至不敢伸手去擦拭。

「你們是不是覺得拳頭硬就是所有的道理？如果這真的是道理，那我徐鳳年今天就好好跟你講一講！」徐鳳年一掠向前，一腳踹在王銅山的額頭，魁梧武將整個人躺在地上，倒滑出去二十幾丈。

咬牙扛下這一腳的王銅山拚著體魄遭受重創，但是終於僥倖換來一口新氣。

精神一振的王銅山握緊雙手斷戟，鮮血流溢的嘴角翹起，彎曲手肘在地面上一砸，整個人就要重新起身。不承想就在此時，好不容易枯木逢春的王銅山就被一腳重新踹回地面，身上鐵甲頓時破爛不堪，有許多鐵甲碎片甚至割破了肌膚。

一個譏諷嗓音在頭頂響起：「是不是覺得有機會再戰一場？傻了吧？老子故意的！」

王銅山本是一口新氣煥發流轉遍身的關鍵時刻，這一腳不光是踩爛鐵甲，更踩散了王銅山體內的氣機，導致王銅山體內氣機牽連血液都如同洪水決堤。若非王銅山比起尋常武夫的金剛體魄，要更接近佛門的金剛不壞境界，跟北莽慕容寶鼎的寶瓶身有些異曲同工之妙，恐怕當下就要整個人由內向外炸開了。

王銅山沙啞嘶吼道：「要殺就殺！」

徐鳳年問道：「老子不殺你，來這裡認你做孫子不成？」

王銅山竭力吼道：「狗日的，那你倒是殺我啊！」

徐鳳年突然瞇眼笑道：「老子這不是耐心等著你用斷戟挑我腳筋嘛。」

雖然被看破動機，王銅山仍是毫不猶豫地用兩截斷戟橫抹徐鳳年腳踝。

與此同時，王銅山部卒搬出的二十餘張踏弩也齊齊疾射而出，但是那些勢大力沉本該筆直射向年輕藩王身體的二十來支箭矢，莫名其妙地畫弧射向了主將王銅山的身體，一支一支釘入後者的四肢。

徐鳳年站在了王銅山的腦袋附近，將過河卒放回刀鞘，然後緩緩抽出那柄始終沒有出鞘的北涼刀，彎腰看著那個瞪目怒視的南疆武將。

徐鳳年抽出涼刀後，刀尖抵在王銅山頭顱的耳邊，淡然道：「當年徐驍在中原，用徐家刀殺了很多像你這樣的人。」

已是滿臉鮮血的王銅山艱難扯動嘴角，一張臉龐顯得越發猙獰恐怖，喃喃道：「一個死瘸子。」

徐鳳年的涼刀一寸一寸從王銅山的脖子抹過，直到割下整顆頭顱，這才平靜道：「忘了告訴你一聲，你罵我爹是死瘸子，我沒有說不是，他本就是個瘸子，然後死在了中原以北。不過全天下可以罵他『死瘸子』的人，只能是我這個不孝子。」

在那個年輕藩王隨意挑了匹戰馬騎乘遠去後，哪怕已經遠去十多里，整座軍營都還是陷入死寂的境地，沒有一人奮起追殺，沒有一人叫囂著要為主將報仇。

倒是有個被南疆讀書人罵作為虎作倀的年邁儒士，那個聲名狼藉的爬灰老漢，在親眼看到王銅山的屍首分離後，默默轉身走入大營，為自己找了一大桶水，馬馬虎虎沐浴更衣了一番，甚至還有心思找了柄以往從不觸碰的戰刀，用它仔細刮掉了消瘦兩頰的鬍渣。

老人坐在自己那座小營帳的小案几之後，顫顫巍巍把刀橫放在案几上，想了想，又起身從角落行囊中掏出一本儒家先賢的泛黃典籍，落座後，把書隨便翻開一頁，也不去看內容。

老人突然笑道：「當年徐家鐵騎害我麟陽章氏丟了十二頂官帽子，良田四千畝，珍藏奉版四十六部，所以我章氏上下，從老到幼，罵了你們北涼和徐家二十來年，沒想到臨了臨了，竟然還是我章氏虧欠你徐家多一點。」

老人瞥了一眼那本珍藏多年的書籍，微笑道：「讀了一輩子聖賢書，讀出什麼了？」

老人自問自答道：「不知道啊。倒是有些好奇了，寫出聖賢書的聖賢，讀什麼書呢？還是不知道啊。」

老人伸出乾枯的手，先前放下戰刀的時候手腕顫抖，但是這一次提起刀的時候，竟是一點都不搖晃了。

既然無法清清白白活，總要盡量乾乾淨淨死。終於可以死了。

◆

當一騎出現在可以望見西楚京城城牆的時候，終於停馬不前。
年輕人翻身下馬後，拍了拍那匹戰馬背脊，示意它自行離去。
這個叫徐鳳年的年輕人，在路旁蹲下身，抓起一把泥土。
從北到南，從南到北。走過很多地方，見過很多風景。
當年叫小年的少年，一點一點長大。在他成長的過程中，身邊很多人都走了，留不住。就像他在遊歷江湖的時候，在山清水秀的江南道，他跟大姐說過要一起回家，又像他在返鄉回家的時候，在那棟門外種植有枇杷樹的屋子裡，握著老人的手，說不出話。
徐鳳年鬆開手指，站起身，開始入城。
他想告訴這座城中那個有著酒窩的女子，徐鳳年喜歡妳，第一眼就喜歡了，他也從沒想過不喜歡。也許妳以前不知道，那麼我到妳跟前，親口告訴妳。

◆

有千騎以席捲平岡之勢趕至老杜山防線，為首主將，赫然是以征南大將軍銜遙領兵部尚書的吳重軒。這員春秋老將翻身落馬，站在瘡痍滿目的軍營，握緊馬鞭，瞇眼不語。
戰死士卒的屍體都已搬空，但是地面上的血跡依舊觸目驚心，足可見先前戰況的慘烈。
不遠處四、五位校尉模樣的軍中高層並排行來，居中披甲大漢手捧頭顱，在吳重軒身前五步轟然跪下，泣不成聲。吳重軒看到這一幕，臉色陰沉，內心翻江倒海。
王銅山本是燕剌王用以制衡北疆兵馬的關鍵人物，說到底，就是趙炳、趙鑄這對父子不放心他吳重軒在北疆隻手遮天。吳重軒這趟被朝廷招安，看似風光，其實樹大招風。

惡名昭彰的王銅山，原本將成為吳重軒至關重要的一枚棋子，用以吸引離陽官場，尤其是清流文官的注意力，為此吳重軒特意跟年輕晉進爵，雖然暫不封侯，但是只等廣陵戰事結束，王銅山即可以侯爵和鎮南將軍的雙重身分坐鎮廣陵江以南的劍州一帶，掣肘壓制燕剌王的南疆兵馬，以防趙炳順勢北上。

現在王銅山暴斃，不但朝廷西線少了一員衝鋒陷陣的無雙猛將，對廣陵戰局影響極大，而且對吳重軒未來在朝廷的佈局也是影響深遠，吳重軒如何能夠不咬牙切齒，恨不得將那個年輕藩王剝皮抽筋？

吳重軒看著那顆死不瞑目的頭顱，雙目圓瞪，面容猙獰。哪怕此時此刻親眼見到了王銅山的腦袋，吳重軒仍是難免有些恍惚。

憑藉軍功和兵權在南疆無法無天的王銅山，那個一人一戟就能挑翻整個蠻夷部落的猛將，就這麼死了？說實話，不但吳重軒打心裡不喜歡此人，恐怕連燕剌王趙炳和納蘭右慈都不喜歡王銅山，更不要說曾經親自刺殺過王銅山的世子趙鑄。但是這個世道就是如此現實，不管王銅山如何暴虐殘忍，但此人帶兵打仗的本事沒有半點水分。

南疆蠻夷諸部極難馴服，經常反復，今日歸順、明日造反就像喝茶吃飯，唯有王銅山這尊殺神在蠻夷中威望最高，以至每逢蠻夷叛亂，只要樹起王銅山那杆將旗，可謂望風而降，以至早年鬧出一個天大的笑話：有位平叛將軍特意花了二十萬兩銀子派人跟王銅山借用了旗幟，去那窮山惡水平叛。燕剌王趙炳因此不得不把王銅山調入北疆，故而南疆官場無不將桀驁難馴的王銅山視為離陽的徐驍。

人死了，事已至此，吳重軒嘆息一聲，彎腰攙扶起那名對王銅山忠心耿耿的步軍校尉，寬慰道：「司徒校尉，本將必會為王將軍報仇雪恨，哪怕冒著被朝廷申斥貶官的風險，也要抽調出五千步騎截殺徐鳳年！」

那名手捧頭顱滿身鮮血的校尉沉聲道：「懇請大將軍讓卑職擔任馬前卒！」

其餘幾名王銅山軍中心腹校尉也都一併抱拳請命道：「懇請大將軍讓屬下報仇雪恨！」

吳重軒面無表情，心思急轉。眼前這些校尉和他們麾下的兵馬，總計萬餘，都是王銅山從南疆帶到北疆的嫡系。王銅山嗜殺不假，但是孤家寡人的王銅山向來不貪財，所有賞賜都願意千金散盡，尤其是軍功上報燕剌王，從不剋扣半點，甚至許多王銅山親手斬殺敵酋的戰功，也一併讓給部將，所以在王銅山手下打仗，升官發財遠比在別部要快。

尋常武將用人，用狗不用狼，除非自身便是猛虎，否則就要擔心自身不保，王銅山凶名赫赫，所以手底下多豺狼驍將。吳重軒其實一直很留心這撥能征善戰的校尉，原本想著王銅山一死，群龍無首，就該順水推舟跟隨他征南大將軍搏殺出個前程了，但是現在看來，未必能為他所用啊。

吳重軒拍了拍那名步軍校尉的肩膀，用馬鞭指了指老杜山前線：「諸位只要攻下老杜山，廣陵道境內任意你們馳騁，不但如此，只要有徐鳳年的行蹤消息，老夫都會第一時間通知各位，而且唐河、李春郁兩部的騎軍，也會盡力配合你們阻截徐鳳年。」

吳重軒瞥了眼王銅山的頭顱：「至於王將軍，等到你們攻破老杜山，我會跟朝廷上奏，只說你們主將戰死於老杜山，必定跟朝廷討要一個追封侯爵的恩賜。」

那撥校尉紛紛領命謝恩。

吳重軒率軍離去的時候，回望了一眼那座軍營，然後對身邊親軍統領淡然道：「傳一封密令給李春郁，等到老杜山告捷慶功之時，讓他率軍夜襲，包括司徒玉山在內的幾名實權校尉，一個不留。至於之後他能籠絡多少兵馬，就看他自己的本事，同時告訴李春郁，如果他行事不力，王銅山舊部出現任何嘩變，就換由唐河來收編。」

那名親軍統領帶著一隊精騎火速離去，這時候吳重軒故意放緩馬速，等到一名斥候模樣的輕甲青年接近，這才開口問道：「元公子，在你看來，假設發現行蹤，我軍需要出動多少人才留得住殺死王銅山之人？」

被吳重軒稱為「元公子」而不是軍中官職的年輕人，也沒有絲毫其他校尉面對吳重軒時的侷促敬畏，坦然道：「吳尚書不是開玩笑，而是很認真詢問這個問題嗎？」

兩名吳大將軍的高手扈從都流露出不加掩飾的惱火神色，他們對於這個來歷不明中途投軍的元姓年輕人早就看不順眼了，手無寸功，但是架子極大，每次大將軍和和氣氣主動與其說話，也是這副要死不活的神情。

吳重軒倒是一點都不生氣，認真點頭道：「不開玩笑。」

暫時擔任遊騎斥候的年輕人笑了笑：「三五千人未必夠，一萬精銳騎軍還差不多。」

吳重軒「嗯」了一聲，然後疑惑道：「不是說那李淳罡重返陸地神仙境界後，在廣陵江畔也不過是一劍破甲兩千六嗎？難道說當代武評四大宗師，已經遠比甲子前的那幾位頂尖宗師要戰力暴漲了，竟然需要萬人圍殺才能建功？」

但是年輕人言語中譏諷意思頗重：「有些事情不是這麼算的。且不說李淳罡的真實戰力是有多高，歷數那些戰死沙場的武道宗師，無一不是死戰不退的『蠢貨』，比如那個被徐家鐵騎踩成肉泥的西蜀劍皇。在這之前，吳家九劍大破北莽萬騎，其實也是被追殺堵截得實在無路可退了，才不得不孤注一擲。

王銅山在南疆號稱無敵手，無非是時無英雄使豎子成名罷了，靠著一身天生蠻力和金剛體魄，自然能夠耗死所有天象境界以下的高手。程白霜、嵇六安確實拿他無可奈何，可只要往北走，比如換成鄧太阿來試試看，我估計就是那位桃花劍神一、兩劍的事情而已。說句難聽的，哪怕是我與王銅山對敵，五十招內他占上風，但是百招後王銅山必死無疑。」

此話一出，征南大將軍還算鎮定，兩名眼高於頂頗為自負的高手扈從都臉色大變。

年輕人淡然道：「南疆？那裡有個屁的江湖。天高地闊，可不是一口小井的風光。」

這個曾經在東海武帝城默默打潮兩年的年輕人，如今已經由江改姓元。他望向遠方：「不妨實話實說，到了徐鳳年那個境界，只要他想走，除非是曹長卿、鄧太阿、拓跋菩薩這三人，否則誰都攔不住，更追不上。所以我先前所謂的萬騎圍殺，其實是廢話。」

吳重軒沒來由感慨了一句：「江湖高過廟堂，不是什麼舒心事啊。」

年輕人破天荒附和道：「總有一天，我們所站之地，無仙也無俠，江湖蛟龍盡為池中鯉。」

◆

西楚皇城西北角有座湖，湖不大，但名氣不小，名稱更是有趣，就叫「江湖」，緣於據說小湖深不見底，水源與京城外那條廣陵大江相通。

有名素雅宮裝的年輕女子坐在湖畔水榭中，四周無人，萬籟俱寂。

大概是被約束慣了，好不容易偷得清閒，她就那麼脫了靴子盤腿而坐。

她沒有欣賞初春時分的旖旎湖景，而是身體前傾彎腰低著頭，在她眼前整齊疊放有一疊疊銅錢，不同面值、不同大小、不同新舊、不同高度。

她癡癡看著那些銅錢，神遊萬里。

她想起了很多舊事舊物，比如那棟破敗不堪的小茅屋，比如那塊很小卻很綠的菜園子。比如當年她背著沉重如山的書箱，一步步登山，那時候她只覺得搬書如搬山；又比如之後那讀書賺錢，每個字都是錢的感覺，就要好很多了。

西楚現在的朝堂，雖然比起以往冷清了許多，但是當她每天坐在那把椅子上的時候，就會發現最早那些還算純澈的眼神，已經沒有了，取而代之的是一些陰沉的氣息，就像一段段朽木。

她是很後來才得知，朝堂上已經換了好幾撥人、好幾輪新鮮面孔，不斷有世家子弟擁入其中，於是父子同處朝堂，甚至是三世同為黃紫公卿都開始出現。

在那座金碧輝煌的大殿上，她坐在那裡，大殿內經常吵架，文人和武人吵，文人和文人吵，依附在文人羽翼下的武人也會和武人吵。幾乎所有人都像是在為國盡忠，每個人的說法都正大光明，所以每個人都顯得是那麼慷慨激昂，都沒有錯。

她不懂。

老太師孫希濟越來越老了，最近幾次上朝甚至不得不坐在那把御賜的椅子上，大殿內身穿武臣官袍的人也越來越少，陸陸續續趕赴戰場，陸陸續續又有很多人戰死、追封美諡。

她還是不懂為什麼那些人，願意死得那般毅然決然。就像她不懂為什麼自己第一次坐上那把椅子的時候，那些白髮蒼蒼的老人哭得是那麼傷心、欣慰和感激。

很多事情她都不懂，但是棋待詔叔叔說她只要每天坐在那裡就夠了。她覺得這件事情，她能夠做到，而且告訴自己一定要做好。

今天她坐在這裡，淡然自若。

此時，皇宮天空上方，有一群黃雀飛快掠過。不知為何，一隻黃雀瞬間墜落，「啪嗒」一聲輕輕摔在一座殿閣的屋脊上，鮮血淋漓。與此同時，她身邊那方「江湖」的一處湖面，分明並無物體出現在水面，但偏偏濺起了一串極其纖細的水柱，然後很快歸於平靜。

在最近半個月，宮內宦官和宮女們時不時都會發現路上有一、兩隻飛鳥的屍體，有些是如有箭矢貫穿身體，有些是被利器割斷了翅膀，更多是直接摔成一攤血肉模糊。

更奇怪的是，他們的皇帝陛下，在這半個月很多時候都待在湖畔靜坐發呆。一開始會有精銳御林軍在遠處守衛，但是很快所有人都莫名其妙感到了一股冷意。

起先誤以為是倒春寒的緣故，但是每當宮門夜禁後他們離去，每當遠離那方小湖，明明已是沒有日頭的夜幕，本該感到越發寒冷才對，卻反而覺得溫暖許多。久而久之，那方不論風大風小，始終水准如鏡的小湖，就顯得格外古怪。

整座京城都開始傳出無數鳥雀墜落的傳聞，開始有歌謠傳遍大街小巷，說這是女子當國的禍害，更有居心叵測的怪談在那裡含沙射影，說當今皇帝陛下其實是深山走出的野狐精，活了千年，不過是披著人皮而已。最讓老一輩西楚遺民感到悲憤的，則是那個在市井中言之鑿鑿的說法，說女帝姜姒其實是曹長卿隨便找到的路邊孤女，只是為了滿足曹長卿擔任帝師的私心才扶植起來的傀儡。

一行三人在司禮監掌印太監的躬身引領下，來到水榭外。

三人都姓宋，宋氏三代——宋文鳳、宋慶善、宋茂林。

宋文鳳與老太師孫希濟以及前朝國師李密，都算是一個輩分的老人，如今執掌大楚門下省。宋慶善是當今禮部尚書，父子兩人都算是當今大楚文壇的領袖，與之前獨霸離陽王朝文壇的宋家兩夫子極為相似。

至於宋茂林，就更是聲名遠播，尤其是當「北徐南宋」、「徐姦宋章」這兩個簡單上口的說法，如春風一般傳遍大江南北時，讓宋茂林一時間有種「天下誰人不識君」的氣象。因此在去年廟堂上才會有撮合宋家玉樹跟皇帝陛下的婚事，連一開始不太熱衷此事的老太師孫希濟，最後口風也有所鬆動，曾經親自勸說在廣陵江主持水師軍務的曹長卿。

大宦官正要出聲稟報，宋文鳳笑著搖了搖手，眼神示意兒子孫子都留在臺階下，獨自拾級而上，站在兩側楊柳依依的水榭中，竟然沒有半點行禮的意思。

不是宋文鳳老眼昏花，而是老人明白一個道理，跪著跟人做生意是賺不到銀子的，這個道理，在二十年前宋文鳳並不知道。

宋文鳳輕聲開口道：「陛下，臣有些話不知當講不當講。」

那個姿容絕美的年輕女子無動於衷。

宋文鳳不得不承認，這名女子即便不論身分，僅憑她的相貌，也確實值得自家嫡長孫為之神魂顛倒。就連清心寡欲很多年的老人自己，也有些「悔恨早生五十年」的小心思。

老人皺了皺眉頭，微微加重嗓音道：「陛下，恕老臣直言，如今大勢已經不在我大楚，姜氏國祚若想長存，就不得不借助外力……」

當她轉過頭，將視線從那些稀奇古怪的銅錢上轉移，宋文鳳與她對視，竟然有些心虛。

宋文鳳一咬牙，沉聲道：「不瞞陛下，時下不少官員不當臣子，竟然私自串通離陽兵部尚書吳重軒和南征主帥盧升象，不斷將我大楚的行軍佈陣和兵力部署洩露出去。在這種危殆時刻，老臣願意為了我大楚山河，做那遺臭萬年的惡人……」

她平靜道：「宋大人是想說你比那些人要稍稍忠心一些嗎？他們是牆頭草，倒向了離陽朝廷，而你們宋家更有風骨，選擇了燕剌王趙炳？」

宋文鳳老臉一紅，更有滿腹震驚，為何連這等陰私祕事都被這個小女娃娃知曉了去？

她淡然道：「朕不但知道你們宋家選了燕剌王，還知道吏部趙尚書私自派人給盧升象遞交了密信，工部劉尚書和禮部馬侍郎選擇了投靠吳重軒。」

既然打開了天窗，各自都是說的敞亮話，宋文鳳也就顧不得那張老臉了，站直了腰，捋鬚笑道：「只要陛下答應老臣……」

不等宋文鳳說完，女帝姜姒就揮揮手道：「你走吧。」

宋文鳳紋絲不動，冷笑道：「陛下，難道妳以為現在的西楚還是去年的西楚嗎？敢問寇江淮何在？曹長卿又何在？陛下妳現在願意退一步，那燕剌王趙炳便答應妳還能做十年皇帝，將來體體面面禪讓退位給他或是他的兒子便是。」

她只是低頭看著那些銅錢：「你們活你們的，開心就好。但如果覺得曹長卿和呂丹田都不在京城，就可以為所欲為，就可以逼迫我做什麼……」

宋文鳳笑容玩味道：「老臣豈敢，世人誰不知陛下是劍仙一般的高手。」

她突然皺緊眉頭，臉色發白。臺階下的司禮監掌印太監身軀顫抖，低頭不語。

宋文鳳重重吐出一口氣，走到水邊，望向江面：「這個時候孫希濟差不多也死了，而陛下妳體內的氣機也差不多潰散了。如果不是老臣還念著先帝的情分，今天就算讓這座皇宮姓宋，又有何難？」

老人微笑道：「當然，西楚姓什麼不重要，甚至以後天下姓什麼都不重要，因為不管皇帝如何輪流做，都缺不了我們宋家。」

她的臉色恢復平靜，甚至懶得抬頭，只是看著那些銅錢，不易察覺地撇了撇嘴，抽了抽鼻子。

她沒有害怕，也沒有擔心，只是有點委屈。

喂。

我見不見你是一回事，但是你來不來是另外一回事啊。

所以，你在哪裡？

◆

西楚京城大門，突然有一陣清風拂過，拂過大小十二門。

待那襲身影驟然在皇城大門外停下，大袖猶在輕盈飄蕩。

城門上下的披甲守軍一個個目瞪口呆。

那個英俊極了的年輕人，雙手攏袖，腰佩雙刀。

這個年輕人做了一件事情——他捧起雙手在嘴邊，「喂」了一聲。

好像在告訴誰，又好像就是在告訴整座京城，告訴整個大楚。

我來了，就在這裡。

我從西北來到了東南。

當那陣清風過處，從西楚京城大門到皇城大門之間，幾乎所有路人行人都沒有當回事，唯獨一個披頭散髮的老瘋子愣在當場。

這個老人被連遠在太安城的官員都引為笑談。當時衣衫襤褸的老人像往常那樣穿巷過弄敲更，尋常更夫都是夜間出沒，他不同，他只在白天敲更，逢人便說「都是死人」。

起初那幾年，還會有些錦衣華服的老人遠遠停車或駐足，看著這個瘋瘋癲癲的老更夫，愴然淚下。隨著歲月推移，老更夫身後便會跟著一大幫無所事事的稚童孩子，起鬨喊著「死人啊、死人啊」，多半會很快被爹娘狠狠揪著耳朵抓回去。

又過了些年，幾乎整座城都開始見怪不怪。

等到祥符年間西楚復國，原本已經嗓子差不多喊啞的老更夫不知為何，突然間又開始撕心裂肺起來，其中悲涼苦意猶勝當年。

復國之前，老太師孫希濟和曹長卿以及尚未稱帝登基的姜姒，就曾經在街上碰到過這個年邁的瘋子。老更夫曾經拿著更槌對孫希濟稱呼了一聲「死人」，把曹長卿稱為「將死之人」，唯獨癡癡望著亡國公主姜姒，悲慟大哭，哭著要她那個僅剩的「活人」快走。

當時等到老更夫跑遠之後，經由孫希濟揭開謎底，姜姒才知道老更夫本名江水郎，曾經三十九歲便執掌大楚崇文館，手底下管著足足三院館士和六百名編校郎，是被西楚先帝譽為「文有江水郎，棋有曹得意」的讀書人。不同於許多西楚遺老的崇尚黃老清靜或是直接逃禪野林，江水郎就那麼瘋了，瘋了二十餘年，為這座昔年的中原第一大城敲了二十餘年的更。

這個時候，老人的渾濁眼神一點一點恢復清明，手中銅鑼和更槌不知不覺墜落在街道上。老人突然掉頭奔跑起來，一路狂奔，幾次摔倒也根本不顧疼痛，爬起來就繼續跑。

等到老人終於跑回那棟孤苦伶仃的破敗茅屋前，又開始眼神茫然起來，使勁抓頭，最後以至蹲在地上沙啞嗚咽，像條滿身傷痕的癩皮狗，有些疼叫，不在嘴上，而是出自填滿陳年往事的心口，一聲一聲哀號。

老人捣著頭滿臉痛苦地站起身，踉蹌衝進屋子，翻箱倒櫃，終於從床底一大堆破爛中好不容易拔出一把二胡。

二胡蟒皮早已褪盡，琴弦更是早已崩斷，老人捧著那把連琴杆也不知所終的二胡，怔怔出神。

不知過了多久，老人緩緩吐出一口濁氣，起身後，搬了一條小破凳子，坐在了沒有臺階的屋前。

老人正了正衣冠，閉上眼睛，然後伸出一根手指蘸了蘸口水，在身前好似擺放有一部琴譜，又像被老人伸手翻開了，他這才開始拉二胡，拉起了無琴杆也無琴弦的一把二胡。

老人心中那支曲子，叫〈春秋〉。

西楚的大江、東越的雄山、北漢的塞外、南唐的荔枝、西蜀的綢緞、後隋的巨木……

老人還叫江水郎的時候，西楚叫大楚！

我大楚有天下第一國手李密，有春秋兵甲葉白夔，有御劍飛過廣陵江的李淳罡，有書甲天下的趙定秀，有詩歌冠京華的王擎，有曹家最得意的曹長卿，有弱冠之年便位列中樞身著黃紫的孫希濟，有世間最講禮的曾祥麟，有精通百家學問的湯嘉禾……

老人流淚不止。

大楚亡了，是一隻在春秋荒原無所依無所去的孤魂野鬼了。

老人停下手，沒來由大笑起來。

最終老人低頭喃喃自語：「我沒瘋，大楚亡國，有人裝睡、有人裝傻、有人裝死，我江水郎不過是喝酒醉不得罷了。」

老人胡亂擦了把淚水，抬頭望向遠處，手指顫抖。

遙想當年，如今老人還未老、死人更未死之時，還記得有支曲子曾經傳頌朝野，傳遍了大江南北。那支曲子為大將軍葉白夔而寫，他江水郎譜曲，王擎作詞，趙定秀書寫。

曲名〈將軍行〉，有井水處必有人歌之。

老人慷慨高歌，但只是一句便泣不成聲。

「少年未及冠，浩然離故鄉！」

◆

離陽太安城宮城皇城內城，從裡到外三城皆有守城之人，當年柳蒿師是其中之一，如今吳家劍塚的老祖宗也是如此。

除了那幾位武道宗師，太安城本身又有以欽天監作為中樞的兩座大陣，運轉不停。

西楚京城的那座恢弘大陣早已在山河破碎後，便被鳩占鵲巢的廣陵王趙毅破壞殆盡，但是現在依舊有人守城看門，西楚劍道執牛耳者呂丹田便是其中之一，只可惜尚未返回。剩下神龍見首不見尾的兩人，在今天都出現在光天化日之下，就那麼清清楚楚地出現在眾人視野之中。

一人站在皇城大門之後，老態龍鍾，身材矮小，身穿大袖長袍，腳踩木屐，如同稻田旁的草人；一人站在宮門之前，遙遙望著前者的背影，同樣是古稀老人。這一位身穿蟒袍，既不是離陽藩王的樣式，也不符合當今西楚皇室的禮制，而是只有舊年大楚廟堂上才會看到的藩王蟒袍。這位曾經被大楚宗室除名的姜姓老人身材高大，卻死氣沉沉。

在兩位老人之間，是整整一千六百名精銳御林軍，一千六百鮮亮鐵甲，在日光照耀下，熠熠生輝，如同披上了天庭仙人的金甲。

兩座城頭之上，更有近千張弓弩蓄勢待發。

只見那個膽大包天的年輕人獨自站在大門外。

城頭上數名身披華貴甲冑的將領站在垛口後，個個冷汗直流，誰都不敢輕舉妄動，不敢率先發號施令。

天底下最大兩座城池的老百姓，是最相信世間有陸地神仙的，一座是離陽的太安城，第二座就是他們腳下這座，這一切大抵上都是因為一個人——大官子曹長卿。

東海武帝城的江湖草莽反而不如這兩城，因為自稱天下第二的王仙芝從不自稱神仙，一甲子之間，無數高手來來去去，都敗在了人間匹夫王仙芝手下，順帶著武帝城裡的百姓也就對所謂的仙人不感興趣了。

但是曹長卿也好，王仙芝也罷，不管他們的武道修為高到幾樓幾十樓去，城下這個雙手按住腰間刀柄的年輕人，最不濟也是與這兩人在一樓平起平坐的大宗師。

徐鳳年站在原地，直到這一天、這一刻，他才突然意識到原來那個羊皮裘老頭兒是西楚人氏。

徐鳳年咧嘴一笑。記得當初太安城三人之戰落幕後，頂尖宗師如曹長卿和鄧太阿，都向他問了同一個問題：廣陵江畔一氣破甲兩千六的那位老人，到底有沒有跨入一氣千里的那道天人門檻？

當時徐鳳年沒有直接給出答案，只是笑咪咪一手伸出一根手指，然後讓兩人自己猜去。

一氣之長，千里之外又百里。

一口劍氣，千里之外起滾雷。

只要每當你能夠問心無愧的時候，比如一甲子前的青衫劍神，比如一甲子後解開心結的羊皮裘老頭兒，總是那麼輕輕鬆鬆就成為了天下第一。

因為你是李淳罡啊。

江湖這麼大，只有你不過是手中劍那短短三尺距離。

天下無敵的頭銜那麼重，也只有你李淳罡說放就放，想拿起就拿起。

徐鳳年突然有些怒氣。

可惜他想要發火的對象，已經不在這座城裡了，此時大概已經遠在太安城外。

曹長卿，當年不該讓你把她帶走的！

如果當年換成今天，你再來我跟前裝高手試試看？

徐鳳年雙手手心抵在北涼刀和過河卒的刀柄上，深深呼吸一口氣。

氣貫長虹。

當徐鳳年雙手握緊刀柄，剎那間，巍峨莊嚴的皇城大門就被他一腳踏碎。

西楚京城內，平地起驚雷，大門的粉末碎屑肆意飛揚。

守在皇城大門外的矮小寬袖老人無動於衷，屏氣凝神，雙手向前攤開，彎曲中指，依次做了一次彈指狀。每一次彈指，兩袖鼓脹如裝滿清風的老人就向後倒滑出去數丈。

在瘦小老人和高大城門之間，一左一右在老人指尖生出兩條蛟龍。

一黑一白。

◆

皇宮西北的江湖畔玲瓏水榭中，氣氛凝重，披掛一副金黃甲冑的御林軍副統領何太盛站在階下，神情尷尬。

劍道宗師呂丹田雖然是名義上的四千御林軍一把手，要比包括何太盛在內的三名從三品副統領都高出一階官品，但是呂丹田只不過掛個虛銜，並不真正任職當差，所以真正的兵權其實就在何太盛此時負責宮門守備的顧遂手中。至於另外一名齊姓副統領早就被排擠得整日只知喝酒消愁，在年初就很少點卯統兵。

何太盛和顧遂又不太一樣，顧遂是家中有兩位遺老在朝中遮天蔽日的世家子弟，所以在官場上左右逢源。而何太盛是普通士族出身，是靠著這兩年戰事中積攢下來的顯著軍功，和暗中依附權貴才艱難攀爬到這個位置，越是來之不易，就越發顯得彌足珍貴。

此時何太盛的心情尤為複雜，既有對那位年輕女皇帝的愧疚，內心深處也有一絲不為人知的陰暗。當了二十來年的離陽子民，何太盛其實對大楚西楚已經沒有老一輩的那種執念，國姓是姜還是趙，對當打之年且野心勃勃的何太盛來說，並不重要。當時是覺得自己有望成為扶龍之臣之一的開國元勳，這才奮勇殺敵，在全殲閻震春騎軍一役上大放光彩，回京述職的時候很快就被身邊這位宋家俊彥宋茂林拉攏。

搭上宋家這條乘風破浪的大船後，何太盛平步青雲，甚至連宋家都想不到，認為他是奇貨可居的慧眼人物，其實還有隱藏在這座城裡的大人物趙勾，已經許諾給他一個鎮護將軍。要知道整個離陽王朝的雜號將軍多如牛毛，但是實權將軍並不多，四征四平八人可謂「大將軍」，接下來是四鎮四安，然後就要輪到宋笠去年獲得的橫江將軍，以及他何太盛唾手可得的那個鎮護將軍。一般來說，在那十六個將軍之下，手握實權的鎮護將軍、橫江將軍其實比一州將軍毫不遜色。

何太盛的眼角餘光小心翼翼瞥向那名女子。

大楚皇帝，加上胭脂評的美人，再加上女子劍仙的身分。

這名御林軍二把手的心頭就像有火爐在熊熊燃燒。

為何你宋茂林一介文弱書生，手無縛雞之力的廢物，卻可以堂堂正正表達愛慕？為何我何太盛就要對你卑躬屈膝，每次酒席上舉杯敬酒的時候，酒杯都要刻意低你半只杯子才能心安？

宋文鳳在聽到何太盛稟報的緊急「軍情」後，仍是胸有成竹的模樣，依舊站在一根廊柱附近，微笑道：「陛下是不是覺得那人突兀地出現在京城，就萬事大吉了？」

老人沒有得到答案，自顧自道：「他的出現，是有些出人意料。照理說他要站在京城外，也該等到那一萬北涼蠻子拚死突破吳重軒大軍和我大楚數道防線。但是老臣只能說這位年輕藩王勇氣可嘉，可惜啊，運氣真是差。

老臣從宮中獲知曹長卿的確離開京城北行後，以我宋家為首的三大豪閥就開始佈局，原本是用來針對萬一曹長卿聞信趕來的最糟糕情況，卻不是用來對付那個姓徐的年輕人。陛下是初來乍到，說到底還是太年輕，許多祕事都不清楚，當然了，陛下也從來都是無心朝政的……」

說到這裡，宋文鳳言語中第一次流露出譏諷：「畢竟是女子操持國柄嘛，心思豈會真正放在興亡之上。」

臉色蒼白的宋茂林剛要開口，就被自己的父親宋慶善扯住袖口，怒目而視。宋茂林欲言又止，但在父親的眼神警告之下，這位名動南北的風流人物，最終還是低下頭，雙拳緊握，滿臉痛苦。

作為當代宋閥家主的宋文鳳伸手撫摩那根朱漆廊柱：「人心反復啊。當初大楚滅國，趙毅入主此城，很快就洩露了大陣細節，但是等到咱們趕跑了那個離陽藩王，又有人主動跑來告知大陣內幕，說當年趙毅毀去的只是一半大陣。

陛下妳瞧瞧，一樣東西分成兩份賣，而且還都賣出了天價，厲害不厲害？老臣以前只是個死讀書、讀死書的迂腐文人，比逃到深山老林的湯嘉禾好不到哪裡去，但是這二十年冷眼旁觀，才明白熙熙攘攘名來利往，誰不是商賈？尋常商賈求利，我輩讀書人求名，死了也要名垂青史，其實歸根結底是一樣的。」

老人似乎感受到一股冷意，下意識拉了拉領口袖口：「陛下啊，老臣請妳抬頭四顧一番，現在的大楚朝堂上，誰不是在待價而沽，誰不是自謀退路？那些真正對陛下忠心耿耿的人物，有，而且不少，但可惜都已經身在戰場不在京城嘍。他們難逃一個死字，即便僥倖從戰場上活下來，我們這些人也絕對不會讓他們活下去，相信離陽趙室對此事會樂見其成。文人殺文人也好，文人殺武人也罷，從來都殺人不見血，關鍵是能夠殺得對手死後都沒辦法在史書上翻身。」

不知何時，大楚皇帝依舊盤腿而坐，但是已經面朝「江湖」背對眾人，她也已經收起了那一疊疊先前很用心擺放的銅錢，然後不輕不重說了句大煞風景的稚氣言語：「你是在嚇唬朕嗎？」

宋文鳳哭笑不得，這感覺就像一位草聖嘔心瀝血寫就一幅龍飛鳳舞的名篇，桌案旁站著個斗大字不識的莽夫，問寫得如何，回答說一個字都看不懂。

她接著說道：「雖然聽不太懂你在說什麼，但朕真不是被嚇大的。」

她其實有句話沒有說出口：我是被欺負大的。

倍感對牛彈琴的宋文鳳不知為何生出一股暴戾之氣，猛然抬手，就要給這個年輕女子一巴掌。

那一刻，老人從未如此豪氣干雲，但是突然之間，地面劇烈震動，老人差點一頭撞到廊柱上。

◆

皇城大門口，兩條氣勢洶洶的蛟龍撲面而來。

徐鳳年沒有抽出任何一把刀，而是舉起雙手，五指張開，竟是直接死死抓住了兩顆碩大蛟龍的猙獰頭顱。

五指之間光彩炸開，兩股罡風何等磅礴凌厲，吹拂得徐鳳年雙鬢髮絲向後飄蕩。

徐鳳年雙手往下一按，黑白兩條蛟龍就像被強行按下腦袋喝水的粗憨老牛，毫無掙扎之力地一頭撞在水中。

徐鳳年身側左右頓時被撞出兩個巨大坑洞，蛟龍有多長，窟窿便有多深。

徐鳳年看著那個面無表情的矮小老人：「我不為殺人而來，但是你別得寸進尺。」

二十丈外的那個老人冷然一笑，雙手交錯而過，在身前畫了一個大圓。

氣機旋轉，漣漪陣陣，最終形成一道寬厚鏡面，就像端起了一盆水，將水盆撤去，但是那盆水卻懸停在了空中。

老人死死盯住這個好似獨占江湖鼇頭的年輕藩王，皮笑肉不笑道：「老夫不過是枯塚野鬼，但仍有心結未解，就是一直沒有機會跟人貓韓生宣比試，所以至今不知道誰才是真正的指玄境第一人。」

鏡面之中，高樓殿閣栩栩如生，如空中閣樓，如海市蜃樓，如縹緲仙境。

若是仔細端詳，才會看清竟是整座西楚京城的景象，纖毫不差。

老人伸出一根手指輕輕往下一敲，一敲復一敲，總計五次。

西楚京城的高空頓時就像有道天雷從九天之上，破開雲層筆直砸下，砸向年輕藩王的頭頂。

仙人一怒，五雷轟頂。

第一道牽引天地異象的天雷在徐鳳年頭頂三尺處轟然炸碎。

四散紊亂的洶湧氣機在徐鳳年四周流瀉到了地面，瞬間將地皮削去了三寸。

老人眼中流露出一抹驚喜，但是老人很快就愕然。

第二道天雷竟然不是砸在年輕藩王的腦袋上，而是在一丈之上，第三道更高，至於最後一道，就真是雷聲大、雨點小了。

眼前不知名老人的這份通天手筆，分明是以西楚殘餘氣運作為躋身天象境界的終南捷徑。

這些僅剩的家底是她的，而那個傻丫頭，是連一文、兩文銅錢的得失都會鬱悶或是高興很久。

徐鳳年二話不說開始前掠。下一刻，徐鳳年站在了矮小老人身後：「就你也配跟韓生宣爭指玄第一？」

原來老人的頭顱已經不在，拎在了年輕藩王的手中。那個退隱多年的大楚姜姓老人，猛然間睜開眼睛，氣勢暴漲。

徐鳳年隨手將腦袋拋向那一千六百鐵甲身前的地面上，頭顱滾動，鮮血流淌。

此時，有負劍三騎沿著御道一路疾馳而來，其中有個洪亮的嗓音在徐鳳年身後響起：「徐鳳年！退出京城！」

在那三騎臨近皇城大門的時候，已經紛紛抽出長劍，一時間劍氣縱橫御道。

這已是呂丹田之外的全部西楚劍道大家。

徐鳳年不動聲色地說了「滾出去」三個字，並駕齊驅的三匹駿馬在即將衝出城門孔洞時，就像撞到了一堵堅硬如鐵的城牆之上，馬頭盡碎。

三位在大楚江湖成名已久的劍道宗師雖有察覺，棄馬躍起，各自以手中劍刺向那堵無形的城牆。但是無一例外，沒有任何留力的長劍都砰然折斷，最為力大的劍客更是整個人都撞在了那道氣機牆壁之上。

以三根細針刺大幅宣紙，紙不破而針斷。高下之別，一眼可見。

三名已經傷及內腑的西楚劍道宗師面面相覷。

徐鳳年根本沒有轉頭，看著遠處那些人多勢眾卻如臨大敵的鐵甲御林軍，冷聲道：「讓開。」

當徐鳳年踏出一步，前方第一層鐵甲就開始向後撤退一步。

當徐鳳年右手抓住左腰的過河卒，那座密密麻麻的步軍大陣就越發擁擠不堪。

四面城頭之上終於有將領下令射箭，但是一千多張弓弩的箭矢都在離弦不到一丈的距離，詭譎地靜止不動，然後緩緩掉轉箭頭。

一千多個冰冷的尖銳箭頭，像一千多條吐芯的陰冷毒蛇。

有人咽口水，有人冒冷汗，有人顫抖，但是沒有一人出聲，沒有一人撤退。

那名姜氏皇族老人向前踏出一步，捏碎了手心一件物品，然後抬起一拳重重捶在心口。本就高大魁梧的身形，突然達到絕非凡人身軀可以生長而成的一丈四尺高度，金光流溢。

看到這熟悉的一幕，好像重新置身於國子監門口，徐鳳年沉聲道：「你真是該死！」

那尊天庭戰神抬起雙臂格擋在頭部前方。徐鳳年身形掠過鐵甲步陣，右手過河卒一刀劈在金色巨人的手臂上，後者撞開了宮城大門。

在徐鳳年走入大門，塵埃中雙膝微蹲的金色巨人站直身軀，朗聲道：「再來！」

徐鳳年一閃而逝，金色巨人再度倒退，堅硬的地面上劃出一條溝壑。

這一次根本不用金色巨人出聲提醒，徐鳳年就已經一刀將這尊以西楚氣運凝聚不壞金身的巨人砸入地底下。

徐鳳年提刀前行，身後那個坑中碎石濺射，金光四射，巨人朝著那個年輕人的背影大踏步前奔，快如奔雷，每一步都震顫大地。

徐鳳年左手握住了右腰的北涼刀。其實這把涼刀已經在跟陳芝豹廣陵江一戰中折斷，而過河卒也出現了細微裂紋。

那一戰，徐鳳年捅了陳芝豹一刀，代價是被青轉紫的梅子酒槍頭撞在肩頭。

徐鳳年轉身左手一刀，那半截涼刀，如夜間的弧月橫放在了人間。

被劈砍在脖子上的金色巨人竟然沒有被割掉頭顱，而是被轟然擊飛，整個軀體都撞入城牆上。這尊足以媲美佛門大金剛境界的巨人雙手扒開城牆，就要破牆而出繼續再戰。

徐鳳年身體前傾，雙手持刀，一掠而去。

◆

那方「江湖」的水榭附近，不斷有消息傳遞過來，何太盛臉色越來越凝重，宋文鳳臉色陰晴不定。

年輕女帝好似對那邊的激烈戰況根本不在意，望著死寂水面，湖上偶爾會有一道水柱濺起。

也許沒有人注意到一個細節，那就是這方小湖在短短大半個月以來，水位暴漲了數丈有餘，可是因為宮中宦官宮女都是西楚新人，不知道以往的光景，只當作入春以後小湖便理該如此。

她雙手托著腮幫，凝望遠方，視野裡綠意盎然，生機勃勃。

這一次輪到她譏笑道：「怎麼，你們這就怕了？」

宋文鳳冷笑道：「陛下難道真以為那北涼王能夠全身而退，難道真以為能夠跟著他一起遠走高飛？」

正是草長鶯飛的美好時節，但是一隻黃鶯不知為何墜落在湖面。

她用自己才能聽到的嗓音呢喃道：「我不走。」

宋文鳳厲聲道：「姜姒，妳別忘了妳生是大楚姜氏的人，就算死，也應當是大楚姜氏的鬼！這個天下，妳可以死在任何一處，唯獨不能死在那北涼！那裡既不是妳姜姒的安身之地，更不會是妳的安心之地！」

宋文鳳怒極反笑，轉頭惡狠狠盯著這個年輕女子：「哈哈，真是滑天下之大稽！徐驍的嫡長子卻要把大楚姜氏的皇帝救出這座牢籠？陛下，我宋文鳳最後一次以大楚的臣子問妳一句，即使大楚無人攔阻，妳姜姒敢跟他走嗎，妳又有何顏面去面對姜氏列祖列宗？」

就在這個時候，一個陌生卻溫醇的嗓音在不遠處響起：「老王八蛋，閉嘴好嗎？」

宋文鳳如遭雷擊，竟是不敢第一時間轉身回頭。

宋慶善、宋茂林都好不到哪裡去，御林軍副統領何太盛更是汗流浹背。

那個終於走到這裡的年輕人，風塵僕僕，而且左側肩頭滲出了一些鮮血，所以他下意識去擦了擦左肩，就像個在田間勞作的村夫，回家敲門前先把汗水擦乾淨，不讓媳婦看到他的疲憊。

何太盛悄悄向後退了一步，腳步移動的時候，鐵甲錚錚，這讓原本對身上那副華貴甲冑很滿意的副統領，第一次如此痛恨它的不合時宜。

那個年輕人做了個環顧四周的姿勢，然後故意不去看風度翩翩的某位宋家風流子，而是對著上了年紀的中年人宋慶善笑道：「哦，你就是那個啥宋茂林吧，是挺人模狗樣的。」

宋慶善和宋茂林頓時同時臉色鐵青。宋文鳳瞇起眼，看不出所思所想，不愧是宦海沉浮了大半輩子的老狐狸。

徐鳳年伸出手指朝他眼中的中年「宋茂林」勾了勾：「宋茂林你小子站出來，我要跟你說道說道。」

宋慶善憤怒至極，怒斥道：「徐鳳年，你大膽！這裡是我大楚京城……」

「啪」一聲，挨了一巴掌的宋慶善橫飛出去，重重摔在幾丈外的地面上，抽搐了兩下，然後就生死不知了。

真正的宋茂林剛要說話，也被如出一轍的一巴掌甩出去，某人還碎碎念道：「他娘的，長得比老子差了十萬八千里，也敢大白天出來裝鬼嚇唬人……」

水榭中背對他們的她，好像肩膀偷偷摸摸聳動了一下。

視線一直停留在她身上的徐鳳年會心一笑。見到她，哪怕只是背影，他也很開心了。

大氣不敢喘的何太盛眼觀鼻、鼻觀心，對眼前的悲劇持著置若罔聞、視而不見的姿態。可惜結果仍是被那個蠻不講理的年輕人一腳在空中踹成一隻蝦，撞斷了一棵粗壯的柳樹，吐了一大碗鮮血才暈死過去。

徐鳳年一步一步走上臺階，宋文鳳步步後退，靠著廊柱才發現已經無路可退。

徐鳳年按住他的腦袋往廊柱上狠狠一推，這位執掌大楚門下省的從一品官員頓時翻著白眼癱軟在地。
她面對「江湖」，他背朝「江湖」。
他盡量平心靜氣柔聲道：「看夠了沒，看夠了就跟我走。」
她默然無聲。
他繼續說道：「如果沒有看夠，我可以等。」
她仍是不說話。
在重逢後，兩人久久無言以對。
徐鳳年重複先前的話語，但是提高了嗓音：「跟我走！」
但是她就是不說話。
徐鳳年放低聲音：「好不好？」
姜姒，已經不再是那個北涼王府可憐丫鬟小泥人的她，微微抬起頭，語氣不帶感情地說道：「他們不知道，你也不知道？」
她眼前那方「江湖」，在今年開春以後的大半個月內，為何會水位上升？為何京城內外經常有飛鳥墜落？為何在湖畔待久了就會讓人感到寒意沁人心脾？
因為湖中藏劍十萬柄有餘！從天下各處飛過千萬里，紛紛落在小湖中。
她緩緩道：「我已經讓呂爺爺把劍匣還你了。」
他不知道是真不知道還是假裝不知道，輕輕「嗯」了一聲：「我收到了，等妳回去拿。」
她平淡道：「你走吧。」

他說道：「我以後不再欺負妳了。」

他咧嘴笑了笑：「真的。」

她沉默片刻：「你走！我既然沒有去西壘壁，這輩子就不會離開這裡。你如果不走，要麼我死，要麼你死！」

她猛然站起身，依舊面對小湖。

隨著她的起身，一同「起身」的還有那十萬柄貨真價實的湖中長劍！

天地之間滿劍氣！

她怒道：「你走！」

徐鳳年安靜地坐在她身邊，看著那雙被她歪扭擺放的靴子，彎腰把它們擺放齊整。

他彎腰的時候，抽了抽鼻子，滿臉淚水，她看不到。

滿湖劍在出水之後，堆積成山，就像春神湖湖心的天姥山島嶼。

劍尖指向臨水小榭，不知那名年輕藩王是否會有如芒在背的感覺。

從頭到尾，始終沒有看他一眼的西楚女帝仰著頭，癡癡看著那些被她從各地借來的名劍、長劍、古劍、新劍，怔怔出神。

徐鳳年彎著腰，雙手撐在膝蓋上，低頭望著那雙靴子，柔聲道：「武當山的菜園子，上次我去山上看過了，再不去打理就真的要荒廢了，多可惜。

妳在清涼山的屋子，去年除夕的時候，我也讓人去貼上了一副春聯，裡邊的東西都幫妳留著，但我沒讓誰碰，一直鎖著門。妳想啊，這麼久沒有打掃清理，該有多髒啊。

我爹臨終的時候，跟我說不管怎麼樣，不管天下怎麼亂，以後都要把妳領回家，在他心目中，妳姜泥從來都是我們徐家的第一個兒媳婦。我爹是如此，我娘就更是如此想了。」

沒有得到回應的徐鳳年自顧自地自言自語，顯得很孤單。

其間，似乎是覺得那個躺在地上的宋文鳳太過礙眼，被他大袖一揮，甩出了水榭之外，還有剛剛有幾分清醒跡象的御林軍副統領何太盛，眼皮子還未睜開就又被打暈過去。

「妳如果覺得在國難當頭的時候一走了之，作為西楚皇帝，無法安心，我能理解，但是我不知道曹長卿有沒有跟妳透底，西楚大勢將去已經不可阻擋，所以你們大楚會留下四、五百位讀書種子，在瓜子洲戰線突圍而出，與我大雪龍騎軍會合，然後一起返回北涼。

西楚是死了很多人，但妳不要覺得所有人都是為妳姜姒而死，並不是這樣的。西楚之所以如此興衰急促，很大原因就是真正的大楚遺老在曹長卿復國之後，有些已經死在深山野林，有些就算沒死，也並未出仕為官，他們是真的心灰意懶了，所以這才有了宋家這幫跳梁小丑。

而且妳放心，西楚復國本就是離陽朝廷順勢而為，是張巨鹿、元本溪、桓溫這幫人佈局已久。一來澈底摧毀春秋的老底子，百足之蟲死而不僵，要讓江南道尤其是江左士子集團再無僥倖心理；二來是朝廷要藉機削弱各大藩王和地方武將的割據勢力。

朝廷對西楚百姓並不放在眼中，說到底，天下賦稅半出廣陵，只要北邊的大敵北莽還在，朝廷就不會對廣陵道真正下死手，只會以安撫為主。最後就是離陽中書令齊陽龍也好，門下省桓溫也罷，對廣陵文人和百姓都心懷憐憫，絕不是視若寇仇。

這中間關鍵一點可以做證，姑幕許氏許拱的領軍南下，其實就是朝廷的一種示好姿態。這就像戰場上的圍三放一，給了被圍一方一線生機。倒不是說朝廷有多麼大度，假如全線壓境，不讓你們西楚文武看到絲毫生機，一旦玉石俱焚的話，對離陽跟北莽接下來的決戰肯定不利。

要知道西楚在去年的接連告捷，尤其是謝西陲和寇江淮的幾場大勝，其實已經超出了朝廷的預料。所以西楚有沒有妳這個皇帝姜姒，已經不重要了，甚至可以說，沒有了妳和曹長卿，廣陵道戰場上才可以少死人。

曹長卿都放下了，沒有動用顧劍棠、王遂，也放棄了在北莽南朝的潛在棋子，沒有讓整個中原都硝煙四起，為什麼妳反而放不下了？」

姜泥突然站起身，沒有穿上靴子，只穿著襪子，走到水榭臺階附近，背對那個絮絮叨叨一點都不像當年那個世子殿下的年輕人，冰冷語氣沒有絲毫起伏，伸手指向太極殿的方向：「我是大楚姜氏正統的最後一人，當年先帝就是死在那裡，我為什麼要走？憑什麼要走！換成你，北莽大軍攻破涼州邊關，一路殺到清涼山，你北涼王會走？」

徐鳳年沒有站起身，抬頭看著她的背影：「我不會走，但是妳姜泥可以。妳要是不走，我就綁著妳走。」

姜泥冷笑道：「不愧是手握三十萬鐵騎的北涼王！不但在離陽京城大殺四方，在大楚京城還是這般跋扈橫行！」

她緩緩轉身，突然間憤怒道：「但是你徐鳳年別忘了，我已經不是那個任人欺侮的清涼山丫鬟了！我姜姒是大楚皇帝，我姜姒還是天下長劍共主！」

一瞬間，萬劍齊發，一座精緻玲瓏且歷史悠久的臨湖水榭就變成一堆廢墟。

塵土飛揚，塵埃落定。

僅剩一小截的長椅，坐著紋絲不動的徐鳳年，他腳邊的她那雙靴子不染纖塵。

徐鳳年四周的地面上，插滿了七歪八扭的百餘柄長劍，一道道劍氣縈繞，其中氣息古老如遲暮老人、活潑氣息如豆蔻少女、雄渾氣息如西北健卒、凌厲氣息如沙場猛將、婉約氣息如大家閨秀、巍峨氣息如山嶽雄關、深沉氣息如無垠江海。

徐鳳年輕聲道：「道理也講過了，妳不聽。今天要麼妳跟我走，要麼我就留在這裡，等妳跟我走。我才不管妳是姜姒還是姜泥，才不管妳是西楚的皇帝還是清涼山的小丫鬟。」

徐鳳年咧嘴一笑，但是不輕佻，只有淒然：「反正我的不講理，妳早就習慣了，再習慣一次好了。」

胭脂評四人之一的姜泥，對上武評大宗師四人之一的徐鳳年。

既有國仇又有家恨的兩人之間，隔著廟堂之高，隔著江湖之遠。

徐鳳年拍了拍衣衫，緩緩站起身。

滿湖十萬劍頓時嗡嗡顫鳴，姜泥雖然體內氣機被宋家讓人以藥物禁錮，但是讀書人出身的宋家三代人根本就無法想像，連李淳罡都青眼相加的先天劍胚姜泥，她在劍道上的一日千里是何等蔚為大觀，心念所起，心意所至，即是飛劍與意氣連袂所至。

殺氣騰騰的姜泥似乎太過憤怒，身體顫抖，那如一座天外飛來峰的十萬劍山也開始劇烈搖晃。她盯著那個年輕人，咬牙切齒道：「你真的會死的！」

徐鳳年點頭道：「我知道，一劍刺死我，妳念想了很多年。」

姜泥猛然抬起手，五柄飛劍如獲得仙人敕令，瞬間脫離劍山急速掠來，釘入姜泥身邊兩側的地面，站在原地的徐鳳年雙肩兩袖都已經被擦破。

姜泥似乎猶然不解恨，五指顫抖，百劍千劍開始「墜山」，在她和徐鳳年之間眼花繚亂地肆意飛掠。

她顫聲道：「你就這麼想死在大楚京城？」

對面那個渾蛋竟然笑咪咪道：「妳猜？」

好像積攢了一輩子的委屈都在瞬間爆發，她眼眶通紅，一隻手臂向側面伸出，握住了一柄以雷霆萬鈞之勢浮現在她手邊的飛劍。

與此同時，劍山緩緩移動，大山壓頂，最終懸停在她和他的頭頂高空，遮天蔽日。光線陰暗，她終於看不到他那張臉。

只聽她怒喊道：「徐鳳年，你到底走不走！」

她只聽嗓音溫暖：「不走。」

一座劍山，十萬劍，如大雪紛紛落，就那麼壯闊淒涼地落在大地之上，落在江湖之中。

徐鳳年抬頭看著天空，就在他頭頂幾尺高處，有一柄本該落在他頭頂的長劍，卻遲遲沒有落下。

他自言自語，悄不可聞。

以前我總是欺負妳，喜歡在三更半夜去妳屋子外頭裝神弄鬼，喜歡在妳從水井打水的時候突然爬出來，喜歡下雪的時候朝妳丟雪球，喜歡藏在樹上等妳經過的時候嚇唬妳，我知道妳很委屈，很生氣……但是，如果那些年我不欺負妳，妳根本就不會理我啊。

然後他聽到一個哭泣的聲音，那一刻，他閉上了眼睛，滿臉痛苦。

「徐鳳年，這是你逼我的！」

徐鳳年頭頂的那柄長劍化作齏粉。

但是在他和她之間，有一柄飛劍掠至。

一劍刺入他胸口。

飛劍不快，可他沒躲。

那些年，韓生宣要他死，柳蒿師要他死，王仙芝要他死，欽天監仙人要他死。

無論那些對手如何不可一世，他徐鳳年從未束手待斃，只會以昂然之姿，戰而勝之！長劍貫胸。

這一劍，甚至比不得祁嘉節的劍，比不得北莽黃青的劍，比不得很多人的劍。

可那一劍，半截留在身前，半截露出身後。

此時此景，曾經有一對男女也是這般淒然，李淳罡和綠袍兒。

她呆滯地站在原地。

徐鳳年睜開眼睛，嘴角滲出血絲，抬起手臂，似乎想要伸手抓住什麼，但是最後只是輕輕握住那把長劍的劍柄，深深看了她一眼。

這個風塵僕僕從北涼趕到廣陵的年輕人，轉過身，緩緩拔出那柄穿胸長劍後，隨手拋到遠處。

他摀住流血不止的胸口，沒有說話。

千里迢迢，從荒涼邊關一路來到山清水秀之地，他的衣衫早已褶皺，他的靴子早已磨損，他懷揣著千言萬語，最終不知如何說起。

對於這個世界而言，就像棋盤上那枚過河卒子的年輕人，摘下那柄過河卒，手心在刀口上慢慢抹過，過河卒竟是飲血如人飲水，一滴不剩，全部滲入刀身。

他蹲下身把這柄過河卒放在那雙靴子附近：「如果以後有人欺負妳，就折斷這把刀，我就算遠在千萬里之外，也會瞬間趕至。」

他停頓了一下，沙啞說道：「就算我那時候已經死了，也會從陰間來到陽間，再來看妳一眼。」

然後他站起身，對天地高喊一句：「敢殺姜泥者，我徐鳳年必殺之！」

當他說完這句話，便抬起手臂擋住眼睛，久久沒有放下。然後一步跨出，一閃而逝。

她的手始終伸向遠方，想要抓住什麼。

她突然臉色雪白，另外一隻手摀住嘴巴，但是仍有猩紅鮮血從五指間滲出。

可那只想要抓住什麼的手，不願放下。

她很想轉過頭，很想那樣就可以看到一張笑咪咪的臉龐，會有一個面目可憎很多年的傢伙，在對她滿臉的笑。

她轉過頭。

他不在。

第十章　新楚朝土崩瓦解　徐鳳年神遊仙界

夜幕中，西楚京城萬家燈火，有人歡喜有人愁。

已經夜禁上鎖的宮城一扇扇大門依次打開，一駕不合規矩不合禮制的馬車緩緩駛入，走下一名沒有身披官袍的枯槁老人，新任司禮監掌印太監剛要上前攙扶，就被老人搖頭阻止。

老人跟著莫名其妙就成為大楚宦官第一人的掌印太監，後者的心情忐忑不安，不知道老太師為何執意要連夜造訪宮城覲見陛下，更不知為何陛下要在那座太極殿面見這位中書令。

太極殿大門洞開，孫希濟吃力地一步一步走上臺階，殿內燈火搖曳，老人依稀可見皇帝陛下的身影。

掌印太監感到一種風雨欲來的凝重氛圍，因為那位大楚的皇帝陛下既沒有高坐龍椅等待老人，也沒有走出大殿迎接這個大楚王朝的定海神針。

她站在大殿門檻之後，身穿龍袍。

她雙手負後，竟然是一種拒人千里之外的倨傲姿態。

孫希濟在距離大殿門口十數步外停下，凝視著她，老人滄桑的臉龐越發苦澀。不僅僅是因為今天中書令府邸出現了一場陰險刺殺，更多是眼前女子第一次如此直白地流露出來的抗拒，讓老人既有灰心又有愧疚。

孫希濟在掌印太監彎腰後退遠離大殿後，緩緩說道：「陛下，宋家如此有負大楚，如此有愧大楚讀書人，老臣孫希濟雙眼昏聵，難辭其咎……」

那個背對殿內燈火的女子，她的面容晦暗不明，打斷了孫希濟的言語：「面見一國之君，身為臣子，難道不該下跪嗎？」

連離陽先帝都待之以禮的老人沒有絲毫惱羞成怒，心中反而有些釋然，只見孫希濟雙手互拍一下袖口，毫不猶豫地跪下去：「臣孫希濟，大楚中書省中書令，叩見陛下！」

她冷笑道：「中書令大人今夜沒有身穿官服便入宮面聖，朕念你年歲已高，就不怪罪了。有話就說吧，朕洗耳恭聽！」

孫希濟始終低著頭，用盡氣力沉聲說道：「陛下，宋家不可信，朝中位列中樞的許多文官不可信，甚至老臣孫希濟也可不信，但是懇請陛下相信前線二十萬將士，懇請陛下不要遷怒於所有為大楚赴死的英烈，不要……」

大楚女帝姜姒第二次毫不客氣地打斷老人言辭：「遷怒？你別忘了朕現在就站在你眼前，就站在你十步之外！朕若是真想遷怒你們，你們真以為活得過太陽落山之時？」

她提高嗓音：「宋家是睜眼瞎，但是朕可以告訴你孫希濟，就算京城沒有曹長卿，沒有忠心於朕的御林軍，朕一樣可以殺光所有膽敢背叛大楚姜氏的亂臣賊子！」

孫希濟雙掌手心貼在冰涼的地面上，手冷心更涼。

沉默片刻，老人只聽她言語中無盡悲苦：「朕一人有十萬劍，原本是用來殺離陽大軍的，不是殺大楚臣民的，更不是……」

之後的含糊低語，年邁老人已經根本聽不清楚，孫希濟跪在那裡，無言以對。

大門突然關上，隔著大門，大楚女帝譏笑道：「你走吧，請你孫希濟放心，請大楚放心，朕既然是先帝的女兒，就會跟先帝一樣死在皇宮！」

老人艱難起身，看著大門。

被拒之門外的中書令大人轉身離開，沿著那條雕刻有金龍祥雲的丹陛，走下臺階後，低眉順眼的司禮監太監如一隻夜貓子，安靜地站在那裡等候已久。

這位在弱冠之年便得以躋身大楚中樞的老人，這個時候才發現自己這麼多年來，主動跟宦官攀談的次數屈指可數。

老人自嘲一笑，今夜依舊沒有開口客套寒暄，就這麼一言不發地離開了皇宮。

◆

燈火闌珊處，一棟幽靜小院內，她身穿龍袍獨自坐在門檻上，腳邊整齊擱放有一雙蠻錦靴子，膝蓋上橫放著那柄刀，她低著頭，掏出一枚枚珍藏多年的銅錢，從刀鞘這一端擺放到另一端。

她被視為坐擁大楚江山，但是她從來只覺得真正屬於自己的家當，其實就是這些銅錢。

她這輩子最信任的兩位前輩，羊皮裘老頭兒和棋待詔叔叔，都把她當成百年難遇的劍道天才。但是她在最後一次，也是唯一跟他一起遊歷江湖的途中，總是不樂意跟隨李淳罡練劍。

六十年前，多少江湖宗師渴望能夠得到李劍神三言兩語的指點，她覺得自己也不知道為什麼，也許是看過了那個人的練刀，覺得太辛苦太可怕了，所以不敢練劍。她只知道自己的膽子那麼小，膽子小了那麼多年，被欺負了那麼多年，憑什麼明明可以輕鬆讀書賺錢，還要練劍還要去打打殺殺？其實那時候她根本不敢承認一件事，就是如果萬一真有一天，她練劍練成了陸地神仙，難道真要一劍刺死他？

今天撕破君子面皮的老混帳宋文鳳不管如何悖逆行事，其中有句話畢竟道出了很多大楚遺老的心聲，那就是哪怕北涼是她姜泥的棲身之地，也絕不會是她的安心之地。

徐家和姜家，不是尋常鄰里間那種尋常長輩的磕碰，而是徐家鐵騎踏破了大楚山河，是徐驍親手逼死了大楚先帝和大楚皇后，是徐鳳年的父親親自殺死了大楚新帝姜姒的爹娘。

但是，如果僅是這樣，早就對大楚記憶模糊的她，習慣了遇到事情就躲起來的她，不是不可以離開京城。

夾在離陽、北莽之間的北涼已是如此艱難，那麼那個從他爹手中接過擔子的傢伙，他不但需要面對北莽百萬大軍，而且背後是懷有戒心的中原和朝廷，如果他今天帶走她，帶走大楚的皇帝，接下來他該怎麼面對天下人？

天下人又會怎麼罵他？

第一場大戰，北涼鐵騎已經死了十多萬人，難道只是因為她這麼一個禍國殃民的狐狸精，就要多死很多原本可以轟轟烈烈戰死在涼莽戰場的北涼鐵騎？難道他真的能夠不為此愧疚嗎？

她是個很怕承擔責任的膽小鬼，以前就是個在清洗衣物時會偷偷罵人的丫鬟，就算她可以沒心沒肺、不管不顧，待在他身後裝作心安理得，但他徐鳳年的安心之地，會沒有的。

她知道在整個大楚版圖，在這二十年裡，很多百姓私下都說大楚之所以滅亡，是她那個早已記不起面容的娘親害的，否則泱泱大楚，君王英明、文臣薈萃、武將善戰，百姓安樂，怎麼會輸給北方那個連君臣禮數都不知道的蠻子離陽？她不願意相信這件事，但有些時候她還是會怕，怕自己成為他的紅顏禍水。

如果是三年前的她，一個什麼都不懂的她，只覺得天底下一對男女，只要相互喜歡就應該在一起的她，那麼就會跟他走。

但是在進入廣陵道以後，雖然那些天下大勢她都不懂，可是想來想去，想過了無數次久別重逢的場景，到最後都發現自己不敢走、不能走。

不知道多少次她躲在被子裡偷偷哭泣，不知道多少次面見臣子的時候手心都是汗水，不知道多少次想要御劍飛行直奔西北關外，去看他一眼，或者遠遠看一眼清涼山，看一眼武當山的那塊小菜園子。

她捂住心口，可還是心疼。

燈火闌珊處，她很想他。

他來找她，她其實很開心。

她很想告訴他，刺他一劍，她很後悔。

在將來的歲月，你可以恨我，但你不要不喜歡我。

她抬起頭，滿臉淚水，輕聲抽泣道：「就算你不喜歡，也只可以不喜歡西楚的姜姒，不可以不喜歡姜泥。」

◆

從城頭望去，萬家燈火。有個年輕人就像無處歸去的孤魂野鬼，安安靜靜坐在城頭上，他背對城外，面對城內。

每隔一段時間，他的身體都會搖晃一下，而潦草包紮的胸口傷處也會滲出些血絲。

一名高大的白衣女子猶豫了很久，終於還是來到他身邊，感傷道：「何苦來哉，你這是在一人戰一國啊。」

年輕人默不作聲。

身材高大卻面容極美的女子嘆息道：「西楚氣數雖然所剩無幾，但依然不是一己之力可以輕易抗衡，尤其是你先前在廣陵江上和陳芝豹死戰一場，本就受了傷。既然事已至此，你何必留在這裡雪上加霜？」

在鍊氣士大宗師的她眼中，才可以看到那道屹立在西楚京城中心的氣運巨柱，不斷分出一條條白色蛟龍，直撲而來，撞在他身上。

這才是西楚自身對付陸地神仙的真正殺招，至於那兩名守城人根本就不值一提。

年輕人依然遠眺那座宮城，淡然道：「澹臺平靜，其實我知道，按照命數，天道對我徐鳳年的厭勝之人，其實是兩人，除了碗中養蛟龍的謝觀應，還有妳這位觀音宗宗主。

只不過欽天監一戰，謝觀應被打成了落水狗，不做天仙、做地仙的呂祖便還魂出現，結果很可惜，洪洗象依舊不願接受天人的第二次招安，所以我也知道，謝觀應氣數大傷後，獲益最大的世間人，其實是妳。所以我在等妳出手，與其等到以後妳我反目成仇，與其提心吊膽將來妳壞我北涼氣數，還不如現在妳我之間就有個乾脆俐落的了結。」

澹臺平靜臉色複雜。

徐鳳年咳嗽幾聲，緩緩道：「在妳決定出手之前，咱倆也算有些交情了，陪我聊聊？」

澹臺平靜點頭道：「好。」

雙腳掛在牆外的徐鳳年微笑道：「妳猜我見過那麼多江湖人，最羨慕誰？」

澹臺平靜思考片刻，反問道：「難道不是李淳罡？」

徐鳳年搖頭道：「不是。」

澹臺平靜猶豫了一下，嘴角微微翹起：「徽山軒轅敬城？」

徐鳳年突然轉頭，有點氣急敗壞，笑罵道：「妳找死啊！敬佩歸敬佩，我可不想當軒轅敬城！」

澹臺平靜會心一笑。

徐鳳年重新望向遠方，滿城燈火點點，就像在抬頭看著夏秋的璀璨星空：「我最羨慕鄧太阿，不在意江湖潮起潮落，不在意廟堂雲譎波詭，離開了吳家劍塚就再沒有任何恩怨，無牽無掛，孑然一身，騎驢看山河。我相信如果有一天，這位桃花劍神突然喜歡上了某個女子，他和她一定可以逍遙自在。」

澹臺平靜感慨道：「真的沒想到會是鄧太阿。」

徐鳳年雙手交錯疊放在膝蓋上：「是啊。」

澹臺平靜坐在他身邊，其實比他還要高出一些，「她為何不走？」

徐鳳年想了想：「大概是她長大了吧，我其實沒妳想像中那麼傷心。」

澹臺平靜說道：「那還是很傷心。給心上人如同在心口上來一劍，不傷心就奇怪了。」

徐鳳年冷哼一聲，沒有反駁也沒有承認。

澹臺平靜眯眼輕聲道：「人這一生，各有天命，有些人總能做願意做的事情，很幸運。有些人總能做喜歡做的事情，很幸福。而有些人，只能做應該做的事情，甚至有些人，只能做別人覺得他應該做的事情。」

徐鳳年啞然失笑，又牽扯到傷口，重重咳嗽幾聲。

澹臺平靜猶豫了一下，似乎想要抬起手幫他敲幾下後背，但其實她連手指頭都沒有動一下，內心則是天人交戰。

徐鳳年很有自作多情嫌疑地輕輕搖頭，笑道：「沒想到妳也會安慰人，明天會不會太陽打西邊出來？」

澹臺平靜面無表情，但估計哪怕沒有生氣，心情也好不到哪裡去。

所以她才坐下沒多久，就又重新起身，徐鳳年有些好奇地抬起頭。

她沒好氣道：「餓了，吃宵夜去。吃飽了才有力氣打架。」

澹臺平靜從城頭掠向城內。

徐鳳年在她身後輕聲笑道：「傻大個，雖然妳師父留下的記憶十分支離破碎，但是我可以告訴妳一件事，他很在意妳，起碼在他離開人世的時候，還在擔心妳會餓肚子。」

澹臺平靜瞬間漲紅了臉，差點直接墜入地面。

等到她離開以後，他繼續望著那座宮城，望著她，想要地老天荒。

好像有位道家聖人說過，相濡以沫，不如相忘於江湖。

◆

不知坐了多久，昏昏欲睡的徐鳳年猛然站起身，站在城外城內之間的城頭上。

第二天，有個人躺在一根大梁上打著瞌睡，優哉游哉，不亦快哉。

今天的大楚朝會，愁雲慘霧，這讓許多暫時沒有資格躋身大殿的中層官員，有點不知所措。尤其是以往在廟堂上如日中天的宋家三人都沒有出現，不但如此，據說包括吏部尚書、禮部侍郎在內的十數位權貴公卿都抱病請辭，是皇帝陛下讓一夜之間突然獨掌大權的御林軍副統領齊肅，讓這名抑鬱不得志多時的統領帶兵去各座府邸，去請各位大人參加今日朝會，以至這撥來自不同陣營不同山頭的大人物姍姍來遲，連袂出現，格外引人注目。

關於昨日京城的動盪，眾人大多有所耳聞，只不過畢竟那樁風波發生在皇城以內，而且很快就下令全城戒嚴，很多官員得到的小道消息都顯得一鱗片甲，但毋庸置疑的是那個北涼藩王肯定折騰得不輕，最後那句滿城可聞的蠻橫宣言更是不知道讓多少人震驚，讓多少人茫然，讓多少人惱怒。不說別人，只說今日朝會大殿內外，就說那些年輕些的大楚俊彥，誰不是倍感悲憤？

等到所有人跨入大殿，才發現司禮監掌印太監也換了一張新鮮面孔。而本該稍晚入殿的皇帝陛下更是早早坐在龍椅之上，眼神冰冷，第一次讓諸多臣子感受到這位女帝的威嚴。如吏部尚書袁善弘這樣的中樞重臣，以及他身後那排稍右的禮部侍郎郭熙，竟是下意識低頭，不敢面對那位年輕女子。

若是在以前，幾乎所有在京任職又能參加朝會的文武百官，頗為心有靈犀，不管風吹雨打，不論是炎炎酷暑還是大雪紛飛，無一例外都將每日朝會當作一件賞心悅目的樂事，從不視為苦差畏途。理由很簡單，他們大楚的皇帝陛下，不但是位風華正茂的年輕女子，更是胭脂評四人之一的絕代佳人。看著高坐龍椅身穿龍袍的陛下，哪怕是一抹眼角餘光，都會感到心曠神怡。

在去年大楚聲勢最為浩大的時候，還鬧過一樁風雅笑話。有位在大楚朝野一鳴驚人的年輕武將在戰勝楊慎杏、閻震春兩位離陽大將軍的先後兩場戰事中，都立下赫赫戰功，在跟隨主將謝西陲入京面聖的時候，竟然在朝會上象徵性的君臣問答中滿臉通紅，像是犯了癡症，一個字都說不出口，惹來滿堂哄笑。如果不是坐在椅子上的中書令孫希濟很快就出聲喝止，恐怕笑聲都能傳出大殿很遠。

今天的朝會，再不復之前的君臣相宜、春風和睦了，多數大殿位置靠後的官員都偷偷仰起脖子打量著坐在椅子上閉目養神的中書令大人，試圖從這位為官履歷厚重程度堪稱當今天下第一人的老人臉上看出些端倪。但是很可惜，老人除了沒有像以前那樣身體微微後傾靠在椅背上，而是竭力正襟危坐之外，就沒有任何異樣表情。

相比如履薄冰的眾多文官，朝堂上本就稀鬆零落的武臣就比較鎮定。在大楚官場一帆風順的何太盛已經失蹤，家眷不是沒有打探過消息，甚至都去了靠山宋家那邊登門拜訪，可是宋府大門緊閉。

昨夜另外一位手握兵權的副統領也沒有回家，不過好歹還算有點消息從皇城內傳出去，大抵還不至於丟官下獄。不管怎麼說，京城內和京畿軍伍的武將官職，上得了檯面的座椅，數來數去就那二十來把，一下子少了兩把，自然意味著很多人可以順勢往前挪挪，是好事。

現在當官當得更大些，哪怕將來有一天換了坐龍椅的人，西楚的官帽子哪怕一文不值了，可終究換成護身符或是保命符的可能性就更大啊，否則比如一個大白菜爛大街的六部員外郎，誰會當回事？真要秋後算帳，腦袋上的官帽子不夠大，身價不夠高，那就是說砍掉就砍掉的，人家盧升象、吳重軒甚至完全不用跟太安城趙室天子或者是刑部打聲招呼。

本該司禮監掌印太監出聲高呼「有事啟奏」了，但是這名本該春風得意的大宦官板著臉，根本沒有開口的跡象。

大楚女帝坐在那裡，以往總給人略顯坐立不安感覺的她，這一刻顯得極其高高在上，就像是一個因為治理天下多年而積威深重的君王。

她直接開門見山說道：「自朕登基以來，聽你們說了太多的話，今天你們就聽朕說話，不用你們說什麼。」

已經有人開始縮脖子咽口水，以至所有人都忘了在大殿中跪下。

剛好站在吏部尚書袁善弘身後的吏部侍郎，因為視線低斂，恰巧就看到尚書大人的雙腿在顫抖。這還是那個被譽為「席上清談冠絕江左」的袁蓮花嗎，還是那個總能在廟堂上意氣風發，甚至膽敢向前線主將謝西陲發難的吏部天官嗎？

中原歷史上第一位女皇帝姜姒俯瞰那幫文武百官，一屋子的高冠黃紫，大門之外，更有一些個跪下後才發現應該起身才合群的官員，他們滿臉茫然地望向大殿內，望著她，然後在她的視線下迅速低下頭去。

她沉聲道：「御林軍副統領何太盛死罪伏誅，原副統領顧遂改任京畿南軍的副將。」

何太盛死了。

雖然朝堂上位置靠前的重臣高官循著蛛絲馬跡已經有些揣測，但真正聽到這個消息後還是滿臉驚訝和恐懼，難免有些兔死狐悲的感覺。不是何太盛這個莽夫的生死如何重要，而是那意味著權傾大楚朝野的宋家真的倒塌了。

既然連一門三公卿的宋閥都澈底失勢了，那麼這座朝堂上有誰能夠「長命百歲」？最可怕的是與宋家向來交好的中書令大人，似乎對此毫不奇怪，依然沒有睜開眼。比起宋家稍遜一籌的顧家，仍是在大楚版圖根深蒂固的龐然大物。

原副統領顧遂就是當今門下省右僕射顧鞅的嫡長孫，只不過顧家飽受詬病的是顧遂的長輩，顧家長房二房裡有三人已經在離陽仕途攀爬多年，只不過在江南道那邊仕途不順，而且這次西楚復國，三名官帽子只有芝麻綠豆大小的顧家子弟竟然沒有一人願意落葉歸根，甚至很快就給家族寫了絕交信，在顧鞅的親自主持下也將三人從族譜上除名。當時很多官員都把顧家的家醜當成笑話看待，等到離陽大軍四線圍剿而來，所有人都恍然大悟。

聽到長房長孫只是平調為京畿南軍副將，顧鞅低著頭看不清表情。

但是年輕皇帝緊接而來的那句話不亞於耳畔驚雷。

「門下省左僕射宋文鳳，賜死。」

剛剛如釋重負的顧鞅嚇了一跳，如果把「左」字改成右字？他在驚駭的同時不得不捫心自問，如果真是點名自己要死，他顧鞅該怎麼辦，整個家族該怎麼辦？

面面相覷後，馬上就有一名享譽朝野的從三品文臣走出佇列，手捧玉笏低頭沉聲道：「微臣斗膽詢問陛下，為何陛下要賜死宋大人？又問，宋大人死罪為何？」

在近乎無禮的兩問之後，這名跟宋閥數代皆有姻親關係的大臣乾脆就抬起頭，盯著皇帝陛下的臉龐，繼續問道：「微臣最後還有一問，先帝曾對宋家賜下丹書鐵券，公開許諾宋家世世代代可與大楚姜氏共用天下！」

在這名大臣的公然抗旨後，朝堂上幾乎所有官員都開始使勁點頭，憤慨神色溢於言表。

他向前踏出一步，根本不管自己剛剛才說過「最後一問」，很快就有第四問，大義凜然道：「敢問陛下，難道陛下不是出身我大楚姜氏，否則怎敢違背先帝？如果微臣沒有記錯，憑藉那道丹書鐵券，宋家子弟能夠免死四次之多！」

這個時候，已經沒有人留心中書令孫希濟是睜眼還是閉眼了。

坐在椅子上的老人乾枯的雙手抓住椅沿，呼吸困難。

大楚皇帝姜姒沒有絲毫慌張，似笑非笑：「先帝欽賜的丹書鐵券？朕當然記得，但是你們大概都不記得了，太祖曾言只要犯下謀逆大罪，一概處死！」

那名大臣錯愕片刻後，竟是哈哈大笑，環顧四周，瘋癲一般：「可笑可笑，大楚三百二十年悠長國祚，從無獲賜丹書鐵券而處死的臣子，不承想我輩何其幸運，僥倖遇見了如此大開先河的皇帝陛下！」

只見這位以風度儒雅著稱於世的翰林學士，突然高高抬起那塊玉笏，狠狠砸在大殿地面上，玉笏頓時摔得粉碎，其聲如龍鳳哀鳴。

嚇得幾乎所有人一顫的翰林學士朗聲道：「這般臣子，不做也罷！」

然而就在他轉身離開大殿的時候，已是油盡燈枯之年的老太師孫希濟一拍椅沿，高聲怒喝道：「成何體統！李長吉，就算你要掛印辭官，也應該等到朝會結束才可離開大殿，否則你就自己直奔詔獄大牢！不用刑部審問！」

翰林學士愣在當場，重重冷哼一聲，雖然夷然不懼，但終究還是沒有走出大殿，而是大搖大擺地走回朝臣班列。

有了李長吉做出頭鳥，素來信奉袖裡藏刀但務必面子上一團和氣的文武百官，只覺得各自腰杆子直了幾分。那年輕女皇帝莫名其妙地喪心病狂，也開始有點像個自娛自樂的笑話。

對啊，滿朝文武，背後是那麼多不管天下王朝興衰都春風吹又生的豪閥世族，只要咱們同氣連枝，難道當真怕妳一個沒有了曹長卿撐腰的年輕女子？而且看情形，老太師對她的瘋狂舉措，只是在隱忍，並非支持。

姜姒瞥了眼那個如同沙場百勝將軍的翰林院學士，冷笑道：「李長吉，朕聽說你自稱古今文章你都不用看，只在鼻端定優劣？」

就在李長吉惱羞成怒要出聲辯駁的時候，有一位原本對李長吉最是腹誹質疑的同輩文壇清流名士，門下省右散騎常侍程文羽出人意料地走出班列，連玉笏也不再捧起，單手拎著，笑道：「李大人的詩文，我大楚士林雖不是全無異議，但陛下可知曉就連離陽的宋家老夫子，也曾親口評點為『行文如沙場猛將點兵，鏖戰不休，亦如酷吏辦案，推勘到底，從嚴而不從寬，雖稍有偏頗中正之義，卻足可謂極有勁道』！陛下，李大人為官治政的本事高低且不去說，可這文章嘛……」

程文羽雖然沒有說出最後半句，但是言下之意已經很清楚，李長吉的學識文章，絕不是妳姜姒可以評頭論足的。

更耐人尋味的不在於這點讀書人司空見慣的冷嘲熱諷，當然了，一位廟堂臣子直面君王並且對其冷嘲熱諷，歷史上肯定不乏鐵骨錚錚之人，但肯定不多，程文羽此番壯舉，還是十分值得稱道的，也許以後就要流芳千古了，被後代史官大書特書。

除此之外，其實真正可以咀嚼的是程文羽為文壇死對頭的仗義執言，這說明且不說其他官員，最不濟依附宋家那棵參天大樹的李長吉已經不再是孤軍奮戰。程文羽身後的兩大世族，都被他強行拉上了宋家那艘本該已經沉入廣陵江的大船。這可不是什麼錦上添花，而是無比結實地幫著暗室點燈啊。

隨著程文羽出列，有不少屁股不乾淨而擔驚受怕的官員，嘴角泛起了會心的笑意。很快就有後排官員跟著出列，只不過既沒有李長吉的豪氣干雲，也沒有程文羽的高風亮節，他只是戰戰兢兢地跟皇帝陛下建言，宋家畢竟是大楚三百年砥柱，兩國大戰如火如荼，此時問罪宋家，會冷了前線將士的心。

姜姒無動於衷。

孫希濟轉頭望向這位年輕皇帝，有痛惜，有祈求。痛惜的是，她不該對大楚這個重症病人，突然下如此猛藥，祈求的是希望她不要意氣用事。

一國之君，治理朝政，可以綿裡藏針手腕陰柔，可以欲加之罪、何患無辭，可以故意培植朝中黨爭以求平衡，甚至可以私下覺得「水能載舟、亦能覆舟」是句狗屁不通的話，但唯獨不能讓自己成為真正的「孤家寡人」，不可以成為滿朝文武的公敵。畢竟洪水滔天之際，同舟共濟之人，恰恰就是朝堂上的那些黃紫公卿。若是妳坐龍椅之人，到頭來竟是身陷「舟中之人皆敵國」的境地，那就真要改朝換代了啊！

孫希濟嘴唇顫抖，老人已經無力高聲說話，只能用好似喃喃自語的低微聲音重複道：「陛下三思，陛下三思啊……」

姜姒面無表情道：「哦？那個晚節不保的宋家老夫子這麼說過？朕沒聽說過，朕只聽曹長卿說你李長吉只有滿紙匠氣，半斤幾兩的才子氣清逸氣皆是欠奉。」

李長吉和程文羽這兩位在大楚呼風喚雨的文豪幾乎同時如遭雷擊，不知如何作答。

曹長卿。

他始終是大楚地位最超然的那個人。從他奉旨入宮成為棋待詔的時候起，就是西楚最得意之人了。李密在棋盤上輸給了他，葉白夔笑稱「我大楚沙場有你便可無我」，被譽為無所不知的雜學宗師湯嘉禾，更是對人說「我有不知事便問曹長卿」。

大楚山河完整之際，是如此；大楚成為西楚之後，更是如此。

突然，豪閥出身的大楚京城禁軍副將宋景德，好像自言自語，不輕不重說了一句：「危難之際，敢問曹長卿何在？」

無人注意的孫希濟聽到這句話後，頹然靠在椅背上。老人閉上眼睛，氣息細微。

滿朝文武，那些公卿重臣俱是冷笑不止，那些位置靠後的官員則噤若寒蟬。

姜姒欲言又止，她滿腔怒火卻無法說。

她走下龍椅，走到那把椅子前，蹲下身，輕輕握住老人連顫抖都那般無力的乾枯手掌。

孫希濟已經說不出話，竭力睜開眼睛，眼神只有一個長輩看待家中晚輩的憐惜和慈祥。

她想要說話，想要說一聲對不起，但是老人用盡最後的精氣神，微微搖頭。

老人似乎是想笑著跟她說，妳做得已經很好了，不要愧疚，不用愧疚。在昔年曾是中原正統的大楚王朝，這個緩緩閉眼的老人，二十歲時便志得意滿，功過榮辱六十年，一切已無言。

老人閉眼後，那隻長滿老人斑而無肉的乾枯手掌，好像推了一下這位女皇帝，好像想要把她推出去，推出這座烏煙瘴氣的廟堂，推出很遠，遠到那個西北塞外。

滿朝文武，看到這幕後，一個個心思複雜。

有一聲輕輕的咳嗽，輕輕地在所有人頭頂響起。

除了猛然起身抬頭的皇帝姜姒，所有人都沒有察覺。

她看到一個原本躺在大梁上睡覺的年輕男人，坐起身後，對她笑。

本來哪怕是舟中之人皆敵國，她也覺得不怎麼委屈，她也不怕他們圖窮匕見，但是不知為何，看到他後，她覺得自己受到了天大的委屈。

她知道自己不講理，其實從來都是她比他不講理很多很多。

可她就是想在他面前，讓他知道她很委屈。

她喜歡他，所以她才不要跟他講理。

他喜歡她，所以他必須要跟她講理。

這樣的道理，沒有道理可講。

她流著淚，但是又漲紅了臉，有些羞澀，低下頭還不夠，還要轉過頭，不敢看他。

下一刻，所有人同時呆若木雞。

不是因為皇帝陛下的古怪舉動，而是一個腰佩戰刀的年輕人從頭頂飄落在大楚皇帝的身邊。

他一隻手溫柔地放在她的腦袋上，一隻手輕輕按住刀柄，面對他們所有人，面對大殿內外的大楚文武百官，笑著說道：「曹長卿不在，我徐鳳年在。」

大殿之上，針落有聲。

◆

中書省平章政事唐師，在孫希濟合眼辭世後，他就屬於大楚廟堂上資歷最老的官員了，這位老者一直在先前那場鬧劇中選擇袖手旁觀。

槐陰唐氏並非春秋十大豪閥之一，興起於大楚開國，鼎盛於大楚鼎盛之時，衰落於大楚末年，可以說槐陰唐氏才是真正與大楚姜氏共富貴同患難的家族。大楚覆滅後，唐家無一人進入離陽官場，西楚復國後，唐家又是第一撥回應曹長卿的家族之一。

雖然唐師和孫希濟的政見不合屬於路人皆知，但屬於真正的君子之爭，各有結黨，從無傾軋。唐師恐怕是朝堂上最早注意到孫希濟燈火將熄的官員，那個時候，唐師沒有絲毫快意，倒像是有個吵了一輩子架卻沒有打過架的惡鄰，突然有天搬走了，反而有些寂寞。

老人沒有去看皇帝陛下，只是死死盯著那個傳說中的年輕藩王，坦然問道：「北涼王沒有在昨日離開我大楚京城？今日大駕光臨，是為殺人而來，博取平叛首功？」

不等徐鳳年答話，老人抬臂用玉笏指了指自己的腦袋，笑道：「若是如此，不妨從我唐師殺起。大楚中書省平章政事，從一品，想必我這顆腦袋還有些分量吧。」

很快就有武臣大步踏出，正是先前那個說出「敢問曹長卿何在」的魁梧男子，朗聲笑道：「世人都說北涼王武功絕頂，那麼大楚武將中就從我趙雲顥殺起！希望北涼王不要嫌棄我這個大楚鎮南將軍，官身不夠顯赫！」

大楚可亡國，可亡於離陽大軍，唯獨不能再亡於徐家之手！

徐鳳年那隻按在姜泥腦袋上的手微微加重力道，示意她不要出聲說話。

他看了眼一前一後的一文一武，然後挑起視線望向更遠方，笑咪咪道：「好的，唐師、趙雲顥，你們兩個本王記下了。稍等片刻，兩個太少了，本王要殺就一起殺，那麼現在還有誰願意把腦袋讓出來，做那待客之禮？一起站出來便是。

先前趙將軍說得對，曹長卿不在京城，所以還真想不出誰能阻擋本王想殺之人。吏部尚書顧鞅、翰林學士李長吉、門下省右散騎常侍程文羽、禮部侍郎蘇陽，你們幾個怎麼不站出來？還是說你們找好了門路，捨不得死了？如果本王沒有記錯，你們所在的幾個家族，早年在西壘壁戰役後，都是有人殉國的。」

四人中，只有年邁的顧鞅默然走出，走到唐師身邊。其餘三人，都沒有挪步，尤其是程文羽和李長吉兩大當世文豪，已經嚇得面無人色。

隨著顧老尚書的毅然赴死，逐漸有文武官員從左右班列走到中間位置，而立之年、不惑之年、耳順之年、古稀之年皆有。

大殿內五十餘名被老百姓喜歡譽為位列中樞的達官顯貴，大楚的國之棟梁，到最後竟然有半數都選擇了做必死無疑的骨鯁忠臣。而其餘半數，自然便是疾風勁草之外的牆頭草了。

壯烈的愚蠢，聰明的卑微。在這一刻，涇渭分明。

姜泥撇過腦袋，不再讓他把手擱在自己頭上。

徐鳳年沒有跟她斤斤計較，也好像完全沒有要在大殿暴起殺人的念頭，笑道：「我北涼鐵騎南下廣陵道，到底是不是靖難平叛，就在各位的態度了。你們的皇帝陛下正在前線御駕親征，現在站在本王身邊的這個，不過是離家出走的傻閨女，只要你們願意退一步，本王就當什麼都沒有發生。

西壘壁戰場那位西楚皇帝可以繼續鼓舞軍心，你們這幫文武大臣可以繼續指點江山，或是各謀生路。如何？如果有一人不願意退回原位，那本王今天就當真要大開殺戒，把你們的腦袋全部丟給吳重軒或是許拱了。至於信不信，隨你們，我給你們一炷香時間權衡利弊，不，只有半炷香時間。」

說到一炷香時間的時候，徐鳳年有意無意瞥了眼大殿以外的那條漫長御道，不知為何改口為半炷香時間。

徐鳳年按刀的拇指緩緩推刀出鞘寸餘，那一小截亮光尤為刺眼。

徐鳳年繼續說道：「大楚有沒有姜泥不重要，反正只要有一個在西線上『天子守國門』的姜姒就夠了。對不對？」

徐鳳年看著那個手無玉笏的翰林學士李長吉，加重語氣道：「李大學士，對不對！」

再無先前風骨的李長吉小雞啄米般點頭道：「對對對！王爺說得在理。」

大殿之上，開始有某些沒有走出班列的臣子向同僚使眼色，開始有人向世交或親家輕聲勸說，動之以情、曉之以理，甚至開始有人偷偷小跑過去，試圖把站在大殿中央的官員拉扯回去。

與此同時，有人視而不見，有人置若罔聞，有人乾脆就怒斥，只有寥寥無幾的官員滿臉羞愧地返回兩側位置。

看到這一幕，神色如常的徐鳳年其實百感交集。

曾經的大楚，即中原的脊梁！故而大楚亡國，即中原陸沉。

可想而知，當年那場蕩氣迴腸的西壘壁戰役，是何等慘烈。

當有人發現徐鳳年的臉色越來越凝重，終於有個人心神崩潰，早已暗中串通離陽軍方的禮部侍郎蘇陽突然打了個哆嗦，豁然開竅一般，快步走到僅在平章政事唐師身後的位置，對徐鳳年諂媚笑道：「王爺，我就是西楚禮部的蘇陽，不知王爺的那支邊關鐵騎何時能夠到達這西楚京城外頭？」

與其被一群傻子拉著陪葬，他蘇陽還不如兩害相權取其輕。雖說依附北涼在以後肯定吃不了兜著走，遠遠比不上直接跟那位離陽大將搭上線，但總好過馬上就見不著大殿外頭的太陽吧。

大楚的禮部侍郎，一口一個「西楚」。

徐鳳年嘖嘖道：「看來蘇侍郎官職不算太高，但卻是這棟大屋子裡頭最聰明的人啊。只當個侍郎實在太可惜了，如果本王是離陽皇帝，怎麼都該讓蘇大人當個執掌朝廷文脈的禮部尚書。」

滿頭汗水的蘇陽能夠做到侍郎，畢竟不是真的蠢到無藥可救，豈會聽不出年輕藩王話語中的調侃，悻悻然道：「王爺過獎，過獎了。」

徐鳳年撇開拇指，那截出鞘的涼刀迅速歸鞘。

蘇陽頓時竊喜。

徐鳳年轉頭凝視著姜泥，柔聲打趣道：「昨天沒有非要妳立即離開京城，是怕妳一時想不開，腦袋瓜子擰不過來。今天不一樣了，如果還沒想明白，那就只好把妳打暈，然後扛走。」

她眨了眨眼睛，睫毛微微顫抖。

徐鳳年沒有轉頭，伸手隨意指了指那些文武官員：「有唐師、顧鞅、趙雲顥這些人，說明妳這趟西楚之行，並沒有白來。但是同樣還有蘇陽、李長吉、程文羽這些人，說明妳沒有留在西楚等死的意義。

妳就是個笨丫頭，別當了幾天女皇帝就真把自己當皇帝。大楚臣民在當今西楚，就像我昨日跟妳所說，他們不是沒有選擇，絕大多數人都不是必死之人，現在他們的處境，是願死者可死，願活者能活。那麼現在妳告訴我，什麼時候跟我走？」

她下意識就要轉身，遇到事情，反正先躲起來再說！

結果被他伸出雙手按住肩膀，徐鳳年氣笑道：「還躲！」

徐鳳年凝視著她，突然放低聲音悄悄道：「這次真不是嚇唬妳，如果再不走，我會有麻煩，而且不小。」

她臉色劇變，說了句「等我一下」，然後就跑向大殿側門，不過她突然轉頭，對他燦爛一笑。

兩個小酒窩。

幾乎同時，徐鳳年雙袖一揮，大殿上所有官員只覺得大風撲面，紛紛後退以袖遮面。所以他們也就無法目睹那傾國傾城的動人風景了。

徐鳳年對那個雙手提著龍袍跑路的背影說道：「如果只是過河卒的話，拿不拿都無所謂，我隨手就能帶走。」

她頭也不轉，乾脆俐落地撂下兩個字：「銅錢！」

徐鳳年哭笑不得，提醒道：「我在皇城門口等妳。除了銅錢，別忘了順便把大涼龍雀馭回，說不定用得著。」

說完這句話後，徐鳳年一步掠出大殿，直接在皇城門外停下身形。

司禮監掌印太監愣了一下，匆忙跟上，試圖追上皇帝陛下的腳步。

如果接下來運氣不好的話，如果真要有一場生死相向，那麼他就會在她趕到自己身邊之前，跟那個對手分出生死。

其凶險程度，也許不亞於當初他面對人貓韓生宣。

◆

御道之上的攔阻之人，正是昨夜城頭還算相談甚歡的澹臺平靜。

在洪洗象和謝觀應相繼放棄或者失去資格後，無形中她就成了一個當今最有資格替天行道的人間人物。

昨夜這位人間碩果僅存的鍊氣士宗師，她淡淡說出口的所謂「宵夜」，正是西楚的氣運！原本西楚京城僅剩的氣數，依舊可以將一位躋身陸地神仙境界的武道大宗師「拒之門外」，但其實也只能阻擋一人而已。

徐鳳年之所以能夠從京城南門一路殺入皇宮，作為西楚氣數之主的皇帝姜泥，她的存在至關重要。準確說來正是姜泥本心的猶豫不決，造就了徐鳳年的「閒庭信步」。可要說換成對西楚對姜姒心懷敵意之人，哪怕是拓跋菩薩或是鄧太阿，那麼他們進入皇城不難，像徐鳳年那樣殺死兩名守城人也能辦到，但是再去對上姜泥的滿湖十萬劍，多半就是姜泥勝算更大了。這種妙不可言的天時之利，不入天象便不知其玄。

徐鳳年原本覺得自己的運氣再差，也不至於讓澹臺平靜現在就跟自己撕破臉皮。

但是……

徐鳳年抬頭看了眼天上，又看了眼遠處的人間，眼神恍惚。

剎那間天地倒轉。

不是謫仙人，而是真正的無數天上人在人世間。

徐鳳年閉上眼睛，輕輕呼出一口氣。

一步跨出，便是陰陽之隔，天地之別。徐鳳年的身影如同走入一道水簾，憑空消失不見。

而那座太極殿之上，氣氛凝重。

等到那個年輕藩王離開，滿朝文武一時間都有些懵。

先是得到皇帝陛下授意的掌印太監讓人小心翼翼將孫希濟的遺體搬出去，到頭來竟然只有平章政事唐師默然跟隨，如同為人抬棺一般，其餘大臣都留在大殿沒有挪步。

李長吉和程文羽不約而同低聲罵了聲「北涼蠻子」；不知不覺成為目光焦點的禮部侍郎蘇陽倒是泰然處之，哪怕將軍趙雲顥怒聲斥責他全無楚臣風骨，蘇陽也只是冷笑不止。

中書省和門下省都已經群龍無首，執掌六部的曹長卿更是不知所終，這使得吏部尚書顧鞅一躍成為大殿上分量最重的官員。

顧鞅看著一派亂糟糟的場景，雖然自己心亂如麻，但這位大楚天官仍是沉聲道：「今日之事，還請各位退朝之後閉緊嘴巴，絕不可說起陛下離京一事！記住，陛下依舊身處西壘壁前線戰場，陛下是在為我大楚御駕親征。若是萬一有人管不住嘴巴，本官定會竭盡全力，不惜冒著黨同伐異的罵聲，也要嚴懲不貸！勿謂言之不預！」

與顧鞅派系分屬不同陣營的鎮南將軍趙雲顥陰沉道：「這一次，本將願做顧大人門下走狗！」

戶部尚書是個古稀之年的老好人，曾是大楚前朝公認的搗糨糊高手，這一次也破天荒堅定表態道：「諸位！聽我一言，危難之際應當同舟共濟，可莫要行誤人且自誤的鑿船之舉啊。大楚病入膏肓矣，我輩慎言慎行啊。」

顧鞅突然盯住蘇陽：「蘇侍郎以為如何？」

蘇陽笑咪咪道：「若是別人說這種話，我蘇陽聽過就算了，可既然是顧尚書，那就不同了。」

言下之意，是我蘇陽已經快要上岸找到下家了，一般人攔阻我渾水摸魚，我蘇陽鳥也不鳥他，可既然是你這位同樣跟離陽朝廷眉來眼去的吏部尚書，那咱們就都悠著點。既然大夥兒都是要賣身離陽趙室的，現在就別各自殺價，以免雙方好好的玉石價格給作踐成了白菜價格，豈不是白白便宜了離陽。

顧鞅點了點頭，蘇陽敏銳地捕捉到尚書大人眼中的那抹鄙夷，侍郎大人心中冷笑，說到底，你我都是賣身的青樓女子，你顧家不過就是價格高些，我蘇陽不過就是今天在大殿上比你少了幾分文人骨氣，可你顧大人五十步笑百步，也不嫌丟人？

西楚廟堂唯一目前身處京城的大將軍，驃騎將軍陳昆山沉聲道：「從現在這一刻起，滿城戒嚴，只准入城，不許出城！」

這一句話只是讓人略微驚訝，但是下一句話就讓某些人臉色發白了：「若是被我京城禁軍和諜子發現誰家有信鴿飛起，那就以叛國罪論處！滿門斬立決！」

殿外，一位身穿蟒袍的宮中太監背著裹在綢緞裡的屍體，快步走向宮外的馬車。

槐陰唐家的家主、大楚的從一品平章政事唐師跟在身後，淒然低聲道：「孫希濟，世人皆言人須往高處走，你為何偏偏要從離陽廟堂來到這座廟堂。」

唐師老淚縱橫，突然加快幾步，對那名太監喊道：「我來背！」

蟒袍太監滿臉驚訝地看著年邁老人，唐師淒然笑道：「老人背死人，慢一些又何妨？」

唐師背起孫希濟，緩緩前行。

滿城春風裡，一個名叫孫希濟的昔年大楚風流人，在一個叫唐師的老人後背上，無聲無息，落葉歸根。

◆

朝會緩緩散去，眾人頭頂，一抹璀璨的劍光升起於皇宮大內，落在皇城大門外。

踩在劍上的姜泥茫然四顧，怎麼突然就找不到他了？而且一點氣機都感受不到。

她盡量讓自己靜下心，閉上眼睛，滿湖劍瞬間掠起飛向京城四方。

十萬飛劍恰如一朵巨大蓮花綻放於廣陵道。

姜泥開始試圖憑藉世間劍意與天地相通，以此來斷定徐鳳年的大致行蹤。

她心頭默默起念，一定要等我。

她突然睜開眼睛，有震驚、有疑惑、有惶恐、有驚懼。

劍心自明，告訴她徐鳳年其實就在附近。

她開始駕馭數千飛劍掠回皇城。

然後她發現有數劍妨礙劍心，好像在繞路而行。

她御劍而去，懸停在空中，抬起頭。

◆

若是有澹臺平靜這般大神通的鍊氣士宗師在一旁觀看，就能夠發現有一條雄踞京城的巨大白龍口吐龍珠，而那顆龍珠已經快要支離破碎。

先前徐鳳年在殿內大梁上打瞌睡的時候，身材異常高大的白衣女子身處京城鬧市，照理說應該尤為引人注目，但事實上除了幾道斜眼和冷眼，根本就沒有正眼看她。

她很茫然。

如果說北派鍊氣士都是離陽王朝的依附，是一撥極為另類的扶龍之臣，那麼南海觀音宗的鍊氣士顯然就要純粹許多。

悄然行走天地間，真正如同餐霞飲露的仙人，作為觀音宗的宗主，貌似三十歲婦人的澹臺平靜已是百歲高齡，否則吃劍老祖隋斜谷也不至於對她念念不忘了大半輩子。澹臺平靜當然是出世人，舉宗北遷從南海進入北涼，當時擺在檯面上的理由是涼莽大戰在即，需要鍊氣士為不計其數的天地遊魂「搭橋過河」，也等於為自身修善積攢功德。

徐鳳年當時雖然有些懷疑，但畢竟就戰力而言，在北涼地盤上，無論是澹臺平靜自身修為，還是整個觀音宗的實力，都掀不起太大浪花，也就聽之任之，北涼道對這撥白衣仙師開門納客。但是徐鳳年沒有真的就此不聞不問，要知道當時賣炭妞那幅陸地朝仙圖之上，位列榜首的人物是謝觀應，而他徐鳳年緊隨其後！

現在謝觀應已是喪家之犬，至今還在被鄧太阿追殺不休，那麼徐鳳年放眼天下，真正需要忌憚的對手，澹臺平靜已是他心中當之無愧的第一人。在昨夜西楚京城的城頭重逢之前，徐鳳年一直以為澹臺平靜即便想要替天行道，也應該在曹長卿身死之後，但是沒有想到哪怕曹長卿依然在世，她就已經可以吸納西楚殘留氣數。這也就罷了，今天在姜泥決心離開廣陵道之後，她乾脆就是以鯨吞之勢瘋狂吸收大楚姜氏的氣數。

徐鳳年一步走出，離開了皇城大門附近，然後一步走到了一處看似平平常常的鬧市，眼前各色鋪子各種攤子，順著街道綿延開去。

市井百姓，遊人如織，魚龍混雜，低處有黃狗趴臥打盹，高處有鳥雀繞屋簷，一派盛世之中的祥和。

烈日當空，徐鳳年站在街這一頭，白衣女子站在街那一頭。

以徐鳳年如今堪稱恐怖的眼力竟然也無法看清她的面容，模模糊糊，只能看到她站在鬧市中，煢煢孑立。

徐鳳年猶豫了一下，終於還是一步跨出。

瞬間萬籟俱寂，但是剎那之後，重歸喧鬧。

有兩位布衣老者一左一右跟徐鳳年擦肩而過，皆似有呢喃：「太白才氣過高，露才揚己過盛，失了平和心，惜哉惜哉。」

「杜老兒你亡國後入蜀，便無才子氣，只剩下一身老憨氣，莫要來貶我！」

徐鳳年心頭一震，沒有轉頭去看那兩位老者。

眼角餘光看到左手數位攤販，有人賣玉石、有人賣書畫、有人賣釵子，吆喝聲四起。

有人捧起印章模樣的玉石：「吾有三璽，分別刻有小篆『天命姜氏』、『範圍天地，幽讚神明』和『表正萬方』，誰要啦？吾今日僅以五兩三錢賣之。」

很快就有同行朗聲笑罵道：「二十年前就不值錢的玩意兒，糊弄誰呢，三錢都貴了！」有人雙手攤開，胸前的雙手之間，恍恍惚惚，縹縹緲緲，如同鋪開一幅畫卷，如有山嶽屹立如有江河流轉：「這幅〈大奉江山圖〉，只需兩錢便可取走。」

又有持筆人隨手一揮，笑咪咪望向徐鳳年，懶洋洋道：「只要一錢，我吳姑蘇便贈送五百字。」

徐鳳年視線中，賣字人手中那支樣式普通老舊的毛筆，四周有兩株鐵樹盤繞。

很快就有另外一位持筆人笑道：「一錢五百字是公道價了，不過客官要不要順便看看我韓松山手中的這支筆？一錢五，足以寫出二十年斐然文采，記得早年有位江家小兒曾經從我這裡買去一支。」

吳姑蘇，北漢書聖；韓松山，南唐時期享譽天下的文豪。

徐鳳年沒有搭話，繼續前行。

路邊有兩人坐在小板凳上，在下棋，並無棋盤，也無棋子，但是兩人身前，依稀有叮咚聲、馬蹄聲、江水聲。

有一人憤然道：「李三皇，如此心不在焉，如何能與我手談，當真不要那座洞天福地了？罷了罷了，無趣至極！我也不乘人之危，且先封盤百年。」

對面那人喟然嘆息，滿臉痛苦，轉頭望向徐鳳年，眼神複雜。

徐鳳年依然無動於衷。

大楚國師李密，字三皇！

有人背三尺劍氣，迎面走來，是劍氣而非劍。

他瞥了眼沒有停步的徐鳳年，猶豫了一下，有些不情願地讓步，喋喋不休道：「李淳罡那小兒咋的就不來，否則定要領教領教他的兩袖青蛇……哼，有蛟龍處斬蛟龍，也值得吹噓？有啥稀奇的，老夫在世之時，蛟龍多如牛毛……只是不知鄧太阿那晚生又是何種境遇……若不是沾碰生人就要倒楣，老夫怎麼會讓道，晦氣，真是晦氣……上次是誰來著，呂什麼來著？此人倒是當真了得，佩服佩服……」

徐鳳年步步前行，臉色如常。

這條街上，沒有誰是在裝神弄鬼，這才是真正可怕之處。

好龍之人若是見真龍於雷霆中繞梁而現，降妖伏魔的道士若真是見到了魑魅魍魎猙獰撲來，當如何自處？

隨著徐鳳年的緩緩前行，開始有謾罵聲。

「大秦暴戾，殘害生靈！為何能竊居高位？」

但是此話一出，很快就有人低聲阻止：「真君且慎言！凡間世人舉頭三尺有神明，我輩其實又有何異……」

「短短兩百年春秋，文脈受損何其嚴重，三百年後中原便是一場史無前例的浩劫，趙徐兩家皆是罪魁禍首！」

「也虧得此處不是那幾處，否則你早就神形俱滅了！」

「此子豈敢背棄天道在先，更與那武當道人聯手斷絕天地，聯繫在後！」

「龍虎當興，武當當敗！當初那大膽呂洞玄轉身走入凡間之時，就該讓武當山香火澈底斷絕！」

眾人謾罵聲中，黃雀鳴叫如鳳凰，土狗咆哮如蟒蛟。

徐鳳年凝神屏氣，盡量不讓自己的紊亂氣機散落絲毫，因此他走的每一步都極其艱難痛苦，如孱弱稚童獨自行走於峽谷，有陣陣罡風刮過。

徐鳳年嘴角泛起冷笑，想要以此削減我北涼氣數？所謂的幾兩幾錢，應該也就是你們天上仙人獨有的「銅錢銀兩」吧，大概跟凡間給人秤骨算命有些相似，若我今日受不住誘惑選擇停步購買，我徐家和北涼的家底肯定就會一窮二白了。

當徐鳳年走到街道中段，終於有兩人對他流露出善意的笑容。是一僧一道，盤著腿，隔著街道相對而坐。

不同於攤販行人，兩位都坐在臺階上，都像隱約坐在蓮臺上。他們雖非徐鳳年認識的熟人，但都對他笑著點了點頭，一人慈悲，一人自然。

徐鳳年也分別點頭致意還禮。

有怒喝聲響起，是對那個老僧：「老禿驢，膽敢壞我中原氣運！竟然還敢來我東方……」

老僧笑而不言，消散不見。

有三名披甲軍士模樣的人物，巡視街道的時候看到徐鳳年後，雖說猶豫了片刻，但仍是畢恭畢敬地讓出道路。

街道那邊盡頭，澹臺平靜始終站在原地。

徐鳳年終於發現她滿臉痛苦掙扎的表情，眼眸緩緩趨於銀色，越發冰冷無情，心口處有刺眼光芒綻放，如明月懸掛滄海。

徐鳳年皺了皺眉頭。

看破有盡身軀，體悟無懷境界，一輪心月大放光明。

這是道教生僻古籍上記載的證道跡象之一。

記得呵呵姑娘跟他說過，黃三甲臨終前曾經說過，自從天地間有史以來，這一千年是佛道飛升占便宜，等到將來有個讀書人提出「存天理滅人欲」一說後，儒家成聖也會輕鬆許多，就像有了一條終南捷徑，就像佛門的立地成佛，能夠一步登天，但代價就是潛移默化的人心不古、世風日下，是撿了芝麻、丟了西瓜的大愚蠢之事，是「大日已落西山，明月不起滄海」的大悲哀。

徐鳳年怒斥道：「澹臺平靜，見過這般滑稽光景，還不醒悟？這天上與我們人間何異？為何繼呂洞玄之後，高樹露、劉松濤、李淳罡這些人都不願意飛升？」

徐鳳年此話一出，很奇怪，先前還是一片謾罵聲的喧鬧街道竟是瞬間死寂無聲，隨後只有稀稀拉拉的幾句訓斥，諸如「大膽凡夫俗子」、「大逆不道」。

徐鳳年環顧四周，冷笑道：「什麼謫仙人出身，什麼應運而生，到頭來回到你們這裡，還不是講究一個按資排輩？去凡間走一遭，我猜就是兩種情況：運氣不好的，就等同於人間的貶謫偏僻地方吧？那麼運氣好的，就是將種子弟去沙場撈取戰功？

所謂的仙人垂釣人間氣數，與人間商賈做買賣積攢銅錢有兩樣嗎？當然，我猜仙人逍遙還是逍遙的，別有洞天福地做府邸嘛，長生不死看那人間熱鬧嘛，做成位列仙班的真正『人上人』，大多是一勞永逸的。

只不過我很好奇，在人間對天道大有功勳之人，在這裡會不會也有功無可封的情況？這裡會不會也有官場上的明升暗貶之事？會不會有狐假虎威的仙人？」

一時間，無人回答。

徐鳳年的身體開始搖晃，如同天上大風中的一株無根浮萍。

一個不輕不重，但極具威嚴的嗓音響起，嗓音偏向女子，來自南方。

徐鳳年轉頭看到她坐在屋頂，鳳冠霞帔，莊嚴而輝煌。

她肩頭上站著一隻赤紅小雀，嘴裡叼著一條通體雪白的小……蛟龍。

隨著她的露面，很快整條街道都劇烈顫抖了一下，震動越演越烈，沒有停歇的跡象，動靜源於一座高樓處。但是徐鳳年完全看不清楚那棟樓的光景，哪怕明明視窗打開，明明知道有人出現在那裡。

在天翻地覆一般的劇烈晃動之後，街道瞬間平靜安穩下來。

有個身穿正黃龍袍的中年人站在澹臺平靜身側，背後呈現出旭日東昇的壯闊景象。

徐鳳年一路走來，落在眼中人物的相貌衣衫都尋常至極，只有此人和那女子迥異於尋常人。

龍袍中年人，應該就是那個牽扯徐鳳年進入這座天上人間的罪魁禍首。

但是他看著徐鳳年微笑道：「天上的確有你所說的諸多不堪事，只是天上風景萬千，絕非你這具凡夫俗子的身軀，能夠憑藉這短短一街景象便一葉知天下秋。天道循環，更非你所認知的那般市儈。等到你重歸……」

徐鳳年想要張嘴罵出「放屁」兩個字，但此時此地竟然張嘴說話都不行。

只不過一個喝聲突兀地在北方響起，道出了徐鳳年的心聲。

「住嘴！」

中年人一笑置之，似乎有些無奈。樓頂女子抿嘴一笑。

她打趣道：「你這個北方佬，街上這孩子都不樂意認祖歸宗了，你還替他說話？護犢子也真是夠厲害的了。徐驍一事，你可說是已經犯了眾怒的……」

那個渾厚嗓音在不知幾千幾萬里外清晰傳來，譏諷道：「臭娘兒們乖乖生妳的娃去，從老子的大秦那會兒就懷胎了，到現在也沒落地，妳也不嫌丟人！」

徐鳳年聽到這句話後，只覺得大快人心。不愧是「我」的真身啊。

她站起身，憤怒道：「你這北方佬，人間有禮崩樂壞，你真當天道不會因此崩塌？連那人間的凡夫俗子，也曉得千里之堤毀於蟻穴的淺顯道理！」

嗓音又起，跋扈至極：「那就崩他娘的塌好了，到時候老子一人補天！爺們兒頂天立地，妳這種娘兒們看戲就行，保管妳屁事沒有！」

她一怒之下，就要壞了規矩地從南到北。

龍袍中年人嘆息一聲，顯然對於這兩尊大神的針鋒相對已經司空見慣。

咚咚咚！聲響如戰場擂鼓，由遠及近，從北往南。

如此一來，倒是屋頂女子突然平靜下來。神色和煦的中年人瞇起眼，也有一絲怒容。

先前引來震動的那棟高樓又是一陣晃動。

那位不速之客冷笑道：「是哪個龜孫子說我大秦暴虐？真當自己躲在東方就收拾不了你了？」

街道上有人突然綻放出滿身金光，然後有金光炸裂的跡象，撲通一聲跪在地上，天花削頂。

龍袍中年人一揮袖，街旁那人消失不見，然後抬頭怒道：「真武大帝！」

嗓音如雷，從高樓中傳出：「不服？要不咱倆脫了這身皮，找個清靜地兒幹一架？你要是沒底氣，喊上那娘兒們一起！反正你倆眉來眼去也有快一千年了，老子都懷疑她肚子裡那……」

就在此時，有人打斷這傢伙的信口開河：「差不多就行了。三百年後中原動盪十室九空，她也是循理而為，你見不得人間分崩離析是一回事，可分久必合、合久必分從來皆是天道的一部分……」

原先那人冷哼道：「老子可不是見不得一朝一代的興亡，倒是街上某個傢伙，恨不得自己的人間化身，藉機獲得千秋萬代的帝王身分，把整個人間當作自己的一畝三分地，將收成全部占為己有，以此積攢氣運，謀奪更高位置……而且既想通過那小子和武當山的那個小道士來闖上天門，而這位又不想自己沾上天道因果，謝觀應只不過是個障眼法罷了，其實是那個叫陳芝豹的傢伙……哼，天底下沒有這樣的好事，天上更沒有！想算計我？老子能不打得他滿地找牙？」

徐鳳年聽「自己」說話說得斷斷續續，聽不真切，但是大致意思已經了然。

而那個「自己」身邊之人，正是「王仙芝」！

就在這個時候，有一對母子模樣的婦人和年輕人出現在街道，年輕人笑臉燦爛，雙手抱拳，彎腰作揖。母子身後又站著一位僕人模樣的老人，笑而不語。

徐鳳年笑了。那婦人認不得，老人赫然是韓生宣，年輕人則是離陽先帝的私生子趙楷。人間心結，天上解。

那一刻，徐鳳年突然紅了眼睛，開始轉頭尋覓。

一個心聲在心頭響起。

『別找了，你找不到的，除了你大姐徐脂虎，你爹娘以後都會成為天上最後一撥謫仙人，如雨水落在人間。

到時候你小子可以瞪大眼睛瞧瞧，萬千謫仙人一起落向人間的壯麗景象，大是奇觀！至於能否在其中看到你爹娘，就看你自己的福分造化了。

放心，有我從中謀劃，他們兩人生生世世都會結成連理。就算不是每一世都能夠同年同月同日生，但也差不了多少。至於是同富貴還是共患難，我管不著，也管不了。

這澹臺平靜是街上那龍袍男子的一枚人間棋子，特意用來針對你，不過既然我能夠到此，就要另當別論了。

不過她今日無妨，以後還是要小心些。

那個徐驍，到了我那兒見著我第一面，就喊兒子！我他娘的……』

接下來那些髒話，很想捧腹大笑的徐鳳年就當沒有聽見了。

突然間滿街譁然，就連高樓裡的王仙芝都驚訝地「咦」了一聲，模糊身影依稀出現在了窗口。

徐鳳年心頭一震，下一刻就不由自主了，眼眸泛出純粹至極的金黃之色。

真武大帝。

但是徐鳳年的神思依然十分清晰，當他轉過身，看到一點劍尖一點一點刺破了天地。

在高處，一個聲音悠然響起，既像是一聲龍鳴，又像是一道木魚聲，同時還像是一道玉磬聲。

似乎在對這天地做出蓋棺定論。

龍袍中年人臉色陰沉，跟屋頂女子視線交錯了一下，然後各自望向高樓「王仙芝」所站立的位置，最終「三人」同時消失，而澹臺平靜也隨之消失。

真武大帝，或者說是大秦皇帝，望著那個好似被門檻絆倒、提劍踉蹌撞入屋內的年輕女子，眼神哀傷。

他生前以大秦君王人間稱帝，死後又以此尊為天上真武，不但坐鎮北方天庭，而且執掌半數兵戈，唯獨對那個溫婉怯弱的女子心懷愧疚。雖說早就談不上放下與否，但終歸做不到視而不見。

他藉著徐鳳年之口，對那個匆忙跑來的年輕女子說道：「對不起。」

姜泥滿臉嬌憨地回了「他」一句：「有病啊？」

那雙眼眸頓時金光散盡，徐鳳年愣了愣，然後在大街上捧腹大笑。

她怒氣衝衝。

他伸出雙手狠狠扯著她的臉頰：「還是你厲害！」

歷經千辛萬苦才打破龍珠進入此地的她正要發火，就見他身形搖晃就要摔倒。

第十一章　曹長卿小鎮酌酒　小泥人終歸北涼

在瓜子洲附近的戰場，大雪龍騎軍已經吸納了那五百餘西楚讀書種子，開始北返。

一劍光寒天下三十州。

有個背負紫檀劍匣的年輕女子，攙扶著年輕藩王一起跳下那柄大涼龍雀，站在了騎軍的側面，這支騎軍驟然停馬不前。

等到那柄長劍歸鞘，某個經歷過春秋戰事的徐家老卒，看到那一幕後，猛然醒悟一般，快速翻身下馬，高聲吼道：「大雪龍騎軍！參見北涼王妃！」

那些「參見皇帝陛下」的寥寥聲音，完全被淹沒在「參見北涼王妃」的巨大聲響之中，嚇得姜泥直接躲到了徐鳳年身後。

但是恐怕連徐鳳年自己都沒有想到，身後這個膽小的小泥人，很快就會在拒北城的城頭擂鼓，親自為北涼鐵騎壯烈送行。

◆

離陽京畿南部的舉風鎮，是縱向運河的一處樞紐，原本只是個無人問津的僻遠村落，短短二十年就一躍成為頗具規模的繁華城鎮，應有盡有，完全不輸江南名鎮。

有個青衫儒士背著小行囊進入舉風鎮，在魚龍混雜的鎮子上並不顯眼。現在舉風鎮有個應景說法，當下北歸之人都是孬種，南下之人才是金貴漢。因為近期在舉風鎮附近經常聽到馬蹄陣陣，不斷有大隊騎軍南下馳援廣陵道。

據說是大局將定，朝廷裡耳目靈光的大人物們，尤其是軍中大佬，都使出吃奶的勁頭把子孫送入南下大軍的隊伍，最誇張的是身為兩遼邊關定海神針之一的某位老將，才讓嫡長孫在遼東邊境從撈到手一個實職都尉的過硬官身，很快就火急火燎把孫子趕出邊軍，丟到了廣陵道戰場那邊去，據說搖身一變，就成了南征主帥盧升象的軍機幕僚，自然是前程似錦。

這位儒士沒有找歇腳的客棧，而是直奔舉風鎮遠近聞名的書市。

一條三百步的街道兩側都是大大小小的書鋪書坊，雖說舉風鎮的歷史滿打滿算不過二十來年，但是很多鋪子也敢打出「百年老字號」的招牌，只不過買書人多是一笑置之，懶得計較什麼。

儒士沒有挑選那些挑起金字招牌的書鋪，而是跨入街道後半段一家略顯狹窄陰暗的小書坊。麻雀雖小，五臟俱全，這個書坊的父子兩人既刻書又售書還編書，拿不出什麼名貴孤本售賣，也絕對找不到那種非朝廷無法刻印的大部頭名著，但是貴在精心挑選，偶爾會有類似幾本流落民間的西楚南監版本或是藩刻本，入不入得了法眼就純粹看個人喜好了。

看到這名儒士跨過門檻，正在招待一撥年輕客人的中年店主笑顏逐開，連忙放下手頭的買賣，快步上前相迎。

眼前這名儒士是他們店的老主顧了，次數不多，買書也不多，但是十多年了，幾乎每隔兩年就會光顧一次，最重要的是跟他爹相談甚歡，以至極少飲酒的父親在生前總會破例，非要拉著那儒士一起坐下小酌，說是小酌，喝著喝著也能喝掉小兩斤的酒。

儒士笑問道：「楚老哥呢？上回他念叨著找不著那本花臉版《燈下草蟲鳴》，我給他帶來了。」

中年店主坦然說道：「曹先生，我爹去年走了。」

儒士愣了一下，有些感傷，但是仍從行囊中抽出那本書。

中年人笑著說：「走了就走了。我爹走的時候七十有一，老人家走之前也經常笑著說人生七十古來稀，這輩子是賺到的。曹先生，我爹無病無災，睡一覺就走了，咱們做兒子的，也犯不著太揪心。不過我爹走之前，可經常念叨著先生，說如果死之前能夠跟先生喝頓小酒，那他這輩子就真算圓滿嘍。」

那曹姓儒生歉然道：「本來去年有機會來這裡走一趟的，只是當時走得比較匆忙，加上又覺得不太方便，早知如此，不管如何都該來的。這書你收下，回頭給楚老哥上墳敬酒的時候，燒了便是。」

中年店主笑著打趣道：「曹先生，那我可就不給你銀子啦。」

儒士連忙笑著擺手：「這麼多年白喝了那麼多頓酒，哪裡好意思跟你收錢。對了，如果我沒有記錯，你們家漁樵那孩子也該行及冠禮了吧？」

中年人好像一說起那個兔崽子就來氣，無奈道：「別提那混帳玩意兒。曹先生，你是不知道，咱們家算不得什麼詩書傳家，也稱不上書香門第，可好歹也是天天跟聖賢打交道的人物不是？

哪裡想到那小子越長大越不聽勸，就他那副瘦竹竿子身段，死活要投軍入伍，這不前不久跟著鎮上幾個要好的同齡人，一起跑去郡城說是有後門可以疏通，運氣好直接就能去南邊打仗，結果就他悶悶不樂回來了。我問也什麼都不說，只是每天雞打鳴就起床跑去運河邊上。要我說啊，這小子也就是年輕，不曉得天底下哪有什麼比過上太平日子更舒心舒坦。

曹先生，那小子長大了，我這個當爹的說話也不管用，他從小就聽你的，先生要是不急著走，我這就找他去，先生一定要幫忙說說他，要是能把他那根筋擰回來，我就送先生一套西楚崇文館版的《冬雪落枰集》，那可是我爹都不捨得帶走的好東西，叮囑我一定要當傳家寶留著，一代一代傳下去。」

不等曹姓儒士說什麼，中年店主連生意都不管了，一溜煙跑到街上去尋找他那個越大越讓人操心的兒子了。

小店內五、六個年輕男女客人百無聊賴地閒聊起來。時下熱議，自然首推開始一邊倒的廣陵戰事，都認為到了能夠蓋棺論定的時候。

這些京城口音的富貴子弟，不愧是生活在天子腳下的人物，言語間縱橫捭闔，雖然聲音不大，但旁人聽著很是擲地有聲。評點完了朝廷各位領軍大將的戰功和本事，又把西楚那幫文武重臣給數落了一通，很快就說到了西楚復國的真正主心骨曹長卿，結果雙方意見對立。

一方說，曹長卿只是武道修為和圍棋造詣卓爾不群，真正將江山做棋盤的收官本事，就不夠看了。另一方反駁說曹長卿是巧婦難為無米之炊，輸在西楚不得天時地利人和，絕不是那位大官子棋筋孱弱。

爭執不下，雙方都是至交好友，總不能打架，所以最後莫名其妙就把話題轉移到了西楚前朝皇后的身上。兩名年輕女子說起她都有些憐憫，有個錦衣公子哥嗤笑道禍國殃民的紅顏禍水罷了，西楚覆滅後，舊京城的坊間都傳聞正是那個女子壞了大楚氣運，否則以西楚原本的命數應該還有一百六十年國祚可存。

很快就有另外一個年輕男人笑著說，為何當今天下風靡「十羊九不全」的說法，還不是因為那西楚皇后屬羊？

不遠處那個雙鬢霜白的青衣儒士，默然無言語。

一個不停把玩一枚小巧古銅印的年輕公子哥輕聲笑道：「且不說曹長卿盛名之下其實難副，那北涼王也真是下了一手大昏著。朝廷分明已經放鬆廣陵漕運，他竟然領著一萬騎軍南下廣陵道，打著靖難平叛的旗號，可誰不知道其實是替某些西楚餘孽解圍而去。

不過北涼跋扈歸跋扈，咱們朝廷也的確沒轍，畢竟人家手裡頭掌控著西北門戶，號稱三十萬鐵騎。我爹在兵部跟人合計過，估摸著騎軍怎麼也該有十二、三萬。唉，咱們也真是憋屈，如果不是有個北莽，他們北涼徐家早就該交出兵權了。」

那儒士放下一本泛黃的古籍，微笑道：「要不然怎麼說世事就怕『如果』二字。」

那幫人其實早就看到這個青衫文人，氣韻不俗，雖說不像個當官的，可離陽朝野對待讀書人大多比較客氣，而且世間隱士、逸士多是這般高標超群的模樣，這些聞名而來的年輕人出身京城官宦家族，對此人自然也不會惡臉相向。

儒士笑問道：「我一直很好奇，那年紀輕輕的西北藩王為何要死戰邊關，各位能否為我解惑？」

有個長得歪瓜裂棗的年輕人大嗓門道：「他徐鳳年不是武評宗師嗎，既然死誰都不會死了他徐鳳年，為啥不帶著北涼騎軍打仗？打輸了，無非就是跑路，打贏了那可就是名垂青史、流芳千古了。換成我，一樣打北莽，而且是往死裡打北莽！」

儒士又問道：「那麼他為何不聯手北莽，三十萬北涼邊軍加上北莽百萬大軍，一同南下中原，比起打贏北莽，是不是勝算更大？」

那個年輕人愣了一下，理直氣壯道：「肯定是姓徐的不敢與虎謀皮。北莽蠻子生性嗜殺，加上定然要把北涼騎軍作為先鋒，等到好不容易打下中原，北涼也剩不下幾萬人馬，北莽那老婦人可不就要來一手過河拆橋？到頭來姓徐的不但沒有占到便宜、撈到好處，反而被人砍掉腦袋，姓徐的又不是傻子，豈會做這種賠本買賣？先生以為如何？」

儒士點頭笑道：「這個道理說得通。」

然後似乎想起什麼，儒士擺手道：「我可當不起『先生』一說，而且在離陽也不曾就仕，我姓曹，你們不妨稱呼我一聲老曹即可。」

那位把玩古銅印的英俊青年試探性問道：「聽口音，曹先生……哦、不，老曹，你是廣陵道那邊的人？」

儒士點了點頭，自嘲道：「所以這才沒有為官嘛。」

眾人釋然，自然而然覺得是此人因為廣陵道士子出身，所以才無法在離陽朝廷做大官，大概又有些學識和文人骨氣，又不願意在離陽朝廷當小官，這才兩頭不落，乾脆當了個常年遊歷四方的窮酸讀書人。

滿身風塵僕僕的儒士先是突然往南望去一眼，然後好像便有了離去之意，轉頭對那幫年輕男女溫和說道：「原本我也有個『如果』要說與各位聽，只不過有事需要先行一步，恐怕等不到這家鋪子的店主了，勞煩各位幫我說一聲。」

有個女子嬌滴滴出言挽留道：「說了『如果』再走不遲。」

雙鬢已經霜白卻有一股獨到風流的儒士笑著搖頭道：「有件事，委實拖不得。」

說完之後，儒士就走出書鋪子，沿著那條小街向鎮外走去。

他這一路北上，刻意收斂氣息，所以走得並不快，是因為有一些舉風鎮書鋪這樣的故人朋友要見，怕他們在自己死後萬一被殃及。

世事怕如果，世人怕萬一。

所以他的那個「如果」，註定此間世人已經無人可知了。

如果在他的官子階段，西楚復國由他親自領軍揮師北上，同時顧劍棠的離陽兩遼邊軍南下太安城，而王遂抗拒北莽馬蹄的趁機南下，徐鳳年的三十萬北涼鐵騎因為某個姜姓女子，選擇按兵不動，且有陳芝豹領蜀軍坐鎮廣陵道，只需牽扯吳重軒和許拱兩支大軍，甚至根本不用刻意攔截燕刺王趙炳麾下南疆大軍的馳援太安城，因為根本來不及，那麼天下還是姓趙嗎？

他不那麼認為，他曹長卿不那麼認為！

這個男人緩緩走出舉風鎮後，摘下行囊，取出兩只棋盒。

且容我曹長卿，為妳最後下局棋。

◆

大雪龍騎軍原路返回，在年輕藩王一去一回之間，先是袁左宗率部南下，不足千騎的青州軍兵敗如山倒，騎軍損失殆盡，並無城池可以依據的青州軍被驅逐四十餘里，丟盔棄甲，無論青州主將如何視死如歸、驍勇善戰，親手於陣前斬殺逃卒四十餘，仍然無法阻擋步軍頹勢，而北涼校尉牛千柱領兩千騎阻截兩萬蜀兵，並未建功。

蜀軍主將車野出人意料地選擇了避其鋒芒，率領大軍繞路北奔，其行軍路線直接畫出個大弧，牛千柱麾下兩千騎數次逼近蜀軍不足一里路，塵土飛揚中，蜀兵次次嚴陣以待，絕不理會大雪龍騎軍的挑釁。不但如此，這支孤軍深入中原腹地的西蜀精銳，為了示弱，其間收回所有探馬斥候，竟然心甘情願做個睜眼瞎。

牛千柱也不敢擅自開戰貽誤軍機，可委實憋屈得不行，只好在南下與北涼鐵騎會合之前，率領二十騎扈從奔至蜀軍側面三百步，停馬提矛，氣勢洶洶。蜀軍仍是沒有動靜，只顧埋頭東行，最後牛千柱狠狠吐了口唾沫，撥轉馬頭，率軍南歸。

隨著四路兵馬的一路崩潰、一路怯戰，離陽兵部侍郎許拱打造的那條防線頓時漏洞百出，加上薊州將軍袁庭山不願獨自出兵阻截，只能眼睜睜看著毫髮無損的大雪龍騎軍，輕鬆闖入廣陵道。

這讓措手不及的征南大將軍吳重軒勃然大怒，在心腹愛將唐河的陪同下親自趕赴柴桑縣城問罪於許拱，離陽兵部尚書和兵部左侍郎就以這種方式第一次「碰頭」，不歡而散。隨後吳重軒與袁庭山的萬餘薊北騎軍一起奔赴前線，而許拱在和兩萬西蜀步卒合併以及陸續收攏了青州潰軍後，一同緩緩趕往廣陵前線。

在這之後，大雪龍騎軍更是勢如破竹，按照既定策略，在兩軍防線犬牙交錯的瓜子洲前線一帶成功接收了五百餘名身披輕甲的西楚讀書種子。為了將這撥文弱書生祕密護送出境，西楚大軍在包括瓜子洲、老杜山在內的四處戰場瘋狂反撲，短短一日內便戰死近萬人，幾乎渴死的五百條年幼鯉魚，這才終於躍入大雪龍騎軍這座池塘，得以喘息。

連同徐偃兵在內的北涼鐵騎至今記憶猶新，狼狽至極的五百西楚人，在被大雪龍騎軍主力護駕後，並無太多劫後餘生的慶幸和狂喜，反而人人神色頹喪痛苦，五百人整齊下馬，面東跪拜辭行，泣不成聲。那一幕，如同無家園可歸的喪家犬，趴在別人門戶的屋簷下，痛苦嗚咽。

袁左宗在接手那份字跡潦草的名冊後，心情複雜。此次北涼「納降」四百九十六人，年紀輕輕的西楚文人俊彥多達四百一十六人。除去廣陵道世家豪閥出身的七十餘名大家閨秀，西楚武將不過寥寥十數人。

袁左宗手中那本名冊開篇不記名字，只有某人手書的幾行正楷小字，觸目驚心。

大楚五百人，不可談復國。

楚姓居北涼，不得出西北。

亡楚罪人曹長卿遺書

東風解凍，化而為雨，就等那一聲春雷驚蟄了。

此時正值陰雨綿綿，大雪龍騎軍的前行或多或少受到了阻滯，馬蹄裹滿泥濘，這讓習慣了大漠烈日風沙的北涼鐵騎很是不適應。

徐鳳年和徐偃兵、袁左宗並駕齊驅。

袁左宗轉頭瞥了眼夾雜在騎軍中段的西楚「逃卒」，輕聲道：「對北涼來說，長遠是大好事，可眼下就是個爛攤子了。這幫士子到了西北，暫時肯定只能安置在幕後，怕就怕這些年輕氣盛的世家子弟牢騷太盛，以至最後遷怒北涼。

到時候起了糾紛我們打罵不得，要不然就只好交給黃裳那幫人的陵州書院，遠離邊關戰事，讓他們先在書籍堆裡打發光陰。先前大半人甚至不願意改換披掛北涼輕甲，就更別提懸佩涼刀輕弩了，牛千柱幾人差點氣得就要跟他們拔刀相向。」

徐鳳年安慰道：「讀書人若是沒有一點風骨，那才是中原的可悲。不怕他們有傲氣、有傲骨，就怕他們就此消沉。秀才造反三年不成，西楚五百人而已，何況是在我們北涼，別說邊軍，估計隨便拎出個熟諳弓馬的涼州女子，都能打趴下他們兩、三個讀書人，沒什麼好擔心的。

咱們也不用奢望他們很快轉過彎來，而且我相信曹長卿的眼光，其中不少人應該是視野開闊的人物，等到他們真正領略過西北風光，加上有幽州郁鸞刀和流州寇江淮珠玉在前，自然而然就會丟開芥蒂。歸根結底，老一輩西楚遺老也許恨徐家遠勝恨離陽，但是他們畢竟不一樣，大多在弱冠歲數，恨離陽遠遠多於恨北涼。我倒是擔心這幫人……」

說到這裡，徐鳳年自嘲一笑，沒有繼續說下去，有點為尊者諱的意思。

袁左宗笑道：「怎麼，怕身邊一下子多出五百個趙長陵？哪天把持不住了，就真反了離陽？」

徐鳳年沒好氣道：「第二場涼莽大戰在即，燃眉之急都沒解決，哪兒來的多餘心思。」

徐偃兵調侃道：「若真是如王爺先前所說，天下形勢依照曹長卿原先的佈局推進，那咱們北涼才是最舒坦的一方，只要和王遂聯手牽扯住北莽南下就算完事，然後就可以在西北坐看堂下中原的風起雲湧。

王爺，我就奇怪了，這曹長卿既然連西楚的讀書種子也願意送入北涼，分明跟王爺也有些不淺的交情，為何偏偏在最後關頭反悔？害得西楚復國竹籃打水一場空不說，連咱們北涼也沒了火中取栗的機會。」

徐鳳年摸了摸腰間的北涼刀，感慨道：「我師父曾經說過，讀書人無非四死——死鄉野、死州郡、死一國、死天下。那曹長卿……原本是想著為一人死一國的，只是最後才改變了主意。

我接觸過的那些武道宗師裡頭，早年的天下第十一王明寅，為兄弟親情而死，重出江湖前後，生死皆無愧；北莽拓跋菩薩活得最有野心，既要當天下第一的高手，又想做天下第一的功臣；鄧太阿活得最瀟灑逍遙，不管世道太平還是亂世，管你是不是帝王將相，我鄧太阿都懶得理睬。唯獨曹長卿活得最累，從不把自己當江湖人，從未走出過大楚廟堂。」

徐偃兵看著道路上的滿地泥濘，嘆息道：「曹官子此心拖泥帶水啊。」

徐鳳年訝異道：「徐叔叔你這話講得有那麼點才子氣了。」

袁左宗會心一笑。

徐偃兵嘴角抽搐，轉頭笑道：「王爺，西楚那些年輕女子大多待字閨中，許多人每次見到王爺的眼神可都不含蓄，有四個字怎麼形容來著？」

袁左宗兩邊拆臺：「欲語還休。」

徐鳳年無奈道：「這話就說得不厚道了。」

袁左宗打趣道：「真正的爛攤子，是一不小心就要後院起火。如果我沒有記錯，二郡主對那位西楚皇帝可是從來算不上和氣的，而且王爺兩位老丈人都不是省油的燈。北涼正王妃一事，王爺心裡有數？」

徐鳳年默然，摸了摸額頭，沉默片刻，終於開口道：「原先如何就如何，此事我從來沒有猶豫過。」

徐偃兵點頭道：「理該如此。」

袁左宗突然說道：「謝西陲也在軍中，若是能夠得到此人相助，我北涼邊軍無異於如虎添翼，無論是把他放在涼州還是流州，都可當數萬大軍。」

徐鳳年笑了笑：「一山不容二虎，一廟不放兩菩薩，以防寇江淮覺得我是不放心他。哪怕謝西陲真有心從軍，我也不會把他放到流州，而且謝西陲畢竟還未熟悉邊軍事務，不如就先放在袁二哥身邊？」

袁左宗搖頭道：「我袁左宗一人用謝西陲，不如涼州邊軍用謝西陲。他和寇江淮都是西楚最拔尖的兵法天才，經過一連串廣陵戰事磨礪後已經足以獨當一面。這兩人用兵都極具想法，看似都是『棄正求奇』劍走偏鋒的路數，其實深究則大有不同。

寇江淮用兵，擅長放棄城池，往往死地求生，憑藉著飄忽不定的調兵遣將，在總體兵力處於劣勢的情況下打出局部優勢的戰役，緩緩蠶食，驟然成勢，當時在廣陵道東線戰場上就讓趙毅大軍輸得莫名其妙，總覺得每一處戰場都是寇江淮在大軍壓境。

而謝西陲用兵雖然亦是出人意料，極為險峻，但是追本溯源，其實謝西陲還是更傾向於堂堂正正，力求一錘定音。故而側翼流州戰場需要用寇江淮的『柔』，正面涼州戰場需要用謝西陲的『勁』。現在涼州關外左右騎軍在抽調兵馬後，已經傷及元氣，不如把謝西陲交給何仲忽或是周康，也算一份補償，至於官職高低，一看王爺的魄力，二看謝西陲的信心。」

徐鳳年小聲問道：「那麼袁二哥有沒有幫忙做過些鋪墊？」

袁左宗瞇眼笑道：「收買人心的事情，王爺比我嫻熟。」

徐鳳年記起隊伍中謝西陲那張哀莫大於心死的臉龐，沒好氣地嘀咕道：「還不是怕熱臉貼冷屁股！」

嘮叨歸嘮叨，徐鳳年還是撥轉馬頭，與大軍背道而馳。

在年輕藩王離開後，袁左宗好奇問道：「儒聖曹長卿轉入霸道，修為到底如何？」

徐偃兵沉聲道：「當世武評四人，拓跋菩薩已經跟三人有些差距。王爺和曹長卿、鄧太阿三人如果各自交手，恐怕分不出勝負，只能分出生死。不過如果是在生死之上，我猜測三人會是一個循環，王爺勝鄧太阿，鄧太阿勝曹長卿，曹長卿勝王爺。

當然，拓跋菩薩如果能夠找到一把稱手的兵器，也能夠馬上跨出天人那一步。其餘的人物，我只懷疑顧劍棠有不容小覷的撒手鐧，其他人不用考慮。

嗯，其實還有兩人，也有機會，一個就是被王爺稱為白狐兒臉的那個人，一個就是不知所終不知敵友的觀音宗澹臺平靜。」

袁左宗笑問道：「那你和陳芝豹呢？」

徐偃兵淡然道：「不值一提。」

清楚徐偃兵恐怖戰力的袁左宗皺眉問道：「這是為何？」

徐偃兵笑道：「不死不休之後，活下之人，此生撐死了就是苟延殘喘的尋常天象境界，需要多說什麼？」

袁左宗無言以對。

◆

雄健威武的大雪龍騎軍當中，那西楚五百餘騎顯得格格不入，不僅僅是南北體魄差異，還有氣勢上的天壤之別。

剛好三十里停馬休憩，徐鳳年翻身下馬，牽馬來到那五百人附近。面對他這個與大楚國運糾纏不清的西北藩王，有人眼神不善，有人眼神麻木，有人眼神仇恨，至於那些眼神略帶好奇憧憬的，畢竟更是忽略不計的少數。

徐鳳年來到負劍披甲的姜泥身邊，她最近對他一直是避而不見、能躲就躲的態度，甚至和那幫繼續稱呼她為皇帝陛下的西楚臣子也不如何熱絡。

今天姜泥和十幾位西楚世家女子待在一起，跟隨北涼鐵騎一路北上。所有女子皆是相互照拂，她們大多數原本以為進入北涼軍中，無異於羊入虎口，並非沒有各種各樣的擔憂，尤其是自幼見慣了廣陵大小宴會的曲水流觴，見慣了風花雪月和清談名士，突然見到這麼多鐵甲錚錚、沉默寡言的北涼騎軍，身為柔弱女子，如何能夠不憂心自己的前途未卜？直到皇帝陛下御劍而至，以及親眼見到了那個名動天下的年輕藩王，她們這才稍稍寬心幾分。

隨著向北行軍半旬，發現北涼騎軍悍卒絕無半點騷擾，尤其那個北涼王對大楚五百人多有額外照顧，她們就斷斷續續有了些笑臉，偶爾跟隨大軍停馬河邊，她們開始會情難自禁地嬉笑打鬧起來，為戰馬洗鼻刷背、餵養精糧的事務也做得有模有樣。

徐鳳年走到官道旁那棵環抱柳樹附近，沒有徑直走入樹蔭中。

離著姜泥和那些正值妙齡的豪閥女子還有七、八步，不等徐鳳年開口說話，就有四、五名腰佩刀劍的年輕人快步走來，靴子沾滿黃泥，早已不復見當年玉樹手姿，這些年輕人也不說話，只是臉色陰沉地盯住徐鳳年。

徐鳳年望向姜泥輕聲道：「曹長卿很快就要到太安城外，要不要去看最後一眼？我可以隨行。」

其中一人按住那把始終不願摘掉的佩劍，滿臉悲憤道：「徐鳳年，你難道要阻擋尚書令入城？難道要為離陽趙室做看門狗？」

徐鳳年搖頭道：「我還不至於此。」

遠處，一隊鳳字營騎軍虎視眈眈，瘋子洪書文更是抱刀而立，眼神凶悍。

另一人怒道：「我大楚尚書令，不需要你徐鳳年惺惺作態為他送行！」

徐鳳年溫和道：「有些事，你說了不算。」

姜泥終於低頭說道：「棋待詔叔叔說過，先前京城一別即是訣別，他不許我北上。」

徐鳳年平靜道：「別聽他的，既然如今妳已經離開了廣陵道，萬事就順妳本心，妳要想見曹長卿，就去見他，我陪妳便是。」

她抬起頭，淚眼朦朧：「可以嗎？」

徐鳳年眼神堅毅，微笑道：「有我在，天下無不可之事。」

不等柳樹下那幾位西楚讀書種子義憤填膺地阻攔，聽到那句話後漲紅了臉頰的女子們，個個眼神發亮，紛紛出聲，無一不是勸說皇帝陛下與北涼王攜手北去太安城。

不遠處的謝西陲有些無奈，哭笑不得。

得，這還沒到北涼，就內訌了。

姜泥深呼吸一口氣，使勁點頭，然後就自己御劍掠空而去了……

看到一臉吃癟的年輕藩王，附近的女子們幾乎人人掩嘴偷笑，洪書文那幫鳳字營袍澤也忍著笑意十分辛苦。

徐鳳年轉頭瞪了一眼洪書文他們，後者趕緊裝作啥事都沒有發生的欠揍模樣。

徐鳳年拔地而起，如一掛白虹升起於大地。

地上眾人，不論北涼鐵騎還是西楚難民，皆是目眩神搖。

◆

廣陵道西線沙場，戰事如火如荼。隨著一萬薊北精騎加入吳重軒麾下，朝廷兵力本就已經占據優勢，隨後又有許拱率領京畿精銳和兩萬蜀軍趕赴戰場，故而西線之上，朝廷大軍已經對西楚形成獅子搏兔之勢，其中王銅山舊部攻破老杜山防線，率先打破僵局，第二場西壘壁戰役的到來變成板上釘釘的定局。

值此之際，吳重軒以兵部尚書的身分召開了一場軍機會議，地點設置在一個名叫梧桐鎮的小地方，除了隔著一座西壘壁古戰場的東線主將宋笠實在無法參加外，幾乎所有參與廣陵道平叛的朝廷大將都齊聚小鎮，一時間出現在梧桐鎮周邊的斥候遊騎多如過江鯉魚。

暮色中，一位黑衣高冠中年男子站在城頭上遙望遠方，身邊僅有一名披掛鐵甲的高大年輕人擔任扈從，後者滿臉憤懣，咬牙切齒道：「那吳老兒也真是奸猾，知道他那個征南大將軍的身分使喚不動各路兵馬，就拿兵部尚書的頭銜來耀武揚威，若非如此，將軍你作為名義上的南征主帥，頭銜是比四征四鎮還要高出半階的驃毅大將軍，雖然並非朝廷常設將軍，但如今是戰時，豈是他吳老兒可以輕侮！

吳老兒厚著臉皮讓將軍你親自跑到這鳥不拉屎的地兒，吳老兒可恨，那楊隗更是不要臉，同樣是屈指可數的春秋老將，別說跟閻震春老將軍相提並論，在我看來比那個被貶去北涼喝西北風的楊慎杏還不如！」

說到這裡，年輕人有些納悶，放低嗓音，小心翼翼問道：「將軍，為何今天你不出聲斥責？難道也覺得我說得在理？」

不曾披掛甲冑也沒有身穿武臣官服的中年人置若罔聞，伸手放在牆面粗糙的箭垛上，面容肅穆。他舉目遠眺，視線所及，城春草木深，綠意漸濃，和煦春風拂面。腳下時不時有昔年隸屬於南疆邊軍的小隊精騎疾馳出入小鎮，騎術精湛，毫不遜色於兩遼邊軍，很難想像是來自瘴氣橫生之地的士卒。

這位遠道而來的梧桐鎮客人正是盧升象，此人在春秋中後期名聲大振，與千騎開蜀的褚祿山齊名，南疆唐河、李春郁這撥悍將無論戰功還是聲望，相比他和褚祿山都要遜色一籌，從頭到尾都沒有經歷過春秋戰火的原龍驤將軍許拱，早年對於這位日後的兵部同僚，更是極為推崇，有過「盧升象堪當東南砥柱」的讚譽。

盧升象身邊這個年輕武將則是在佑露關餵馬很久的郭東風，在年初南下奔襲一役中作為先鋒將領，戰功顯著，據說已經簡在帝心，無論舉主盧升象以後是升是降，他郭東風都算是前程無礙了。

桀驁不馴的郭東風習慣了口無遮攔，更習慣了被盧升象訓斥敲打，這次盧升象出奇地沒有阻攔他的出言不遜，反倒是讓這位志在邊關封侯的年輕猛將有些不適應，原本還有大半滿腹牢騷都說不出口。盧升象的反常沉默，給郭東風帶來莫大的壓力，性子跳脫的他只好摘下腰間佩刀一下、一下磕碰牆垛。

郭東風的鬱悶並非全無理由。廣陵道戰事已經接近尾聲，但是主將盧升象作為名義上的南征第一人，先是在佑露關軍令出不得，之後好不容易撇開死活不肯冒險非要穩中求勝的南征副將楊隗，親自率軍涉險出擊，卻又在太安城朝堂那邊惹來頗多非議，更有朝臣遞出誅心言語，遣詞造句可謂極其陰險，不敢說驃毅大將軍如何不堪，相反只說盧升象此人是當之無愧的大將之才。是將才而非帥才，這明擺著是說盧升象單獨領軍的「將兵」沒有問題，但若說擔任需要「將將」的南征主帥就有些力不從心了。

郭東風憤恨老將楊隗，就在於楊隗是真的老了，毫無開拓疆土的雄心，只求無過便是功，麾下不過兩、三萬人馬，竟然塞進去了兩百餘位太安城的官宦子弟，比起楊慎杏當初的做派還要誇張。

後者畢竟只收將種子弟，楊隗的吃相還要差，堪稱來者不拒，夾雜有這麼多跑到廣陵道躺著撈取軍功的繡花枕頭，楊隗怎麼敢有半點進取之心？因此老將領軍南下之後，恨不得抱住盧升象的大腿讓其無法動彈，只想著等到西楚大勢已去才安安穩穩地分一杯羹，顯然楊慎杏的前車之鑒，讓本就用兵老成持重的楊隗不得不更加謹慎。

郭東風先前就看到楊隗主力大軍龜速推進不說，對斥候探馬密集頻繁的使用，更是登峰造極，郭東風覺得都能夠載入史冊了。幾乎是每隔三里便有足足一標斥候，漫天撒網，尤其是當時聽說北涼騎軍直奔廣陵道，位於盧升象西面的楊隗大軍，哪怕還隔著一路薊州騎軍和一路許拱大軍，楊隗就開始下令停步不前。

郭東風聽說兩百多官宦子弟幾乎有半數在一夜之間，就以迎接護送京畿糧草的名義向後火速撤退，郭東風因此差點笑掉大牙。

一名身穿武臣官袍的儒雅男子沒有扈從跟隨，獨自走上城頭。

郭東風轉頭看去，雖然是陌生面孔，但正三品的官補子，顯赫身分顯而易見。來人是兵部侍郎許拱，江南道姑幕許氏的頂梁柱，作為原先江南士子領頭羊的兵部尚書盧白頡在太安城「折戟沉沙」後，許拱無疑就順勢成為江南道官員在京城的繼任話事人。

郭東風對此人沒有什麼惡感。許拱跟自己的恩主盧升象真是同病相憐，其入京在兵部履職，屁股底下那把兵部侍郎的椅子還沒焐熱，就被丟到兩遼去巡邊，好不容易憑藉在遼東邊境輔佐大柱國顧劍棠的一連串捷報，得以執掌兵權，這次南下也是灰頭土臉，可以說如果不是如今許拱吸引了京城言官大部分注意力，盧升象的日子恐怕還要難熬一些，故而太安城官場已經有「患難侍郎」的笑談。

盧升象性情冷淡，無論是在廣陵道春雪樓裡，還是太安城的官場中，素來有剛毅清高的「美名」，但是看到許拱登上城頭後，微微一笑，主動向前幾步，抱拳道：「盧某見過許侍郎。」

許拱相貌堂堂，既有英武沙場氣，也有世族子弟獨有的清逸氣，相比出身不顯的盧升象，許拱要更符合讀書人心目中的儒將形象。

他看到盧升象的主動示好，也笑意真誠道：「許拱仰慕盧將軍已久，總算能夠見到真人，百聞不如一見，我這趟南下千里便不虛此行了。」

盧升象微笑道：「南唐顧大祖《灰燼集》首創兵家形勢論，盧某本以為『兵家大言』已經言盡於此書，世間再難有更高見地，唯有蜀王陳芝豹的那部兵書能夠媲美。此書事無巨細，十數萬字，傳授軍中將卒人人按部就班，各司其職，深諳兵家精髓『微言大義』。

許侍郎入京之時，我已不在京城，不過恰好有許侍郎早年撰寫的兵書傳出，我當時在佑露關整日無所事事，便專心研習，受益匪淺，也不覺光陰虛度。

許侍郎早年說我盧升像是東南砥柱，我先前對江南道士子成見很深，誤以為許侍郎也是那種紙上談兵、眼高手低的腐儒，若是早讀那部兵書幾年，當時就該說句『許龍驤才是東南砥柱』，哪怕被世人誤認為是你我二人相互邀名，也無妨。」

許拱開懷大笑道：「能得眼前盧升象此語，勝過遠處千萬言。」

許拱嘴裡的「遠處」自然是太安城廟堂上的沸沸揚揚，言下之意，就是哪怕他許拱丟官離京，不做那兵部侍郎，也不是什麼了不起的事。

一見如故，大概就是說許拱和盧升象了。

郭東風煞風景地插話道：「許侍郎，據說那位大名鼎鼎的薊州將軍袁庭山，不是跟你一起來到這裡的？」

許拱坦然笑道：「袁將軍的確是比我早了兩天動身，倒是西蜀步軍主將車野與我一同前來。」

郭東風嘿嘿笑道：「難怪咱們楊隗楊老將軍昨天入城，尚書大人身邊會站著那位年輕功高的袁將軍。怎麼，許侍郎今天來城頭，也是來瞻仰那位靖安王的？」

對於這名年輕驍將的言語無忌，許拱不以為意，搖頭道：「靖安王自有尚書大人迎接，我是聽聞蜀王今日可能到達，就想來就近看幾眼。」

盧升象淡然道：「我與蜀王先前在廣陵道北部戰場聯手破敵，只是遙遙見過一面便分道揚鑣，引以為憾，今日跟許侍郎一般無二。」

顧劍棠、陳芝豹、盧白頡、吳重軒、盧升象、許拱、唐鐵霜，這七人無疑是離陽兵部近五年來的風雲人物。除了被廣陵道戰事拖累不得不引咎辭的盧白頡已是黯然離場，顧劍棠統領兩遼軍政，陳芝豹封王就藩西蜀，都是當之無愧的高升，吳重軒此時更是如日中天，而侍郎中，唐鐵霜最晚進入京城，但是相比此時城頭的許拱、盧升象兩人，頗有幾分後發制人的意味，朝野上下都逐漸把唐鐵霜視為下任兵部尚書的不二人選，足可見這次領軍南下沒能成功阻攔北涼騎軍，許拱丟掉了多少「人心」。

此時梧桐鎮內有大隊人馬疾馳出城，不乏高坐駿馬神色昂揚的年輕人物，郭東風懶洋洋趴在箭垛上，看著他們鞭馬出城的身影，歪了歪嘴，滿臉不屑。

許拱站在盧升象身邊，微笑道：「看來靖安王頗有人望啊。」

盧升象笑意玩味道：「如今天下誰不知靖安王忠心朝廷，皆言其可為天下藩王楷模。前個四、五年，朝廷尚未分封一字王，諸多藩王世子當中，北涼徐鳳年以紈褲著稱，南疆趙鑄以勇武揚名，廣陵趙驃酷烈，遼東趙翼之流，相對籍籍無名，趙珣當時也僅是在江左文林小有名氣，但也沒有人覺得他能夠世襲罔替藩王爵位。

不承想短短兩、三年，先是以兩疏十三策名動京華，後以援救淮南王趙英死戰不退而傳遍大江南北，被譽為智勇雙全，眼下城外那撥跟隨大將軍楊隗前來梧桐鎮的世族俊彥，估計多是仰慕同齡人靖安王而來。郭東風，有句話怎麼說來著？」

突然聽到盧升象提問的郭東風愣了一下，茫然不知應對。

許拱輕聲道：「一路南下，我確是有所耳聞，『西北有徐楚有宋，可惜我中原有珣』。」

第一次聽到這個說法的郭東風勃然大怒：「就憑他這個根本不知兵事的『送死藩王』，也配被稱為『中原有珣』？那姓徐的好歹擋下了北莽百萬大軍的鐵蹄，我郭東風還算有些服氣，至於那個文采斐然的宋茂林不過是以姿容美如婦人出名，我郭東風更是不屑與他比較，可這個趙珣是哪根蔥、哪瓣蒜！」

三人所站的城頭附近並無士卒，郭東風的狂言狂語也就無所謂了。

許拱微微一笑：「好一個『可惜』。」

盧升象幾乎同時說道：「好一個『我中原』。」

兩位神交已久在小鎮初次見面的當代名將，相視一笑。

◆

沒多久，身穿藩王蟒袍的靖安王趙珣從廣陵江水師抽身北上，只帶著一標精騎來到梧桐鎮，身旁便是那幫自作主張出城十里迎接的京城官宦子弟。

見面後，趙珣溫文爾雅，執禮相待，後者無一不覺得相見恨晚。

大隊人馬擁入小鎮城門前，趙珣看到城頭二人之時，迅速露出笑臉，在馬背上抱拳致禮，許拱和盧升象也各自抱拳還禮。

趙珣並不覺得兩位兵部侍郎出身的離陽大將如何失禮，倒是那幫年少時便在太安城呼風喚雨的年輕人有些替靖安王打抱不平，覺得盧許兩人如今不過是「位高但權輕」的角色，不該如此拿捏身架，不說出城相迎，最不濟見到這位藩王後也該馬上走下城頭打聲招呼。

但是更讓這些人氣惱的事情出現了，街道之上，有三騎突兀奔至，面對他們這支幾乎人人身分顯貴的騎軍竟是絲毫不願避讓，如果不是靖安王趙珣牽頭稍稍讓路，恐怕狹路相逢的雙方就要對撞在一起，那跋扈三騎在道路中央徑直出城，看也不看一眼所有人。

當有人要發火之時，很快就有人小聲提醒，然後就一切雲淡風輕。

原來那西蜀三騎，正是車野、典雄畜、韋甫誠。

尤其典雄畜和韋甫誠曾是西北關外的「北涼四牙」，之後兩人跟隨陳芝豹不帶一兵一卒出涼入蜀，在離陽朝野可謂如雷貫耳。

許拱看著那三騎的背影，神色如常。事實上如果不是兩萬蜀軍的臨陣退縮，先前北涼騎軍進入廣陵道，絕不至於那般勢如破竹，但是因此在朝堂上大失人心的兵部侍郎大人，對此卻似乎並未懷恨在心。

盧升象不動聲色地看了一眼許拱。

約莫一刻鐘後，三騎出城變作四騎入城，為首一騎白衣男子，斜提一杆長槍，丰姿如神。

盧升象和許拱不約而同地挪動腳步，不再站在原地居高臨下，走下城頭後兩人站在不起眼的城牆附近。

四騎並未停留，但是白衣男人在馬背上對兩人微微點頭。

郭東風眼神熾熱，喃喃道：「我以後也當如此。」

打心眼裡不覺得被怠慢的兩位朝廷大將安靜地望著四騎遠去。何況此時小小梧桐鎮內皆是過江龍，人多眼雜，兩個沙場不力官場失意的侍郎待在一起，還能解釋為人之常情的抱團取暖，可若是跟手握權柄的邊關藩王有所交集，那就真是自尋麻煩了。

但是對於這個叫陳芝豹的人，很早就名動春秋的盧升象也好，在離陽軍伍算是後起之秀的許拱也罷，都有幾分由衷的神往和佩服。

不論以後離陽廟堂上的文臣如何高揚，武將如何低沉，在他們兩人心中，陳芝豹都是那種值得惺惺相惜的風流人物。照理說金戈鐵馬的沙場只有死人堆，從無風流事，可陳芝豹無疑是葉白夔死後唯一稱得上用兵如神的兵法大家，以至離陽先後兩位皇帝都願意將其視為一國之屏障，先帝趙惇更是恨不得陳芝豹成為他趙室一家後院之春神湖石山，既能賞心悅目，又能底定風水。

許拱和盧升象兩人站在城牆陰影中，許拱低聲笑道：「許某竊以為，盧將軍無須擔心那一時得失，盧將軍的風起處在塞外，而不在廣陵，更不在京畿。」

盧升象微笑不語。許拱率先離去。

郭東風驚訝地發現主將盧升象的身上竟然隱約有股殺氣。

郭東風看著有些陌生的驃穀大將軍，開始忐忑不安。

盧升象深呼吸一口氣，冷笑道：「不愧是許龍驤，看來以後跟我爭奪拓邊戰功第一人，非你莫屬。」

郭東風一頭霧水，破天荒忍住好奇之心，不敢多問半句。

盧升象吐出一口濁氣，緩步前行。他對看穿自己謀劃的許拱，不過是有些許殺氣，對事到臨頭竟然改弦易轍的曹長卿則有滔天怒氣。在盧升象看來，若是曹長卿依循先前佈局用兵，那麼顧劍棠就會是新朝的徐驍，而他只要在西楚大軍揮師北上之際，主動大開門戶，那麼他就會是新朝的顧劍棠。

不管新朝姓趙還是姜或是任何姓氏，盧升象只知道到時候的廟堂，再無楊隗之流躺在功勞簿上尸位素餐，地方上再無各路趙姓藩王割據，而謝西陲、裴穗等人畢竟年少，並且有著不熟悉北邊地理形勢的先天缺陷，疆土廣袤的北莽一旦成為用兵之地，那就意味著無數軍功唾手可得，而不是在廣陵道戰事中如此螺螄殼裡做道場，更無須理會盤根交錯的舊有勢力。

他盧升象只要扶龍成功，便可一舉躍居顧劍棠一人之下，之後未必不能靠著未來一系列北莽戰事後來者居上。可是曹長卿莫名其妙地自毀官子局，盧升象在佑露關前後的百般隱忍，就成了日後被攻訐為用兵平庸的最佳佐證。

盧升象臉色陰沉，自言自語道：「曹長卿，你該死！」

◆

小鎮外的官道上，由遠及近，塵土飛揚，尤為壯觀，不是千騎以上的騎軍不至於有此聲勢。

一駕馬車上，因為道路顛簸，車廂內的三個男女都有些肩頭起伏。

年輕女子面容姣好，身材高大而勻稱，顯然不是南方人，腰懸長劍，英氣勃勃，有遊俠氣。

年輕男子則吊兒郎當，此時正滿臉諂媚地跟最後一人溜鬚拍馬：「先生，你是不曉得唐河、李春郁那幫白眼狼如何蠻橫，本世子當初都不敢湊到叛出南疆的吳重軒跟前，真是連一個屁都不敢放，憋屈至極啊，這次虧得有先生在，我才有膽氣去那梧桐鎮闖一闖。」

那個被稱呼為「先生」的人物，俊美非凡，雌雄莫辨。

何謂風流，他即風流——納蘭右慈。

他斜眼瞥了一下燕剌王世子殿下趙鑄：「吳重軒不是個東西，你借了他幾千騎就不還的傢伙，就是好東西了？」

趙鑄嬉皮笑臉道：「先生說得對，罵得好。」

納蘭右慈用手指點著這個如今聲名狼藉的世子殿下，眼睛卻是望向那個姓張的女子，調侃道：「張高峽啊張高峽，妳瞎了眼才會看上這個草包加包。」

張高峽，碧眼兒張巨鹿的女兒，她一笑置之。

趙鑄臉皮厚歸厚，可被納蘭右慈當著張高峽的面說是草包包，畢竟還是有些汗顏。

他掀起車簾子，探出腦袋，已經可以看到梧桐鎮的低矮城頭，近處則是南疆大將張定遠等人和林鴉、宮半闕兩位王仙芝的高徒。

納蘭右慈閉上眼睛，雙手放在膝蓋上，輕輕拍打。

趙鑄縮回腦袋，好奇問道：「先生，為何此次非要我來到這個小鎮？說實話，吳重軒我厭惡且忌憚，對許拱、盧升象兩人也不太待見，袁庭山那條瘋狗我更是看一眼都嫌汙眼，至於靖安王趙珣嘛，我以前挺討厭的，現在反而還好。」

納蘭右慈嗤笑道：「當然還好了，小小梧桐鎮，那麼多英雄豪傑，數來數去，你也就只能跟這位『送死藩王』掰手腕。」

趙鑄訕訕然。張高峽嘴角翹起。

納蘭右慈收斂笑意，沉聲道：「這次來這裡，我有四件事要做：罵吳重軒，宴請許拱，密晤盧升象，試探陳芝豹。」

趙鑄低聲問道：「難道我真是烏鴉嘴，說中了那盧升象真有狼子野心？」

納蘭右慈搖頭道：「見面之前，不好確定，至於見面之後，盧升象有無狼子野心也不重要了。」

趙鑄嘆息道：「得嘞，反正這些大事我都沒法子摻和，省得畫蛇添足幫倒忙，只好勞煩先生能者多勞嘍。」

納蘭右慈冷不丁突兀地問道：「趙鑄，我問你一事，若是以後你登基稱帝，屆時北莽已經無力南侵中原，而徐鳳年卻依舊手握西北雄兵，你當如何處之？」

趙鑄滿臉愕然，話語正要脫口而出，就見原本笑咪咪的納蘭右慈驟然眼神冰冷，輕喝道：「趙鑄！且先細細思量！」

趙鑄震驚之後，揚起一張燦爛笑臉：「離陽老皇帝趙禮跟小年他爹稱兄道弟，跟我和小年之間稱兄道弟，是不一樣的。」

納蘭右慈冷笑道：「此時你坐在何處？」

趙鑄不知如何回答，總不能說我趙鑄當然是坐在馬車上，你納蘭先生不是明知故問嗎？

納蘭右慈眼神深沉，沒有自問自答，而是又有問話：「他年你又坐在何處？你當趙禮是一開始就對徐驍心懷殺心？他欲殺徐驍，他的兒子趙惇欲殺張高峽之父，難道就真是他們父子二人的本心？難道不是在其位、謀其政，不是坐在那把椅子後必須面對的大勢所趨？」

從來沒有想過這些問題的趙鑄臉色微白，痛苦不安。

納蘭右慈視線低斂：「黃三甲在臨終前不情不願地選擇了你趙鑄，把他積攢下來的春秋家底都交給了我納蘭右慈。如今有江斧丁在吳重軒身側，雖說王銅山那個自作聰明的蠢貨死得早了些，但是吳重軒這種隨風倒的牆頭草不值一提，哪怕他對江斧丁懷有戒備，但我要殺他輕而易舉。你要是覺得無聊，不妨猜一猜唐河、李春郁等人中誰才是死間。

趙鑄，人無遠慮、必有近憂，大風已起，必然有人扶搖直上，必然有人居高摔落，你已經是半個天命所歸，除了城府深重試圖蓄勢後發的陳芝豹，你其實已經無敵手，所以有些事，你應該要好好思量思量了。

趙炳留給你的家底，比如張定遠、顧鷹、葉秀峰和梁越四人，比如那幫不甘雌伏南疆一隅之地的幕僚，你要思量誰是吳重軒的人、誰是朝廷的人，誰跟隨你入主中原得勢之後，會因為一己之私生平之恨痛殺北方文臣？誰會藉機大肆興起廟堂南北之爭？又有誰會是你趙鑄的張巨鹿？更關鍵的是誰是以後要你殺死徐鳳年的人，或者誰又是要你殺死我納蘭右慈的人？」

趙鑄顫聲道：「先生，趙鑄不知，不知道啊。」

趙鑄雙手抱住腦袋，似乎不敢去深思那些問題。

宏圖霸業，最費思量。

張高峽眼神悲傷，猶豫了一下，伸手輕輕握住他的手臂。

納蘭右慈面無表情，眼神複雜，不知是憐憫還是譏諷。

他的眼神瞬間趨於平淡，語氣促狹道：「早就看你那副吊兒郎當的姿態不順眼了，如何，吃到苦頭了吧？」

趙鑄抬起頭，緊緊握住張高峽的手，同時癡癡望向這個在李義山、黃龍士、元本溪等人陸續死後碩果僅存的春秋謀士，看著這個南疆幕後藩王的納蘭先生。

趙鑄突然改換坐姿為跪姿，面朝納蘭右慈後緩緩低頭道：「趙鑄知道先生所求迥異於任何一位春秋謀士，趙鑄只求先生能夠做我的元本溪，趙鑄若是真有坐龍椅穿龍袍的一天，可以承諾先生，敢殺先生之人，我殺之。若是趙鑄死在先生之前，臨終之時，必然請先生自行揀選大臣在我病榻，交由先生欽定顧命大臣，趙鑄必不讓子孫做當今天子趙篆！」

納蘭右慈哈哈笑，只是始終不再說話。

趙鑄滿身汗水，但是如釋重負，他憑藉直覺發現納蘭右慈對自己說的這番話，也許談不上如何滿意，也未必是他真正所求，但是這位納蘭先生偏偏有些不為人知的開心。

納蘭右慈閉目養神，笑意淺淡，全然不顧及堂堂燕剌王世子殿下的尷尬和沉重。

納蘭右慈突然輕聲道：「倘若覺得車廂內氣悶，你們就出去吧。」

趙鑄如獲大赦，趕緊帶著戴上帷帽的張高峽起身離去。

義山，當年你我二人聽聞黃龍士說那千百年之後，那時候的很多讀書人莫說面對帝王將相能夠心平氣和地與之平起平坐，便是面對芝麻綠豆大小的官員也要丟了脊梁風骨，父母官、父母官，真正是視官如父母。

我笑之，你憤之。

你以二十年歲月教你的閉門弟子做英雄而非雄主，結果你就那麼死去，骨灰撒落西北關外。

你笑之，我憤之！

我猜得出黃龍士的私心。他黃三甲算人心，有個遊俠兒讓他輸了一次。他覺得自己死後能夠扳回一局，他堅信趙鑄會與徐鳳年反目成仇。那我納蘭右慈就讓你和黃龍士都輸一次！

納蘭右慈睜開眼仰起頭，望著車廂頂部。

他輕輕哼唱一支家鄉小曲兒。

有個少年郎，他到山中去，背著破書箱。

有個小姑娘，她從山中來，帶著蘭花香……

納蘭右慈掀起簾子，春風拂面，他眯起眼望向東北方：「曹長卿，你我皆苦，但是你依然比我幸運。」

納蘭右慈突然放下簾子，猛然伸手摀住嘴巴，攤開手心後，低頭看著滿手鮮血，他喃喃自語道：「無奈皆是少年郎啊。」

第十二章　曹長卿落子太安　楚霸王謝幕江湖

離陽京城南大門外，那條與城內御道相連接的寬闊官道上，在兩個時辰前就已經空無一人。

滿城等一人，等一人攻城。

城上城下皆鐵甲。

這一日京畿東西南北四軍精銳全部列陣此地，面對那一襲青衣，仍是如臨大敵。

有個緩緩而行的青衫儒士，在距離這座京城大概不足半里路程的官路上，獨自一人手捧棋盒，停步坐下。

他並沒有面向北面那座天下第一大城，而是面西背東，盤膝而坐。

黑盒裝白子，白盒裝黑子。

他將這兩盒從西楚棋待詔翻找出來的宮廷舊物放在身前，相隔一張棋盤的距離，棋盒都已打開。

遙想當年，國師李密曾有醉後豪言：「天下有一石風流，我大楚獨占八斗，他曹得意又獨占八分！」

這般人物，如何能不風流得意？

他正襟危坐，雙指併攏，伸向身前就近的棋盒，拈子卻不起子，只是笑望向對面，好似有人在與他對弈手談。

雙鬢霜白的青衫儒士，眼神溫柔，輕聲道：「妳執黑先行。」

原本萬里無雲的晴朗天空，剎那間風起雲湧，太安城高空異象橫生。

隨著那五個字從這名儒士嘴中說出，只見稍遠處那只雪白棋盒中自行跳出一枚黑子，劃出一道空靈軌跡，輕輕落在那張無形棋盤上的中心位置。

先手天元。很無理的起手。

但是更無理的景象在於只見太安城高空落下一道絢爛光柱，轟然墜地。

一座雄城如同發生百年不遇的地震，天地為之搖晃！

包括太安城武英殿在內的所有殿閣屋簷之上，無數瓦片頓時掀動起來。

青衫儒士雙指拈起那枚晶瑩剔透的白色棋子，眼中滿是笑意，輕輕落在棋盤之上。

與此同時，第二道光柱如約而至，太安城又是一晃。

城前離陽鐵甲數萬，竟然還是那個臨城之人先行攻城。

城頭所有床子弩終於展開一輪齊射。

空中如有風雷聲大震，中年儒士全然視而不見。

第二枚黑子跳出棋盒，落在棋盤之上，落子生根後，安安靜靜，懸停不動。

城內，武英殿屋簷岔脊上的十全鎮瓦裝飾，仙人、龍鳳、狻猊、狎魚、獬豸、鬥牛等依次化為齏粉。

城外，威勢雄壯如劍仙飛劍的近百支巨大箭矢在空中砰然碎裂。

青衫儒士拈起第二枚白子，落子前柔聲道：「我恨躋身儒聖太晚。我恨轉入霸道太遲。」

他併攏雙指重重落下，落在棋盤，有鏗鏘聲。

太安城出現第四次震動。

這一次最是動靜劇烈，許多城外騎卒的胯下戰馬，竟是四腿折斷，當場跪在地上。

巍峨的城頭之上，終於有數人按捺不住，或御劍而下城頭，或躍身撲殺而來，或長掠而至。

又有一雙黑子白子先後落在棋盤上。

那襲青衫似乎不敢見對面「下棋人」，低頭望向棋盤：「我曹長卿之風流，為妳所見，方是風流。」

當第四顆白子靈動活潑地跳出棋盒，緩緩落下，那出城數人距離他曹長卿已經不足三十步。

曹長卿拈起棋子，這一次不是由高到低落子，而是輕描淡寫地橫抹過去，微微傾斜落在了棋盤上。

有浩然氣，一橫而去。

那數名護衛京城的武道宗師全部如遭撞擊，迅猛倒飛出去，直接砸入太安城城牆之中。

◆

祥符三年春的春風裡，西楚棋待詔，落子太安城。

太安城正南城頭上，一老一少在鐵甲錚錚中顯得鶴立雞群。老者麻衣布鞋，背負一柄長劍，還算正常的劍客模樣，那少女正值身條抽發如春芽，有了幾分窈窕味。她不但背劍，腰間還佩雙劍，手中更提劍，故而不像是個女俠劍客，倒像是個當街賣劍的小姑娘。兩人正是東越劍池的當代宗主柴青山，以及逃暑鎮上被年輕藩王贈送過一本《綠水亭甲子習劍錄》的單餌衣。

先前數人氣勢洶洶地出城而去，結果倒飛回城，屍體嵌入城牆，就像蒼蠅蚊蟲被拍爛在窗戶上，慘狀讓城頭不少離陽有實職將軍稱號的武人都感到心驚肉跳，下意識瞥了眼那對年齡懸殊的劍池師徒，這才好不容易恢復了幾分膽氣。

少女的臉色有些蒼白，這並非她的體魄還不如普通士卒，而是在武道真正登堂入室後，對於天地間的氣機感應就會異於常人。這就像凡夫俗子看江水滾滾，只覺壯闊，鍊氣士卻能夠憑此看出世間氣數流轉的跡象。

她師父柴青山作為當之無愧的劍道宗師，既然挑選她作為閉門弟子，自然是看中她出類拔萃的根骨天賦，甚至先前和吳家劍塚老家主聊天時，頗為自負地說他這名女弟子劍道天賦僅次於西楚女帝姜姒一人而已。

名字諧音「三二一」的少女只覺得自己站在了武帝城頭，下一刻就會被滔天巨浪拍死在城頭。

她咬緊牙關握緊長劍，嬌柔身軀搖搖欲墜，直到柴青山伸出手扶在她所背古劍「雛鳳」之上，少女才如釋重負，長呼一口氣，顫聲道：「師父，曹大官子這到底是要做什麼啊？難道真是欲以一己之力攻破京城，第五次殺入皇宮才肯甘休？」

近年來帶著少女走南闖北的柴青山搖頭道：「師父也不知道曹長卿由儒道轉入霸道，到底所求為何。」

少女眺望城外那襲孤孤單單的青衫，有些莫名其妙的哀愁。

坊間傳聞那位曾經擔任過西楚棋待詔的大官子，對西楚皇后懷有愛慕之心，但是一生都不曾表露，始終恪守君臣之禮，最終落得一個陰陽相隔也沒有道破心思。

少女不在意那位在西壘壁古戰場躋身儒聖的讀書人，是不是什麼曹家最得意的，甚至不在意曹青衣早年三過離陽皇宮如過廊的壯舉，已有些許情思悄然發心頭的懵懂少女，只是有些羨慕那個被罵了二十年禍國殃民的可憐女子，哪怕被各種野史落筆寫為不堪的狐狸精，被當成大楚覆滅的罪魁禍首，但少女只是想著如果自己有天也死了，死後依舊有這樣一個癡心人用心惦念著，真好。

少女想到這裡，輕輕嘆息，抬起手臂，用手中那把半成新劍「白蟒」的劍身悄悄拍了拍胸口。在那裡，隔著入春漸薄的衣衫，放有一本泛黃的祕笈《綠水亭》。那裡，大概就是她的吾心安處，也是她在離開北涼後真正第一次用心練劍的理由。

那個年輕人身材修長，所以在武當山腳的逃暑鎮與她說話的時候，他都要低頭，雖然笑容溫和，但只把她當作一個天真爛漫的江湖少女，一個擦肩而過就無所謂是否再有重逢的江湖晚輩而已。她不喜歡這樣。

隨著曹長卿又一次拈子落棋盤，粗如武英殿廊柱的虹光從天上急墜而下，太安城又是一陣轟然巨震。

柴青山不去看身後城中的那道壯麗光柱落地，感慨道：「我輩劍客，從古至今，孜孜不倦追求氣沖斗牛和氣貫長虹的大成境界，不承想曹長卿已是能夠將那充沛天地的浩然正氣，從青天引入人間。高樹露所謂玄之又玄的天人，不過如此。好一個曹長卿，無異於為百尺畫卷又添十尺啊。」

若是此時有北地扶龍鍊氣士大家站在城頭，就會發現一些太安城絲絲縷縷的青紫之氣，如潺潺流水緩緩淌入少女七竅，而少女自身渾然不知，甚至就連很早就達到通幽洞微指玄境的柴青山也沒有察覺。隔行如隔山，天象和陸地神仙兩個境界雖然僅是一層之隔，卻是截然不同的兩方天地。

少女突然好奇問道：「純粹武夫之外的三教中人，佛門高僧入一品即金剛，道教真人入一品即指玄，儒家更是一步直達天象，師父你以前總是語焉不詳，為何只說三者其實並無上下高低之分，又為何儒家成聖之人尤其艱難？」

老人猶豫片刻，好像不太願意道破天機，又好像是不願意這個得意弟子太早接觸那個層次，最終拗不過少女可憐兮兮的眼神，無奈道：「師父接下來這話妳聽過就算了，不要當真，更不可上心，以免劍心不定，貽誤妳原本該走的劍道。

師父早年經常前往徽山大雪坪，跟一個叫軒轅敬城的讀書人有過多次促膝長談。他對三教聖人一事極有獨到見地，語不驚人死不休。比如他談及世人老生常談的『放下屠刀、立地成佛』，這個說法妳肯定也聽過無數次，軒轅敬城對此的看法卻不太一樣。

他說此話很好，有勸誡世人棄惡從善的功德，但是同時也害人不淺。要知道成佛一事，唯有依靠漸進苦修，需要苦功夫下死力，就像『文章天成、妙手偶得』一語，說這個話的文豪自然是大有道理，可對很多『別人』來說，就很無理了。

軒轅敬城說過很多開先河之人，尤其是近千年以來由遊士變成豪閥後的那些讀書人，無一不追求張家聖人提倡的三不朽——立德、立功、立言。軒轅敬城對此別開生面，並不是他對聖人教誨有異議，而是感慨後世之人的誤入歧途。

他舉了個埋兒奉母的例子，此舉無疑契合百善孝為先，被無數人推崇，但是軒轅敬城斷言此人註定難得善果，若真有來生，若真是冥冥之中有天意，那麼此人所為，註定要遭受天譴不得超脫。

天生萬物以養人，按照常理，一報還一報，人當反哺天地才對。道教聖人很早就留下三千言告誡後世，『天地不仁，以萬物為芻狗』，說的正是天道大公無私情，並非某些人誤以為的所謂粗淺『不仁不義』。

軒轅敬城就很認可『天地不仁』四字，但是他同時又說他們讀書人，恰恰就是要明知天命不可違，偏偏要逆流而上，為天地人間訂立規矩，以求長治久安人人自得。故而以仁、義、禮、智、信五字搭起框架，最終延伸出無比蕩氣迴腸的那句話，『為天地立心，為生民立命，為往聖繼絕學，為萬世開太平』！

但是，徒兒，妳仔細想一想，天地若有神靈，需要我們人來指手畫腳嗎？退一步說，人間萬世太平，就真是符合天道循環的規矩？所以說啊，儒家真正有大智慧之人，尤其是那些躋身儒聖的大賢，不憂自身憂後世，無一不是懷著雖千萬人吾往矣的激昂胸懷，不惜與天道玉石俱焚，無一不是在慷慨赴死啊。」

少女「哦」了一聲。

老人說完這番話後頻頻長吁短嘆，百感交集。

柴青山笑問道：「聽明白了？」

少女咧嘴一笑，理直氣壯道：「完全沒懂。」

老人有些忍俊不禁，揉了揉她的腦袋：「也不需要妳明白。糊塗才好，人生百年，輕鬆自在。否則活得滿腔鬱氣，太累。我們練劍之人，能以三尺劍鳴不平，就夠了。」

柴青山輕聲道：「去過了北涼，親眼見識過了滿目荒涼的邊關風景，見過那一處處戰場關隘，才會知道我們江湖人的逍遙快活，太經不起推敲了。不過徒弟啊，妳也無須因為為北涼打抱不平而一味反感離陽，師父告訴妳，如果真有北莽大軍攻破兩遼邊境的那一天，今天這座城內無數痛罵北涼的人物，也會奮不顧身，一樣會說死就死。哪怕北莽蠻子一路打到廣陵江，也絕不至於走得如入無人之境，而只會是鐵騎馬蹄兩側，皆是我離陽戰死之人。」

離陽百姓尚武任俠，自古就有「中原士子向北遊學，離陽遊俠往南仗義」的說法，後者頗多恃武亂禁之舉，這才讓大楚領銜的中原幾國一貫視離陽人為不可教化的北蠻子。

但是近二十年來，尤其是顧劍棠辭任兵部尚書入主兩遼，與徐驍的北涼鐵騎一左一右鎮守邊關國門，北莽無法南下半步，整個中原歌舞昇平，南邊狼煙只報太平不報憂，加上無數士子入仕離陽，朝廷大興科舉，為天下庶族寒士大開龍門，京城只說國子監一處，就容納了將近三萬來自天南地北的求學士子，讀書人如同過江之鯽的大量擁入，以及天下各地豪紳巨賈的會聚，短短二十年，就造就了太安城不輸早年大楚京城的鼎盛氣象，先帝趙惇對文人在廟堂上的擢升更是不遺餘力。

當時除兩峰對峙的張廬、顧廬之外，在京城為官的青黨官員幾乎清一色都是文人，一大撥年輕讀書人得以躋身朝堂，文風綿延的江南道為朝廷輸送了大量棟梁之材，就連以西楚老太師孫希濟為首的大量西楚遺民，都拋開國仇選擇仕奉趙室，反觀當權武將幾乎沒有例外都是上了歲數的春秋老人。

離陽朝廷經過二十餘年休養生息和上行下效，已經展露出文高武低的格局，若非西楚復國禍亂廣陵道和北涼的「蠢蠢欲動」，恐怕就算是身為離陽頭等功勳門戶的馬忠賢，這輩子都無法外放成為靖安道節度使。

當下的離陽，表面上國勢鼎盛不假，連西楚叛亂都要被鎮壓下去，但是連柴青山都看得出來已是四面漏風的微妙局面。

少女從來對天下大勢不感興趣，噘起嘴巴：「可我還是覺得北涼更加可憐。」

老人笑道：「師父沒說北涼不值得妳為其鳴不平，只是希望妳今後不要有太多戾氣，不要隨意遷怒無辜，知道師父為何越發敬佩那位年輕藩王嗎？」

一聽到年輕藩王，原本心不在焉的少女立即眼睛一亮，立即就有用不完的精氣神了，滿臉神采：「師父你快說，我聽著呢。」

老人頗為無奈，氣笑道：「不說了！」

老人果真閉口不言，除了有幾分賭氣，更多還是城外曹長卿的落子越來越快，他不得不聚精會神蓄養氣勢。

今日他柴青山背負長劍站在這裡，可不是來看風景的。

少女撇了撇嘴，知道師父脾氣的她也沒有再追問。

柴青山瞇眼望向遠方，老人的視線跟隨城頭不知已經是第幾撥的箭雨，一起拋向那一襲青衫身上。

城頭一架架床弩，城下六千膂力超群的銳士弓手，上下兩撥箭矢鋪天蓋地。

老人沒來由有個古怪念頭：若是北涼徐家跟離陽趙室沒有任何恩怨，那個年輕藩王無怨無悔一心做那忠臣，而趙家天子也對他深信不疑，對北涼大力增援，以中原作為後盾，支持北涼鐵騎和兩遼邊軍共同抗擊北莽，那該多好？

如果城外那個曹長卿能夠像孫希濟和許多西楚遺民那樣，入朝為官，說不定如今就是離陽的首輔大人了，那就根本不用上陰學宮的齊陽龍出山力挽狂瀾。內有曹長卿率領那幫永徽舊春和祥符新春，一同運籌帷幄，外有三十萬北涼鐵騎和二十萬兩遼邊軍，何愁天下不太平？哪怕再給他們北莽多出數十萬兵甲又能如何？

◆

京畿北方地帶的一條小路上，一騎不急不緩地南下太安城。

路邊有個賣水餃、賣茶酒好似什麼都賣的攤子，坐著一對年輕男女，各自埋頭吃著那兩大碗水餃。

那一騎翻身下馬，牽馬走到桌子附近，問道：「能坐嗎？」

那個年輕男人瞥了他一眼：「既然沒帶刀，就能坐。」

於是顧劍棠坐在了徐鳳年和姜泥身邊的長凳上。

這位權傾天下的大柱國坐下後，笑問道：「徐鳳年，你請我吃碗餃子，我幫你當上皇帝，這筆買賣做不做？」

顧劍棠的這句話不亞於他使了一手方寸雷，只不過徐鳳年聞言後沒有一驚一乍，毫不猶豫就跟遠處店小二揮手多要了碗水餃，然後笑咪咪問道：「一大碗也就二十多只餃子，整個離陽版圖不過三十州，一只餃子價值一個州？顧大將軍就不覺得這筆買賣虧大了？」

顧劍棠一笑置之，沒有回答，好像只是個饑腸轆轆的旅客，耐心等著那碗皮薄肉多的水餃。

徐鳳年先前狼吞虎嚥吃得快，姜泥小口小口自然吃得慢，徐鳳年率先放下筷子，心滿意足地吐出一口氣，滿嘴的大白菜味道。

顧劍棠的神色古井無波，跟這位年輕藩王坦然對視。

兩人歲數上相差一個輩分，其實歸根結底，還是相差一個「春秋」。

老一輩的春秋四大名將，大楚葉白夔用兵最正，一生大小戰事七十餘場，無一敗績，可惜最後只輸了一場西壘壁戰役就全盤皆輸。東越駙馬爺王遂最具春秋風神，總能化腐朽為神奇，善用奇兵，每每總能出人意料，能贏不能贏的仗，但也能輸不能輸的仗，而且輸得讓對手都感到莫名其妙，所以才華最盛，反而成就最低。徐驍個人韜略最為遜色，但勝在堅忍不拔，韌性最強，屢敗屢戰，不論如何兵敗，總能死灰復燃，哪怕人死氣猶在，所以徐家軍心始終凝聚不散，這才笑到了最後。

顧劍棠奇正分別不如葉、王兩人，但勝在用兵從無短板缺陷，故而此生在沙場上獲得戰果輝煌的同時，敗仗只有小輸從無大敗，比之很早就八百老卒出遼東的徐驍，顧劍棠進入春秋稍晚，一步遲、步步遲，最終只有兩國之功，而徐驍則有六國之功在手。離陽朝廷大多數的兵家、史家、縱橫家，都不以為顧劍棠調兵遣將不如徐驍，而是輸在了「徐早顧晚，顧不逢時」。

顧劍棠的生平事蹟，令人耐人尋味。留在京城擔任兵部尚書後，一口氣打散舊部，分到離陽各地，如蔡楠、董工黃等人，都在地方上擔任封疆大吏。太安城的顧廬雖然跟張巨鹿的張廬有過雙峰對峙的格局，但是從來都只說碧眼兒權傾朝野，沒有顧劍棠隻手遮天的說法。而顧劍棠作為武評十人之一的武道宗師，從不在意名次高低，也從沒去過武帝城跟王仙芝一較高下，作為當之無愧的天下用刀第一人，更不會跟用劍的武道宗師橫眉豎眼。

十多年來，除了祥符元年曹長卿和姜姒聯手闖入太安城，顧劍棠以離陽武臣身分出手用方寸雷攔阻過，就再沒有傳出顧劍棠主動跟人交手的消息。

二十年來，顧劍棠在離陽朝堂屹立不倒，無一人質疑過這位大柱國的忠心，先帝趙惇沒有，新君趙篆沒有，滿朝文武更沒有。

在離陽眼中，這位老兵部尚書不但是對抗北涼鐵騎的不二人選，還是離陽最大的主心骨。沉默的顧劍棠，就像老百姓家中傳家寶的存在，不掏出來示人，就意味著家底還在，底氣還有，所以哪怕去年廣陵道戰事那般糜爛不堪，負責兩遼邊防的顧劍棠都不曾領兵南下，離陽百姓也因此始終不認為西楚叛軍能夠成事。

但是今天，在西楚已經註定大廈將傾的關鍵時刻，正是這位離陽王朝唯一的大柱國，說要讓一個不姓趙的年輕人當皇帝。

徐鳳年看著坐在對面拿起筷子輕輕戳了戳油汙桌面的顧劍棠，看著他夾起一只水餃開始細嚼慢嚥，臉色如常。那是無數次死戰廝殺磨礪出來的定力，但是不妨礙他內心的驚濤駭浪。

顧劍棠一口氣吃了七、八只餃子，略作停頓，抬頭看著這位只有一面之緣的年輕藩王，瞥了眼他身邊那個身分敏感的年輕女子，淡然道：「不信？今時今日的顧某，還需要用言語矇騙誰嗎？」

三次遊歷江湖加上一場涼莽大戰和兩次京城之行，徐鳳年早已不是意氣風發的愣頭青，笑道：「難道你這趟南下不是找曹長卿，而是算准了我會攔你？」

顧劍棠夾起一只水餃，輕輕抖了抖筷子，抖落些許蔥花，不急於放入嘴中，搖頭道：「你要是不來，我就直奔太安城去殺曹長卿。換成之前，面對儒聖曹長卿我最多有四分勝算，自然更加殺不掉轉入霸道的曹長卿，此時的曹長卿是誰都擋不住的，可他執意要以人力戰天時，消磨離陽趙室氣數，到時候我就有了可乘之機。

你既然來了，那更好，相信你已經知道我為何對曹長卿懷有殺心，原本他答應我一旦西楚事成，姜氏成為中原共主，之後北莽戰功全部歸我，這個邀請，我不拒絕。」

徐鳳年皺眉道：「西楚事敗，不是一樣嗎？你顧劍棠甚至不用背負一世罵名。」

顧劍棠冷笑道：「我這二十年，做了什麼？還不是不得已的養寇自重？西北有徐驍，朝中有張巨鹿，這才有我顧劍棠的安穩。藩鎮割據、藩鎮割據，除了你們這些尾大不掉的藩王，別忘了還有一個『鎮』字。

廣陵戰事，死了多少原本不會死的將領，削減了多少武將勢力？包括閻震春在內的所有騎軍盡沒，楊慎杏的薊州步卒所剩無幾，廣陵王趙毅的水師步軍全部打爛，淮南王趙英更是戰死。

文臣任你如何官高權大，皇帝找個罪名說殺也就殺了，可邊關武將的話，豈是說殺就殺的？說反就反了還差不多，既有起兵禍亂的本錢，也無文人忌憚青史罵名的顧慮。換成我顧劍棠當皇帝，為了長遠的家天下，一樣要重文抑武。」

顧劍棠吃著餃子，緩緩道：「你以為先帝趙惇死前就沒有對我下手？且不說我舊部唐鐵霜、田綜等人入京為官，就說盧升象、許拱這兩人，分明就是用來取代我的人選。許拱代替天子巡視邊關，盧升象用廣陵戰事積攢履歷，兩人用卻不重用，為何？無非是免得過早功無可封，真正用他們還是要用在以後的北莽戰事之中。

他們要羽翼漸豐，畢竟還有很長一段路要走。說句難聽的，給他們十幾、二十年戎馬生涯，撐死了也就是第二個顧劍棠，到時候離陽大局已固，要他們解甲歸田，總比要我顧劍棠捲舖蓋滾蛋簡單很多。撼大摧堅，徐徐圖之，張巨鹿、元本溪為先帝訂立的策略，不壞，可作為當事人，我顧劍棠豈會束手待斃？趙家人如何對待功臣，需要我多說嗎？」

顧劍棠又夾起一只水餃，忍不住瞥了眼背負劍匣的大楚女皇帝，笑意玩味：「徐鳳年，知道曹長卿和她當時找到我的時候，是用什麼理由說服我的嗎？」

徐鳳年突然滿臉怒氣，咬牙切齒道：「他娘的！曹長卿是不是答應你某個兒子當……『皇后』？如果真是這樣，我不攔你，我給你顧劍棠當幫手！看老子不把曹長卿打得一點都『霸道』不起來！」

桌底下徐鳳年的一隻腳背被狠狠踩中，反復碾壓，也許是覺得一隻腳力道不夠，某人身子矮了幾分，兩隻腳都踩在徐鳳年的腳背上。

顧劍棠啞然失笑：「曹長卿還不至於如此……無聊。曹長卿只說他能夠任由我踏平北莽，也敢讓我顧劍棠率軍獨力完成徐驍也沒能做成的壯舉。理由嘛，很簡單，他曹長卿生前，我顧劍棠軍功再大，也造反不得，因為他曹長卿能夠跟我同歸於盡。就算他曹長卿死在我前頭，到時候一統中原而且吞併了北莽的大楚，也還有個人，只要我敢圖謀不軌，一樣有人能夠單槍匹馬殺我顧劍棠，而且那個人肯定會比我活得長久。

所以顧家不管如何勢大，五十年內註定安生，至於五十年後具體形勢如何，姜顧兩家無非是順應天命而已。既然如此，我就沒有了後顧之憂，全然不怕功高震主，大楚姜氏對待葉白夔如何，離陽趙室對待徐驍如何，我心知肚明。」

徐鳳年揉了揉下巴，瞇眼笑道：「這話才像話嘛。」

看著那個揚揚得意的傢伙，還沒有吃完水餃的姜泥「啪嗒」一下把筷子摔在大白碗上。

徐鳳年非但沒有心虛，反而瞪眼道：「一碗水餃足足五文錢！碗裡還有六只餃子，浪費了一文錢妳不心疼？反正我沒帶銀子，等下妳結帳！」

姜泥先是愕然，然後冷哼一聲，但到底還是默默拿起了筷子。

饒是心志堅韌如鐵石的顧劍棠也有些哭笑不得。

顧劍棠微微搖頭，笑道：「同理，你徐鳳年當皇帝，有徐驍善待舊部在前，又有你親自征戰在後，我顧劍棠不害怕生前身後兩事。」

徐鳳年嘆息一聲，喃喃道：「當皇帝啊。」

顧劍棠夾起碗中最後一只餃子，笑道：「徐鳳年，我很好奇徐驍這輩子到底有沒有想過造反，或者說有沒有想過要你坐龍椅？」

徐鳳年沒有回答這個問題，反問道：「可知曹長卿是如何說服王遂的？可知如今王遂又是做何感想？」

顧劍棠猶豫了一下：「前者簡單，王遂一直放不下淪為離陽走狗的東越皇室，曹長卿應該許諾過他將來東越皇族子弟，得以出仕甚至封侯拜相。至於後者，就不好說了，也許王遂一怒之下，就真的幫助北莽南侵中原，也許從此心如死灰，固守一地，純粹以統兵大將的身分跟你我二人在沙場上過招分生死，畢竟我跟他是死敵，他對於當年徐家滅春秋也有不小怨念。」

徐鳳年感慨道：「春秋人人放不下春秋。」

吃完餃子的顧劍棠放下筷子，看著徐鳳年。

徐鳳年回過神：「如果不出意外，今年入秋北莽就要大舉南下，我盡量說服王遂哪怕不與你我合作，也別做那攪屎棍。」

顧劍棠點頭沉聲道：「如此最好，膠東王趙睢已經答應我，不管事態如何變化，他都會保持中立。只要你能說服王遂按兵不動，在涼莽大戰陷入僵局後，我顧劍棠會親自率領兩遼精銳北入大漠腹地，一鼓作氣截斷北莽南朝和北庭的聯繫！到時候你我二人以北涼和南朝兩地作為縱深，兵力總計五十萬，更坐擁鐵騎二十萬，且不愁兵源，進退自如，哪怕夾在北莽離陽兩國之間，又有何懼？」

徐鳳年沉默片刻，猛然一拍桌子。

姜泥嚇了一跳，顧劍棠眼皮子一顫。

只聽徐鳳年高聲喊道：「夥計，再來三碗餃子！」

姜泥深呼吸一口氣，黑著臉，不情不願嘀咕道：「兩碗就夠了。」

但是那個不花自己錢不心疼的敗家子下一句話，很快讓她如釋重負，徐鳳年對顧劍棠說道：「賒帳妳賒帳，今兒勞煩顧大人幫忙墊錢，我和媳婦都囊中羞澀啊，恨不得一枚銅板掰成兩半用啊……」

顧劍棠皮笑肉不笑道：「哦？那一碗就夠了。我跟姜姑娘一樣，不餓。」

姜泥紅著臉輕聲道：「不然還是兩碗吧？我也再要一碗好了。」

那個店夥計站在一旁不耐煩道：「客官，到底幾碗？三大碗也就十五文的事，至於嗎！」

離陽大柱國顧劍棠說一碗，大楚皇帝姜姒說兩碗，北涼王徐鳳年說三碗。

店夥計怔怔看著三人，惱火道：「得嘞，你們仨也甭摳摳搜搜的了，今兒我掏錢請你們白吃三碗餃子！」

三碗熱騰騰香噴噴的水餃端上桌子，顧劍棠率先吃完，跟徐鳳年起身告辭後，牽馬走向攤子老闆，留下那匹價值數百兩銀子的遼東大馬，孤身北返。

小攤老闆和夥計面面相覷，最後兩人笑得合不攏嘴。

徐鳳年吃完餃子後，安靜等著姜泥吃完。

等他看到姜泥把筷子擱在碗沿上，便笑著幫她把筷子從碗上拿下，整齊放在白碗旁的桌面上：「老徐家為數不多的規矩，吃完飯筷子不能放在碗上。」

她紅了臉，眨了眨眼睛，小聲問道：「你真要當那啥？」

徐鳳年輕聲道：「顧劍棠說的話，可信但不可盡信。一個人能夠從洪嘉隱忍到永徽再到祥符，太可怕了。」

姜泥點頭道：「我不喜歡這個人。棋待詔叔叔說過你爹是出林虎，葉白夔是江畔蛟，王遂是澗頭蟒，顧劍棠是洞口蛇。前三人都是可以不計個人生死榮辱的雄傑，唯獨顧劍棠心思最為陰沉難測。」

徐鳳年「嗯」了一聲：「我會小心的。」

姜泥心大，什麼顧劍棠、什麼當皇帝都是聽過就算了，突然哀傷起來，可憐兮兮道：「你就不能救一救棋待詔叔叔嗎？如果北涼有棋待詔叔叔出謀劃策，你也就不用那麼累了。」

徐鳳年無奈道：「不是不想救，而是救不了也救不得啊。」

沉默許久，姜泥突然小心翼翼說道：「棋待詔叔叔算計過你，你不要生氣。」

徐鳳年搖頭笑道：「我生不生氣不重要，我只知道那位西楚霸王對這個天下很生氣，所以要拿太安城撒氣。」

小泥人低下頭，開始擦拭眼淚，抽泣道：「我不想棋待詔叔叔死。」

徐鳳年不知如何安慰她，只是輕輕說道：「春秋，真的結束了。」

◆

太安城，一撥撥箭雨就沒有停歇過，朝那一襲青衫瘋狂傾瀉而去。

但是城外落子越來越快，幾乎是一條光柱剛剛砸在太安城頭頂，第二條從九天青冥中墜落的璀璨光柱就緊隨其後。

每一次落子，每一條光柱現世，所有箭矢就在半空中粉碎，根本無法近身。

太安城內的殿閣屋簷碎了，寺廟道觀的鐘鼓高樓也低矮了幾分，滿城雀鶯飛鴿也像是感受到了天空下沉的威壓，高度越來越低，已經低於高臺樓閣，不得不在屋簷下焦躁盤旋。

春水解凍漸漸暖，河水、湖水、池水裡原本優哉游哉的游魚，開始跳出水面，與天空中的飛鳥遙相呼應。

城頭上的柴青山已經出過一劍，所背長劍「野狐」真正展現出地仙一劍的氣勢，破空而去，光芒絢爛，劍氣之雄壯，劍意之磅礡，以至在城頭和青衫下棋人之間，掛出一道圓弧形的巨大白虹。

白虹起於城頭，落在青衫曹長卿的頭頂，結果白虹如撞一座不可逾越的無形雷池，濺起一大團火花電光，聲響刺破耳膜。

鬚髮皆張的東越劍池宗主高高舉起手臂，牽引氣機，那柄野狐在盤膝而坐的曹長卿四周急速飛旋，可惜不論如何聲勢浩大，飛劍只如無頭蒼蠅亂撞，始終不得近身三丈內。

當那柄飛劍不堪重負折斷後，柴青山咽下湧到喉嚨口的鮮血，向前踏出一步，雙指併攏向前一指，輕喝一聲「借劍」，少女單餌衣所背長劍頓時出鞘遠遊，如一條年幼蛟龍出水，一道粗如水井口子的青色罡氣筆直撞去。

如今的離陽江湖，雖未至香火凋零的地步，但明眼人都看出一股由盛轉衰的光景。傳言黃三甲倒行逆施，把春秋八國殘餘氣運倒入江湖這方池子，因此二十來年，水滿則盈，離陽的武林看似草木叢生，生機勃勃，但其實一枝獨秀的大木紛紛折斷，已是所剩不多了。烈火烹油，熱鬧不長久的。

這座天下首善之城，顧劍棠、謝觀應皆已不在城中，而楊太歲、韓生宣、柳蒿師和祁嘉節又相繼死去，欽天監鍊氣士死傷殆盡，作為陣眼的兩座大陣又毀在徐鳳年手上，所以柴青山不得不站出來。

老人為宗門、為徒弟，也為自己的劍道。

當少女那柄鞘中長劍如游龍撲面而來，曹長卿依然無動於衷，笑容恬淡，右手拈子，左手撫過右手袖口，如同與人低語：「我大楚曾有人用兵多多益善，勢如破竹，七十二次大小戰役，無一敗績，心神往之。」

輕輕落子。

氣勢如虹的飛劍在三丈外傾斜墜入地面，如萬鈞大石砸在地上，塵土飛揚。

曹長卿不看長劍，只看著一枚黑子跳出棋盒，順著棋子視線落在棋盤上，同時伸手去拈起一枚圓潤微涼的白子，微笑道：「我大楚有人詩文如百石之弓，千斤之弩，如蒼生頭頂懸掛滿月，讓後輩生出只許磕頭、不許說話的念頭，真是壯麗。」

一子落下，太安城中國子監門口的那些碑文，寸寸崩裂。

「我大楚有人手談若有神明附體，腕下棋子輕敲卻如麾下猛將厮殺，氣魄奇絕。」

一子落下，曹長卿微微將那枚稍稍偏移的生根白棋擺正，與此同時，所有激射向他「對面之人」的床弩箭矢都被一股罡風吹散，迅猛滑出原先軌跡。

「我大楚百姓，星河燦爛，曾有諸子寓言、高僧說法、真人講道，地上人間何須羨慕天上。」

棋盤上，黑白棋子，落子如飛。

吳家劍塚的老祖宗吳見終於出手，這位家學即天下劍學的劍道魁首，不是從城頭上掠下的。

從外城到皇城，一道道城門同時打開，隨後有一道細微卻極長的劍氣，從北到南，一路南下。

這一縷劍氣，有千騎撞出的壯烈聲勢。

柴青山出劍後不轉頭，吳見出劍後仍是不轉頭。

曹長卿輕聲道：「春秋之中，風雨飄搖，有人抱頭痛哭，有人簷下躲雨，有人借傘披蓑，唯我大楚絕不避雨，寧在雨中高歌死，不去寄人籬下活。」

劍氣在曹長卿三丈外略微凝滯些許，然後驟然發力，蠻橫撞入兩丈半外。

綿延意氣層層疊疊，劍氣直到兩丈外才緩緩消散。

第二道劍氣出城之時，恰好有一道光柱砸在皇城門口的老人頭頂。

吳家劍塚的老家主抬手揮袖將其拍碎，臉色蒼白幾分，所站地面更是凹陷下去，背對皇城大門的老人緩緩走出大坑，一腳重重踏出。

從身前到太安城正南城外的御道一條直線上，地上出現的裂縫恰似一線長劍。

這一劍寬不過寸餘，長卻達數里。

剎那間，劍氣即將出城。

曹長卿剛好落子在身前棋盤最近處。

城門內的御道起始處，一道光柱落下，如長劍斬長蛇。

原本跟隨劍氣一起出城的吳見站在城門口，手中無劍，卻做了個拔劍勢，大喝道：「曹長卿！來之不易，回頭是岸！」

曹長卿拈起一子，這一次不等他落子，指尖那枚棋子砰然粉碎。

他側面的高空，憑空出現一道雪白劍光。

隨後就是巨大的碰撞聲響，如同洪亮發聲在耳畔的晨鐘暮鼓。

城頭城下眾人不約而同地瞪大眼睛，只看到那襲青衫所坐之處，塵土漫天，已經完全看不清楚那一人的身影。

等到塵埃落定，所有人又同時提心吊膽。

曹長卿不但沒有死在那一劍下，而且繼續紋絲不動。

他所在的位置，地面泥土已經被削去幾尺，所以曹長卿就那麼坐在空中。

棋盤上星羅棋佈的黑白棋子，更是紋絲不動。

那個雙鬢霜白的中年儒士終於抬起頭，不是看向北面城門內的劍塚家主，而是轉頭望向南方，柔聲道：「妳生死都在這樣的大楚，我也在，一直都在。」

就在此時，幾乎所有人都心口一顫。

太安城內某棟高樓處站起身一名紫衣女子，她輕輕落在御道上。

她身體微微前傾，開始向城外奔跑。

形意氣神，無一不是當世巔峰，以至站在御道盡頭的吳家劍塚老祖宗都不得不避其鋒芒，就讓她那麼撞出城外。

曹長卿這一次落子，極其緩慢。

紫衣紫氣紫虹，一鼓作氣衝到了曹長卿身側一丈外。

徽山大雪坪，軒轅青鋒。

紫衣轟然撞入一丈內，然後瞬間停滯不前，只見這名女子五指如鉤，距離曹長卿頭頂不過兩、三尺。

對此無動於衷的曹長卿身體前傾，一手扶住袖口以免拂亂棋局，當這枚棋子落下，聲音格外清脆。

隨著落子聲在棋盤上輕輕響起，她整個人被倒撞出去，身軀在空中翻滾不停。

軒轅青鋒後背貼在城頭之上，眼神冰冷，雙肘彎曲死死抵住城牆，膝蓋上血肉模糊，嘴角滲出猩紅血跡。

不知何時已有白髮生的青衫儒士安安靜靜坐在原地，咬緊嘴唇，搖搖頭。

大楚儒聖曹長卿，終於說出一句話，一句他整整二十年不曾說出口的話。

「這個天下說是妳害大楚亡國，我曹長卿！不答應！」

在他這次一人臨城之後，第一次拈子高高舉起手臂，然後重重在棋盤上落下一子！

雲霄翻滾，齊齊下落。

中原天空，低垂百丈。

◆

南疆有無數崇山峻嶺綿延開去，有人在一座座山嶺的巔峰蜻蜓點水，一閃而過。

那人身後始終有一柄凌厲飛劍如影隨形。

他突然在山頂一棵參天大樹的枝頭停下身形，舉頭望去。

而那柄飛劍也在他之前的那座山頭停下追殺，懸停在半空，微微顫鳴。一個相貌平平的中年男人站在飛劍附近，同樣望向天空，嘆息一聲，然後做出一個金雞獨立的姿勢，抬起一隻腳，彎腰脫下那只麻鞋抖了抖。

那個被從太安城一路攆到南疆深山老林的襦衫男人，哈哈大笑道：「鄧太阿啊鄧太阿，曹長卿自尋死路，那西楚女帝姜姒也離開了西楚京城，過不了多久，連你都可以感受到那根西楚氣運大柱的轟然倒塌！

到時候大獲裨益之人，除了澹臺平靜那個老娘兒們取代我謝觀應竊取一部分之外，無非就是陳芝豹和趙鑄兩人而已！只要陳芝豹吸納了西楚半壁江山的氣運，我作為最重要的扶龍之人，看你鄧太阿如何殺我！」

不說武評四大宗師，恐怕在整個武評十四人之中，桃花劍神鄧太阿都屬於乍一看肯定是最沒有高手風範的那個，但正是這麼一個貌不驚人的中年大叔，硬是把謝觀應這位陸地朝仙圖上的榜首追殺得如此狼狽。

鄧太阿穿回鞋子，撇了撇嘴，沒好氣道：「你是說，我這種純粹武夫在躋身陸地神仙之後，親手殺掉身負氣數之人就會被氣數反傷？不好意思，當年龍虎山有個返璞歸真的老道士，飛升之際就被我宰了，也沒鳥事。」

謝觀應冷笑道：「我與那天師府的吳靈素豈能一樣？」

鄧太阿翻白眼道：「在我看來，當真沒啥兩樣。」

謝觀應哈哈笑道：「那我就拭目以待，看你如何掉落境界！」

鄧太阿收斂原本略顯隨意的神情，正色道：「我不管這輩子誰應當順應天命去鎮壓誰，又或者是誰該遵循天道去厭勝誰，也懶得管天下氣運流轉到了哪家哪戶，這些事，我都不管。別說證道飛升，就是做不做得成人間地仙，我也不感興趣。」

謝觀應怒道：「你這個瘋子！你比那呂洞玄和李淳罡兩人還要不可理喻！」

鄧太阿轉頭看向那柄材質再普通不過的飛劍，開懷笑道：「我鄧太阿，此生有三尺劍相伴，足矣。」

謝觀應明顯感受到滔天殺氣，一閃而逝，比起先前逃竄更加快若奔雷。

原先謝觀應腳下那座山頭已是被一劍削平！

鄧太阿沒有立即展開追殺，再度抬起頭，看著那異常低垂的雲海。

曹長卿啊曹長卿，李淳罡走了，王仙芝走了，如今連你也走了啊。

鄧太阿突然笑了起來，一人一劍掠向高空，穿過雲霄，來到陽光普照的雲海之上，鄧太阿則站在飛劍之上。

他抬頭面對那輪金光四射的當空大日，整個人沐浴在金色光輝之中，踩在劍上，怔怔出神。

最後鄧太阿對天空豎起一根大拇指，緩緩轉向地面。

鄧太阿朗聲道：「我鄧太阿已經在此生，此生已經到此處，你們能奈我何，有誰敢來受我鄧太阿一劍否？」

天上無仙人回答此問。

地面上的謝觀應喃喃重複道：「瘋子，鄧瘋子……曹長卿是瘋子，你鄧太阿也是！」

◆

一位身穿織金繡錦雞官補子朝服的官員，板著臉走上城頭，正值壯年，堪堪四十出頭，若是在離陽朝政四平八穩的永徽年間，他必然會是引人注目的存在。

不惑之年，便成為正二品顯赫官身的刑部一把手，如何算不得揚眉吐氣？他姓柳名夷猶，永徽八年的同進士出身，比起殷茂春那撥大名鼎鼎的永徽之春要晚上幾年。

柳夷猶才學不顯，家族無名，只有個很詩意的名字而已，但是柳夷猶的性格卻被太安城調侃為茅坑裡的頑石，當了將近十年的刑部員外郎，坐了將近十年的冷板凳，結果在祥符元年升的郎中，去年升的侍郎，然後在今年春，其實就是在三天前，剛剛升為離陽刑部尚書，一躍成為一國秋官。除了執掌刑部四司，名義上還握有所有離陽江湖草莽的生殺大權，暗中負責一只只銅魚繡袋的頒發。

跟在柳夷猶身後一起登上城頭的人物，人人腰間懸掛銅魚繡袋，其中成名劍客三十六人，用刀高手十八人，拳法宗師十四人。柳夷猶和這撥江湖高手的出現，接近七十人，頓時讓本就沒有春日氣息的城頭走馬道，又增添了幾分秋日肅殺氣。

柳夷猶一介文弱書生，但是他哪怕跟吳家劍塚老祖宗、東越劍池柴青山和大雪坪軒轅青鋒站在一起，氣勢竟也毫不遜色。

吳見負手站在箭垛後，神情凝重。

柴青山跟少女單餌衣借了第二把劍「青狸」，提劍而立，正在閉目養氣。

那襲紫衣放蕩不羈地直接坐在垛口上，雙臂環胸，瞇眼遠望。

柳夷猶面對三位足以輕視王侯的武道大宗師，心平氣和道：「刑部六十八人，願意為你們三人爭取一線機會，本官希望你們三人能夠精誠合作，絕不可讓那西楚曹長卿繼續在我京城橫行無忌。」

吳見沉默不語，柴青山輕輕點頭，唯有軒轅青鋒冷笑出聲道：「我之所以出手，只是曹長卿值得我出手，你也配使喚我？」

相比尚書省其他一把手實在算是年輕晚輩的柳夷猶面無表情道：「只要徽山大雪坪還在

我離陽江湖，只要劍州還在我離陽版圖，我柳夷猶……」

不等這位本朝秋官把話說完，軒轅青鋒雙手撐在膝蓋上，柴青山不知何時站在了柳夷猶身前，但是後者臉頰依舊出現一條血跡，鬢角有髮絲飄落在地。

柳夷猶根本沒有去擦拭傷痕，伸手輕輕推開柴青山，盯著那位以桀驁自負著稱朝野的絕美女子道：「妳可殺我，我亦可死，但是只要妳軒轅青鋒出現在太安城的城頭，只要站在本官視野之中，就要出城一戰。並不是我柳夷猶扯起刑部的虎皮大旗來脅迫妳，也不是我柳夷猶求妳出手幫忙。本官所處的這座城池，除了皇帝陛下，就沒有誰是不可或缺！」

軒轅青鋒身體後仰，歪著頭，第一次正眼看待這名年紀輕輕的尚書大人，譏諷道：「你就是那個廣陵道的寒士柳夷猶吧？難道是我記錯你的家鄉了？」

柳夷猶眼神晦暗，不知是高官該有的城府深沉，還是讀書人的養氣功夫，他沒有惱羞成怒，平靜道：「道不同，不相為謀。」

軒轅青鋒笑了笑：「哦？」

站在軒轅青鋒和柴青山之間的吳家劍塚老祖宗皺了皺眉頭，伸出一隻手，輕描淡寫抓去，空中砰然作響，然後他轉頭對動輒殺人的那襲紫衣語重心長道：「小妮子，妳這性子若是不改，是做不得天下第一的。」

軒轅青鋒不知為何對這位老人多出些敬意，對於東越劍池柴青山反而十分橫眉冷對。

聽到吳見的善意提醒後，她不置可否，轉過頭繼續望向城外的同時，體內氣機開始急劇流轉，氣勢暴漲，紫衣飄蕩，獵獵作響。

她坐在城頭，就像一處獨到的江湖風景。似乎這個江湖，從來沒有人明白這個女子到底在想什麼，為何突然就成了大雪坪軒轅家主，為何要去廣陵江攔截王仙芝，為何要在太安城內挑戰新涼王，又為何今天要出城迎戰曹長卿。

也許她就像是一個沒有爹娘沒有家教沒有長大的瘋孩子，做什麼事情都不願意講理。可她的修為又實在太高，攀升又實在太快，機遇又實在太好，所以沒有誰有資格能夠讓她做個紅袖添香的婉約女子，做個性情婉約的大家閨秀。

軒轅青鋒抬頭看著天空，她的頭頂是雲海滔滔，當下整個中原都是如此。她瞇著眼，有些哀傷。她也會喜歡一個人，但是她不知道如何讓他知道，又好像她不敢也不願讓他知道。

那就讓他記住自己的名字，江湖、沙場、廟堂，將來不管他走到哪裡，這個天下都會有她的事蹟傳到那裡！

他既然做不到像她爹那樣一輩子只喜歡她娘一個人，那麼她寧願什麼都不要。

軒轅青鋒驟然率先掠出城頭，根本沒有理會什麼刑部銅魚繡袋高手的配合，更不願跟吳見和柴青山兩位當世劍道宗師聯手。

她獨來太安城，她獨出太安城。

那襲紫衣再度撞向曹長卿，慷慨激昂，視死如歸一般。

哪怕是柳夷猶看到這一幕風采，都不得不為之折服。

世間有這樣的女子，便能不讓世間一味寂寞。

曹長卿嘴角翹起，不理會軒轅青鋒的撲殺而至，微微一笑，凝視著棋局：「大夢不覺，平生如何知。」

很久以後的江湖，在江湖幾乎只有余地龍和苟有方兩人而已的江湖，其實也有一場不為人知的十年之約。

每隔十年，她都會準時破關而出，獨自坐在大雪坪缺月樓的樓頂，穿著紫衣，從桂花樹下拎出一罈十年齡的桂花釀，等一個人赴十年之約。

三次之後，第四次，那一天大雨滂沱，他沒有找到她，她失約了，只有一罈擱在屋頂的桂花釀，任由雨水拍打。

窗外雨密風驟，紫衣女子坐在梳妝臺前，銅鏡中的女子已隱約有白髮，見不如不見。她的裙擺打著一個小結，她腳邊放著一把珍藏了四十多年的雨傘，她趴在梳妝臺上昏昏睡去，似乎做了個美夢，她在笑。

有個上了年紀卻不顯老的老傢伙，沒有敲門就進了屋子，收起那把濕淋淋的油紙傘，站在門口笑問道：「外頭下著好大的雨，都要淹死好多魚了，要不一起看看去？」

她睡了，沒有醒。

◆

太安城那邊所有人都看到可謂荒誕的場景，那襲紫衣分明撞向了西楚曹長卿，而且分明已經一撞而過了，但是曹長卿依舊坐在原地，而軒轅青鋒卻站在距離曹長卿南邊十幾丈外的原地，好似老僧入定。

曹長卿目不斜視，從棋盒中拈起一枚棋子，落子輕柔，轉頭笑道：「該醒了。」好似一夢四十年的軒轅青鋒猛然間驚醒過來，背對著那位青衣大官子，不知何時淚流滿面。

她沒有轉身，伸了個懶腰，雙手抹過臉頰，笑道：「真是個好夢。」

曹長卿聞言微笑道：「那就好。」

就在軒轅青鋒欲言又止猶豫要不要轉身致謝的時候，曹長卿緩緩收回視線，重新看向已經有九十多枚棋子的棋盤，微笑道：「我無妨，你們莫要學我就好。天大地大，那江南廣陵有清風明月大江，那西北薊涼有黃沙蒼茫勁氣，先看遍了再說生死。生死是人生頭等大事，尤其是年輕的時候，不要隨意決斷。生不易死簡單，而生死之間，又有緣來緣去，人活一世，總要活得比草木一秋更精彩一些。」

軒轅青鋒點了點頭：「我軒轅青鋒在世一天，就會盡量讓西楚遺民少死一人。」

曹長卿一笑置之。軒轅青鋒一掠而逝。

那場大夢的末尾，她明明知道自己沒有醒來，或者說已經死去，卻能看到那個拿著傘的渾蛋傢伙，孤零零站在門口，嘴唇微動說不出話來，很悲傷。

軒轅青鋒突然仰天大笑道：「老王八蛋！」

這襲紫衣莫名其妙突兀地離去，沒有耽誤柳夷猶下令刑部供奉的出城殺敵。

六十八名刑部和趙勾從各地緊急召集到太安城的江湖高手連袂出城，如一群飛鳥掠出高枝。

曹長卿這一次落子在棋盤角落，然後雙指輕輕按在棋子上，向前推出。

於是在曹長卿和太安城之間，在那南北之間，橫起一條廣陵江般的洶湧氣機。

六十八名高手就像在橫渡汛期的廣陵江，艱辛而緩慢，不斷有人氣機消耗殆盡，摔落在地上。

柴青山提劍掠出，一劍斬斷那條氣機大江。

曹長卿右手拈起棋子放在左手邊，輕輕橫抹向右。

頓時有一股劍氣激盪而出，從左到右。

曹長卿又拈子由上往下放在棋盤上。

空中一道尤為雄偉壯觀的璀璨光柱筆直墜落，從上到下。

天地間，一橫一豎，兩道劍氣，分別擊中東越劍池柴青山和吳家劍塚吳見。

曹長卿沒有急著拈子，凝視棋局自言自語道：「我曹長卿亦有浩然劍。」

柴青山手持半截斷劍落在曹長卿北面二十丈外，胸口有大攤血跡。

吳見站在柴青山身前十餘丈外，肩頭處的衣衫粉碎。

老人伸出右手五指虛握，手中有猶如實質的三尺雪白劍氣，沉聲道：「曹長卿，你當真不惜形神俱滅，也要下完這局棋？」

曹長卿沒有回答。

城頭上的兵部尚書柳夷猶雙手按在城頭，雙手顫抖。作為廣陵道出身的寒士，他認得曹長卿，不在西楚，而是在西楚敵國的離陽，就在這座太安城。

但是在曹長卿與西楚女帝姜姒於祥符元年來到京城之前，在刑部衙門無人問津的柳夷猶只認識一個偶然相逢的遠遊儒士，認識那個每次偶爾入京都會請他喝一頓酒的外鄉讀書人。

柳夷猶買不起宅子，只得在京城東南租賃一棟僻遠的小院子。那些年，每次在門庭冷落的家門口，見到那個含笑而立的中年人，柳夷猶都尤為驚喜和開心。

在官場沉默寡言的柳夷猶喜歡跟這位言談風雅的前輩書生髮牢騷，跟這位自己只知道姓氏的曹先生吐苦水。他醉後說過自己的座師是那位門生滿天下的首輔大人，明明自己是那一屆的會試頭名，殿試文章更是不輸那次的一甲三名，最終卻只有同進士，他覺得是首輔張巨鹿故意輕視廣陵士子，所以世人只知碧眼兒有學生殷茂春、趙右齡、元虢等人，從不知他柳夷猶，而張首輔也從不認為自己是他的門生，更別提視為得意弟子。

那位曹先生一字不差聽完他的應試文章後，笑言這般文章，與年輕時代的碧眼兒如出一轍，深諳議論忌高而散、宗旨忌空而遠的精髓，是好文章，但正是如此，張首輔才會讓你跟他一般坐上多年的冷板凳，故而你柳夷猶切不可急躁。

在那之後，柳夷猶既有一半是釋懷，也有一半是死心，安分守己，腳踏實地，埋頭做他的刑部小官員。

但他澈底心灰意懶的是，哪怕首輔大人身敗名裂之際，他冒天下之大不韙去登門拜訪，只為師生之義而已，可那個首輔大人不但閉門不見，還讓門房遞話給他：「柳夷猶是誰，我張巨鹿有這樣的弟子？記不得了。」

那個黃昏中，柳夷猶回到簡陋的小院中，酩酊大醉。

但是等到那位首輔死後，齊陽龍在他升為刑部侍郎後，找人給他送了一本尋常至極的經籍，只說是從某人家中無意間翻到的東西。

柳夷猶發現書中夾有兩份已經泛黃的老舊考卷。

不過千字文章，竟有十六處總計五百餘字的評語。末尾是那句：「良材出廣陵，亦可做棟梁，我當為國用心栽培，何時我死，何時大用。」

柳夷猶眼眶濕潤，竭力睜大眼睛，站在城頭，死死盯住那一襲青衫。

曹先生，我生於大楚，不敢忘本，所以我會在將來為所有西楚遺民在廟堂謀平安。

曹先生，我為張巨鹿學生，不敢忘恩，所以我今日不得不站在此處，與你為敵。

曹長卿突然轉頭望向這位在離陽官場平步青雲的刑部尚書，微微一笑，眼神中只有欣慰。

一切盡在不言中。

為一國一姓壯烈死，不如為天下百姓苟且活。柳夷猶，你這個讀書人，別學我曹長卿。

曹長卿重新正襟危坐，面對棋局，目不轉睛。

寂然不動。

天地共鳴。

天人兩忘。

◆

太安城內，那個今天又找藉口告假不去衙門點卯的狂士孫寅，出門後一路策馬狂奔，先找到欽天監的監正小書櫃，然後拉著少年一起直衝翰林院，找到離陽王朝唯一的「十段國手」范長後，要了兩盒棋子，挑了個儲放雜物的臨窗屋子，拉著範長後和少年監正蹲在地上，開始對曹長卿的那局棋進行復盤。

監正負責解說那曹長卿「落子」在了何處，範長後按部就班依次擺放，同時闡述其中玄機。可是越到後面，尤其是二十手後，範長後也好，少年監正也罷，都說執黑先行的「那個人」棋力平平，先前十幾手還算尚可，但也是熟悉老一輩西楚國手精妙定式的關係，按照此人的水準，別說進入離陽棋待詔，就是他孫寅也能穩操勝券。

顧不得自己被冷嘲熱諷的孫寅陷入沉思，範長後一手抓了把黑白皆有的棋子，隨時準備落子，一手捏住下巴，也是眉頭緊皺。

孫寅自言自語道：「曹長卿作為名副其實的當世官子第一，此生最後一局棋，就這麼『僅此而已』？面對那樣的庸手，也能糾纏不休到一百手？」

範長後沒有言語。

少年監正冷笑道：「你懂個屁！你看得出來黑子下出多少手定式了嗎？曹長卿的對手分明就是個只知道死記硬背的臭棋簍子，大概是個能夠經常接觸西楚棋待詔國手的人物。從那個早年號稱讓西楚棋手直呼『蒼天在上』的李密，到公認只需要李密讓先的御用國手王清心，再到被王清心差不多讓一子的顧失言，一路下去，可以說西楚棋待詔眾多國手的所有得意手，都被那個執黑之人生搬硬套到了這局棋裡。

巧的是這般大雜燴的無理下法，黑白竟是剛剛勝負持平的局面，所以說根本就是執白的曹長卿有意為之。否則天底下誰敢對曹長卿第一手落子天元？我監正爺爺不行，黃龍士不行，誰都不行！再往後推一千年，也沒有誰能行！」

孫寅望向範長後，後者輕輕點頭。

孫寅猛拍額頭，無言以對。

太安城依舊在震動不止。

每一次地震之後，範長後就會在欽天監少年的指揮下精準落子。

範長後突然抬頭問道：「差不多快要收官了，你不去打聲招呼？」

少年置若罔聞，嘀咕道：「天機不可洩露，我還想多活幾年，還想離開這座城出去走走看看。」

孫寅耳朵尖，聽到以後忍不住打趣道：「你這小子，不但嘴臭外加欠揍，其實還挺油滑的。」

只有一個「小書櫃」綽號的少年譏諷道：「小子貓，我都不屑跟你說話！」

小子貓，是少年給孫寅取的一個不入流的外號。拆孫字[2]，活譯寅字。

範長後一把打亂棋局，笑道：「這棋咱們還是別下了，曹先生棋力高低，唯有老監正和……反正只有兩人能夠點評。至於曹先生棋外如何，就更不是我們能夠指手畫腳的了。」

孫寅直勾勾望向如今不穿官服只穿白衣的少年。後者猶豫不決，瞥了眼窗外，終於還是開口說道：「離陽趙室氣數散而不少，如果不是如此，我早就跑去跟皇后姐姐告狀了。看情形，那個曹長卿還有把自身氣運悉數散入廣陵道的跡象，真是無聊至極，早知如此，何必復國……」

孫寅突然紅著眼睛怒喝道：「住嘴！」

範長後也輕聲嘆息道：「小書櫃，別說了。」

少年惱羞成怒，揮袖離去。

孫寅蹲在那裡，下巴放在疊放的手臂上，自言自語道：「曹長卿這是要讓離陽知道『得廣陵者得天下』啊。」

範長後點了點頭，「是好事情，廣陵道會少死很多人。」

孫寅神情木然道：「情懷這東西，自然是不能當飯吃的，可沒有情懷，就像炒菜沒有作料，每頓都是白飯加無味菜，久而久之，就真的沒有嚼頭了。有些味道，能夠讓你辣得滿眼淚水，酸得牙齒直打戰，苦得肝膽欲裂，大概這就是情懷。」

範長後默不作聲，開始收拾棋子。

孫寅問道：「為什麼要嘲笑那些有情懷的人？」

範長後想了想：「太聰明的人，不樂意有情懷；太憨蠢的人，做不到有情懷，所以兩者都不待見這玩意兒。」

孫寅咧嘴笑道：「我應該是前者。」

範長後慢悠悠把棋子放回棋盒，微笑道：「我應該是後者。」

孫寅突然眼神銳利如刀子：「那麼黃龍士呢？」

範長後臉色如常，反問道：「那麼徐鳳年呢？」

兩人相視一笑。

點到即止，雲淡風輕。

天搖地動。

這一次巨震格外激烈。

屋內兩人同時跌倒在地，然後感到一陣窒息。

從屋頂屋梁潑撒下無數塵土。

孫寅乾脆呈大字形躺在地上。

範長後繼續收拾棋子。

◆

太安城外，曹長卿身前，黑白棋盒，都是僅剩最後一枚棋子。

吳家劍塚吳見和東越劍池柴青山始終無法破開那一丈距離。

曹長卿始終泰然處之。

太安城始終一次又一次震動。

城外騎軍已經沒有一人能夠騎在馬背上，如何能夠衝鋒廝殺？

城外弓手已經手臂抽搐，箭囊無羽箭，又如何能夠潑灑箭雨？

柴青山渾身浴血，哪怕那襲青衣根本沒有刻意針對他一次次地出劍。

吳見的手心也已是血肉模糊可見白骨。

柴青山吐出一口血水，苦笑道：「先前見過徐鳳年迎接那一劍，又見過你曹長卿不動如山，這輩子也算差不多了。曹長卿，你要是此刻起身進城，我已攔不住，就不在這裡擋路了。」

柴青山轉身緩緩走回城門，身形傴僂，盡顯老態。

原本站在曹長卿和城門之間的吳見讓出道路，感嘆道：「老夫雖然還有一劍之力，但擋肯定是擋不住的，我吳家劍塚對中原也算仁至義盡，是時候袖手旁觀了。畢竟留著最後一點氣力，以後說不定還有些用處。」

隨著曹長卿不再落子，天地間就變得寂靜無聲。

曹長卿笑望著對面。

最後那枚黑子終於躍出棋盒，好像執黑之人有些舉棋不定，晃來晃去，就是不肯落下，或者說是不知落在何處。

曹長卿身體微微前傾，一手雙指拈子，另外那隻手伸出一根手指，指了指棋盤某處，柔聲道：「不妨下在這裡。」

那枚黑子果真落在那一處。

曹長卿放下那隻拈子的手，笑而不語，好像認輸了。

兩百多枚黑白棋子，密密麻麻懸停在空中。

曹長卿閉上眼睛。

妳贏了。但我曹長卿也從不覺得自己輸了。

這局棋，才是我曹長卿此生最得意的。

曹長卿嘴角微微翹起，拈子的那隻手臂，袖口猛然一揮。

那枚棋子從南到北，入城後沿著那條漫長的御道，筆直衝去，撞爛皇城大門、宮城大門，繼而是武英殿大門。

直到撞爛了那把離陽曆代皇帝坐過的龍椅，那枚棋子才化為齏粉。

曹長卿睜開眼睛，淚流滿面，卻無絲毫悲苦神色，向前緩緩伸出一隻手。

直到此刻，鮮血才在瞬間浸透那一襲老舊青衫。

天地之間有一陣清風拂過。

吹散了血腥氣，也吹散了風流。
曹長卿的五指開始消散，然後是手臂、身軀……
黑白棋子也皆煙消雲散。
最終太安城外再不見那一襲青衫。
世間再無曹官子。

——雪中悍刀行第三部（四）落子太安城　完

2 孫的簡字為「孙」。

廟堂江湖，從不缺將相風流、俠肝義膽；
天上人間，原一般你爭我奪、爾虞我詐。
看盡花開花落，閱遍悲歡離合，心結既解，世間於我已無憾。
且看我落子太安城，為你最後下局棋！

番外篇　小鎮有個店小二

他小時候覺得有百來戶人家的村子很大，有山有水不是？後來年少時去了鎮上、看過了集市，才知道村子的小，再後來挎著木劍去了郡城，才曉得有橋梁、有酒樓的鎮子也沒有那麼大了。再後來，見過名山大川，見過很多人很多事，才發現了天大地大。

可不知為何，到最後卻只想著回家，然後他便從天底下最大的那座城市，默默離開了江湖，一路南下，回了家。

因為怕給哥哥、嫂子添麻煩，村子小，看似不過一張飯桌上添副碗筷的事情，但其實並不是一件多輕鬆的事情，那意味著哥哥每年要多插好些秧，要多燒好些炭，嫂子也要多做很多針線活，多採好些桑葉、多養好些蠶。

家裡侄子也上了私塾，他也想著自己這個做叔叔的，好歹能夠掙錢給孩子買些紙筆，所以那個斷了一條胳膊、瘸了一條腿的年輕漢子，趁著還年輕，還有氣力，又去那個小鎮落了腳紮了根。

不知是不是傻人有傻福，他在一棟小酒樓做成了肩膀搭巾的店夥計，甚至後來還找到了一個在方圓百里都算出彩的媳婦。

鎮子這邊有種花叫牛糞花，還真是在路邊牛糞中長得最是茂盛。早年在外頭晃蕩的時候，他第一次聽人說那句鮮花插在牛糞上的時候，笑得不行，如今想來，就更開心了，原來他就是那坨牛糞啊，挺好的。

今年入秋的時候，他總算把媳婦順順利利拐騙到手了。老丈人和丈母娘那邊，其實不是沒有任何波折，只不過拗不過他媳婦的堅持，大概也拗不過他的不要臉，打不還手、罵不還口，反正就是死皮賴臉的，兩位長輩捏著鼻子就點頭了。

媳婦的兩個親哥，其實是看不上眼他的，好幾次把幫著酒樓去揀蔬果挑魚肉的他堵在小巷弄裡，倒也沒真正動手，就是說話難聽些。

他沒，當然不會怯場，雖說沒在外頭混出什麼出息，可畢竟是勉強見過世面的，從頭到尾，都是咬定青山不放鬆的架勢，只是朝他們笑。

三番五次地，兩個大舅子反而被折騰得沒脾氣了，雖說，哪怕他們在妹妹成親那天也沒啥好臉色，但終歸還是沒攔著了，就當嫁出去的女人、潑出去的水，要不然還真能把這個傢伙揍得鼻青臉腫？他們妹妹雖然性子溫婉，從來都是什麼事都好商量，可有些時候倔起來，比血氣方剛的青壯漢子還要硬氣，真擰不回來啊。

今年中秋的時候，她的意思是回村子去跟哥哥、嫂嫂一起過，這才符合規矩，但他的想法是今年先去她娘家過個團圓節，跟哥嫂說過了，大不了明年再一起過中秋，那邊也說是這個理，都覺得她嫁入他們溫家是委屈了的，萬萬不能在這種事情上斤斤計較個啥。

她還想說什麼，他用那條還好使喚的胳膊很豪氣地大手一揮，說了句，這事得聽我這個一家之主的！她嘴角翹起，笑了笑，點點頭。

只不過當他們這對小夫妻拎了一盒月餅登門的時候，被大舅子攔住了，說他妹妹可以進家門，但他姓溫的就別做夢了，說著說著那個粗漢子就動了肝火，扯過那盒花了小二兩銀子才買來的月餅，狠狠砸在家門口對面的巷弄牆壁上，讓他姓溫的趕緊滾蛋。

他媳婦當時就生氣了，也不跟她大哥說一句話，攥緊自己男人的胳膊掉頭就走，可他站在原地死活不願意走，笑著說今天一定要媳婦她回家見著爹娘才行，要不然他就不走。

看著他異常認真的臉色，她沒有哭出聲，但紅了眼睛。

他輕聲對她說，天底下，一家人就是一家人，是一輩子的事，肯定沒有過不去的坎。

她「嗯」了一聲，低著頭撞開大哥的肩膀，快步走進院子。

等她沒過多久就走回大門的時候，突然看到大哥和他肩並肩蹲坐門口，大哥腳邊多了那盒撿回來的月餅，見著她這個妹妹的時候，那個皮膚黝黑的漢子似乎有些臉紅，提著月餅站起身，好像要說幾句狠話才不丟臉，猶豫了半天，仍是沒能說出口，只好凶神惡煞地對那個妹夫說了句，以後被老子聽說你敢欺負我妹子，打斷你第三條腿！

◆

那天藉著月光，走在回家的路上，他們緩緩踩在青石板小路上，她偶爾會俏皮地雙手負後輕快地跳著格子，然後轉身對他嫣然一笑。那個時候，他只有一個很簡單的念頭——多賺錢，讓她早點過上好日子，別讓這麼好的女人跟著自己一起被人丟白眼。

然後他就開始算著攢下了多少碎銀子、銅板子，算著什麼時候可以租個更大的屋子，換成小院子，最後換成大宅子。但是想著想著，他就忍不住嘆氣。

不是覺得自己有多累，只是覺得想要腳踏實地過日子，真是每枚銅錢都得沾著汗水才行。好在他腿腳不算利索，但勝在勤快，肯出力氣，肯給笑臉，肯起早摸黑，經過早先那段經常被人當笑話當樂子的時日，如今那些小鎮周邊有把劍就自認少俠、大俠的男子，也不太樂意跟他這麼個小夥計較勁了，用他們的話說就是踩狗屎沒意思，除了髒鞋沒半點用，欺負一個幾棍子下去打不出響屁的店小二，多掉價啊。

隨著他經常喊說書先生來酒樓說故事、說江湖，即便經常說些翻來倒去的老套故事，可小鎮的小就體現出好處了，喝茶喝酒的時候有故事聽總比沒故事好不是？何況他那棟小酒樓每當別處有說書先生打擂臺時，總能冒出幾個新鮮花樣來，酒樓生意大抵是越來越好的。那個掌櫃的，不管嘴上如何嘮叨碎碎念，人其實本就不壞，要不然當初也不會收留他這個人。

隨著生意漸好，每月也給他添了幾錢銀子，偶爾酒樓關門，掌櫃的自飲自酌，不小心喝高了，還會拉著他這個夥計一起吃幾樣油水管夠的葷菜。

他成親的時候，掌櫃的還包了個紅包，足足三兩銀子，在小鎮上算是很闊綽的大手筆了，那以後他幹活就越發賣力，不說一個人能頂三個店夥計，頂兩個人肯定不誇張。

今年過完中秋的時候，掌櫃的一咬牙，覺著這夥計再好使喚，終歸是應付不過來越發蒸蒸日上的興旺生意了，就又聘請了個鄰近村子的秀氣小娘做販酒女，十七、八歲，胚子是不錯的，就是家裡實在窮苦，顯瘦顯黑。

她在酒樓幹活以後，沾了幾次葷腥油水，身段立馬就抽條了，很快有了幾分水靈味道，如此一來，酒樓每日入帳就又漲了漲，這可把掌櫃的高興壞了。尤其是掌櫃的火眼金睛，瞅出幾分小姑娘對姓溫的那小子有點意思，又好氣又好笑。

心想妳這閨女真是鬼迷心竅了，即便這店小二性子不錯，可到底是有了家室的，妳咋就跟飛蛾撞燈盞似的往上瞎撞？以後尋個門當戶對的年輕漢子，也不難啊。難不成還給姓溫的做妾？那可是鎮上那些個腰纏萬貫的大老爺才能享的福啊。

不過更有意思的是，照理說那個姓溫的，往日裡挺靈光的一個小夥子，換成其他尋常男人，這種主動撲入懷裡的小娘子，揩揩油、摸摸小手兒、捏捏腰肢兒，都是情理之中的好事小事嘛，反正又不花你一文錢，可姓溫的愣是不開竅，比鎮上那一隻手都數得過來的有功名的讀書人還正經，這可把笑咪咪存心看熱鬧的掌櫃都瞧得替他著急啊。

◆

就要入冬了，有錢老爺們估計就開始扳著手指頭等著下雪的日子了，家裡炭火都備足了，就眼巴巴等著啥時候穿上那些從縣城郡城買來的貂皮、裘皮了。可窮人就要難熬許多，下雪冷，化雪更冷，添衣裳買厚靴要錢，燒火爐用木炭其實也是燒錢。

這座小鎮還算富足，世道也算平安的，聽說往北那邊，尤其是過了那條傳言把咱們離陽王朝分出個南北的廣陵江，死了很多人，打仗打得很厲害，朝廷不知道有幾十萬大軍都在那邊呢，甚至還有消息靈通的鎮上官老爺從郡縣那邊傳來話，說南邊有位了不得的藩王，手底下的大將軍帶著十萬大軍從最南邊殺到了廣陵江那裡，殺得血流成河，說死人都快把整條大江給堵住了。一個個說得有板有眼，鎮上百姓聽了，自然嚇得一驚一乍，只求著好不容易好點了的世道，可千萬別被這場仗打著打著就打沒了。

更依稀聽說離陽最西北那個叫北涼的地方，更遭殃，北莽蠻子的百萬大軍都打到他們家的門口了，鎮上一些個上了歲數的老人說起這些個朝廷大事，都忍不住長吁短嘆，倒是年輕後生們好些沒心沒肺，時不時跟老人頂上幾句，大多覺得打仗沒啥大不了的，投軍入伍，指不定就是當將軍的命，到時候從沙場回來，手底下帶著成百上千的披甲士卒，高高坐在戰馬上，那才叫威風八面！

今天已經是酒樓接連四、五天沒有說書先生露頭了，不光是熟客按捺不住，性子急的，乾脆就把腳踩在長凳上罵娘了，就連掌櫃的都著急上火，逮著姓溫的店小二就是一頓劈頭蓋臉唾沫四濺。

後者笑著解釋這是讓說書先生去郡城那邊取經去了嘛，現在鎮上幾家大點的酒樓不光有說書老先生，連年輕貌美的女子都在一旁彈琵琶助興了，想要招攬到更多生意，咱們這兒沒亮出點真本事可不行！

掌櫃的直翻白眼，道理是這個道理，但你小子好歹趕緊讓那個老傢伙回來抖摟幾手啊，再拖下去酒樓熟客就要跑光了！

掌櫃的最後拍了拍店小二肩膀，大概是良心發現，瞪眼說了句，以後再讓那蹭酒蹭飯蹭住的老頭子出遠門，就別自個兒偷偷掏錢了，酒樓幫你出。

不等店小二溜鬚拍馬，掌櫃的已經轉身摸著心口走了，念叨著心疼，真是心疼。好人做不得，做不得啊。

◆

那個年紀輕輕就瘸了腿的店小二，一邊向小街張望，一邊咧嘴笑。

那一天，已經常年在這個酒樓固定說書的老傢伙終於回了，而且一傳十、十傳百，酒樓生意當天就爆滿。

尤其是當老頭子眉飛色舞說到一事的時候，整棟酒樓都哄堂大笑，就連掌櫃的和販酒小娘都樂不可支，所有人都往那個姓溫的店小二猛看，有些個糙漢子，更是捧腹大笑，差點笑出眼淚來。

那個從郡城趕回來的說書先生說了，當今天下的第一高手，不再是東海武帝城的王仙芝啦，而是一個年紀輕輕的藩王，手握三十萬北涼鐵騎的北涼王！

這個天下第一的高手，跟北莽那個差不多能算天下第二、第三的軍神，一個叫拓跋菩薩的傢伙在西域狠狠打了一架，兩大世間頂尖的神仙人物，雙方轉戰千里，打得那叫一個天翻地覆、日月無光。

而這當中，咱們離陽的這位北涼王，曾經一劍就將那北莽王朝最厲害的傢伙給打退出城去了！沒有幾千步，少說那也該有幾百步！那城牆就跟紙糊的一樣！然後那位異常年輕卻登頂江湖的權勢藩王，親口說那一劍，是跟一個叫溫華的中原劍士學的。

於是大笑聲中，不斷有好事者扯開嗓子嚷道：「喂喂喂，姓溫的，你啥時候跟北涼王套上近乎啦？要不然啥時候帶咱們去西北，見識見識北涼鐵騎的厲害？」

「對對對，那可是位王爺啊，那總該有座王府吧？店小二，咱們就當沾你的光了啊，明兒你就帶我們去北涼咋樣？吃香的喝辣的，總不難吧？」

「飛劍！飛劍來一個！溫小二，你既然能讓那位天大的王爺都佩服，肯定會演義小說裡頭的那種飛劍本事嘛，要不我拆條凳腿給你，你帶我飛一飛？」

而那個呆呆站在酒樓大堂的瘸腿年輕人，提著壺酒，一時間忘了給客人倒酒，他始終不說話不答話，但也笑得不行，只不過他是真的笑出眼淚來了。

這個時候，終於發現自己等了半天還沒等著酒的一個客人，拍桌子怒吼道：「姓溫的，酒呢？真當自己是那個王爺嘴裡的中原劍士了？你大爺的！」

那個店小二猛然間低下頭，抬了抬那廢了胳膊的肩頭，胡亂擦去臉上淚水，大聲笑道：「哎，客官，酒來啦！」

高寶書版集團
gobooks.com.tw

DN 259
雪中悍刀行第三部（四）落子太安城

作　　者　烽火戲諸侯
責任編輯　高如玫
封面設計　陳芳芳工作室
內頁排版　賴姵均
企　　劃　方慧娟

發 行 人　朱凱蕾
出　　版　英屬維京群島商高寶國際有限公司台灣分公司
　　　　　Global Group Holdings, Ltd.
地　　址　台北市內湖區洲子街88號3樓
網　　址　gobooks.com.tw
電　　話　(02) 27992788
電　　郵　readers@gobooks.com.tw（讀者服務部）
　　　　　pr@gobooks.com.tw（公關諮詢部）
傳　　真　出版部　(02) 27990909　行銷部 (02) 27993088
郵政劃撥　19394552
戶　　名　英屬維京群島商高寶國際有限公司台灣分公司
發　　行　英屬維京群島商高寶國際有限公司台灣分公司
初版日期　2021年 5 月

原書名：雪中悍刀行（17）落子太安城
本作品中文繁體版通過文化部核准，核准字號文化部部版臺陸字第109074號。

國家圖書館出版品預行編目(CIP)資料

雪中悍刀行第三部（四）落子太安城 / 烽火戲諸侯著. -- 初版. -- 臺北市：高寶國際出版：高寶國際發行, 2021.05
面；　公分. --（戲非戲；DN259）

ISBN 978-986-506-070-1（平裝）

857.7　　110003995

GOBOOKS
& SITAK
GROUP ©